SYRLI

MEAGAN SPOONER

Titre original : *Skylark*

First published : Carolrhoda Lab, a division of Lerner Publishing
Group, Inc., Minneapolis, U.S.A.

Cet ouvrage a été réalisé par les éditions Milan
avec la collaboration de Claire Debout.
Mise en pages : Pascale Darrigrand
Création graphique : Bruno Douin
Pour l'édition française :

300, rue Léon-Joulin, 31101 Toulouse Cedex 9, France
Loi 49-956 du 16 juillet 1949
sur les publications destinées à la jeunesse
ISBN : 978-2-7459-5618-7

SYRLI

MEAGAN SPOONER

Traduit de l'américain par Guillaume Fournier

MILAN

Pour Amie
Ma magie, sans laquelle
je ne serais qu'une ombre.

PREMIÈRE PARTIE

I

C'est dans les égouts que le bruit de l'aube résonnait le plus fort : un grand fracas de rouages et de pignons, signe que le soleil artificiel se réchauffait. Je m'arrêtai en voyant quelques débris de ciment se détacher de la voûte et dégringoler dans l'eau. Le jour de la Collecte. *C'est peut-être ton dernier matin*, me dis-je. *Avec un peu de chance.*

J'eus beau entendre le crissement de la Ressource derrière le soleil levant, je continuai d'avancer en serrant les dents. Si je voulais consulter les noms retenus pour la collecte et repasser chez moi effacer sous la douche toute trace de mon passage dans les égouts, il ne fallait pas traîner. Très vite, l'impressionnante débauche d'énergie se calma – au-dehors, le soleil montait lentement sous la coupole.

Au moins aurais-je un peu de lumière à partir de maintenant. J'aurais pu me repérer les yeux fermés dans ces tunnels, mais je ne serais pas fâchée de croiser de temps à autre un rayon de soleil tombant d'un soupirail. Je me rendis compte que je n'aurais peut-être plus l'occasion de descendre ici. Mon dernier matin, mon dernier jour d'école, ma dernière escapade dans les égouts. Même si c'était là que je me sentais le plus proche de Basil, ça ne suffirait pas à me convaincre de rester une gamine. Après toutes ces années, je voulais que ça se termine. Que le fantôme de Basil repose en paix.

Deuxième à gauche, première à droite, et puis en bas. Facile. Comme si la voix de mon frère résonnait encore à mes oreilles, je m'engageai à quatre pattes dans la galerie d'accès aux purificateurs d'air de l'école. Les briques sèches me râpaient les paumes. L'air que je respirais était lourd, chargé d'une odeur désagréable. Ces égouts ne servaient plus depuis près de cent ans – les seuls relents qu'on y flairait encore étaient ceux de la moisissure et de la brique pourrie. Je m'efforçai de ralentir les battements de mon cœur. *Ce n'est qu'un tunnel*, me rappela Basil. *Si tu as pu y entrer, tu pourras en sortir. Ça ne sert à rien de paniquer.*

Plus loin devant moi, j'entendais le bourdonnement léger du système de ventilation. Un bruit curieux – différent des tintements métalliques et autres clapotis ordinaires des tunnels – retint mon attention. La gorge serrée, je me figeai sur place pour mieux entendre. Des pixies ? L'angoisse me coupa le souffle, me tétanisant pendant de longues secondes jusqu'à ce que la raison reprenne ses droits. Les pixies se déplaçaient en silence – le temps que je les entende, il serait trop tard de toute façon. *Ça ne sert à rien de paniquer.*

Des bruits de pas, dans l'eau, très loin. Sûrement Caesar. Mais non, c'était ridicule. Même s'il le voulait, Caesar ne pourrait pas me suivre dans le labyrinthe des galeries. À supposer qu'il passe chez nous et s'aperçoive de mon absence, il devrait me signaler, et le temps qu'il le fasse, j'aurais disparu depuis longtemps. De toute façon, il n'irait quand même pas dénoncer sa petite sœur ?

Les bruits se rapprochaient. Deux voix résonnèrent à travers les tunnels : une assez forte, l'autre sifflante, lui intimant de se taire. Encore un clapotis discret, plus proche. Apparemment je n'étais pas la seule à vouloir m'introduire dans l'école.

Je me glissai dans un tunnel secondaire, en optant pour un trajet moins fréquenté. Je me raclais les épaules contre les briques des deux côtés, mais peu importe. Je préférais m'offrir quelques égratignures que de tomber nez à nez avec d'autres gamins.

Devant moi, une lueur annonçait la fin du tunnel. J'accélérai un peu et finis par déboucher à quatre pattes dans quinze centimètres d'eau.

Je me remis debout et continuai en pataugeant, m'essuyant les mains sur mon chemisier. Le ronronnement des purificateurs d'air couvrait les bruits que je pouvais faire. Je n'étais plus très loin maintenant.

Je bifurquai vers un autre tunnel, à peine assez large pour y entrer de front. Je ne me souvenais plus de la dernière fois que j'avais emprunté ce passage, mais cela devait remonter à plusieurs années. Avait-il toujours été aussi étroit ? Je m'arrêtai pour jeter un coup d'œil à l'intérieur, mais au-delà de deux mètres, on n'y voyait plus rien. *Ce n'est qu'un tunnel.* Et il fallait que je voie ces noms, que je sache si tout allait se terminer aujourd'hui. Je me glissai dans le conduit.

J'avançais les bras tendus devant moi, guidée par le grondement des purificateurs d'air. Je me râpais les bras sur les briques. L'étroitesse du boyau m'obligeait à ramper, à me tortiller dans tous les sens. Pas étonnant que je sois la seule à connaître ce chemin.

Ma jambe de pantalon se prit dans quelque chose, m'empêchant d'aller plus loin. Je tirai dessus, la gorge nouée, mais le tissu refusa de céder. Le tunnel était si étroit que je ne pouvais même pas me retourner pour voir ce que j'avais accroché. En détendant brusquement la jambe contre la paroi, je sentis un objet dur et pointu me rentrer dans la cuisse. Un bout de ferraille, peut-être. Je tirai de nouveau. Sans plus de résultat.

Personne ne savait où j'étais. À supposer que Caesar devine que j'avais voulu m'introduire dans l'école, on vérifierait d'abord mon trajet habituel. Je n'étais même pas sûre que qui que ce soit connaisse ce chemin, en dehors de Basil, et il n'était plus là. Je pouvais très bien rester coincée dans cet endroit pendant des semaines. *Pas question que je crève ici.*

Je hurlai au secours. Ma voix roula dans les tunnels. À présent, je me fichais de me faire prendre ; l'idée de mourir à petit feu dans un conduit à plusieurs mètres sous terre m'effrayait autrement plus qu'une éventuelle sanction. Je savais qu'il y avait d'autres gamins là-dessous. Peut-être qu'ils m'entendraient et viendraient m'aider.

J'entendais le ronronnement moqueur du purificateur d'air quelque part devant moi. J'en étais si proche qu'il devait probablement couvrir mes cris.

Un frisson de panique me parcourut, et je dus faire un effort pour me calmer. J'avais l'impression de suffoquer. Je me forçai à respirer. Je scrutai l'obscurité à en avoir les larmes aux yeux. De petits points se mirent à danser dans mon champ de vision. Ma vue se troubla, tandis qu'un grondement sourd m'envahissait les oreilles. Je fus prise d'une sensation de vertige si forte que je serais sûrement tombée si j'avais pu bouger.

Je savais ce qui se passait.

– Quand nous sentons la Ressource prendre le dessus, entonnait régulièrement notre professeur d'un ton blasé, que faut-il faire ?

– Commencer à compter et nous représenter un mur de fer, ânonnait en chœur la moitié de la classe – l'autre moitié ne se donnant même pas la peine de répondre.

Je continuai à haleter, en essayant de retenir les chiffres dans ma tête. *Non*, me dis-je. *Pas maintenant*. Mais valait-il mieux pourrir ici ? Je ne préférais pas penser à l'autre solution. L'usage illégal de la Ressource était le seul délit pour lequel un enfant pouvait subir le Réajustement.

Le grondement empira, mon vertige s'accrut encore ; je n'arrivais plus à me concentrer. La panique me gagnait.

Du fer, pensai-je en désespoir de cause. Plusieurs images me traversèrent l'esprit, toutes inutiles. J'avais besoin de fer froid, assez puissant pour que sa seule évocation suffise à stopper la Ressource sur ses rails.

Du fer, comme le morceau pointu que je sentais contre ma jambe. J'enfonçai ma cuisse contre l'objet, en m'efforçant de réprimer la douleur qui me rongeait de l'intérieur. Mon vertige s'atténua, et mes clignements de paupières eurent raison des lumières dansantes qui me brouillaient la vue.

Je me forçai à respirer profondément. *Pense à Basil*. Le conduit n'était pas étroit au point de me couper le souffle. Ce n'était qu'un effet de mon imagination. J'étais coincée, voilà tout. J'avais pu entrer là-dedans, j'allais pouvoir en sortir. *Ne panique pas*.

Je tâtonnai dans le noir à la recherche d'une fente ou d'un trou dans la paroi de briques dont je puisse me servir comme d'une prise. Là : un peu de ciment qui s'effritait. Je le grattai du bout des ongles, jusqu'à pouvoir glisser mes doigts entre les briques.

Je respirai un grand coup, vidant mes poumons en me faisant la plus petite possible, puis tirai.

Ma jambe se dégagea avec un bruit d'étoffe qui se déchire. Je rampai en me traînant tant bien que mal. La salle de ventilation s'ouvrit devant moi, et dans un dernier effort, je me laissai tomber au sol en m'écorchant les bras sur le rebord du conduit.

De l'air. J'avais besoin d'air pour oublier l'atmosphère imprégnée de Ressource du conduit.

Malgré un entretien régulier, on trouvait toujours des fuites dans les soufflets géants. J'en cherchai une à quatre pattes et restai penchée dessus, pantelante, les yeux clos. L'air frais me caressait le visage, faisant voler mes cheveux.

Sauvée.

Au bout d'un long moment, le tremblement de mes bras et de mes jambes se calma et la sensation de brûlure dans mes poumons s'estompa. J'étais allongée dans plusieurs centimètres d'eau, trempée jusqu'aux os. Je rouvris les yeux.

La salle des purificateurs était de forme sphérique, presque entièrement occupée par les machines de recyclage. De hauts rouages tournaient lentement, disparaissant à moitié dans des cannelures creusées dans le sol de pierre. Au milieu, les soufflets géants pompaient l'air à travers l'école. Le bruit était assourdissant.

Je serais volontiers restée allongée dans cette eau sale si j'en avais eu le loisir. Mais je n'entendais plus le disque solaire, et je n'avais aucun moyen d'estimer le temps écoulé. Et après tout ce chemin, je n'allais pas faire demi-tour maintenant sans avoir vu cette liste. Même si ça voulait dire que Caesar me retrouverait couverte de vase.

Quand mes bras eurent cessé de trembler, je tendis la main vers l'échelle de maintenance, dont j'atteignais tout juste le premier barreau. Je me hissai à la force des bras, en prenant d'abord appui sur le mur avec les pieds jusqu'à ce que je puisse les poser sur l'échelle.

La trappe s'ouvrait dans le local du concierge. Après l'avoir refermée soigneusement derrière moi, je dirigeai mon attention sur la porte : fermée à clé, comme toujours. Mais Basil m'avait appris quoi faire dans ces cas-là. J'avais maintenant plusieurs années de pratique. Saisir la poignée, tirer, et donner un coup de hanche dans le panneau en laminé.

Clic ! Les tambours de la serrure se mirent en place.

La porte s'ouvrit sans résistance, et je me faufilai dans l'école.

Même si j'avais fait ça chaque jour de la Collecte depuis les cinq dernières années, en priant pour être la prochaine à figurer sur la liste, voir mon école déserte et sombre me donnait toujours froid dans le dos. Je descendis le couloir plongé dans la pénombre. Mes pieds se décollaient du sol avec un bruit de succion, laissant des empreintes humides sur le carrelage immaculé. Quel que soit le groupe que j'avais entendu en bas, j'étais arrivée la première. J'en éprouvai une étrange fierté. Basil m'avait bien formée.

Le bureau du directeur se trouvait juste après les salles de classe. Son mécanisme de verrouillage souffrait du même défaut que celui du local du concierge, et après un clic sonore, je me faufilai à l'intérieur. Le petit matin s'infiltrait par les fenêtres et jetait une clarté diffuse sur le mobilier.

Une chemise en cuir traînait sur le bureau. Tout le reste disparut tout à coup ; la pièce parut se rétrécir. Le sang grondait à mes oreilles. Rien ne comptait plus sinon le contenu de cette chemise – mon billet de sortie.

Je savais que cette fois, mon nom serait inscrit sur le papier. C'était obligé. Obligé. Comme si mon regard avait pu transpercer le cuir et voir les lettres imprimées, nettes et claires. *Ainsley, Syrli.*

J'avais les mains tremblantes en soulevant la chemise. Mes doigts mouillés allaient laisser des traces sur le cuir et sur le papier mais je m'en fichais. Ma vue se brouillait. Les lettres, pourtant inscrites en bon ordre, se confondaient devant moi en un charabia incompréhensible jusqu'à ce que je me force à les déchiffrer.

Baker, Zekiel, lus-je, les oreilles bourdonnantes. *Dalton, Margaret. Kennedy, Tam. Smithson, James.*

Je ne m'étais pas rendu compte que les noms étaient classés par ordre alphabétique. J'aurais dû comprendre dès le premier. Je les relus deux fois. Je retournai la feuille, mais le verso était vierge. Vide.

Quelques gouttes tombèrent sur le papier, formant des taches translucides qui diluaient les noms. Un bref instant, je me demandai avec détachement si je ne me serais pas mise à pleurer. Puis je compris que cette eau gouttait de mes cheveux.

Quand je repris mon sang-froid, je remarquai un bruit dans le calme presque surnaturel de l'école déserte. D'abord léger, comme le ronronnement de mon propre sang contre mes tympans. Puis je reconnus ce bourdonnement, presque mécanique, qui augmentait et diminuait de manière régulière. Je perdis un temps précieux à l'écouter, n'en croyant pas mes oreilles.

Des pixies.

2

Je jetai la chemise sur le bureau sans chercher à la remettre exactement à la même place. La feuille à l'intérieur était déjà mouillée et froissée, de toute façon. Je ne pouvais plus espérer dissimuler les traces de mon passage. Je fis deux pas rapides vers la porte, l'entrouvris et jetai un coup d'œil dans le couloir.

Tout était sombre, calme et silencieux. Sauf… là ! Un flamboiement cuivré, qui passait d'une salle à l'autre. Un bourdonnement presque inaudible, le bruit de la Ressource mêlé à un mécanisme d'horlogerie.

Je me figeai. Mille rumeurs délirantes à propos des pixies me revinrent en mémoire. Une part de moi-même espérait qu'il s'agissait d'un produit de mon imagination, que j'avais perçu autre chose et sauté sur la mauvaise conclusion. J'attendis, en comptant les secondes en silence. Une fois de plus, je vis quelque chose jaillir d'une classe et filer dans celle d'en face. La chose passait vingt secondes dans chaque classe, avec une régularité d'horloge. Vingt secondes durant lesquelles le couloir restait libre.

Il y avait dix classes en tout, cinq salles de chaque côté du couloir. Le local du concierge se situait entre la deuxième et la troisième sur la gauche. J'essayai d'estimer la distance qui le séparait du bureau du directeur.

Quand je vis le pixie filer dans la salle suivante, je retins mon souffle. Dès qu'il ressortit et entra dans la salle d'en face, je fonçai jusqu'au local.

Mes chaussures mouillées clapotaient sur le sol. En principe, les pixies n'ont pas d'oreilles, seulement un détecteur de Ressource ; pourtant, j'avais l'impression de sentir un regard peser sur moi. Pendant une fraction de seconde épouvantable, je crus que j'allais glisser ; puis je me retrouvai devant la porte du local. Secouant maladroitement la poignée, je finis par l'ouvrir et m'engouffrai à l'intérieur. Je claquai la porte derrière moi et restai là, debout, à guetter le moindre bruit, l'oreille pressée contre le battant.

Une voix.

– Putain de merde !

Je me retournai face à trois paires d'yeux brillants dans la pénombre, reflétant le peu de lumière qui s'infiltrait sous la porte.

Les autres enfants que j'avais entendus dans les tunnels.

– C'est quoi, ce boucan ? fit une voix. Tu as envie qu'on se fasse choper ?

Cette voix ne me disait rien. Je ne me donnais plus la peine de connaître mes camarades de classe. Ils finissaient toujours par passer à la collecte et continuaient sans moi.

– Désolée. J'ai eu peur.

Ces mots m'échappèrent avant que je puisse les retenir. Je clignai des yeux. Pourquoi ne pas leur avoir parlé du pixie ?

– C'est toi, Syrli ? demanda la même voix – sans doute le chef de cette petite expédition.

– Qui c'est, Syrli ? voulut savoir une autre voix, plus jeune.

– Enfin, tu sais bien. La nullarde.

Le chef sourit. Ses dents inégales scintillèrent dans l'obscurité.

Bien sûr qu'ils me connaissaient. Au moins de réputation. La bonne à rien, impropre à la collecte. On me connaissait dans toute la ville. Je me contentais de grandir encore et encore pendant que des gamins de trois, quatre, cinq ans de moins que moi partaient pour la cérémonie.

– C'est toi qui braillais comme un goret, tout à l'heure ?

Le premier garçon semblait sur le point d'éclater de rire.

Ils m'avaient entendue. Alors que je me croyais piégée, condamnée à mourir de faim au fond d'une galerie souterraine – ils m'avaient entendue appeler au secours. Et ils n'étaient pas venus.

– Oui, dis-je en serrant les poings.

L'un des garçons gloussa. Je grinçai des dents. Le premier garçon me demanda :

– Bon, alors ? Tu as vu la liste ?

Je soupirai.

– Non, dis-je calmement. Pas eu le temps. Mais vous feriez mieux de vous grouiller si vous voulez y jeter un coup d'œil avant que quelqu'un s'amène.

Sans attendre leur réaction, je passai les jambes dans la trappe et me laissai descendre. Je restai suspendue dans le vide un moment avant de trouver l'échelle en tâtonnant avec le pied. Je tendis le bras vers le verrou. Mes doigts tremblants se refermèrent sur la poignée rouge.

Fais-le, me dis-je, les mâchoires tellement serrées que j'en avais mal au crâne. *C'est ce qu'ils feraient à ta place.*

Et les enfermer avec un pixie ? L'idée me répugnait. J'avais encore des frissons de peur. Après avoir fixé la trappe un long moment, je gémis et redescendis l'échelle sans tirer le verrou derrière moi.

Le cœur battant, je m'engageai dans le tunnel principal en évitant celui dans lequel j'étais restée coincée. J'avais les nerfs à fleur de peau quand je pensais à quel point j'étais passée près de la sanction. L'effraction dans l'enceinte de l'école était sévèrement punie – rations réduites, isolement, et stigmatisation lors de l'apprentissage, après la collecte, quand on devenait enfin adulte. Et puis c'était une question de fierté. Pendant toutes ces années, j'avais toujours évité de me faire prendre. Les pensées se bousculaient dans ma tête, peur et soulagement mêlés, tandis que je retournais chez moi.

J'aurais dû m'apercevoir que quelque chose clochait. Car j'avais beau m'éloigner de la salle des purificateurs d'air, le bruit de machinerie persistait. On aurait même pu dire que le bourdonnement se renforçait. Seulement, j'étais si soulagée d'être passée entre les gouttes que je n'y prêtai pas attention.

Et donc, quand je me retrouvai nez à nez avec un pixie au détour d'une intersection, je ne pus que le dévisager stupidement.

Il n'avait pas d'yeux, pas de bouche, rien qu'une tête lisse et ronde, pas plus grande que l'ongle de mon petit doigt. Ses ailes graciles de couleur cuivre vibraient si vite qu'elles en paraissaient floues, et son corps articulé lui donnait l'apparence d'un insecte. Parmi tous les mécanimaux inventés au cours des décennies qui avaient précédé les guerres, les pixies étaient les plus petits ; leur fonctionnement réclamait si peu de Ressource qu'ils étaient les seuls encore opérationnels. À l'origine, ils n'étaient guère plus que des curiosités, mais désormais, ils incarnaient les yeux de l'Institut à travers la ville, capables de détecter instantanément tout usage illégal de Ressource. On n'attendait pas des enfants qu'ils se dénoncent et se soumettent d'eux-mêmes au Réajustement – on ne pouvait quand même pas leur demander de se comporter en adultes responsables. Ils avaient besoin d'être surveillés.

Pendant un moment, nous restâmes immobiles : je fixais le pixie, et le pixie m'observait en retour. On n'entendait que le bourdonnement de ses ailes, le ronron de ses rouages et le grincement discordant de la Ressource intégrée à son mécanisme.

Puis il poussa un chuintement de triomphe et me sauta à la figure, si vite que je le vis à peine bouger. Sans réfléchir, je levai les mains dans un geste où la panique, le soulagement, le désespoir et la colère de la dernière demi-heure explosèrent tous à la fois.

Le pixie fut projeté contre la paroi opposée du tunnel avec une telle violence qu'il vola en miettes. Ses morceaux ricochèrent contre les briques et retombèrent dans l'eau.

Je chancelai en arrière, un léger brouillard devant les yeux, prise de vertige. Je titubai jusqu'à l'endroit où j'avais vu couler le pixie. Tombant à genoux, je fouillai dans la vase.

Je ne trouvai rien sinon quelques morceaux de coque en cuivre.

Tremblante, je me remis debout tant bien que mal. La Ressource. Je m'en étais servie. Et pas simplement pour un petit sortilège de rien du tout, pour me sauver d'une mort lente au fond d'un tunnel obscur. J'avais endommagé un pixie, une machine précieuse, les yeux de l'Institut. Non, pas endommagé. Je l'avais carrément détruit.

Ç'aurait dû être impossible. Le flot de Ressource le plus puissant suffisait à peine à faire léviter un crayon. Sans l'aide d'une machine pour l'amplifier, ce n'était qu'une énergie inerte – comme le ressort d'une montre. L'Institut nous l'avait assez répété. Et les architectes ne se trompaient jamais.

Au moins avais-je pu constater que je n'étais pas une nullarde.

Mais à quel prix ?

***

J'aurais voulu rester longuement sous la douche et me laver de ma peur comme de la vase. J'avais appris depuis longtemps à économiser mes douches pour les jours où je descendais ramper dans les tunnels. Malheureusement je ne disposais que de quelques minutes. Il m'avait fallu près d'une heure pour ressortir des égouts et rentrer chez moi par des chemins discrets pour éviter qu'on me voie trempée, boueuse et en sang.

Je me décrassai rapidement ; mes bras écorchés me piquaient. Je me rinçai les cheveux du mieux que je pus, trop pressée pour prendre le temps de faire mousser mon mauvais shampooing. Quand j'eus terminé, je vins me placer ruisselante devant la fenêtre. Le disque solaire émergeait tout juste au-dessus des immeubles.

Je fermai les yeux, laissant la lumière me baigner le visage à travers la fenêtre crasseuse de l'appartement de mes parents. Si seulement j'étais restée coincée dans ce conduit, je n'aurais pas détruit le pixie. Sur le moment, j'avais cru préférable de me faire prendre que de pourrir sur place. Sauf que maintenant, j'avais utilisé la Ressource et cela me vaudrait un Réajustement.

En principe, j'aurais dû me trouver à l'école à cette heure, à écouter l'appel des noms pour la collecte. À souffrir en silence pendant cette cérémonie interminable. La grosse Administratrice en manteau rouge devait être là, devant les enfants, à prononcer d'une voix suave son serment sur le sacrifice, l'efficacité et l'entrée dans l'âge adulte. Elle m'avait toujours terrorisée malgré son abord affable. Je n'avais pas l'habitude de voir des gens gros, et elle semblait s'élargir un peu plus chaque année. Dans le passé, la peur de l'Administratrice avait toujours suffi à me convaincre d'être présente au jour de la Collecte.

Mais je savais que je ne figurais pas sur la liste, et que personne ne remarquerait mon absence. Les appelés capteraient l'attention générale. Je vibrais encore de ce que j'avais commis – des petits éclairs de Ressource continuaient à s'échapper du bout de mes doigts et de la pointe de mes cheveux mouillés chaque fois que je bougeais. Je ne pouvais pas me présenter en classe dans cet état. Et si les autres parvenaient à le sentir ? Si mon forfait s'accrochait à moi, comme un relent de tunnel dans mes cheveux ?

Je respirai à fond et me détournai de la fenêtre. Après m'être habillée lentement, je passai dans le salon. Je fouillai dans le carton sous le sofa où j'enfermais mes affaires personnelles et en sortis l'oiseau en papier que Basil m'avait donné avant de disparaître.

– Ne t'en va pas, l'avais-je supplié.

– Tu n'es pas faite pour vivre dans une cage, petite sœur. Il faut bien que quelqu'un t'ouvre la voie du dehors.

Il m'avait dit ça d'une voix douce, calme. Apaisante. Mais je sentais dans son regard une tension qui me terrifiait.

– Et qui va me défendre contre Caesar ?

Caesar, notre frère aîné, avait cinq ans de plus que moi et deux ans de plus que Basil. C'était presque un étranger pour moi ; son caractère bougon me faisait peur.

Basil s'était accroupi pour se placer à ma hauteur. J'étais déjà petite et menue à l'époque.

– Et si je te laissais un ami pour te tenir compagnie ? m'avait-il suggéré.

Voilà plusieurs années qu'il ne m'avait plus fait d'animaux en papier. Il avait appris tout seul, à l'école, en s'exerçant sur des bouts de papier qu'il pliait pour leur donner l'allure d'animaux échappés des livres d'histoire. Éléphants, tigres, chiens, écureuils, et même un aigle, une fois.

– Je ne suis plus une gamine, avais-je protesté.

– Je sais, avait reconnu Basil. Celui-ci sera spécial, différent des autres. J'ai sur moi un papier (là-dessus, il avait sorti de sa sacoche une feuille gris-jaune) que je te réserve depuis des semaines. La créature se trouve déjà à l'intérieur ; elle ne demande plus qu'à sortir. Tu vas voir.

Il avait relevé la tête vers moi, l'air sérieux, sincère.

– Seulement, avait-il continué, il faudra bien s'occuper d'elle. Tu me promets de t'en charger jusqu'à ce que je revienne ?

J'avais conscience de ce qu'il faisait, je voyais ses efforts pour me changer les idées, mais j'avais hoché la tête quand même. Je n'avais plus assisté à ses pliages depuis longtemps. Il m'avait adressé un clin d'œil et s'était mis au travail. Ses doigts volaient sur le papier, dessinant des angles en formant un pli après l'autre, en traçant des sillons sur les arêtes et des pliures au centre.

– Moins vite ! avais-je imploré, dans l'espoir de pouvoir suivre ses gestes et d'apprendre à l'imiter, mais il s'était contenté de rire en continuant son pliage.

J'avais reconnu l'animal en question quand il avait été presque fini. J'avais senti ma gorge se nouer.

– Un sirli, avait dit Basil, en déployant les ailes avant de poser l'oiseau en papier au creux de sa main. Comme toi.

Il m'avait souri, et s'était penché vers moi. Je l'avais bousculé d'un coup d'épaule.

Juste avant que je puisse attraper l'oiseau en papier, il avait retiré sa main et incliné la tête, en fixant son pliage avec une intense concentration. J'avais perçu une sorte de picotement sous mon crâne, une sensation de légèreté qui m'avait mis d'étranges étincelles dans les yeux et fait bourdonner les oreilles. Mon pouls s'était accéléré. Finalement, Basil avait soufflé prudemment sur l'oiseau. J'avais entendu un petit bruit, comme un son de cloche lointain. L'oiseau en papier avait battu des ailes et s'était envolé sans effort de la main de Basil avant de venir se poser dans la mienne.

J'avais fixé mon frère avec horreur, en frissonnant devant cette transgression. C'était la première fois qu'on utilisait la Ressource devant moi. Et dire que je croyais qu'il fallait des années de formation d'alchimiste pour y arriver.

– Comment as-tu fait ça ? avais-je soufflé.

Basil m'avait souri.

– C'est de la magie.

J'en étais restée bouche bée. Personne ne prononçait jamais ce mot. Il était strictement interdit à l'école.

Il m'avait adressé un clin d'œil, tapoté le menton et posé un doigt sur les lèvres.

– Tu peux dire le mot, tu sais. Ce n'est pas autre chose. Et ils s'imaginent pouvoir la contrôler – nous contrôler, nous – mais ils se trompent.

La magie avait transporté l'oiseau de sa main à la mienne. J'avais toujours cru qu'il l'avait fait voler comme les architectes animaient leurs machines, en puisant dans la Ressource pour alimenter un mécanisme conçu à cet effet. Mais j'aurais dû me montrer plus maligne que ça. Il s'agissait après tout d'un simple bout de papier plié – ses ailes n'étaient pas destinées à voler, son corps était trop épais et sa queue trop longue. Il ne comportait pas de rouages que la Ressource aurait pu mettre en branle. Cette magie m'avait paru facile – et considérablement plus impressionnante que celle qui consistait à faire flotter un crayon.

Mais tout de même pas aussi dévastatrice que la destruction d'un pixie d'un simple claquement de doigts.

Je n'avais pas ressorti l'oiseau en papier depuis des années, pas depuis la disparition de Basil, mais j'aurais bien aimé que mon frère débarque dans le salon pour me conseiller. Il m'aurait dit de ne pas avoir peur des pixies, qu'ils n'étaient guère plus que des oiseaux de papier animés par l'Institut. Que ma peur grossissait les monstres, et que je n'avais pas à me laisser dominer par elle.

Je frémis en me rappelant les mots par lesquels mon frère avait justifié son sacrifice. *Tu n'es pas faite pour vivre dans une cage, petite sœur*. Là au moins, il ne s'était pas trompé.

Dans une ville où chaque citoyen devait remplir son rôle et se couler sans heurts dans le système, y avait-il vraiment une place pour moi ?

Recueillant l'oiseau au creux de mes mains, encore parcourues par les derniers picotements de Ressource – de magie, rectifiai-je –, je pris une grande inhalation, calmai les battements de mon cœur, puis soufflai.

Mon haleine passa sur l'oiseau, en soulevant délicatement ses ailes en papier. Cela m'évoqua si fort cet instant, six ans plus tôt, où il avait pris son envol que je retins ma respiration, le cœur battant. Aurais-je encore eu recours à la magie par accident ? Les ailes retombèrent, mais avant que je puisse me détendre, l'oiseau inclina sa petite tête et se mit à chanter.

Trois notes claires, suivies d'une série de trilles qui me firent bondir sur place. Je me retins de l'écraser dans mon poing mais je soufflai dessus avec frénésie, en priant pour que personne ne l'ait entendu dans l'appartement voisin. Les oiseaux avaient complètement disparu, autant que je sache, depuis que les guerres avaient tué la plupart des animaux et transformé les autres.

Au début, l'oiseau en papier se débattit avec indignation, mais après quelques protestations, il finit par se taire. Prise de vertige, je m'accroupis devant le canapé et tendis l'oreille.

Pendant un moment, je n'entendis rien. Je fis mine de me relever, les jambes flageolantes.

Puis on frappa à la porte. Je retombai sur les genoux. On frappa de nouveau, plus fort, avec autorité – les représentants de l'ordre. Comment m'avaient-ils repérée aussi vite ?

Je repliai les ailes de mon oiseau en papier et le glissai dans la poche de mon pantalon. Je me relevai précipitamment et restai plantée là, le cœur cognant contre ma poitrine. Je raflai un paquet de biscuits nutritifs sur la table et le fourrai dans ma poche également, sachant confusément que si je devais m'enfuir, j'aurais besoin de manger. La porte d'entrée était la seule issue de l'appartement – à l'exception de l'échelle d'incendie derrière la fenêtre du salon. Je bondis par-dessus le bras du canapé et me précipitai à la fenêtre, dont j'actionnai maladroitement la poignée.

Alors que j'essayais vainement de soulever la fenêtre, une voix lança depuis le palier :

– Syrli, nom de Dieu ! Ouvre-moi !

Je connaissais cette voix. Je courus à la porte, tremblant de soulagement cette fois plus que de panique, et je l'ouvris d'un geste brusque.

– Caesar !

Mon frère était un costaud dont la carrure imposante lui rendait bien service dans son travail de régulateur. Il se faisait pousser la moustache afin de mieux s'intégrer et d'être pris au sérieux par ses officiers supérieurs. Il n'y avait gagné que des années de moquerie de la part de ses collègues. Il avait les mêmes yeux que Basil pour ce qui était de la forme et de la couleur, mais on y lisait des choses bien différentes.

– Qu'est-ce que tu fabriquais ? demanda-t-il.

Mon soulagement s'évapora aussitôt. Caesar vivait à l'autre bout de la ville maintenant, avec les autres régulateurs, même s'il avait conservé la clé de l'appartement familial – que venait-il faire ici ? Il entra dans la pièce et je reculai devant lui.

– Q-quoi ? bredouillai-je. Non… Caesar, je n'ai pas fait exprès, je te jure. Je t'en prie.

Caesar fronça les sourcils. Les pointes de sa moustache s'abaissèrent avec un effet comique.

– Hein ? Je te parlais du verrou. Pourquoi l'as-tu mis ? Je ne pouvais pas entrer.

– Oh.

– Pourquoi n'es-tu pas à l'école ?

Il passa devant moi dans le salon, croisa les mains derrière la nuque et s'étira avec un craquement de vertèbres.

Je secouai la tête, essayant de rassembler mes idées. Il n'était pas venu m'arrêter pour usage illégal de Ressource. Il n'était pas au courant pour le pixie, ni pour l'oiseau en papier.

– Continue comme ça et tu vas te faire virer avant même de prendre tes nouvelles fonctions. Je n'aimerais pas devoir signaler ma petite sœur au Conseil de régulation. Écoute, on m'a envoyé te chercher vu que tu n'étais pas en classe. Je me suis dit que tu serais sûrement chez les parents. Ton nom est sorti.

Je me figeai, saisie par la panique, en fixant mon frère avec des yeux écarquillés.

– Mon nom est quoi ?

– Sorti, répéta Caesar sur un ton désinvolte. (Il savait ce que ça représentait pour moi, néanmoins. Ses yeux brillaient.) Tu vas passer à la collecte, même si je me demande pourquoi. Une petite chose fragile comme toi, on devrait la jeter en pâture aux ombres derrière le Mur, et bon débarras !

– Passer à la collecte, dis-je.

Mon cerveau tournait au ralenti, comme englué dans la mélasse. En dépit de mon excitation, je savais bien que mon nom ne figurait pas sur cette liste. Quelque chose ne tournait pas rond.

– Ton carrosse t'attend en bas. Le chauffeur ne paie pas de mine, mais bon, il m'a promis de te conduire à l'Institut. Et au moins, tu l'auras pour toi toute seule.

Je me raclai la gorge.

– Mais… et les autres ?

Caesar secoua la tête.

– Il n'y a que toi cette année.

Mon bonheur se dissipa, me laissant glacée. Tout à coup, mes pensées étaient redevenues limpides comme du cristal. Je revoyais le papier aussi clairement que si je l'avais devant moi. Je fermai les yeux.

Ils savaient. J'ignorais comment, mais ils avaient appris que je m'étais livrée à la magie. Je n'allais pas à l'Institut pour la collecte – mais pour y recevoir ma punition. Et il n'existait qu'une seule sanction pour usage illégal de Ressource : le Réajustement.

– Félicitations, petite sœur ! me dit mon frère en m'ébouriffant les cheveux.

3

Le chauffeur de mon cyclo-pousse était un gamin efflanqué de quelques années de moins que moi avec de grandes oreilles et des cheveux orange vif. Il sauta sur sa selle, faisant saillir les muscles de ses mollets de coq. Les attaches entre la banquette et le vélo grincèrent.

J'aurais voulu m'enfuir – mais où aller ? Les pixies m'auraient retrouvée n'importe où en ville.

Je jetai un coup d'œil par-dessus mon épaule en direction de Caesar, espérant un sursis de dernière minute. J'aurais dû lui dire que j'avais des ennuis, mais j'avais la langue épaisse et lourde. Caesar, qui avait tourné son attention sur le talkie-walkie grâce auquel il restait en contact avec ses collègues, ne m'accorda pas un seul regard.

Le chauffeur lança le starter d'un coup de pied, et la magie se répandit dans les pignons du vélo. Nous démarrâmes lentement, le gamin courbé sur les pédales. Ces dernières, comme l'ensemble du cyclo-pousse, étaient vieilles et rouillées. Le seul élément qui soit encore en bon état était le mécanisme étincelant logé entre les chaînes qui transformaient la magie en mouvement. Les reflets chaleureux du cuivre paraissaient incongrus sur cette machinerie délabrée.

J'essayai d'imaginer à quoi devait ressembler la vie des architectes à l'Institut, où l'on recourait tous les jours à ce genre de machines. Il y avait une éternité, les gens se servaient de chariots tirés par des chevaux pour se déplacer. Après l'érection du Mur, on avait décidé que les chevaux prenaient trop de place et nécessitaient trop de nourriture. C'est pourquoi l'Institut avait développé ces véhicules rudimentaires, propulsés par un vélo, une assistance mécanique – ainsi qu'une infime dose de Ressource.

Il fallait plus d'énergie pour mouvoir un objet par la magie seule qu'avec l'assistance d'un mécanisme. Les meilleurs étaient les mécanismes d'horlogerie, avec leurs rouages délicats, leurs balanciers et leurs diamants qui tournaient en douceur et avec efficacité, aussi longtemps qu'une force – la magie – les alimentait.

Il y avait eu une époque, avant les guerres, où le monde croulait sous la technologie. Celle-ci avait largement disparu désormais. Il n'en restait plus que l'art d'allier la Ressource à la mécanique ; sans lui, personne n'aurait survécu aux événements cataclysmiques qui avaient mis fin aux guerres et dévasté les campagnes. Nous étions la dernière ville sur Terre. Seuls nos architectes, et le Mur qu'ils avaient bâti, nous avaient protégés. Et ils avaient continué à le faire en créant l'Institut de magie et de philosophie naturelle pour préserver le reste de technologie qui nous maintenait en vie. Et collecter l'énergie dont ils avaient besoin pour cela.

À un autre moment, j'aurais apprécié l'idée d'un trajet en cyclo-pousse. Les cyclo-pousse étaient gratuits le jour de la Collecte pour les enfants appelés à l'Institut, mais sinon, ils coûtaient trop cher pour la plupart des gens.

– Tu n'es pas un peu vieille ?

La voix de mon chauffeur me ramena dans le présent. Habituée à cette question, je l'ignorai. L'école m'avait appris que le silence engendrait le silence, et qu'en ignorant les gens je pouvais généralement mettre fin à la discussion.

Mais pas avec lui.

– Tu t'appelles Syrli, c'est ça ? Ma petite sœur est passée à la collecte l'année dernière, et elle n'a que neuf ans, dit-il entre deux coups de pédale. Mais elle est cool. Très mature pour son âge, et maligne avec ça. Elle sera assistante architecte un de ces jours.

Basil m'avait dit plusieurs fois qu'il aurait pu devenir architecte si nous avions eu d'autres parents. Mais il avait dû se contenter de viser la verrerie dans l'espoir d'atteindre un jour le rang de vitrarius, souffleur de verre rattaché à l'Institut. Seuls ses futurs enfants, avec un niveau suffisant, auraient pu devenir architectes. Donc l'idée que la sœur d'un chauffeur de cyclo-pousse rêve de travailler pour l'Institut était ridicule, mais je me gardai bien de l'exprimer à voix haute. Je demandai plutôt :

– Comment s'est passée ta collecte, à toi ?

Le garçon ralentit pour s'engager dans une autre rue, et attendit pour répondre d'avoir repris de la vitesse.

– C'était extra. Tu es vernie. C'est incroyable, tout ce qu'ils ont là-bas. Des fruits à gogo, du sirop, des frites…

Il dut s'interrompre pour reprendre son souffle.

– Non, je parlais de la collecte proprement dite, pas du festin. Qu'est-ce que tu as ressenti quand on t'a dépouillé ?

– Oh. (Nous abordions une montée. Arc-bouté sur ses pédales, il ne répondit pas tout de suite.) Je ne m'en souviens pas vraiment, en fait. Je me rappelle surtout de la nourriture.

Ne me dis pas que tu crois ces gamins qui racontent que c'est comme si on te coupait un bras ?

Je ris pour dissimuler mon malaise.

– Simple curiosité.

Je m'attendais à ce qu'il prenne cette réponse laconique pour une incitation à se taire, mais il continua son bavardage pendant tout le trajet. Nous descendîmes une autre rue, puis une autre, jusqu'à ce que je sois complètement perdue. Quand nous débouchâmes enfin devant l'Institut, je poussai un petit cri de stupeur.

Je l'avais déjà vu, mais de loin, sans réaliser qu'il s'agissait d'un ensemble de bâtiments assez vastes pour occuper tout un quartier de la ville, entourés d'un vieux mur de granite qui devait mesurer cinq mètres de haut.

Mon chauffeur ne parut pas impressionné, mais en s'approchant de l'entrée, il se retourna et me sourit.

– Ça va aller. Pense à moi en mangeant tes frites.

Le regret qu'on sentait dans sa voix me prit au dépourvu.

Son bavardage continuel avait consommé une grande part de mon énergie nerveuse. Je me fichais royalement de sa sœur, de son projet de fin d'année, du travail de leur père à l'usine d'épuration des eaux ou de son rêve de pouvoir s'acheter un nouveau vélo d'ici deux ou trois ans, mais j'avais dû faire tant d'efforts pour ne pas l'écouter que je n'avais pas pu penser à ce qui m'attendait.

Je descendis du cyclo-pousse quand il s'arrêta dans le virage. Il me sourit, avec ses grandes oreilles et ses cheveux carotte, et tout à coup je me pris à regretter de ne pas lui avoir accordé plus d'attention. Je savais que c'était là que les gens riches, ceux qui empruntaient le cyclo-pousse tous les jours, lui auraient glissé un jeton de rationnement ; il aurait pu l'échanger contre quelques légumes ou deux cents grammes de sucre. Je restai plantée sur place, à faire passer mon poids d'un pied sur l'autre.

– Bon, à plus tard ! me lança-t-il, en inclinant la tête avant de regrimper sur son vélo.

Il savait bien qu'il n'y avait rien à attendre de moi.

– C'est ça, dis-je.

Le paquet de biscuits à moitié écrasés formait une grosse bosse dans ma poche.

– Attends ! m'écriai-je, et le chauffeur – je ne lui avais même pas demandé son nom – s'arrêta pour se retourner vers la banquette, pensant que j'avais oublié quelque chose.

– Tiens, lui dis-je, en lui fourrant le paquet de biscuits dans les mains.

Il regarda le paquet puis releva les yeux vers moi, bouche bée.

– Non, je ne peux pas accepter.

– Je n'en aurai pas besoin, on va me servir un festin dans quelques heures.

– Mais...

Il ouvrait des yeux ronds. Ses oreilles rougissaient.

– Allez, prends-le !

Je me détournais, gênée qu'il m'ait cru trop pauvre pour lui donner quoi que ce soit.

Alors que je m'éloignais, il me cria :

– Merci, mademoiselle Syrli ! Si jamais vous avez besoin d'un chauffeur, demandez Tamren ! Et merci encore ! Merci !

Il n'y avait aucun panneau pour m'indiquer où aller, pas d'autres gamins avec lesquels attendre. Je m'approchai de la porte. Toutes mes craintes ressurgirent d'un coup ; chaque pas était une torture. Le planton dans sa guérite m'observait avec curiosité. Quand j'arrivai enfin devant lui et ouvris la bouche pour parler, il me devança.

– Syrli Ainsley ? me demanda-t-il.

Je fis oui de la tête. Il descendit de son siège, marcha jusqu'à la porte, la déverrouilla et l'entrouvrit devant moi. Le verrou était en fer massif – totalement insensible à la magie. Une fois à l'intérieur, plus moyen de faire marche arrière.

Je pris une grande respiration et passai la porte.

L'édifice qui se dressait devant moi était immense, carré, une monstruosité de pierre blanche ornée de fausses colonnes et d'une double porte en fer forgé. J'apercevais à peine le dôme de cuivre qui le surmontait. Au-dessus de la porte, les mots suivants étaient gravés dans le marbre : *Vis in magia, in vita vi.* Dans la magie le pouvoir, dans le pouvoir la vie. La langue des architectes était le latin, une langue interdite au commun des mortels. Je connaissais uniquement la signification de cette devise pour être tombée dessus dans l'un des vieux livres d'histoire que je lisais à l'école, pour tuer le temps après mes cours.

Avant les guerres, certaines personnes avaient été capables de régénérer leurs pouvoirs intérieurs – des Renouvelables, comme on les appelait, même si on leur avait donné beaucoup d'autres noms par le passé : sorcières, envoûteurs, magiciens. Démons. Mais plus aucun Renouvelable n'était né depuis des générations, plus depuis la construction du Mur, et ceux qui étaient restés dehors s'étaient consumés à force d'abuser de la Ressource.

Une jeune assistante en blouse bleue dévala les marches à ma rencontre.

– Désolée ! me lança-t-elle en s'arrêtant devant moi. Désolée pour mon retard.

Elle serrait contre sa poitrine une planchette à pince, par-dessus laquelle elle m'observait. Elle aurait pu être ma grande sœur, avec des cheveux plus foncés que les miens, presque noirs dans l'ombre du bâtiment. Elle avait de bonnes joues, sans doute grâce aux rations plus conséquentes octroyées aux employés de l'Institut. Vu le travail physique et mental que l'on attendait d'eux, ils avaient besoin de manger davantage.

Je lui adressai mon regard le plus froid. Il m'avait servi de bouclier face aux moqueries à l'école ; il pourrait peut-être m'aider à maîtriser ma panique.

Elle jeta un bref coup d'œil à sa planchette puis me sourit, en s'approchant assez près pour me poser une main dans le dos.

– Tu dois être Syrli, dit-elle en me poussant gentiment. Je m'appelle Emila. J'ai peur qu'il n'y ait que toi cette année. Je sais que tu dois être nerveuse, mais je te promets que tu n'as pas à t'inquiéter. La collecte est parfaitement indolore.

Elle me fit franchir la porte et passer dans un hall immense coiffé d'une coupole stupéfiante – l'intérieur du dôme que j'avais aperçu depuis les marches. Une machinerie complexe ceignait la voûte : la réplique en or de notre ciel artificiel, en hommage au Mur. Le mécanisme d'horlogerie émettait un ronron régulier ponctué d'un cliquetis mécanique. Le disque solaire miniature se levait d'un côté, puisque c'était le matin, mais en face on voyait d'autres éléments descendre sous le dôme – sans doute des astres que je ne connaissais pas, propres au ciel du dehors : un croissant argenté, ainsi que plusieurs formes ciselées en pierres précieuses qui scintillaient dans la lumière.

À quoi devait donc ressembler cet endroit la nuit ? Emila s'éloignait, penchée sur sa planchette sans faire attention à moi, et je la suivis à contrecœur.

Des rais de lumière tombaient du dôme, illuminant la mosaïque splendide qui s'étalait devant moi : une rose des vents étincelante pointant les portes des différentes ailes de l'Institut. Des plaques en bronze indiquaient la destination de chacune.

Emila m'entraîna vers celle du service de *Collecte & Réclamation*. Sous la plaque principale, un plan fléché présentait les couloirs qui s'ouvraient de part et d'autre. À droite se trouvait le laboratoire biothaumatique ; à gauche, le musée et la salle des Archives.

Je m'arrêtai net. Le dallage crissa bruyamment sous mes semelles. Je fis la grimace mais Emila continua sans même lever la tête.

On ne nous parlait pas beaucoup d'histoire à l'école. Nous savions que l'Institut nous avait sauvés des conséquences fatales de la guerre, plus d'un siècle auparavant, et cela nous suffisait. L'Institut conservait les détails pour lui. Le peu qu'on nous enseignait du monde qui avait précédé les guerres était à la fois stupéfiant et terrifiant : un monde rempli de sorciers renouvelables et de machines gigantesques alimentées par la magie, de mécanimaux, de luttes de pouvoir sans commune mesure avec la vie paisible de notre ville.

– La salle des Archives, murmurai-je.

L'écho de ma voix résonna sous la coupole et me revint aux oreilles. Cette salle abritait l'ensemble des archives du siècle écoulé – y compris le compte-rendu des rares explorations effectuées au-delà du Mur depuis sa création. Le nom de Basil devait figurer sur un document quelque part dans ses rayons. Aurais-je jamais une autre occasion de ce genre ?

Je lançai un coup d'œil vers la silhouette d'Emila qui s'éloignait dans le couloir vers le service de Collecte. Elle avait pris une telle avance que j'aurais dû courir pour la rattraper. Je pourrais facilement prétendre que je l'avais perdue de vue pendant que j'admirais la coupole. Ce ne serait pas vraiment un mensonge.

Je pris une grande respiration, puis m'engageai dans l'autre couloir.

Une fois passé le dôme, le couloir n'était plus éclairé que par de longs plafonniers scintillants. On pouvait produire de la lumière par la seule force de la Ressource – mais cela gaspillait beaucoup d'énergie. Un vitrarius compétent, cependant, pouvait canaliser la Ressource à travers de minuscules filaments de verre qui diffusaient une lueur concentrée.

Je savais que l'Institut était éclairé de cette façon. Depuis le toit de notre immeuble, je l'avais souvent vu scintiller au loin à la nuit tombée, illuminant la coupole du Mur. Mon père aimait m'emmener là-haut à son retour de l'usine d'épuration. Nous restions assis au bord du toit, les jambes dans le vide, à regarder les lumières s'allumer une par une, chaudes et dorées, tandis que le disque solaire s'effaçait au profit d'une pénombre violette.

Quand Basil et d'autres volontaires passèrent le Mur à la recherche de nouvelles sources d'énergie pour le compte de l'Institut, mon père et moi prîmes l'habitude de monter sur le toit tous les soirs – comme si nous espérions les voir revenir, alors que c'était parfaitement impossible.

Pendant six longues semaines, nous n'eûmes aucune nouvelle d'eux. Et puis un jour, l'Institut fit placarder un avis qui les déclarait officiellement disparus, présumés morts. Avant la collecte, un enfant avec sa réserve de Ressource intacte pouvait survivre un certain temps hors du Mur. Mais pas indéfiniment.

Pas de cadavre, pas de Réajustement – rien de définitif, rien à quoi nous puissions nous raccrocher. Il avait tout simplement disparu. On nous attribua quelques jetons de rationnement supplémentaires à titre compensatoire, quelques jours de congés loin de l'école ou de l'usine pour faire notre deuil, mais on ne nous dit rien de plus.

Caesar réagit à peine ; il se lança à corps perdu dans son travail de régulateur. Mon père, en revanche, restait obsédé par l'idée de découvrir ce qui s'était passé. À force d'insister, il en vint à pester publiquement contre l'Institut. Il fut convoqué devant le Conseil de régulation pour son comportement perturbateur. Même Caesar n'avait pas pu nous dire quand il rentrerait, ni même s'il serait condamné au Réajustement. Le père dont j'avais gardé le souvenir ne revint jamais. Il fut remplacé par un drone placide et docile. À peine s'il eut un mot pour moi ou pour ma mère, laquelle compensa en gâtant Caesar, en lui mijotant des petits plats pour midi alors qu'il habitait à l'autre bout de la ville.

Et mon père ne m'emmena plus jamais sur le toit.

Un soir, j'essayai d'y monter toute seule – pour le réconfort et l'émerveillement de la lumière magique de l'Institut – mais je ne vis qu'une vague lueur sur la voûte du Mur, comme une tache de graisse à la surface de l'eau de vaisselle.

Cependant, revoir ces mêmes lumières au-dessus de ma tête, baigner dans leur éclairage doré, était une expérience radicalement différente. Contrairement aux lampes à huile que nous avions chez nous, elles ne chauffaient pas et ne brillaient pas. J'en avais pourtant des picotements sur la peau, comme si une onde de chaleur m'avait touchée. J'entendais par-dessus mes pas un bourdonnement léger, pareil à celui d'un pixie ; moins crispant que le bruit de l'aube, il ne faiblissait pas. Il vibrait avec insistance à la base de mon crâne.

Le sol du couloir était en pierre polie réfléchissante, donnant l'illusion que je descendais un tunnel de lumière. Mon cœur battait au rythme de la pulsation magique des lampes, mais j'avais fait mon choix – quand bien même j'aurais rebroussé chemin, Emila serait partie depuis longtemps. J'étais déjà perdue, et je n'aurais pas deux fois une occasion pareille. Je me ferais prendre, et punir, mais pour une chance de découvrir ce qu'était devenu Basil, j'estimais que le jeu en valait la chandelle.

Le long couloir s'achevait sur une mince porte en bois, que j'entrouvris avec prudence. Comme je n'entendais rien de l'autre côté, je l'ouvris complètement.

Je découvris une immense galerie, bordée de chaque côté de sculptures fantasmagoriques. Je refermai la porte derrière moi et m'arrêtai devant la première statue. Elle figurait une créature monstrueuse que je ne reconnus pas : couverte d'une épaisse fourrure brune, elle se dressait sur son arrière-train en brandissant deux pattes griffues. Ses mâchoires s'écartaient sur un rugissement silencieux ; ses crocs brillaient. Je m'aperçus avec stupeur qu'il ne s'agissait pas d'une sculpture mais des restes d'une créature authentique, vidée et empaillée. Horrifiée et fascinée à la fois, je me penchai pour lire la plaque fixée sur son socle.

– *Ursus arctos horribilis*, lus-je à voix haute.

Horrible, effectivement, me dis-je en reculant sous le regard vitreux de ces yeux morts.

Je repartis en soulevant des échos sous la galerie. Au-dessus de moi, des oiseaux dont l'espèce était éteinte depuis longtemps pendaient au bout de leurs fils, les ailes déployées en une parodie de vol. Certains étaient si petits que je les distinguais à peine, un autre était plus grand que moi. Des deux côtés, des représentants d'espèces disparues au cours des guerres me dévisageaient d'un air sinistre.

On voyait aussi des mécanimaux, des simulacres mécaniques, au repos, faute de magie pour les alimenter. *Canis lupus familiaris*, lus-je sur le socle de l'un d'eux.

Une vitrine capta mon regard. Je me penchai pour en examiner le contenu – et reculai en sursaut. À l'intérieur reposait un pixie, aussi réel que celui que j'avais annihilé.

Mon cœur cognait dans ma poitrine, mais le pixie était inerte. Il ne pouvait pas me voir – sans quoi il serait déjà parti prévenir l'Administratrice qu'une candidate à la collecte se promenait où elle n'aurait pas dû. J'avalai ma salive et me forçai à l'étudier de plus près. Son corps trapu, tout en cuivre, reposait sur six pattes arachnéennes ; ses ailes délicates étaient déployées, comme s'il allait s'envoler. Il n'avait pas d'yeux, rien que ses capteurs à facettes réglés sur la Ressource et ses longues antennes graciles pour recevoir ses instructions.

La plaque sous la vitrine indiquait qu'il s'agissait d'un prototype, datant de l'époque où les pixies n'étaient qu'un gadget pour les riches, avant que l'Institut ne les modifie pour ses besoins. Il avait l'air tout aussi froid et calculateur que ses descendants. Je m'écartai de la vitrine en frissonnant.

La salle suivante était sombre, caverneuse, agrémentée de longues tables et de rangées d'étagères, et je dus plisser les paupières le temps que mes yeux s'habituent à l'obscurité. Quelque chose bougea dans le cercle de lumière d'une lampe et je me rendis compte qu'il y avait quelqu'un assis à l'une des tables – je filai m'accroupir derrière une étagère.

Forçant mon pouls à ralentir, je jetai un coup d'œil. Au fond de la salle, un vieil architecte à la barbe soignée et aux sourcils en bataille se tenait assis à un bureau chargé de livres.

Mon cœur fit un bond. J'avais lu et relu je ne sais combien de fois les quelques livres de l'école – sans jamais me douter qu'il pouvait en exister autant ! On en voyait dans toute la pièce, flottant dans une odeur de cuir et de poussière. Même la bibliothèque derrière laquelle je me cachais en était pleine. Un monde entier de connaissances était enfermé là, dépassant de très loin tout ce que j'aurais pu imaginer. Derrière le bureau de l'architecte s'alignaient d'innombrables rayonnages encombrés de cartons et de documents. Les archives.

L'homme n'avait plus esquissé un geste depuis que je l'avais remarqué, et j'envisageai un bref instant de le contourner à la faveur de la pénombre pour consulter les documents. Mais avant que je puisse mettre mon plan à exécution, un frisson de magie me traversa la tête tandis qu'un carillon discret venait briser le silence.

– L'ensemble du personnel accrédité code rouge dans le bureau de l'Administratrice, s'il vous plaît, susurra une voix suave.

Depuis ma cachette, je vis l'architecte dresser la tête, soupirer profondément, puis se lever et se diriger vers moi. Je reculai dans l'ombre et retins mon souffle jusqu'à ce que j'entende la porte s'ouvrir et se refermer.

Maintenant ou jamais. Je m'enfonçai en direction des archives au fond de la salle. Il me faudrait plusieurs jours rien que pour les parcourir, et si ce « code rouge » me concernait, je n'avais peut-être que quelques minutes devant moi.

Avec un peu de chance, les archives seraient classées par ordre alphabétique et je trouverais le dossier de mon frère à notre nom de famille. J'entrepris d'examiner les dossiers. Le sommet de l'étagère était occupé par des cartons ; au bout de quelques secondes, mon regard fut attiré vers le haut – et j'en eus le souffle coupé. *Ainsley, Basil.* L'étiquette du carton voisin indiquait la même chose. Mon regard descendit lentement le rayonnage, en comptant au moins une douzaine de cartons portant tous le nom de mon frère. Seul le dernier affichait autre chose : *Ainsley, Syrli.*

Je restai plantée là, le nez en l'air, à fixer mon propre nom dans la pénombre, quand un bruit de pas ramena brusquement mon attention du côté de la porte. Deux femmes en blouses bleues venaient d'entrer. Je me cachai de nouveau derrière les étagères.

– D'accord, mais pourquoi serait-elle venue ici ? demanda l'une des deux d'un ton exaspéré.

J'entendis un raclement de chaise et un grincement de bois, pas loin.

– Que veux-tu que j'en sache ? Tu veux peut-être poser la question à l'Administratrice ?

La première femme eut un rire nerveux, ponctué d'un bruit d'ongles tapotant sur une table.

– Pas vraiment. Quand même, si j'étais une gamine perdue dans l'Institut, ce serait le dernier endroit où j'irais me réfugier.

– Oh, ce n'est plus exactement une gamine.

J'aperçus une porte non loin de moi dans le mur du fond. J'aurais peut-être pu l'atteindre sans me faire remarquer, mais... depuis l'endroit où je me tenais, je distinguais juste l'un des cartons portant le nom de mon frère.

– Je suppose qu'on n'a plus qu'à attendre ici jusqu'à ce qu'elle soit retrouvée, fit l'une des assistantes en soupirant. Ça ne devrait pas traîner, ils sont en train de lâcher les pixies.

Un frisson me parcourut. Après un dernier regard au carton au-dessus de moi, je m'arrachai à ma cachette et gagnai la porte dans le mur du fond. Je me glissai de l'autre côté et la refermai derrière moi sans un bruit.

J'attendis un instant dans le couloir, les yeux clos, que les battements de mon cœur se calment et que ma migraine s'atténue. Je pressai la paume de ma main contre la porte que je venais de franchir, comme si j'avais le pouvoir d'aspirer les réponses à travers. J'étais passée si près ! J'ignorais totalement ce que pouvaient contenir tous ces cartons consacrés à mon frère. Les maigres informations qu'on nous avait données après sa mort auraient tenu sur une demi-feuille de papier.

Et pourquoi avaient-ils un dossier sur moi ?

Les pixies me découvriraient tôt ou tard, et il n'était pas question que je me fasse prendre là. De toute évidence, je n'avais pas à connaître l'existence de ces dossiers.

Le couloir dans lequel je me tenais était beaucoup moins somptueux que celui qui m'avait amenée jusqu'ici. Les plafonniers diffusaient une lumière blanche et crue sur un sol gris terne. Une intersection s'ouvrait un peu plus loin, mais seuls deux embranchements comportaient des panneaux. Celui de droite indiquait le laboratoire biothaumatique tandis que celui de gauche affichait *Coupole*. Je n'avais qu'à suivre cette direction. J'expliquerais que je m'étais laissé distraire par la splendeur de la coupole, et que j'avais perdu de vue Emila.

Je me tournais vers le couloir en question quand j'aperçus quelque chose du coin de l'œil. Le troisième embranchement ne comportait pas de panneau, rien qui puisse indiquer où il conduisait. Je le suivis du regard, la tête pleine du bourdonnement magique des lampes, cherchant ce qui m'avait intriguée.

Le couloir s'incurvait progressivement, si bien qu'on n'en voyait pas le bout. Et puis, l'une des lampes clignota et s'assombrit un court instant. Simple défaut de fonctionnement. J'allais faire demi-tour quand les plafonniers au-dessus de moi s'éteignirent tout à coup. Je n'eus pas le temps de me réjouir de ne plus les entendre : avant que mes yeux puissent s'habituer à l'obscurité, ils se rallumaient dans un grésillement de magie douloureux qui me laissa pantelante. La section plongée dans le noir s'était déplacée dans le couloir, et je la suivis en titubant pour échapper au fracas de la Ressource qui résonnait sous mon crâne. Les lumières s'éteignirent une fois de plus devant moi. Une onde noire s'éloigna ainsi, à mesure que les lampes s'éteignaient et se rallumaient, jusqu'au fond du couloir où elle finit par disparaître derrière la courbe.

Je fis un autre pas, et la section obscure se déplaça avec moi. Elle réagissait à mes mouvements. Elle me *montrait* la voie.

J'hésitai. Je savais que j'aurais dû retourner sous la coupole. Ne rien faire qui risque d'attirer davantage l'attention. Oublier tout ce que j'avais pu voir.

La main dans la poche, les doigts repliés sur l'oiseau en papier de Basil, je suivis les lumières.

Le couloir donnait l'impression de se poursuivre sur plusieurs kilomètres. Je n'en étais pas tout à fait certaine, mais je crus le sentir descendre légèrement, comme s'il décrivait une spirale vers le bas. Une porte finit par se dessiner tout au bout. Je me figeai une seconde, et les lumières s'immobilisèrent. Puis elles repartirent en direction de la porte, avant de s'arrêter de nouveau.

– C'est bon, c'est bon, grommelai-je en jetant un coup d'œil aux lampes sombres au-dessus de moi.

La porte s'ouvrit sans résistance sous ma main.

La salle que je découvris derrière, plongée dans la pénombre, donnait l'impression d'une immense grotte circulaire. Au milieu se dressait une masse claire aveuglante, où des rubans de lumière arrivaient de toutes parts pour se brancher sur la machinerie la plus complexe qu'il m'ait été donné de voir. Le grondement de ses rouages le disputait dans ma tête au fracas du mélange magie et machine.

Juste derrière la porte, une rampe métallique descendait en spirale vers la lumière. Mes pieds m'y entraînèrent d'eux-mêmes.

À mesure que je me rapprochais, la lumière qui alimentait les machines se fit plus distincte. Elle était grande et mince, avec à son sommet une forme qui évoquait une tête…

Il s'agissait d'une personne. Bien qu'elle ne porte pas de vêtements, la lumière était trop forte à cette distance pour que je puisse distinguer ses traits ou même son sexe. Des filaments de verre semblaient se brancher directement dans sa peau et remonter vers les mécanismes au-dessus d'elle en canalisant la Ressource. De même que le fer constituait un isolant pour la magie, le verre en était le meilleur conducteur.

La pièce entière vibrait. Même si je n'avais jamais senti la Ressource en aussi grande quantité, il y avait là une tension sous-jacente qui me rappela le tour de Basil, ainsi que ma propre expérience désastreuse. J'entendais aussi, à peine décelables sous la violence de ce flot d'énergie, les notes pures et suaves de la magie brute. La lumière me faisait mal aux yeux.

Je cessai de marcher et me penchai à la rambarde de la passerelle pour contempler la créature. J'en restai pétrifiée d'horreur.

La malheureuse vivait encore, il n'y avait pas le moindre doute. Je distinguais mieux son visage maintenant que mes yeux s'habituaient à la lumière. Une peau blanche, des paupières closes, des traits délicats, des lèvres figées en un O étrange.

Elle ouvrit les paupières. Je poussai un petit cri et tombai en arrière, en me cognant violemment contre la rambarde opposée.

La douleur me fit reprendre mes esprits. J'éprouvais toujours une forte envie de m'enfuir, mais en même temps, j'observais la scène avec détachement. Avec une clarté choquante, je me rendis compte que cette envie n'émanait pas de moi.

Retenant mon souffle, je me remis debout face à la créature aveuglante suspendue par le verre. J'ignore comment je le savais, mais j'étais convaincue qu'il s'agissait d'une femme. Et elle ne me lâchait pas des yeux. Ses iris étaient aussi blancs que le reste de sa personne, et les points noirs de ses pupilles me fixaient. Elle entrouvrit ses lèvres gercées. Un liquide brunâtre visqueux s'en échappa pour lui couler sur le menton.

– Sauve-toi, me souffla-t-elle.

4

Mes chaussures plates résonnaient douloureusement contre le métal pendant que je m'enfuyais au pas de course.

À peine avais-je atteint la porte que je me cognai dans une espèce de mur rouge ; j'aurais rebondi en arrière si le mur n'avait pas tendu les mains pour me rattraper.

Puis je vis qu'il s'agissait en réalité de l'Administratrice.

Je ne l'avais jamais vue d'aussi près. Ses courts cheveux noirs bouclaient sous son double menton. Sa frange s'arrêtait juste au-dessus des sourcils, parfaitement épilés. Au-dessus du col droit de son habit rouge, l'emblème des architectes – un compas dont la pointe étincelait à la lumière – pendait au bout d'un fil de cuivre épais. Elle me dévisagea pendant un instant d'un air stupéfait, ses lèvres minces entrouvertes, ses petits yeux plissés. Comme si elle me jaugeait.

Puis son expression se radoucit.

– Holà ! s'exclama-t-elle. On dirait que tu as vu un fantôme !

Son visage rond luisait de transpiration, comme si elle venait de courir.

– Il y a une… bafouillai-je, incapable d'articuler tellement je tremblais. Et elle m'a regardée, et… et…

– Mon Dieu, dit-elle. Viens avec moi, ma petite caille. Tu t'es mise suffisamment en retard pour aujourd'hui, tu ne crois pas ? On va te conduire à la Machine, puis au festin et à toutes les surprises que nous t'avons réservées. D'accord ? Tu vas adorer les petits plats qu'on t'a préparés.

C'est ainsi, avec un mélange d'enthousiasme bon enfant et de force brute, que l'Administratrice m'entraîna dans le couloir. Elle s'arrêta devant la deuxième porte que nous atteignîmes, et passa un badge dans une fente à côté de la poignée, qui se déverrouilla avec un déclic. Je fis à peine attention au chemin que nous suivions jusqu'à ce que nous parvenions devant une haute porte coulissante.

Elle me poussa dans une pièce minuscule, et la porte se referma derrière nous.

– Mais où sommes-n… ? commençai-je.

Puis le sol se rua vers moi dans un fracas de machinerie.

Je tendis brusquement les mains pour me retenir, et me rendis compte que la pièce entière bougeait. Je la sentais monter à toute vitesse. L'Administratrice se pencha pour m'aider à me relever.

– Désolée, mon poussin, s'excusa-t-elle avec un grand sourire. L'ascenseur, ça surprend toujours un peu quand on n'est pas habitué. Ne t'en fais pas, c'est sans danger.

« Il n'y en a plus pour longtemps, ajouta-t-elle alors que la cabine s'immobilisait et que les portes s'ouvraient en chuintant. La Machine est juste devant.

J'eus une vision fugace de moi à la place de la créature de lumière, avec des fils de verre glissés dans les veines. Je faillis vomir sur l'habit rouge de l'Administratrice.

Elle me poussa dans une pièce grise qui ne contenait qu'un banc contre un mur. Puis elle m'adressa un petit signe encourageant avant de ressortir.

– Détends-toi, et tout sera fini avant que tu aies pu dire ouf, me promit-elle.

La porte se referma avec un chuintement. Les bruits mécaniques si caractéristiques de l'Institut me devenaient rapidement familiers.

Je ne vis aucune trace d'une quelconque machine autour de moi, juste l'éclairage grisâtre d'un plafonnier au-dessus de ma tête. La pièce ne comportait qu'une seule porte, et après quelques secondes je m'en approchai en hésitant. Je faillis me cogner dedans car elle refusa de s'ouvrir devant moi comme elle l'avait fait pour l'Administratrice. Un début de panique me serra la gorge. Peut-être allait-on me punir, en fin de compte.

J'étais sur le point de taper du poing contre la porte quand la lumière vacilla au-dessus de moi. Une drôle de voix métallique sortie de je ne sais où me demanda :

– Veuillez vous déshabiller et laisser vos vêtements sur le banc, s'il vous plaît.

Je m'approchai du banc avec réticence. La plupart des filles qui venaient ici devaient avoir onze ou douze ans tout au plus. J'en avais seize. L'idée de me montrer nue était insupportable. Personne ne m'avait prévenue de ça. Il est vrai que personne ne m'avait raconté grand-chose à propos de la collecte, à part que c'était formidable.

– Hum, dis-je, en dirigeant ma voix vers le plafond dans l'espoir que quelqu'un m'entende, est-ce que je pourrais juste… ?

– Veuillez vous déshabiller et laisser vos vêtements sur le banc, s'il vous plaît.

La voix s'était répétée sur un ton parfaitement identique. Cette fois, je perçus son débit heurté, ses pauses peu naturelles. Une voix de machine.

Avec un frisson, j'ôtai mon chemisier et mon pantalon et les jetai pêle-mêle sur le banc. Je me débarrassai de mes chaussures et les poussai dessous. Quand je me redressai, la voix répéta son message une troisième fois. Quelqu'un, quelque part, était en train de me surveiller. Même avec l'éclairage médiocre, cette personne voyait tout. Frémissante, je retirai aussi mes sous-vêtements, que je glissai dans mon pantalon. Aussitôt, un fracas mécanique se fit entendre et une deuxième porte apparut face à la première. Elle se fondait si bien dans le mur que je ne l'avais pas remarquée jusque-là.

Pourquoi personne ne m'avait préparée à ça ?

Je ravalai mon humiliation et ma confusion et regardai coulisser cette nouvelle porte. Derrière, un chemin dessiné par des veilleuses s'enfonçait dans l'obscurité. Au moins faisait-il plus sombre de l'autre côté – je m'empressai de franchir la porte, ravie d'échapper aux regards.

À peine fus-je passée que la porte claquait derrière moi. Je me souvins brusquement de l'oiseau de papier plié dans ma poche, et de ce que j'avais fait. Et s'ils parvenaient à sentir un reste de magie sur lui ? Je fis demi-tour et plaquai les mains contre la porte, cherchant un moyen de l'ouvrir – mais je ne sentis que du métal lisse.

Le chemin éclairé menait jusqu'à un fauteuil. Ce dernier s'illumina. La voix résonna de nouveau :

– Veuillez prendre place. Une fois assise, ne bougez plus, s'il vous plaît.

Toujours la même voix creuse et métallique.

Je me dirigeai vers le fauteuil. Mes pieds nus produisaient sur le sol des bruits de succion qui résonnaient étrangement. Je ne voyais rien au-delà du cercle de lumière devant moi.

L'éclairage tremblotant émanait de panneaux de verre intégrés au fauteuil. Une légère douleur me saisit les tempes et je compris que si la lumière augmentait encore, mon mal de crâne reviendrait en force.

Subitement, je me rendis compte qu'il s'agissait de la Machine dont l'Administratrice avait parlé. Je ne vis aucun filament de verre qui m'attendait pour me piéger. J'entendis la voix métallique me répéter ses instructions encore deux fois avant de me décider à m'installer prudemment dans le fauteuil.

Il était tiède. Je me recroquevillai dessus, gagnée par la chair de poule. Un bandeau descendit du haut du fauteuil pour m'encercler le front.

Pas de panique, me dis-je en fermant les yeux et en m'efforçant de contrôler ma respiration. J'essayai de me représenter Basil en train de me reprocher d'avoir peur et de me comporter comme une idiote, mais je n'y parvins pas. Je crois que Basil aurait été tout aussi impressionné à ma place.

Quand je rouvris les yeux, je m'aperçus qu'une mince lueur continuait à s'échapper du fauteuil sous mes fesses. Je tentai de distinguer la forme de la pièce qui m'entourait, mais la pénombre me jouait des tours. Je crus apercevoir d'autres machines, dont les bords métalliques scintillaient faiblement juste au-delà du cercle de lumière. J'attendis, frémissante, qu'il se passe quelque chose – que le fauteuil s'anime, ou que la voix me donne de nouvelles instructions. Mais rien ne se produisit.

À l'école, on nous décrivait la collecte comme une transition. Un rite de passage à l'âge adulte, le procédé par lequel nous nous dépouillions de notre Ressource enfantine avant d'accéder aux fonctions qui seraient les nôtres pour le restant de nos jours. Nous grandissions dans l'idée qu'il était merveilleux d'apporter ainsi notre contribution au fonctionnement de la ville. Les gens parlaient du festin, de la joie d'intégrer les rouages du système, de la satisfaction d'abandonner son enfance derrière soi. Mais personne ne parlait jamais de la collecte proprement dite. J'avais attendu avec impatience le festin, le fait de grandir, de sortir enfin des limbes. Pourquoi n'avais-je jamais demandé précisément ce qu'on me ferait ici ? Pourquoi n'avais-je pas demandé si le fait d'être dépouillée de ma magie serait douloureux ?

L'attente était une torture en soi. Chaque centimètre carré de ma peau se révoltait contre la moiteur tiède du fauteuil. À chaque spasme involontaire, je faisais danser et vaciller la lumière qui s'échappait de sous mes cuisses. Je ne pouvais pas bouger la tête. Un souvenir désagréable me revint – celui du tunnel dans les égouts où j'étais restée coincée. Je respirai avec difficulté.

Et puis, sans préavis, les lumières du fauteuil s'éteignirent. Le sang gronda à mes tympans tandis qu'un vertige s'emparait de moi, me laissant la tête légère et la bouche sèche. Des picotements me parcoururent, et les poils de mes bras se hérissèrent. En essayant de lever la main pour me gratter le coude, je m'aperçus que je ne pouvais plus bouger.

Mes poumons se contractèrent, et la panique m'envahit. Les ténèbres s'étaient refermées sur moi, et j'avais beau tirer de toutes mes forces, je ne parvenais pas à me décoller du fauteuil. Comme si j'avais été faite de métal et que je m'étais assise sur un aimant géant.

Mon vertige s'amplifia tandis qu'un bourdonnement, le même bruit discordant produit par les panneaux lumineux dans le couloir, s'échappait du fauteuil. Cette fois, je le sentis résonner jusque dans mes os, et très vite, j'eus l'impression que j'allais me disloquer. Chaque molécule de mon corps vibrait.

Je voulus crier aux opérateurs d'arrêter la Machine, mais mes cordes vocales étaient également paralysées. Personne ne m'avait jamais parlé d'une collecte aussi douloureuse. La mienne était sur le point de tourner horriblement mal.

À moins qu'ils n'aient tout découvert. Peut-être s'agissait-il d'un châtiment.

Alors que j'étais sûre que ces vibrations allaient me désintégrer, une douleur fulgurante me déchira le dos. Je sentis quelque chose s'enfoncer sous ma peau, le long de ma colonne vertébrale. Je revis brièvement la malheureuse créature transpercée par ses filaments de verre.

J'ouvris la bouche et hurlai sans un bruit jusqu'à ce que les ténèbres finissent par m'engloutir.

5

Je pris vaguement conscience qu'on m'aidait à descendre du fauteuil. Mon dos me faisait mal, j'avais les jambes en coton, mais on me soutenait d'une main ferme.

– Alors, ça n'était pas si terrible, si ?

Un visage rond et joyeux se précisa devant moi.

– Non, répondis-je d'une voix rauque, l'esprit embrumé. Ça… ça va.

Les lampes s'étaient rallumées et diffusaient une lueur apaisante autour de moi. La personne au visage rond me fit enfiler une tunique et m'entraîna par le bras. Nous franchîmes une porte qui s'ouvrit toute seule avant de se refermer derrière nous.

– Tu dois avoir faim. On a toujours un creux après la collecte. Je peux te conduire directement au festin si tu veux. Qu'en dis-tu ?

Elle avait raison – en fait, je mourais de faim.

– D'accord, dis-je d'une voix plus naturelle.

Je tenais déjà beaucoup mieux sur mes jambes. De quoi avais-je eu si peur ? Peu importe, j'avais mon festin qui m'attendait.

– Splendide ! s'exclama la personne au visage rond.

Je me souvenais d'elle à présent – l'Administratrice.

Et je me souvenais aussi… d'autre chose. J'avais l'image d'un fauteuil brillant, la notion vague qu'on m'avait touché le dos. Et je revis également quelqu'un d'autre. Une créature de lumière, dont le regard cherchait le mien. Et le verre. Je me souvenais qu'il y avait eu du verre…

– Par ici, ma chérie ! dit l'Administratrice en me poussant gentiment dans une pièce minuscule qu'il me sembla reconnaître.

– Attention au démarrage, me prévint-elle en se glissant derrière moi. Ça va secouer un peu !

Le sol s'ébranla sous mes pieds avec une secousse. Je fléchis les genoux mais réussis à conserver l'équilibre. La sensation était étrangement familière.

Le trajet ne dura pas longtemps, tout juste assez pour m'habituer au mouvement de la cabine. Les portes s'écartèrent dans un chuintement.

– Alors, c'était chouette, non ? s'exclama l'Administratrice en riant. Par ici, mon poussin. Viens t'asseoir.

Devant nous s'étendait une grande salle dominée par une immense table en bois. Je n'avais jamais vu une telle masse de bois. De toute évidence, la table était destinée à recevoir des dizaines de convives. Je m'assis à une extrémité. Le dossier de ma chaise me parut étonnamment froid, comme si mon dos était encore sensible après une irritation récente.

L'Administratrice vint à côté de moi. La salle était décorée à la manière des salles à manger d'autrefois, avec un tapis épais sur le sol et des lumières douces au plafond. J'avais la sensation curieuse que ces lampes auraient dû me donner la migraine ; pourtant, il n'en était rien. Une cheminée où brûlaient de fausses flammes trônait à une extrémité de la salle.

Un chien mécanique y sommeillait sur un tapis. Je n'avais encore jamais vu aucun mécanimal en dehors du musée que nous visitions chaque année avec l'école. Je fixai le chien, dans l'espoir de le voir bouger, jusqu'à ce que l'Administratrice me touche le coude.

– Il est temps de faire les présentations, m'annonça-t-elle avec entrain. (Son sourire suave et sa voix chantante me firent m'agiter nerveusement sur ma chaise.) Je suis l'Administratrice de la collecte et de l'électricité de l'Institut, mais tu peux m'appeler Gloriette. Je suis là pour rendre ton séjour le plus agréable possible, et j'espère que tu voudras bien me considérer comme une maman de substitution pendant les prochains jours. Je tiens vraiment à ce que tu profites au maximum de ces instants.

Pendant qu'elle disait cela, une jeune femme en blouse bleue d'assistante sortit d'une autre pièce avec une serviette et de la vaisselle en argent qu'elle posa devant moi. Mon estomac se mit à gronder. J'étais prête à endurer tous les sermons du monde si on voulait bien me laisser manger à ma faim pour une fois.

– En temps normal, il y aurait quatre ou cinq autres enfants ici avec toi, m'apprit Gloriette.

J'essayai de ne pas réagir en m'entendant traiter d'enfant.

– Au cours des deux prochains jours, on va t'interroger et te faire passer différents examens. Après quoi, on t'assignera une fonction pour cinq ans. À l'issue de cette période, tu pourras solliciter ta réaffectation, ou bien, si tu n'as pas donné satisfaction, on envisagera ton Réajustement.

Elle termina son discours sur un petit sourire triste. J'avais déjà noté son habitude de faire glisser un ongle le long du fil de cuivre auquel pendait son compas d'architecte. Elle refit ce geste en laissant le mot « Réajustement » flotter dans l'air. Jouer avec son pendentif était plus qu'un tic ; c'était aussi un moyen subtil de me rappeler son rang. Et malgré son expression attristée, j'avais du mal à l'imaginer en train de verser une larme au moment d'ordonner un Réajustement.

– Quand tu auras fini de manger, appelle un assistant et demande-lui de te conduire à ta chambre.

Elle inclina sa face ronde luisante de transpiration. Comme en réponse à un signal, l'assistante revint en portant un plateau. Elle le déposa devant moi et j'en oubliai aussitôt l'Administratrice.

C'était un plateau individuel, mais qui contenait plus de nourriture que je n'en avais jamais vu en une seule fois. Les aliments que nous mangions en ville poussaient de l'autre côté du Mur, où ils étaient cultivés et récoltés par des machines adaptées à la rigueur des conditions extérieures. La plupart du temps, cependant, les gens comme moi n'en voyaient pas la couleur – pas sous une forme reconnaissable, en tout cas. Sauf le jour de la Collecte.

Des montagnes de nourriture s'empilaient sur le plateau. Un grand bol de soupe, une assiette de légumes, une petite corbeille de pain, et – mon estomac se cabra – de la margarine. La production de graisse végétale était si coûteuse en énergie que même les gens de l'Institut n'en consommaient pas souvent. Quand son odeur parvint à mes narines, je m'arrachai à la contemplation du plateau pour jeter un regard implorant à Gloriette.

Elle rit ; tous les plis de son visage tressautèrent.

– C'est bon, mon poussin, j'ai fini. Vas-y, mange.

Je ne me le fis pas dire deux fois. Je plongeai la tête la première sur une purée de pommes de terre, nappée de sauce aux légumes dont l'arôme surpassait tout ce que j'avais jamais senti. Il y avait aussi un plat de légumes divers que je ne reconnus pas, en tranches vertes et jaunes frites dans l'huile. De la pâte de soja avec de la sauce brune. Des lamelles de carottes marinées dans le vinaigre. Des quartiers de pommes de terre frits, dorés et croustillants.

J'essayais de goûter un peu tout, mais chaque nouveau plat était si délicieux que je finissais par m'en mettre jusqu'aux oreilles. C'était la première fois de ma vie que j'avais le ventre plein. Je trouvais cette sensation hautement inconfortable, et en même temps, étrangement satisfaisante. Et je continuais à m'empiffrer.

Gloriette s'en alla, remplacée par plusieurs assistantes en blouses bleues. Je levai la tête pour les regarder, gênée d'être la seule à manger dans cette salle de banquet. Mais elles m'apportaient de nouveaux plats, et j'oubliai rapidement mon malaise. On déposa devant moi des assiettes de pâtisseries et de sucres d'orge, de gâteaux nappés de caramel, de beignets imbibés de sirop de sucre. Avisant des tranches d'un fruit d'une belle couleur rouge sombre, je me jetai dessus. Je connaissais la pastèque pour en avoir vu des illustrations dans des livres d'histoire, mais rien ne m'avait préparée à son goût. Froid, piquant, le fruit explosa dans ma bouche en un jus délicieusement sucré. À compter de ce moment, je négligeai tout le reste. On débarrassa les plateaux de pâtisseries pour me rapporter d'autres tranches de pastèque. Je les dévorai toutes, ne laissant que la peau.

Quand je décidai enfin de capituler, je me sentais tout chose. La nourriture trop riche me pesait sur l'estomac. J'éprouvais aussi une sensation bizarre, qui n'avait rien à voir avec ce que j'avais englouti. Je n'aurais pas su l'identifier clairement mais une petite voix me soufflait de me méfier ; que j'avais de bonnes raisons d'avoir peur. Si seulement j'avais pu me rappeler lesquelles !

Je mordillai négligemment ma dernière tranche de pastèque, incapable d'abandonner cette table chargée de nourriture même si je ne pouvais plus rien avaler.

Finalement, un jeune homme aux cheveux bruns ondulés et aux épaules légèrement voûtées s'approcha. Il n'était pas beaucoup plus vieux que moi. Il portait un habit rouge, ce qui voulait dire qu'il était né ici, à l'Institut. Son visage semblait sculpté dans le marbre, tout en angles et en méplats. Je le dévisageai avec curiosité, oubliant mes bonnes manières.

– Je m'appelle Kris, me dit-il, avec un sourire bref mais sincère. Prête à découvrir ta chambre ?

J'acquiesçai de la tête, et avant que je puisse me lever, Kris passa dans mon dos pour me tirer ma chaise. À la fois confuse et ravie de cette galanterie, je le suivis en rougissant. Sans être aussi grand que mes frères, il était tout de même plus grand que moi. Il n'avait pas le visage bien nourri des autres résidents de l'Institut, ni la carrure imposante des ouvriers du reste de la ville. Mince, élancé, il se déplaçait avec une nonchalance qui me fit rougir encore plus.

Il me tint la porte et s'effaça devant moi pour me laisser passer. Je détournai les yeux avec difficulté pour jeter un dernier regard au chien mécanique – qui continuait à sommeiller devant la cheminée.

– Il n'est là que pour faire joli, me glissa Kris à l'oreille quand je passai devant lui.

Il laissa la porte se refermer derrière nous puis me précéda dans le couloir.

J'étais bien contente de l'avoir pour guide. Le couloir que nous empruntions ressemblait en tout point à ceux que j'avais déjà vus.

– Alors comme ça, on aime la pastèque, hein ? me dit Kris en s'arrêtant devant une porte.

– Quoi ?

Trop occupée à mémoriser le chemin, je faillis lui rentrer dedans.

– Je t'ai vue en dévorer un plateau entier.

Il me sourit, dévoilant de splendides dents blanches.

– Oh.

Gênée, je baissai les yeux. Et pris conscience que la tunique qu'on m'avait donnée était ridiculement courte.

– Personnellement, j'ai un faible pour les gâteaux, m'avoua-t-il d'un ton joyeux, sans paraître remarquer mon embarras. Mais chacun ses goûts, pas vrai ? On est arrivés.

Il présenta son badge devant la porte et m'ouvrit. Les lumières au plafond s'allumèrent automatiquement.

Je m'étais attendue à un dortoir, ou au moins à une chambre pour quatre ou cinq personnes. Mais Kris me fit entrer dans une petite chambre individuelle, meublée d'un lit et d'une commode à tiroirs. Dans un coin, une porte donnait sur une minuscule cabine de douche dont il me fit la démonstration.

– L'eau n'est pas rationnée, tu peux la faire couler autant que tu veux. Et tu trouveras de quoi te changer dans la commode, continua-t-il. Tu dois avoir envie d'enfiler quelque chose de, hum, un peu plus convenable.

À ce stade, j'étais tellement mortifiée que j'aurais voulu disparaître sur place. Était-ce ma faute si j'étais plus âgée – et plus grande – que la plupart des gamines qui venaient là d'habitude ?

– Oh, c'est ce qu'on m'a donné quand je… protestai-je.

– Je sais, ne t'en fais pas. Je me souviens très bien. Tu aurais dû me voir lors de ma collecte : j'étais tout petit, maigre comme un clou. Je flottais littéralement dans mes vêtements.

Je me retins de bredouiller que je doutais fortement qu'il ait jamais été petit et maigre. Il poursuivit :

– Bon, les règles. Quand tu es censée être dans ta chambre, reste dans ta chambre. Ils sont très stricts là-dessus. Tu risquerais de perturber une expérience ou de te blesser avec le matériel en te promenant toute seule. Dans un petit moment, tu vas te sentir très fatiguée. C'est normal, c'est à cause de la collecte. Tu as la soirée pour te reposer. Les examens commencent demain. Des questions ?

J'aurais aimé trouver quelque chose de spirituel à dire, une chose qui lui donne envie de rester discuter avec moi. Hélas, la seule chose qui me vint à l'esprit fut le souvenir de moi en train de m'empiffrer au festin, et lui qui avait tout vu. J'avais tellement l'habitude d'éviter tout contact, de décourager les regards et les moqueries par une animosité à fleur de peau, que j'ignorais complètement comment attirer l'attention.

– Heu… non, bredouillai-je. Ça va.

– Ne t'en fais pas, tu te sentiras mieux une fois reposée.

Il sourit. Ma poitrine se serra.

– Merci, dis-je.

Je lui adressai un sourire emprunté ; j'étais plus habituée à afficher un air renfrogné, mais sa bonne humeur était si contagieuse que je ne pus m'en empêcher.

– La lumière s'éteindra automatiquement. Si tu as besoin de quoi que ce soit, demande Kris, d'accord ?

Il me salua de la main et sortit de la chambre à reculons, en tirant la porte derrière lui.

Je fouillai dans la commode à la recherche d'un pyjama, mais n'y trouvai que d'autres tuniques comme celle que je portais, ainsi que des pantalons maintenus par un cordon. Aucun n'était à ma taille. J'avais l'impression de me retrouver dans une maison de poupée – le lit était trop petit, les vêtements trop serrés et le pommeau de douche réglé à peu près au niveau de mon nez.

Je ne tenais pas à dormir dans la tunique que je portais – elle me démangeait, et sentait la sueur et la peur. Il n'y avait rien de mieux dans la commode, cela dit, et dormir nue était inenvisageable. Je finis par renoncer et m'écrouler sur le lit. Alors seulement je m'aperçus à quel point j'étais épuisée. Je n'en revenais pas qu'on soit déjà le soir. J'avais l'impression qu'il ne s'était écoulé qu'un instant depuis que je m'étais coincée dans ce conduit sous l'école. Trop lasse pour me rappeler ce qui s'était passé entre mon arrivée à l'Institut et le festin, je préférai m'allonger tranquillement et savourer la sensation d'avoir l'estomac plein. Je repensai à Kris, à son sourire contagieux et à la perfection délicate de ses mains.

La lumière s'éteignit, m'enveloppant dans une obscurité douce et tiède.

Une fois de plus, j'eus la sensation que quelque chose m'échappait, alors même que je m'enfonçais dans le sommeil. J'avais oublié un détail entre mon arrivée sur la pointe des pieds à l'Institut et la gloutonnerie avec laquelle je m'étais jetée sur le festin. Comme si j'avais rêvé, et oublié mon rêve à mon réveil, tout en sachant parfaitement que j'aurais dû me rappeler quelque chose d'important.

6

La lumière me réveilla, sans doute au petit matin, et une voix résonna dans la pièce :

– Bonjour, mon poussin !

Quoique la voix soit déformée par le haut-parleur, je reconnus le débit et le ton de Gloriette. Elle me demanda de m'habiller et de me présenter en salle d'examen. Je grognai, en me rappelant la commode pleine de vêtements trop petits, et me redressai en position assise.

Un jeu de vêtements propres était posé sur la commode. Je savais qu'il ne se trouvait pas là hier soir. Ils m'allaient bien – assez bien en tout cas pour que je ne me sente pas gênée de me présenter dedans. Je ne vis aucune trace de mes vieux vêtements – ni de l'oiseau en papier de mon frère.

Je ne revis pas Kris au petit déjeuner. J'éprouvai une pointe de déception quand une autre assistante vint me conduire aux examens.

Je passai la matinée entière à remplir des questionnaires pour vérifier mes connaissances mathématiques, linguistiques, ma représentation spatiale et ma mémoire. On m'apporta un plateau-repas en salle d'examen, et l'après-midi, la même assistante me conduisit à travers un dédale de couloirs jusqu'à un grand gymnase rempli de matériel. Elle me fit passer à travers différentes machines, en prenant des notes sur sa planchette à pince tandis que je me pliai aux exercices demandés.

Au dîner, j'avais du mal à garder les yeux ouverts : pour une fois, ma fatigue l'emportait sur la faim. Ils avaient dû observer ce que j'avais mangé car ils ne m'apportèrent que des plats que j'aimais. À son arrivée, Kris me trouva le visage enfoui dans ma dernière tranche de pastèque.

– Viens, dit-il en posant la main sur mon épaule. Il est temps d'aller te coucher.

– Je n'ai pas sommeil, protestai-je, consciente de ne pas être crédible avec mes paupières mi-closes et ma voix pâteuse.

Il m'entraîna vers la porte en glissant la main sous mon bras. Je frissonnai à son contact.

– Ce sont deux jours assez fatigants. Tu te sentiras mieux une fois au lit.

Je me souvins à peine du retour jusqu'à ma chambre. L'épuisement me donnait le vertige.

– Et voilà, annonça Kris en m'ouvrant la porte avant de me pousser gentiment à l'intérieur. Dors bien, ajouta-t-il.

Il recula et s'inclina, un bras en travers du torse. La veille encore, j'aurais fait la grimace, sachant qu'il se moquait – mais ce soir je me contentai de sourire malgré moi. Il avait un charme irrésistible. J'eus un pincement au cœur en le voyant se redresser et tirer la porte derrière lui. Il ne me restait plus qu'un jour, après quoi les portes de l'Institut se refermeraient derrière moi et je ne reverrais sans doute plus jamais Kris.

Je levai les yeux vers les lampes. Leur clarté aveuglante me donnait mal au crâne. Cette migraine m'évoquait quelque chose, mais je n'arrivais pas à me rappeler quoi. Je me souvins vaguement d'un couloir, et d'une zone plus sombre dans laquelle la douleur était moins vive. J'avais besoin de réfléchir. J'obligeai mon cerveau à fonctionner en dépit de ma fatigue aussi soudaine que peu naturelle.

Je fermai les yeux, dans l'espoir de parvenir à recréer cette zone sombre pour atténuer la douleur. Elle persista néanmoins, jusqu'au moment où, incapable de résister plus longtemps, je m'endormis.

***

Le lendemain, on continua de m'interroger – à propos de ma famille, de mes hobbies, de mes talents, de ma connaissance de la ville ainsi que de l'histoire d'avant les guerres, et des théories actuelles concernant le monde au-delà du Mur. Je me demandai s'ils posaient ces questions à tout le monde, ou si les examens de la veille avaient révélé mon intérêt pour l'histoire. Impossible de m'imaginer travailler à l'Institut en tant qu'historienne, mais peut-être envisageait-on de me confier un poste d'assistante ?

À l'heure du déjeuner, on me conduisit dans une petite pièce qui ne contenait que deux chaises, dont l'une était déjà occupée. La jeune architecte assise en face de moi passa tout le repas à prendre des notes sur sa planchette à pince. Elle ne donnait pas l'impression de m'étudier, mais sa présence me mettait mal à l'aise et je ne mangeai pas grand-chose.

En me voyant repousser mon plateau, elle leva la tête et me sourit. Elle aussi portait le symbole du compas, mais il pendait innocemment au bout de son cordon, et sa pointe n'était pas aussi menaçante que celle du compas de l'Administratrice. Contrairement à Gloriette, son sourire ne me donnait pas la chair de poule.

– Encore quelques questions et un dernier examen, mademoiselle Ainsley, me dit-elle.

Son sourire s'élargit, et je me rendis compte qu'elle n'était pas beaucoup plus âgée que moi.

Elle me demanda à quel poste j'aimerais travailler. Elle réagit à peine quand je bredouillai « historienne ». Le cœur serré, je la vis griffonner quelques mots sur sa planchette. Combien de personnes avant moi avaient osé émettre des préférences aussi prétentieuses ? J'étais en train de me remémorer les réponses que j'avais pu donner la veille quand elle souleva une question qui me pétrifia.

– As-tu jamais utilisé la Ressource de manière illégale, Syrli ?

Je levai les yeux. L'assistante me dévisageait avec attention.

– Hein ? Non. Non, bien sûr que non.

J'avais l'impression qu'elle pouvait entendre mon cœur cogner contre ma poitrine.

– Très bien, dit-elle, en se penchant de nouveau sur sa planchette.

Elle continua à prendre des notes pendant un moment. J'étais convaincue qu'elle savait que je mentais. Pourquoi n'avais-je pas répondu « non » tout simplement ? Comme un réflexe, je cherchai mon oiseau en papier dans mes poches, mais je ne l'avais plus – et si on avait retrouvé des traces de Ressource dessus, je n'étais pas près de le revoir.

Après quelques dernières questions, elle ouvrit une mallette et en sortit une sphère en cuivre. Quand elle me la tendit, les poils de mes bras se hérissèrent. La migraine contre laquelle je luttais explosa dans ma tête, avant de s'estomper subitement. Le cœur battant, je regardai l'architecte d'un air perplexe.

– C'est un casse-tête, m'expliqua-t-elle en reportant son attention sur sa planchette. Il faut le tourner pour essayer d'aligner les motifs.

J'examinai la sphère. Elle devait être magique, même si elle ressemblait à un simple casse-tête mécanique. Elle se composait de multiples facettes incrustées de verre et gravées de différents motifs. Chaque facette était légèrement concave et épousait la forme de mes doigts.

Je fis pivoter prudemment une première portion de la sphère et fus récompensée par le crissement d'un mécanisme à l'intérieur. La stratégie n'était pas mon point fort, mais mon futur dépendait peut-être de ma réussite à résoudre ce casse-tête. Avisant plusieurs motifs que je pouvais facilement aligner, je manipulai la sphère en conséquence. Chaque fois, le verre s'allumait avec un bourdonnement désagréable qui me faisait grincer des dents.

L'architecte ne parut rien remarquer. Je continuai l'exercice et réussis à mettre en place plusieurs autres facettes. Chaque alignement nouveau était un peu plus difficile que les précédents.

C'est seulement quand la moitié de la sphère fut allumée que je relevai la tête – pour voir l'architecte me fixer d'un air éberlué. Elle avait posé sa planchette sur ses genoux, et tout à coup son visage semblait encore plus jeune que le mien : les yeux écarquillés, la bouche en O.

Ma gorge se serra. Et si cet instrument était capable de détecter que j'avais déjà eu recours à la magie ?

Voyant que je la regardais, elle s'éclaircit la gorge et afficha un sourire contraint.

– Je file aux toilettes, s'excusa-t-elle en se levant dans un raclement de chaise. Toi, heu… continue en m'attendant.

Elle jeta un coup d'œil au casse-tête, puis à moi, et quitta la pièce.

Je restai vissée sur ma chaise, la sphère entre les mains. Le bourdonnement magique, qui ne cessait de se renforcer, me faisait vibrer de la tête aux pieds. Je posai le casse-tête sur le sol en me disant que le phénomène s'arrêterait peut-être. Non seulement les facettes restèrent allumées, mais je ressentis des picotements sur tout le corps.

Je serrais les dents si fort que je sentis ma mâchoire grincer. Je tâchai d'afficher un air décontracté – comment savoir s'ils n'étaient pas en train de m'espionner ? Du bout du pied, je donnai une petite poussée à la sphère en l'envoyant rouler plus loin. Même la distance ne m'apporta aucun soulagement.

Après une éternité, la porte se rouvrit. Une silhouette rouge et dodue fit irruption, en souriant à pleines dents.

– Bonjour, bonjour, ma petite caille ! s'exclama l'Administratrice Gloriette.

Sa fâcheuse manie de m'affubler de différents noms d'oiseaux – tous disparus désormais – me rappelait l'époque où les gens les mangeaient et récupéraient leurs os pour faire du bouillon. Le sourire de Gloriette me donnait l'impression qu'elle se demandait quel goût aurait un bouillon préparé avec mes os.

Elle continua :

– On m'en raconte de belles à ton sujet !

Ah bon ? J'avais la voix enrouée, mais l'Administratrice m'épargna la peine de parler.

– Est-ce que tu t'amuses ici, à l'Institut ?

Je hochai la tête, toujours incapable de prononcer un mot. Gloriette m'adressa un nouveau sourire.

– Ah, c'est formidable, gazouilla-t-elle. Nous voyons si rarement des candidats avec autant de potentiel. Tu pourrais devenir ce que tu veux, tu sais ? Peut-être même l'assistante d'un architecte ! Est-ce que ça te plairait ?

Je fus prise de tournis. Peut-être s'agissait-il d'une ruse – d'un truc pour me déstabiliser, afin de m'amener à me trahir. Au prix d'un gros effort, je retrouvai enfin ma voix.

– Merci, madame, mais je m'intéresse plutôt à l'histoire.

Le sourire de Gloriette s'estompa quelque peu. Apparemment, ce n'était pas la réponse qu'elle attendait.

– Oh, si ce n'est pas adorable ? Je crois que tu ferais une historienne idéale. Bien sûr, nous allons devoir te garder ici quelques jours de plus, le temps de te faire passer d'autres examens. Une historienne, c'est si rare qu'il ne s'agit pas de nous tromper, tu comprends ?

J'acquiesçai de la tête, malgré les craintes qui se bousculaient sous mon crâne. Le fait qu'ils veuillent me garder était très mauvais signe, j'en étais convaincue, et pourtant Gloriette me souriait, m'assurait que j'étais douée et que je pourrais devenir ce que je voudrais.

Tout en continuant son bavardage, elle me prit par le coude et me fit me lever.

– Je te raccompagne jusqu'à ta chambre, mon poussin.

– Je peux rentrer toute seule, proposai-je. Surtout si je dois rester ici comme historienne.

– Non, non, répondit Gloriette en me poussant devant elle. Pas question. Ce serait inconvenant de te laisser errer dans les couloirs sans personne pour t'escorter.

Elle recula vers la porte, et ce faisant, écrasa le casse-tête sous son pied gauche. Elle ne baissa même pas les yeux pour contempler le résultat.

J'affichai un sourire factice, et dis :

– Eh bien, je me plais beaucoup ici. Je suis bien contente de pouvoir rester encore un peu.

Mais au fond de moi, je pensais : *Pourquoi ont-ils si peur de te laisser regagner ta chambre toute seule ?* Je revis mentalement les cartons que j'avais aperçus en venant, avec les étiquettes portant mon nom et celui de mon frère.

Le temps d'arriver à ma chambre, je titubais, et seule la poigne solide de Gloriette sur mon bras me permettait de tenir debout.

– Je pourrais voir mes parents ? demandai-je en m'asseyant sur mon lit. Juste pour leur faire savoir que je vais rester ici encore un peu ?

– Oh, nous allons nous occuper de ça, ma chérie, répondit Gloriette avec un large sourire. Ils seront tellement fiers de toi !

Je m'efforçai d'ordonner le chaos de pensées qui bouillonnait dans ma tête. J'aurais voulu insister pour voir ma famille – on ne pouvait tout de même pas m'interdire de parler à mes parents ? –, mais je fus incapable de formuler les mots. Finalement, je me contentai de fixer l'Administratrice.

– Fiers de moi ? répétai-je stupidement.

Gloriette plissa les yeux, sans cesser de sourire pour autant. Le résultat ne fut pas joli à voir.

– Mais oui, m'assura-t-elle en éprouvant la pointe de son compas avec son pouce. Tu vas accomplir de grandes choses pour la ville.

Aussitôt après son départ, je me remis sur mes pieds et me traînai jusqu'à la porte. Je savais à quoi m'attendre en tournant la poignée. Je ne fus pas déçue : la porte ne bougea pas d'un centimètre.

7

Je me réveillai dans le noir, sans lumière bourdonnante pour m'indiquer s'il faisait jour ou nuit. J'avais dû m'écrouler après le départ de Gloriette. J'étais à peine réveillée depuis quelques secondes que la porte s'ouvrit, laissant entrer de la lumière dans ma chambre. Je restai immobile et silencieuse, mais ne pus continuer à faire semblant de dormir quand une femme en blouse bleue se pencha au-dessus de mon lit pour me secouer gentiment.

– Debout, mademoiselle Ainsley, me dit-elle en me tirant par le bras.

Je me levai, hébétée, groggy. Comme si j'avais dormi une heure à peine. La sensation d'épuisement qui s'était abattue sur moi après le départ de Gloriette ne s'était pas dissipée.

– Qu'est-ce qu'il y a ? grommelai-je. Vous me renvoyez chez moi ?

– C'est l'heure de la collecte, me dit la femme.

Son visage m'était douloureusement familier ; pourtant, je n'arrivais pas à me souvenir où je l'avais vue. Elle se présenta sous le nom d'Emila.

– Ne t'en fais pas, tu peux garder les vêtements dans lesquels tu as dormi.

– Mais, protestai-je d'une voix pâteuse, j'ai déjà eu droit à la collecte. Ce serait plutôt l'heure de m'assigner un poste. Et de me renvoyer chez moi.

– Vraiment ? s'étonna Emila en me conduisant hors de la chambre. Non, je suis sûre qu'il s'agit d'une erreur. La collecte a toujours lieu juste avant le départ.

– Pourtant, je me souviens…

– De quoi te souviens-tu exactement, Syrli ?

Je me rendis compte que je ne me rappelais plus rien de ma collecte. Je me souvenais du festin, des longues heures d'examens et d'entretiens. Je me souvenais d'une poignée de porte qui refusait de tourner, et d'avoir eu peur qu'on découvre que j'avais pratiqué la magie. Je me souvenais de Gloriette me disant que je pourrais devenir assistante. Je me souvenais de Kris, de ses beaux cheveux bruns et de ses mains blanches et lisses. J'avais dû rêver cette histoire de collecte. Et en me disant cela, alors que je commençais à me réveiller pour de bon, je sentis le rêve se dissiper et s'évanouir en fumée.

– Tu pourras revoir ta famille après, me promit Emila, voyant que je ne répondais pas. Est-ce que ça te ferait plaisir ?

Ma famille. Oui, j'avais envie de voir ma mère et mon père.

– Oui, s'il vous plaît, dis-je avec entrain.

Et je cessai de résister.

J'avais à peine posé un pied dans le couloir que la lumière m'aveugla. Et j'eus beau fermer les yeux, je sentais une magie brute vibrer contre mes tempes et ma tête exploser en proie à une douleur violente, étrangement familière.

– Attendez ! dis-je, mais Emila me tira en avant.

– Ne t'en fais pas, l'effet se dissipera juste après la collecte.

Elle m'entraîna dans un labyrinthe de couloirs, à travers lequel j'étais trop éblouie pour m'orienter. J'avais l'impression de flotter, et en même temps, d'être lourde comme du plomb.

Elle me conduisit dans une pièce remplie de gens en habits rouges, qui se pressèrent autour de moi pour m'examiner, me braquer une lumière dans les yeux, me piquer avec de minuscules aiguilles que je sentais à peine. Je les entendais discuter à voix basse sans comprendre un seul mot de ce qu'ils disaient. Leurs voix se mêlaient au grondement que j'avais dans les oreilles, comme s'ils parlaient sous l'eau.

Et puis soudain, je me retrouvai dans une pièce complètement différente, sans éprouver de surprise pour autant. Une femme en habit noir – que signifiait le noir ? – me retira la tunique et le pantalon à cordon que je portais et me lava de la tête aux pieds.

Je passai alors dans une autre pièce, où m'attendait une imposante silhouette rouge avec les traits affables et la voix doucereuse de Gloriette. Je vomis sur le sol ; elle parut à peine s'en apercevoir. Elle me brancha des pinces étranges sur le bout des doigts et me posa des questions tout en regardant quelque chose hors de mon champ de vision. Je ne comprenais pas ce qu'elle me disait, ni les réponses que je lui donnais.

On me transporta dans une pièce remplie de verdure. *Des plantes*, me dis-je vaguement. *Je suis peut-être dans le musée ?* Une plante grimpante chargée de fleurs d'un jaune pâle maladif se tourna vers moi quand j'entrai.

Puis j'arrivai dans une pièce glaciale, si froide que mon haleine formait un panache et que je me mis à grelotter. J'avais récupéré quelque part une tunique blanche toute simple qui me descendait aux genoux. Transpercée par le froid, je lâchai un petit cri douloureux. Notre climat était toujours parfaitement régulé à l'intérieur du Mur. Je n'avais encore jamais eu froid auparavant.

J'aboutis ensuite dans une pièce bordée de miroirs de chaque côté, dans lesquels je me reflétais à l'infini, et qui dessinait une courbe presque imperceptible. Je vis vaguement le reflet le plus éloigné se secouer et se pencher, de manière à me montrer ses orbites vides.

Je criai, trébuchai et tentai de m'enfuir – pour me retrouver à quatre pattes dans une dernière pièce. Des mains chaudes et familières m'aidaient. Kris. Je voulus me raccrocher à lui, mais je ne parvins pas à le toucher. Il fit un pas de côté et le rêve s'effilocha.

On m'avait ramenée devant la Machine. Et soudain, avec une clarté glaçante, je me souvins de tout. Mon usage illégal de la Ressource, ma panique, le chemin jusqu'à l'Institut. Emila, mon oiseau en papier qu'on m'avait pris, mon exploration solitaire dans le dédale des couloirs. La créature de lumière soumise à la torture dans l'immense pièce sphérique. *Sauve-toi.*

La Machine.

Je vis le fauteuil devant moi, grand, massif et noir. Bordé de panneaux de verre qui se changeraient en aiguilles pour me percer le dos. Et là, animé de pulsations, le champ magique qui me retiendrait prisonnière.

Je pivotai pour m'enfuir et me cognai dans Kris. Ses mains se refermèrent sur mes bras. Je découvris alors que je n'avais plus aucune force. Il me conduisit jusqu'au fauteuil. Je me souvenais de la douleur avec une telle netteté que j'avais déjà l'impression de la ressentir.

– Non ! m'exclamai-je. Non, je vous en supplie. J'y suis déjà passée. C'est une erreur.

Kris me pressa les bras et me repoussa doucement dans le fauteuil.

– Essayez de vous détendre, mademoiselle Ainsley, me dit-il à voix haute. Ce sera bientôt fini, et vous pourrez revoir votre famille.

Il se pencha sur moi, sourcils froncés, lèvres pincées. Et tout en vérifiant que j'étais correctement installée, il me glissa dans un souffle :

– Tiens-toi tranquille pour l'instant. Je vais te sortir de là, Syrli. Je te le promets.

Puis il s'en alla, la lumière s'éteignit dans la pièce et je me mis à hurler avant même que les vibrations n'atteignent mon crâne.

***

Une voix déchira l'obscurité brûlante.

?

Non, pas une voix. Une pensée. Farouche, curieuse, qui m'interpellait. Mon corps se tordait de souffrance dans la Machine mais mon esprit saisit ce contact comme une main tendue.

!

Effrayé par mon désespoir, le contact se tortilla et se déroba. Je ne sentais plus rien, sinon les lames qui me rentraient dans la peau ; je n'entendais plus rien en dehors de mes cris. Je capitulai et me laissai sombrer dans l'inconscience.

***

Je me réveillai dans ma chambre une fois de plus. Cette fois, je me souvenais de tout. Apparemment, on ne se donnait plus la peine de m'effacer la mémoire. Je roulai sur mon lit, et ce mouvement me provoqua une douleur si vive que je vomis, éclaboussant le sol avec les restes liquéfiés de mon dernier dîner.

Je tombai du lit, évitant de justesse la flaque de vomi, et me réceptionnai sur les genoux et les coudes. Le choc violent se répercuta le long de ma colonne vertébrale. Ignorant les images brouillées qui dansaient devant mes yeux, je me mis debout péniblement.

Je titubai jusqu'à la douche et pressai le bouton d'arrivée d'eau. Quelqu'un s'était visiblement chargé de me déshabiller ; je m'en aperçus à peine.

Le jet me frappa le dos dans une explosion de souffrance, et je me mordis la langue pour me retenir de crier. Essuyant l'eau qui me coulait dans les yeux, je tâchai de me retourner pour m'examiner. Pour le peu que je pus voir, j'avais le dos tout rouge, strié de boursouflures.

Je m'étais mordue trop fort et je crachai un peu de sang. Des filaments couleur pastèque s'écoulèrent dans le siphon de la douche.

Après ma première collecte, je m'étais rétablie quasiment tout de suite. Cette fois, cela me demanderait clairement plus de temps. Combien m'en faudrait-il pour me remettre d'une troisième collecte ?

Malgré l'eau chaude qui me cinglait le visage, un frisson glacé me parcourut l'échine quand cette idée s'imposa à moi. Une troisième fois. Personne n'avait jamais entendu parler d'une double collecte. Était-ce seulement possible ? Le matériel devait avoir connu un défaut de fonctionnement la première fois. La seule autre explication était qu'on m'avait dépouillée entièrement de ma Ressource – et que, d'une manière ou d'une autre, j'avais ensuite réussi à reconstituer mes réserves de magie.

Les derniers Renouvelables s'étaient éliminés entre eux pendant les guerres. Ils n'étaient plus qu'un mythe. Pas plus réels que les hommes-loups qui rôdaient au-dehors du Mur.

Je coupai l'eau et restai debout dans la douche, tremblant de tous mes membres. La nausée m'avait passé et l'eau chaude avait fini par me soulager le dos, sans desserrer pour autant la panique qui me nouait le ventre.

Si on me renvoyait chez moi, cela confirmerait ma théorie du défaut de fonctionnement. Avec un peu de chance, on m'effacerait la mémoire encore une fois. Je me réjouissais d'avance à l'idée d'oublier la Machine.

***

Les jours se succédèrent en silence, tandis que mon univers se réduisait aux quatre coins de ma cellule et aux plateaux de nourriture insipide qu'on me glissait sous la porte. Peu après mon réveil, le troisième ou quatrième jour, je ressentis une démangeaison désagréable sur la nuque en me baissant pour ramasser mon petit déjeuner. Quand je levai la tête vers les lumières au-dessus de ma tête, cette sensation se transforma en douleur lancinante qui se répandit dans mon crâne. Je la refoulai en baissant les yeux, ne voulant pas croire à ce qui m'arrivait.

Cette nuit-là, je dormis avec l'oreiller sur ma tête, plaqué contre mes oreilles, pour essayer de noyer le bourdonnement que je n'aurais jamais dû entendre.

Personne ne se régénère. Personne.

Quand on vint me chercher pour me conduire encore une fois à la Machine, je ne fus même pas surprise. Je ne ressentis qu'une douleur sourde, une hébétude face à un mystère incompréhensible. Cette fois, quand on me poussa dans le fauteuil, je me retins de hurler. Je dus me mordre la langue si fort que ma bouche se remplit de sang, mais je ne leur donnai pas cette satisfaction. Je tirai à m'en faire trembler les os et brûler les muscles, mais sans réussir à m'arracher au fauteuil.

À l'instant où les contours du monde commençaient à s'estomper, la voix – ou le contact, la présence ou quoi que ce soit – se manifesta de nouveau. Comme une agression mentale, brutale et terrifiée, rendue confuse par une douleur étrangement similaire à la mienne. La voix s'adressa à moi – non pas avec des mots, mais sur un mode beaucoup plus primitif, en me hurlant directement dans les tripes, dans le cœur et dans les os – et je l'écoutai.

Toi, me dit-elle. *Tu es comme moi.*

Puis un rugissement éclata dans mes oreilles et je basculai à la renverse.

***

Mon esprit s'échappa comme il put. Des souvenirs enfouis depuis longtemps remontèrent à la surface, avec une vivacité douloureuse. Tout était propre, bien ordonné, la vie paisible de ma ville se déroulait autour de moi avec une régularité d'horloge. Je connaissais les règles. Je connaissais ma place dans cet ensemble.

Quand j'étais petite, alors que je devais avoir quatre ou cinq ans, un ami de mon père à l'usine d'épuration dut subir un Réajustement. Son travail ne lui convenait plus, m'expliqua mon père, et il ne savait rien faire d'autre. Il traînait son mal-être de poste en poste, en bâclant la besogne. Son passage devant le Conseil de régulation fut rapide – une simple formalité.

Basil me serrait la main pendant que nous nous tenions avec la famille et les proches de cet homme, dont le nom m'échappait. La cérémonie se déroulait à l'extérieur, dans le quartier où nous habitions tous, à l'endroit où la rue disparaissait à travers le Mur. L'énergie du Mur chantait en fond sonore tandis que tout le monde se rassemblait autour de l'homme ; les adultes ne pouvaient pas l'entendre, mais les enfants qui n'avaient pas encore subi la collecte tressaillaient et s'agitaient au rythme de sa musique discordante, hypnotique. Ma petite main tremblait dans celle de Basil.

L'homme embrassa sa femme sur la joue, ébouriffa les cheveux de son fils. Dit adieu à ses amis de l'usine, serra la main de mon père. Aucun régulateur n'était présent ; il y avait uniquement ses amis, ses proches, les gens qui tenaient à lui. Je me souvins que tout le monde souriait.

Quand il eut remercié tout le monde d'être venu à son Réajustement, l'homme se tourna face au Mur.

– Qu'est-ce qu'il fait ? chuchotai-je à l'oreille de Basil.

C'était la première règle qu'on apprenait à tous les enfants. *Ne vous approchez jamais du Mur*. Un faux mouvement, une glissade, et c'était terminé pour vous.

– Regarde, répondit simplement mon frère.

Je ne lui avais jamais entendu cette voix-là. Il n'avait que quelques années de plus que moi, mais on aurait cru entendre un adulte. Il avait l'air fatigué.

L'homme se redressa, et sans un regard à sa famille ou à ses amis venus assister à son départ, s'avança résolument à travers le Mur.

Le rideau d'énergie violette que nous avions devant nous se brouilla à son passage, en projetant des cascades de lumière et de couleur tout autour de lui. Je vis sa femme passer un bras autour des épaules de leur fils, et le serrer avec douceur.

Le choc me laissa muette, les yeux écarquillés. On racontait toutes sortes d'histoires à propos de ce qu'il y avait au-delà du Mur. Des monstres, des spectres, un monde dévasté, tout ce qui restait des Renouvelables après la guerre. Caesar en particulier adorait me faire peur en me décrivant des pierres carnivores et autres ombres sanguinolentes.

Mais je n'avais jamais imaginé qu'on puisse volontairement traverser le Mur. Je n'arrêtais pas de trembler malgré la main de Basil qui me serrait fort. Les gens autour de nous se tenaient immobiles et silencieux. Comme s'ils attendaient quelque chose.

Puis, sans avertissement, on entendit un choc sourd. La foule entière frémit à l'unisson tandis que le Mur répercutait le son. Le bruit se répéta – un martèlement assourdi. L'énergie était trop opaque pour distinguer quoi que ce soit de l'autre côté, mais à chaque nouveau coup, la lumière tremblait sous la violence de l'impact.

Basil me serrait si fort qu'il me faisait mal, mais je ne retirai pas ma main. Nous restâmes là, sans un mot, à écouter le martèlement frénétique à l'extérieur du Mur. La foule regardait tandis que les coups se faisaient plus forts, plus insistants, hystériques. Implorants. Quelques personnes levèrent la tête vers la tour de l'horloge à proximité. Je me tournai vers l'épouse de l'homme. Son visage était calme, apaisé. Tendre.

Nous écoutâmes le martèlement accélérer à un rythme frénétique. Et puis, en l'espace d'un souffle, tout s'arrêta.

On n'entendait plus rien. Que le silence. Et le bourdonnement omniprésent du Mur, qui ne tremblait plus et luisait doucement.

Ce soir-là, les toits du quartier s'étaient couverts de lanternes en hommage au sacrifice de cet homme et en célébration de la sérénité retrouvée.

Ce souvenir aurait dû me faire peur. Il m'inspirait surtout du regret – d'autant plus surprenant que je ne croyais pas tenir autant à ma vie passée. Il n'y aurait pas de Réajustement pour moi. Pas de famille réunie pour me dire adieu, pas de lumières au-dessus de la ville pour marquer mon départ. J'allais simplement disparaître, comme ça. Comme Basil. Comme une chose trop abîmée pour qu'on la répare.

Je pensai à mes parents et à ce que l'Institut leur avait raconté. Peut-être se figuraient-ils que j'allais devenir architecte. À moins qu'on leur ait dit que j'étais morte. Ou que je m'étais portée volontaire pour une mission, comme mon frère. Je finis par accepter l'idée que je ne les reverrais jamais.

Ma vie n'était plus qu'une obscurité brumeuse, où les heures d'éveil entre deux séances dans la Machine étaient marquées par la souffrance passée et la souffrance à venir. Mon univers se résumait à un dédale de couloirs et de visages inconnus, à des masses d'habits rouges qui se pressaient autour de moi. Je détestais la nourriture qu'on m'apportait parce que je n'avais pas assez de volonté pour la refuser. Je me douchais quand on me le disait. Je dormais quand l'extinction des lumières me l'ordonnait. Le visage de Kris se détachait parfois dans le brouillard, le front barré d'un pli soucieux ; je sentais ses mains chaudes qui me soutenaient, et ma douleur se reflétait dans ses yeux.

Aide-moi ! aurais-je voulu crier, mais ma voix ne m'obéissait plus. Une fois, il me toucha la joue. Ses doigts étaient doux sur ma peau. Il se mordit la lèvre inférieure, me dévisagea longuement, puis ses traits se crispèrent et il se détourna avant de s'éloigner dans le brouillard.

Après une troisième séance dans la Machine, une quatrième, une cinquième, je perdis toute notion du temps. Mon dos ne guérissait plus désormais et je dormais nue, allongée sur le ventre, les plaies à vif.

Les seules fois où je me réveillais, où je reprenais connaissance, j'entendais la voix de la Machine. Elle se mit à me parler. Comme si elle me guidait gentiment par la main, elle m'apprit à séparer mon esprit de la torture que subissait mon corps, en me procurant des instants de répit. Je serais devenue folle sans ses conseils.

J'avais complètement perdu le décompte des jours quand on me traîna dans la salle où j'avais pénétré lors de mon premier jour à l'Institut. Je reconnus les vibrations métalliques de la passerelle sous les semelles de mon escorte. Je restais toujours pieds nus à présent, mais je portais des chaussures à ma première visite et le souvenir de ce bruit me fit lever la tête.

Cette fois, quand je vis la femme de lumière, je la reconnus aussitôt. À cause de la forme de sa bouche, ce O figé qui m'avait glacée d'horreur le premier jour. Je le vis maintenant pour ce qu'il était – un hurlement silencieux.

Elle est comme moi.

On me fit passer devant elle et monter sur une plate-forme, où des assistants me déshabillèrent avant de mesurer mon corps avec des bandes en acier froid. Derrière eux, j'aperçus plusieurs vitrarii, ces artisans du verre que l'on voyait encore plus rarement que les architectes en dehors de l'Institut.

Ils étaient en train de fabriquer des filaments de verre et de les découper au moyen d'un chalumeau. Je laissai ma tête retomber en arrière. Un faisceau de tubes en verre descendait du plafond, comme une sorte de colonne vertébrale translucide avec des embranchements. Ces terminaisons nerveuses pendaient dans le vide. Patientes. Affamées.

Une fois mes mesures enregistrées, on m'entraîna hors de la pièce. Je fixai de nouveau la créature suspendue. Elle ne me rendit pas mon regard – je ne crois pas qu'elle était en condition de voir qui que ce soit. La lumière était pompée hors de son corps. Je la voyais remonter le long des tubes jusque dans les murs de l'Institut.

Je compris alors ce qu'elle était. *Une Renouvelable*. La magie qu'on lui arrachait alimentait le Mur, les machines agricoles automatiques, les générateurs qui nous permettaient de respirer. Je me demandai quelle part de la Ressource qui nous maintenait en vie provenait réellement des gamins soumis à la collecte, et quelle part venait de cette malheureuse. Je me demandai si la finalité de la collecte ne serait pas d'en découvrir une autre comme elle. Si c'était le cas, l'opération avait atteint son but.

Je me demandai depuis combien de temps elle était là ; et combien de temps il lui restait à vivre. Combien de temps tiendrais-je, moi ?

***

Je ne gardai aucun souvenir de mon retour en cellule. Je me réveillai simplement quand la porte s'ouvrit et que la lumière se ralluma. Je me trouvais allongée sur le ventre, à moitié hors du lit, un bras dans le vide. D'une main faible, je pris appui sur le sol pour me repousser sur le matelas.

Quelqu'un me saisit le bras avec douceur pour me hisser dans une position plus confortable. J'essayai de tourner la tête pour voir qui, mais ce mouvement tira sur la peau à vif de mon dos et m'arracha un petit cri.

– Chut. Essaie de rester tranquille.

Kris. Je tâchai de me rappeler qu'il était l'un des leurs, qu'il était aussi responsable que les autres de ce qui m'arrivait. Malgré cela, je me mis à pleurer de soulagement.

Il me frotta le bras comme on le fait pour réconforter un enfant.

– Chut. Ça va aller. J'ai apporté quelque chose pour ton dos. Je peux ?

Je voulus répondre oui, mais j'avais la gorge si sèche que je parvins seulement à émettre un gémissement.

Sans autre préambule, il souleva le bas de ma tunique et me posa la main sur le dos. Je me raidis. Ses doigts pourtant lisses et doux me donnaient l'impression d'être en papier de verre. Je mordis l'oreiller. À peine m'eut-il touché, cependant, qu'une délicieuse sensation de fraîcheur s'étendait sur moi. Il m'enduisit tout le dos d'une substance à l'odeur âcre qui me glaça les sinus.

Mes sanglots s'apaisèrent à mesure qu'il me passait sa pommade, et quand il eut terminé, je ne pleurais plus. Le visage enfoui dans l'oreiller, je restai sans réaction quand il se leva. Quelques secondes plus tard, je l'entendis se laver les mains sous la douche. Puis il revint, et je sentis son poids creuser le matelas près de ma hanche, dans un grincement de ressorts.

Il souleva quelques mèches poisseuses sur ma nuque, en les décollant de la pommade. Ma mère avait ce même geste quand elle voulait me chatouiller à cet endroit. Ne supportant pas l'idée qu'un autre le fasse, je gémis dans l'oreiller.

Kris s'arrêta, mais sans se lever pour autant. Après un instant de silence, il m'annonça :

– Tu ne retourneras pas dans la Machine.

Une seconde s'écoula, puis deux. Je dus sortir la tête de l'oreiller pour respirer. Je n'osai pas m'attarder sur la signification de ces mots.

– Il faut que tu guérisses, Syrli. On va te laisser souffler un peu, le temps de recharger tes réserves de Ressource.

Il parlait très, très bas. En chuchotant presque. Et sa voix était mortellement sérieuse ; son charme s'était envolé. Je sentis les cheveux se dresser sur ma nuque.

Je voulus parler, mais il posa la main sur ma tête pour m'en empêcher.

– Au moins on te sert des rations normales, maintenant, dit-il, faisant manifestement référence au plateau-repas que j'avais à peine touché. Ce n'est pas plus mal. Je n'ai jamais supporté ces petits gâteaux qu'on sert à la collecte.

J'eus à peine le temps de marquer mon étonnement – encore quelques jours plus tôt, il me racontait qu'il en raffolait – qu'il empoignait discrètement une de mes mèches et tirait, fort.

– Écoute-moi, Syrli, me dit-il avant que je puisse protester qu'il me faisait mal. On m'a chargé de te dire que tu seras surveillée de près désormais, et qu'au premier signe de désobéissance, tu seras renvoyée dans la Machine. Nous attendons de toi que tu fasses ton devoir sans rechigner. Pense à ta famille, à tes amis, à tous ceux qui comptent sur toi. Un seul grain de sable dans l'engrenage et c'est toute la machine qui se grippe. Nous avons besoin de toi.

Je sentais de la tension dans sa main. Je compris que nous étions certainement espionnés en ce moment même. Il récitait un texte appris par cœur. Sa façon d'appuyer sur « On m'a chargé de te dire » était éloquente. La crispation de ses doigts trahissait sa nervosité. Tout à coup, j'oubliai la souffrance que j'éprouvais dans le dos ou dans le cuir chevelu. Qu'essayait-il de me faire comprendre ?

– Ta guérison devrait prendre environ une semaine, continua-t-il. Profites-en pour te reposer et bien manger, le temps que la Ressource se reconstitue en toi.

Je levai la tête très lentement de manière à pouvoir me retourner, et ouvris la bouche juste assez pour parler. Il ne m'avait toujours pas lâchée.

– Et ensuite ? dis-je, d'une voix méconnaissable.

Il y eut un silence.

– Ensuite, nous te renverrons chez toi, dit-il en me tordant les cheveux si fort que j'en eus les larmes aux yeux.

Je me retins de crier, cependant. J'avais compris le message : *C'est un mensonge.*

– D'accord, soufflai-je.

Il me lâcha enfin, et puis, avec beaucoup de douceur, me caressa la nuque pour aplatir mes cheveux.

– C'est bien.

Il sortit. La porte se referma derrière lui, la lumière s'éteignit et je me retrouvai de nouveau dans le noir.

L'obscurité était si totale que je pouvais ouvrir ou fermer les yeux sans constater de différence. Par contre, comme une image aveuglante imprimée sur ma rétine, je pouvais voir cette colonne vertébrale suspendue dans le vide, ces tentacules de verre, qui m'attendaient. Avec impatience.

Chez moi, m'avait-il dit. Où je passerais le restant de mes jours. *Chez moi.*

8

Je restai allongée un long moment, le visage contre le matelas. Je savais que j'aurais dû me révolter, éclater en sanglots, céder à la panique. Au lieu de quoi, je ne ressentais que du soulagement. Ces derniers jours – ou bien étaient-ce des semaines ? – avaient été presque insupportables, mais avec mon dos désormais insensible, je n'avais même plus mal, et je savais que je ne retournerais pas dans la Machine.

Une semaine, me dis-je, en me remémorant les paroles de Kris.

Ils ne voyaient pas d'inconvénient à me remettre dans la Machine avec le dos à vif et ma magie à moitié déchargée, mais peut-être qu'il en allait différemment pour mon *installation* – ce simple mot me donnait la chair de poule – au milieu du réseau de tubes de verre. Cela nécessiterait que je sois au mieux de ma forme, semblait-il.

Je me redressai sur les bras en geignant et poussai un petit cri quand la peau se tendit sur mon dos. La douleur me donna un coup de fouet, m'aidant à y voir plus clair.

Je vais avoir besoin de toute ma lucidité si je veux m'échapper d'ici.

Cette idée était ridicule. L'Institut était le bâtiment le plus sécurisé de toute la ville. Et quand bien même je réussirais à m'enfuir, où irais-je ? Je n'avais nulle part où me cacher. Fuir ne me servirait à rien, sinon à mourir à l'extérieur du Mur ou à me faire capturer à l'intérieur.

Pourtant, une pensée lancinante grignotait peu à peu mes réticences. *Sauve-toi.*

Je savais qu'à l'instant où on me jugerait rétablie, on me brancherait sur ces tubes de verre, et je cesserais pratiquement d'être humaine.

Mieux vaut mourir. Cette idée me vint une nuit avec toute la violence de la Machine, en résonnant dans mon corps à m'en faire vibrer les os. Dans l'obscurité, je revis la bouche de la Renouvelable en train de hurler sans bruit, sans s'arrêter. *Je préfère encore me tuer.*

– Oui, murmurai-je à voix haute, les yeux ouverts dans le noir. (Je me représentai mentalement le faisceau de tubes de verre en train de se tordre vers moi.) Oh, oui.

Pour la première fois depuis que cet endroit était devenu ma prison, je m'endormis volontairement et passai une excellente nuit.

***

Au matin, je me réveillai dans le noir et me forçai à avaler ma ration de pain de la veille. On me nourrissait en abondance, et j'avais vite compris que c'était lié à la régénération de la magie par mon organisme. Rien ne se perd, rien ne se crée – le principe était apparemment universel.

La lumière ne s'allumait plus que rarement. Je grimpai sur mon lit dans l'obscurité et tâtonnai à la recherche de la lampe au plafond. Je me représentai mon oiseau en papier au creux de ma main. Je m'imaginai en train de le faire bouger, voler. Un léger grondement s'éleva à mes oreilles, avant de retomber tandis que l'image se dissipait. Je me concentrai de plus belle, et cette fois je projetai l'image et ses sensations vers la lampe.

Je sentis quelque chose céder dans ma tête, et l'une des ampoules se mit à briller. Je titubai en arrière et me cognai contre le mur. J'étais si habituée à l'obscurité que je me trouvai momentanément aveuglée. L'effort effectué et le bourdonnement qui émanait maintenant de l'ampoule me donnaient la migraine, mais ce n'était rien comparé au sentiment de triomphe que j'éprouvais.

La force de l'Institut reposait sur la Ressource. Il en avait besoin, il en était dépendant. Et pour cela, il nous l'arrachait depuis des siècles. Je n'avais jamais remis cela en cause ; nous en aurions eu bien besoin nous aussi, pourtant, pour tenir à distance les horreurs qui rôdaient au-delà du Mur. Mais c'était précisément cette dépendance qui me permettrait de m'échapper.

La magie, me souffla la voix de mon frère.

Si j'étais capable de manipuler leurs lampes, je pouvais tout faire. Je posai les yeux sur la porte, faiblement éclairée par le carré de lumière au plafond. Je convoquai la moindre parcelle de pouvoir que je sentais en moi et projetai le tout contre la serrure.

Je luttai jusqu'à ce que ma vision se brouille et que la sueur me coule sur les tempes mais la serrure ne bougea pas, sinon pour vibrer une seule fois, un court instant. Quand je voulus tourner la poignée, celle-ci demeura bloquée.

Mais cette petite vibration suffit à me confirmer que je pourrais sans doute m'échapper de cette manière ; seulement, je n'étais pas encore assez forte.

Peut-être qu'il en allait avec la magie comme avec n'importe quelle compétence. Peut-être avais-je tout simplement besoin de pratique.

Je me lançai à corps perdu dans l'entraînement. Chaque matin après mon petit déjeuner, je bourrais la fente sous la porte avec des vêtements de rechange afin de masquer la lumière, puis je montais sur mon lit pour projeter ma magie dans les lampes du plafond. Au début, je ne pouvais en allumer qu'une seule avant d'avoir besoin de me reposer ; puis deux, puis trois. Au bout de quatre jours, je parvenais à les allumer toutes, sans même devoir me tenir debout sur le lit pour me rapprocher. Je les allumais une par une, et puis, grâce à la même étincelle de pouvoir, je les éteignais l'une après l'autre.

J'éprouvais à faire ça une sensation très différente de celle que j'avais connue en faisant chanter l'oiseau en papier. Ma première magie m'avait semblé douce et claire, sonore comme une cloche, et grisante. Celle-ci me paraissait lourde, épaisse, et sortait de moi dans la violence et la douleur, comme un corps étranger. Mais cela fonctionnait.

Je mangeais comme quatre. Au fil des jours, je découvris qu'après avoir allumé et éteint les lumières plusieurs fois, j'étais toujours en proie à une faim dévorante. Je pris l'habitude de mettre de côté quelques morceaux de pain que je cachais sous mon matelas.

De temps en temps, je m'entraînais sur la serrure. Je ne réussis à la refaire trembler qu'une seule fois. Néanmoins, je devenais plus forte d'heure en heure. Le reste n'était qu'une question de temps.

***

Au cours de la cinquième nuit, d'après mes estimations, la porte s'ouvrit brusquement. Trois habits rouges. Je les reconnus vaguement entre mes paupières entrouvertes. Je fis semblant de dormir.

– Mademoiselle Ainsley, dit l'un d'eux d'un ton ferme. Voulez-vous venir avec nous, s'il vous plaît ?

Ils se montraient toujours très polis. Presque amicaux.

– Où allons-nous ? demandai-je, le cœur battant.

– Tu vas bientôt rentrer chez toi, me dit l'un des habits rouges, en me tendant la main. Il ne te reste plus qu'un dernier examen.

Ils m'entraînèrent une fois de plus à travers le dédale des couloirs, dans un ascenseur, puis dans un autre couloir. Il s'était passé longtemps depuis ma dernière visite à la Machine ; je n'avais pas eu l'esprit aussi clair et aussi lucide depuis des semaines. Pourtant, je fus incapable de deviner où nous allions. Chaque fois qu'il me semblait reconnaître un couloir, nous bifurquions dans un autre que j'étais certaine de n'avoir encore jamais pris.

En arrivant devant la salle de la Renouvelable, j'eus un mouvement de recul. Malgré ma faiblesse, je tentai de me débattre, avec pour seul résultat que deux techniciens m'empoignèrent par les bras. La colonne vertébrale en verre m'attendait, juste à côté de celle occupée par la créature. Elle était prête.

L'Administratrice Gloriette émergea d'une alcôve fermée par un rideau et m'adressa un sourire rayonnant. L'expression se noyait à demi dans les plis de son visage. Elle me rendait malade. Comment avais-je pu la trouver inoffensive, ou même gentille ?

– Mon pauvre poussin, me dit-elle de sa voix onctueuse en glissant vers moi. Tu dois être impatiente que tout soit terminé, n'est-ce pas ?

– Non, ça va, dis-je en grinçant des dents. Vraiment.

– Mon brave petit canard ! s'exclama-t-elle, ravie. Mais il n'est pas question de prolonger le calvaire d'une jeune fille aussi courageuse. Il nous reste une dernière mesure à prendre. Après quoi, tu pourras rentrer.

Non. Non, c'était trop tôt. Je n'avais pas encore trouvé le moyen de m'échapper.

– Mais…

Une piqûre cuisante dans mon cou m'interrompit. Je voulus pivoter mais mes genoux se dérobèrent sous moi. J'eus un bref aperçu de l'un des habits rouges qui tenait un long objet scintillant, puis je revis le visage de Gloriette. Elle ne souriait plus. Et son visage se mit à fondre, comme un masque de verre plongé dans une fournaise. Sa chair grasse et pâteuse coula, formant des flaques et des tourbillons, avant de se dissoudre dans le néant.

***

Je me réveillai en proie à la nausée, avec l'impression de flotter au-dessus du matelas. Je connaissais bien cette sensation. On m'avait fait passer par la Machine. La chair à vif, je me sentais éreintée, complètement vidée. Je bondis de mon lit en titubant. Mes genoux refusaient de se plier correctement. Je me dévissai le cou malgré tout, pour essayer d'apercevoir mon dos.

Les cicatrices étaient propres, roses et brillantes – pas de nouvelles plaies en vue. Et un bourdonnement de magie me chatouillait les tympans. Celui de la serrure de ma porte, peut-être. Plus discret que celui des lumières, mais néanmoins perceptible. Ce qui voulait dire que ma magie était intacte.

Saisie de panique, je projetai mon pouvoir contre la porte, en durcissant les abdominaux. Sans résultat. Je ne parvenais toujours pas à débloquer la serrure. J'étais prise au piège.

Et demain, j'entamerais ma nouvelle vie.

On m'avait laissé un plateau de nourriture près de la porte. Je me sentais toujours nauséeuse, mais un détail retint mon attention.

En plus des rations habituelles de pain sec et de pâte protéinée au soja, il y avait deux petits gâteaux ronds dans un coin du plateau.

Kris.

Mon cadeau d'adieu. J'aurais voulu éprouver quelque chose : de la gratitude ou du chagrin, peut-être. Au lieu de quoi, je fixai les gâteaux d'un air hébété.

Une minuscule pointe grisâtre dépassait sous l'un d'eux. En soulevant le gâteau, je découvris un objet collé sous sa face inférieure. Je m'assis en le prenant au creux de ma paume.

Je ne saurais dire combien de temps je restai là, à contempler le sirli en papier que mon frère avait plié pour moi. Mes larmes coulèrent puis se tarirent, et ma nausée s'atténua. Je serrai le petit oiseau dans ma paume, le pressai contre mon cœur, et soulevai le deuxième gâteau.

Lui aussi avait quelque chose collé dessous. Mais cette fois, l'objet se détacha et tomba sur le plateau avec un tintement métallique.

Une clé.

9

Je me levai péniblement. Combien de temps avais-je perdu ? Impossible de savoir de quel délai je disposais avant qu'ils se présentent à ma porte, pour me conduire à la salle de la Renouvelable. Pour m'enfermer à tout jamais dans leur cage de verre.

Je sortis un pantalon à cordon de la commode au pied de mon lit. En nouant les jambes, j'en fis un sac de fortune dans lequel je glissai le pain et les rations que j'avais mis de côté. Je bus plusieurs gobelets d'eau à la suite. Quand j'eus l'estomac plein, je fourrai le gobelet dans mon sac avec les provisions.

Ce sac à dos ne payait pas de mine mais je m'en contenterais pour l'instant. Je m'efforçai de ne pas réfléchir à ce que je ferais en arrivant chez moi. Comment réagiraient mes parents ? Que pourraient-ils faire ? Je pris une grande inspiration, puis glissai la clé dans la serrure et la tournai.

Il y eut un déclic, et la porte s'ouvrit vers l'extérieur d'une simple poussée.

Le couloir s'étendait de chaque côté. J'entendis du bruit à gauche, je partis donc vers la droite. Je passai devant plusieurs portes – celles des chambres occupées d'ordinaire par d'autres enfants. Toutes déverrouillées, elles me fournissaient des cachettes commodes au cas où j'aurais croisé un architecte.

Je me sentais étrangement détachée ; comme si j'étais guidée par des souvenirs inconscients, qui me soufflaient quelle direction prendre à chaque intersection.

Au bout du couloir, j'arrivai devant une porte qui paraissait plus solide que les autres, qui s'ouvrait vers l'extérieur au lieu de coulisser. Je remarquai un trait de lumière dessous. Je n'avais aucun moyen de savoir ce que je trouverais derrière – une salle pleine d'architectes, un groupe de surveillants ou une alarme qui retentirait dans tout le bâtiment –, mais je ne pouvais pas errer indéfiniment dans les couloirs. Je posai les deux mains à plat contre la porte et me projetai mentalement de l'autre côté.

Du bruit, dans mon dos. Un claquement de porte, des exclamations de voix. Des bruits de cavalcade. Quelqu'un s'était aperçu que je ne me trouvais plus dans ma cellule. Peu importait que je déclenche ou non une alarme, maintenant.

Je me jetai de tout mon poids contre la porte et la lumière du jour m'explosa dans les yeux tandis que je trébuchai sur le seuil – et basculai dans le vide.

Mon élan me fit pivoter sur moi-même, ce qui me permit d'apercevoir brièvement la porte béante au-dessus de moi. Il y avait sans doute eu une échelle d'incendie à cet endroit, autrefois, mais plus maintenant – il ne restait qu'un vide vertigineux jusqu'au sol.

Mon esprit fonctionnait avec clarté et efficacité ; j'eus l'impression de tomber pendant des heures. J'eus tout le loisir de me représenter mon corps fracassé une fois que j'aurais touché le sol. J'avais dit que je préférais mourir que d'être leur esclave ? J'allais être servie.

L'air me cinglait le visage, et le vent me murmurait *Comme toi, Syrli*. Une épaule imaginaire me bouscula affectueusement tandis qu'une large paume me présentait un petit oiseau en papier. Un froissement d'ailes, un souffle, et puis plus rien.

Non ! Quelque chose jaillit de moi avec une telle violence que je fus projetée sur le côté en plein vol. Je rebondis brutalement contre le mur d'en face, en me cognant la tête si fort que ma vision se constella de points noirs. Je touchai un dernier obstacle puis m'écroulai sur le pavé.

***

Je restai allongée un long moment, hébétée, pantelante. Mon corps entier protestait. En roulant sur le ventre, je sentis monter en moi une vague de souffrance et de vertige. Je me retins de vomir – je ne pouvais pas me permettre de gaspiller la nourriture.

J'avais les mains poissées d'un liquide tiède. J'en levai une et fixai sans comprendre la couleur rouge vif qui la recouvrait. C'est seulement quand je vis quelque chose couler devant mes yeux et tomber dans la flaque écarlate devant moi que je portai la main à ma tête. Un spasme me saisit, et cette fois je vomis un mince jet de bile acide. *Les plaies à la tête saignent toujours beaucoup*, me dis-je, essayant de ne pas céder à la panique. *C'est moins grave que ça en a l'air*.

Je me redressai contre le mur en gémissant. Puis je partis tant bien que mal vers l'entrée de la ruelle. Je me trouvais toujours dans l'enceinte de l'Institut, mais au moins étais-je sortie du bâtiment principal.

Le temps que j'émerge à l'autre bout de la ruelle, je me sentais un petit peu mieux. Je pus constater que le disque solaire était bas sur son rail, juste en dessous de la marque de quatre heures. L'Institut était situé dans le quartier est de la ville, et sachant que je ne pourrais pas m'enfuir de ce côté-là – pas sans traverser le Mur –, je me dirigeai vers l'ouest.

Je suivis une allée jusqu'à un bâtiment annexe. J'en poussai la porte et me glissai à l'intérieur. Le bourdonnement des lampes au plafond me donnait la migraine, et mon esprit s'enfonça dans une sorte de transe éveillée. Une fois de plus, j'eus l'étrange sensation d'être guidée.

Trop tard, je compris où j'étais. Sous le coup de ma chute, je n'avais pas reconnu la descente en spirale, mais j'avais déjà emprunté ce chemin. Je m'arrêtai, fis demi-tour et tombai nez à nez avec une porte que je ne me souvenais pas d'avoir franchie. Je la passai en titubant.

La colonne de lumière aveuglante flambait au centre de la salle. Les filaments de verre s'en détachaient, s'arrondissaient jusqu'aux murs sphériques et disparaissaient à l'intérieur. Des cristaux s'alignaient le long des murs, stockant l'énergie qui émanait de la créature.

Agrippée à la rambarde, je descendis vers la prisonnière dans la lumière. Son visage était toujours déformé par sa souffrance muette, et elle ne semblait pas s'être aperçue de ma présence.

Je fixai son regard vitreux avec fascination. Elle était nue et ses formes étaient parfaitement visibles. Voilà le sort qui m'attendait – rester suspendue de cette manière, nue, exposée aux regards de tous. La brutalité de cette existence me frappa comme un coup. Tous ses muscles étaient crispés par la douleur, et elle tressaillait de temps à autre, à chaque pulsation dans les filaments de verre qui lui rentraient sous la peau.

Saisie de frissons, je m'obligeai à détailler son visage. Ses cheveux et ses yeux vides étaient aussi pâles que sa peau. Ses cils étaient d'une blancheur aveuglante, incandescente dans la pénombre environnante. Ses lèvres livides étaient gercées, couvertes de croûtes qui évoquaient du sang séché. Elle avait des taches étranges sur la peau, de minuscules points sombres bloquant la lumière qui sortait de tous ses pores.

Des taches de rousseur. Ce genre de taches était inconnu en ville, faute de soleil véritable. Elle cessa subitement d'être « la créature » pour devenir une personne, une femme, qui avait été une fille comme moi autrefois. Et elle venait d'au-delà du Mur.

Je m'aperçus alors que je n'avais plus aucune force. Nauséeuse, prise de vertige, trop épuisée pour que mon cerveau puisse fonctionner, je vacillai sur mes jambes et m'affalai contre la rambarde.

Voilà le sort qui m'attendait. Des heures à tenter de m'échapper, et je m'étais rendue tout droit dans la salle qui serait mon tombeau.

– Syrli.

C'était à peine un murmure, mais dans cette caverne quasi silencieuse en dehors du bourdonnement de la magie et des machines, il avait claqué comme un coup de fouet. Je dressai vivement la tête.

Les yeux de la femme n'avaient pas bougé, ils continuaient à fixer un point à mi-distance, perdu dans le noir. Mais je vis ses lèvres remuer, et former de nouveau les syllabes de mon nom.

Quelque chose bougea au niveau de sa taille. Un filament se retira d'elle, illuminé de magie brute, et s'approcha de moi. Je reculai sur la passerelle jusqu'à ce que la rambarde du côté opposé m'empêche d'aller plus loin.

– Syrli, répéta la femme.

Le mouvement des lèvres rouvrit ses gerçures, provoquant un nouvel écoulement de sang brun grisâtre. Le filament de verre tressaillit une fois, deux fois. Il me faisait signe.

– Non ! protestai-je, avec plus d'énergie que je ne m'en croyais capable. Non. Je refuse.

Le filament de verre s'abaissa et continua de venir vers moi, plus lentement, comme on s'approcherait d'un enfant apeuré.

La femme gémit sous l'effet d'un effort énorme. Puis :

– Confiance.

Je la dévisageai, et je vis que ce que j'avais pris dans son regard pour de la souffrance était en réalité du désespoir. Elle ne pouvait me parler que lorsque nous étions connectées toutes les deux – elle à sa cage, et moi à la Machine. Par le biais du réseau de verre qui constituait le cœur de l'Institut.

Le filament me fit signe encore une fois, et la femme tressaillit tout entière, en faisant danser et miroiter les autres tubes de verre qui sortaient de son corps. Je me décollai de la rambarde à contrecœur. Je remontai ma manche, et tendis mon bras tremblant.

Le filament hésita un peu puis s'enfonça dans mon poignet. Je ne sentis rien tout d'abord ; je regardai le filament s'insinuer sous ma peau, en formant une bosse translucide sous le bleu de mes veines.

Il y eut un moment de silence pendant lequel la femme ferma les yeux. Sa poitrine s'affaissa tandis qu'elle soupirait.

Mon bras me donna l'impression de s'embraser. Je hurlai, hurlai et vis la passerelle métallique se ruer vers moi.

Je me cabrai, ruai, la peau en feu et les cheveux hérissés ; je la suppliai de me laisser mourir.

Je posai des yeux fous sur mon bras et voulus essayer d'arracher le filament, mais le moindre contact décuplait la douleur. Je le fixai un moment avec un mélange de répulsion et de terreur avant de comprendre ce que je regardais.

Les deux fois où j'avais vu cette créature de lumière, les tubes de verre drainaient l'énergie de son corps, en la vidant de ses forces. Mais là, la lumière se déversait *en moi*, par à-coups douloureux. Le souvenir de son aide pendant que je me trouvais dans la Machine me revint d'un coup, et je me projetai hors de mon corps soumis à la torture.

J'avais conscience d'être toujours recroquevillée sur la passerelle, mais cela n'atténua en rien la vague de bien-être qui m'envahit quand la douleur cessa brusquement. J'eus à peine le temps de reprendre mon souffle qu'un déferlement de lumière, de bruit et d'émotion me submergeait.

La magie de la femme me transmit également ses souvenirs. De brefs éclairs de signification, intimement mêlés à mes propres pensées, et qui n'étaient cependant que des fragments incompréhensibles d'un tout incomplet. Je sentais les contours de sa folie se refermer sur moi.

Il existait une autre ville en dehors du Mur. Non, pas une ville. J'entrevis des bâtiments d'un genre inconnu, à la fois massifs et délicats, très étranges. Des gens vivaient à l'intérieur et autour. Des gens comme je n'en avais jamais vu avant, tout imprégnés de pouvoir. Des *adultes* porteurs de magie.

Va les rejoindre, me souffla une voix qui m'était devenue familière au fil des dernières semaines.

Qui ça ? J'avais du mal à respirer cet air épais.

Les autres, me dit-elle. *Ceux qui sont comme nous*.

Où veux-tu que j'aille ? Il n'y a rien derrière le Mur.

Cherche le bois de Fer. Tu trouveras le chemin. Suis les oiseaux.

Les souvenirs se brouillèrent, devinrent pareils à des images confuses entrevues derrière un panneau de verre déformant.

Et toi ? Viendras-tu ?

Ils viendront me délivrer le moment venu.

Je sentis la douleur revenir en force, et tâchai de la refouler. Tout, plutôt que de retourner dans ce corps meurtri qui gisait sur la passerelle.

Je t'en prie ! Je ne sais même pas où aller !

Va au sud, dit-elle. *De l'autre côté de la rivière. Suis les oiseaux.*

Le filament s'arracha de mon bras. Il cingla l'air en se retirant, et me cogna sur la tête avec un flash ; la femme brillait d'un tel éclat que j'eus l'impression d'être aveuglée, d'avoir les yeux en feu. Puis je perdis connaissance.

10

Quand je revins à moi, j'étais dehors, et le disque solaire plongeait derrière les immeubles. Je ne me souvenais pas comment j'avais pu arriver là. La dernière chose que je me rappelais, c'était la Renouvelable, la force qu'elle m'avait transmise, et ses instructions.

La ville baignait dans la lueur lavande du crépuscule, tandis que le Mur scintillait autour et au-dessus de moi. Pendant un bref instant d'accalmie, j'oubliai tout le reste pour contempler le ciel violet. Puis j'entendis une sirène dans le lointain, et cet instant s'enfuit.

Je me levai, d'abord vacillante sur mes jambes, puis retrouvant progressivement un peu de vigueur. Je remontai la manche de ma tunique et vis de fines lignes argentées courir sur ma peau. Elles commencèrent à s'estomper sous mes yeux, et bientôt, il ne resta plus que le minuscule point rose et brillant d'une cicatrice sous mon poignet.

Ma tête me faisait souffrir, mais je ne sentais plus le sang couler. Quand je portai la main à ma bosse, une mèche de cheveux s'en détacha en poussière. Je repensai au filament de verre incandescent qui m'avait rattrapée dans le noir. Il avait dû cautériser ma plaie.

Je me trouvais dans un quartier que je ne connaissais pas. Les constructions y semblaient mieux conservées qu'ailleurs. De hautes maisons de briques s'alignaient de part et d'autre de la rue. Chacune comportait une belle porte blanche, aussi infranchissable qu'un bloc de pierre. Je ne trouverais personne par ici qui accepte de m'aider, pas dans l'état où je me trouvais.

Plus loin dans la rue, j'aperçus un groupe de chauffeurs de cyclo-pousse en train de bavarder. Ils s'amusaient à jeter des cailloux sur une plaque d'égout.

En découvrant mon reflet dans les fenêtres miroitantes de l'une des maisons, je me dis d'une voix rauque :

– Ils ne voudront jamais me prendre !

De fait, les chauffeurs eurent un mouvement de recul en me voyant approcher. J'avais conscience de ressembler à une créature d'au-delà du Mur. Je ne pouvais pas leur en vouloir. Tout à coup, un nom s'imposa à moi. Je revis deux oreilles d'une largeur improbable surmontées d'une tignasse rousse.

– Tamren, bredouillai-je. Il faut que je parle à Tamren.

Le plus petit des chauffeurs partit au pas de course et s'engouffra dans un immeuble voisin. Les autres battirent en retraite vers leurs cyclo-pousse, échangeant des messes basses en me jetant des regards horrifiés.

Le gamin réapparut en moins de cinq minutes, accompagné de Tamren ; je reconnus sa silhouette dégingandée, et surtout le flot de paroles qui s'en échappait.

– … Alors j'ai fait, vous êtes gentil, vous ne me la tenez pas quand je vais pisser, et il m'a répondu, attends un peu, espèce de petit… Oh, mince alors !

Il s'arrêta net.

– Salut, dis-je, m'appuyant sur une bouche d'incendie pour me donner une contenance.

– … Mademoiselle Syrli ?

Il resta bouche bée.

– J'aurais besoin que tu me raccompagnes chez moi, parvins-je à dire.

Tous les autres chauffeurs avaient les yeux braqués sur Tamren. Il continua à me dévisager puis se redressa brusquement, conscient de leur présence.

– Bien sûr, mademoiselle, dit-il comme s'il avait affaire à une riche cliente. Par ici.

Il me prit par le bras. Un geste plein d'élégance, contrairement à la manière dont je me cramponnai à lui. Il ne fit pas de commentaires ; pour une fois, il observa un silence bienvenu.

– Je n'ai pas de quoi te payer, l'avertis-je avec une grimace gênée.

– Mais si, rétorqua-t-il en détachant son vélo du râtelier. Vous me payez en réputation. Les autres chauffeurs ont trop peur pour prendre une passagère aussi mal en point. Je vais être le roi de la rue pendant un mois avec cette histoire.

Tamren n'ajouta rien et, tous les muscles en action, lança son cyclo-pousse. C'est seulement quand nous fûmes hors de vue de ses collègues, de l'autre côté d'une petite butte, qu'il ralentit, s'arrêta et se retourna vers moi.

– Mademoiselle Syrli, que vous est-il arrivé ?

Un bref instant, je fus tentée de lui raconter ce qu'on m'avait fait. J'avais besoin de sympathie. J'avais envie qu'on me réconforte. Et je savais qu'il l'aurait fait. Mais à quoi bon ? Mieux valait le laisser en dehors de cette histoire.

– Ramène-moi chez moi, c'est tout, murmurai-je.

Je me sentais vidée, complètement anéantie.

– Je vais vous emmener à l'hôpital, oui ! Vous saignez…

– Tamren, si je te racontais, tu risquerais d'avoir des ennuis. Rien que pour m'avoir transportée.

Pourquoi lui dire ça ? J'aurais été bien incapable de retourner chez moi à pied. Je ne savais même pas où j'étais.

Les oreilles de Tamren prirent une coloration rose foncé.

– Mademoiselle Syrli, si on vous a fait des misères, dites-moi qui et je vous promets de leur botter le cul !

Je ris.

– Contente-toi de me raccompagner, Tamren. C'est tout ce que je veux. S'il te plaît.

Je lui rappelai mon adresse.

Tamren pesta et protesta mais finit par céder. Une fois en bas de chez moi, je dus négocier d'arrache-pied pour le dissuader de m'escorter jusqu'à ma porte, mais finalement, je réussis à le quitter et à entamer la longue ascension jusqu'à mon appartement.

À peine engagée dans l'escalier, je me rendis compte que je n'avais pas de plan. Je n'avais nulle part où aller. Même si je parvenais à échapper à leurs pixies, mes pauvres provisions ne tiendraient pas longtemps. Quelque chose me poussait malgré tout à retourner chez moi.

Il me fallut toute mon énergie pour gravir les marches. Je m'effondrai contre la porte – légèrement entrebâillée – et m'écroulai à l'intérieur. En relevant la tête, je tombai nez à nez avec Caesar.

– Syrli ?

Il avait l'air d'en douter.

– Caesar, dis-je dans un souffle. S'il te plaît. S'il te plaît, il faut que tu m'aides.

C'était sans espoir. Caesar était régulateur. Sa mission consistait à veiller au bon fonctionnement de la ville. Et quoi de mieux pour ça qu'appréhender une Renouvelable capable de l'alimenter en Ressource pendant plusieurs générations ? Son talkie pendait à sa ceinture ; il lui suffisait de le décrocher pour faire venir une armée de pixies en un clin d'œil.

Quand même, c'était mon frère. Je lui déballai toute l'histoire.

À un moment de mon récit, Caesar m'entraîna dans le salon, jusqu'au canapé sur lequel je dormais. Mes couvertures m'y attendaient toujours. J'ignore ce que l'Institut avait raconté à mes parents, mais au moins, il n'avait pas essayé de leur faire croire que j'étais morte.

Je finis par me taire, à bout de souffle plus que parce que j'avais terminé.

– S'il te plaît, ne les appelle pas, Caesar, le suppliai-je. Ne me signale pas. Je n'aurais même pas droit à un Réajustement ; ils me feraient simplement disparaître encore une fois. Il faut me croire, je n'ai rien fait de mal. S'il te plaît…

Ma voix se brisa.

Caesar se pencha vers moi et m'entoura les épaules de son bras.

– Bien sûr que je ne vais pas te signaler, me promit-il d'une voix enrouée.

Son geste était maladroit – je crois bien que c'était la première fois qu'il me serrait contre lui –, mais tellement réconfortant que j'enfouis mon visage au creux de son épaule et fondis en larmes.

Il me tint comme ça un moment, puis, très doucement, se dégagea de mon étreinte.

– Je vais te chercher un verre d'eau, dit-il. Tu as faim ?

J'acquiesçai de la tête, en essuyant mes larmes.

– Tu devrais en profiter pour te changer, me suggéra-t-il.

Je me débarrassai de mon sac à dos, de ma tunique et de mon pantalon tachés de sang, et enfilai mes seuls vêtements de rechange. Puis je me pelotonnai contre le bras du canapé, où je restai prostrée. Pendant un bref instant, je me sentis en sécurité. J'étais entre les mains de mon frère.

Je l'entendais s'activer dans la cuisine, faisant tinter les assiettes et les couverts. Il grommelait dans sa barbe. Quand il ouvrit le robinet et que l'eau gicla dans la casserole, je m'aperçus que j'avais très envie d'aller aux toilettes. Je m'arrachai au canapé et partis dans le couloir.

À mon retour, en passant devant la porte de la cuisine, je surpris quelques mots de ce que marmonnait Caesar.

– … s'est écroulée sur le canapé, disait-il. Non, je ne crois pas. (Un silence.) D'ici quelques minutes ?

Je me figeai sur le pas de la porte. D'une main, Caesar empilait les assiettes pour faire un bruit de vaisselle. Mais de l'autre, il tenait son talkie. Sa diode rouge clignotait, signe d'une communication en cours. J'entendais d'ici le bourdonnement de la Ressource, qui me martelait les tympans.

Je restai pétrifiée ; je n'en croyais pas mes yeux. Il ne s'aperçut pas tout de suite de ma présence et continua à parler dans son appareil.

– Oui, elle ne sait rien. Pas de danger, elle est à moitié morte…

Il s'interrompit en me voyant.

L'instant parut se prolonger une éternité. J'avais l'estomac noué, mais mon esprit refusait toujours de comprendre.

– Syrli, commença-t-il d'une voix apaisante. Écoute…

Je fis volte-face, attrapai mon sac à dos et piquai un sprint vers la porte.

Je l'entendis me courir après.

– Syrli ! cria-t-il. Reviens ! Ce n'est pas ce que tu crois !

Je dévalai l'échelle d'incendie, indifférente aux entailles que les marches en métal creusaient dans mes pieds nus.

Le bruit de ses bottes résonnait derrière moi.

– Tu as besoin d'un médecin ! me cria-t-il. Ils savent ce qui est bon pour toi, Syrli ; ce n'est pas pour rien qu'ils t'ont gardée – tu es malade – bon sang, Syrli, attends-moi !

Mes jambes tremblaient sous l'effort, mais je l'entendais qui se rapprochait. Je ne pouvais pas me permettre la moindre faiblesse.

Il était juste au-dessus de moi maintenant, un étage plus haut. Alors que je tournais le coin, il sauta dans le vide en se retenant à la rambarde et laissa son élan faire le reste. Il se réceptionna lourdement devant moi, entre moi et la prochaine volée de marches. Je m'arrêtai net.

Je fis un pas de côté pour jeter un coup d'œil par-dessus la rambarde. Il restait cinq étages.

Mon mouvement n'avait pas échappé à Caesar.

– Non, non, non, dit-il en écartant les bras pour me montrer que je ne passerais pas. Arrête, Syrli. On va remonter tous les deux et manger un morceau, d'accord ? Je sais que tu t'imagines que tout ça est bien réel, mais crois-moi, ça ne l'est pas. Tu es malade.

Il me sourit, en montrant les dents.

Je ne pouvais pas lui échapper. Il était deux fois plus grand que moi, et comme il l'avait dit dans son talkie, j'étais à moitié morte.

– Tu crois vraiment tout ce qu'ils t'ont raconté ? dis-je.

Son sourire s'effaça.

– Où espérais-tu aller, de toute façon ? me demanda-t-il en secouant la tête. C'est mieux si tu retournes là-bas de ton plein gré. Inutile de faire des histoires. Tu dois comprendre quelle est ta place dans cette ville.

J'en restai bouche bée, trop furieuse et trop effrayée pour trouver les mots. Comment pouvait-il me condamner ainsi à une vie d'emprisonnement et d'esclavage ?

Il dut lire quelque chose dans mon expression, car il me dit :

– Laisse-moi te raccompagner moi-même.

– Pour que tu puisses avoir ta précieuse promotion ? crachai-je.

Caesar haussa les épaules.

– On est qui on est, petite sœur, dit-il.

Il fit un pas vers moi.

Je reculai jusqu'à ce que la rambarde me rentre dans le dos.

– Je préfère encore mourir que de retourner là-bas, dis-je d'une voix ferme.

Et je passai une jambe par-dessus la rambarde. Caesar leva les yeux au ciel.

– Tu ne vas pas te tuer en sautant d'ici, me prévint-il comme si j'avais six ans. Tu en seras quitte pour quelques fractures, ça va te faire un mal de chien et tu te retrouveras là-bas de toute manière. Autant t'épargner ça.

Je me rendis compte avec angoisse qu'il disait vrai. Si j'avais couru moins vite, il m'aurait peut-être rattrapée alors que j'étais suffisamment haut. Mais maintenant, je ne pouvais même plus me suicider.

Mon désespoir dut se lire sur mon visage. Caesar hocha la tête.

– C'est bien, dit-il.

Puis il me sauta dessus sans crier gare.

Je le repoussai des deux bras et ressentis ce soubresaut désormais familier, cette sensation de vertige ; il y eut un craquement sonore, ma vision s'obscurcit brièvement puis j'entendis un cri étranglé. Caesar bascula par-dessus la rambarde et tomba en tournoyant sur lui-même. Je le vis agiter les jambes, faiblement, avant de s'écraser par terre avec un bruit mouillé.

Je venais de tuer mon propre frère.

Il t'a trahie, me chuchota une petite voix dans ma tête. *Tu lui avais demandé de t'aider, tu avais pleuré, tu lui faisais confiance. Et il t'a trahie. Il l'a bien mérité, non ?*

Pour toute réponse, je réentendis le bruit de son corps frappant le sol, encore et encore. Je parvins je ne sais comment au bas de l'escalier et m'approchai à contrecœur, tendis le bras pour le toucher…

Il gémit, et sa main tressaillit. Je fis un bond en arrière. Pas mort. *Pas mort.* Le soulagement me submergea comme une vague tiède.

Des sirènes. Je n'en avais entendu que deux fois dans ma vie. Si j'étais restée dans l'appartement, j'aurais sans doute pu voir les mécanopodes de la police converger sur l'immeuble en crachant de la fumée. Comme ils devaient tenir à moi, pour envoyer leurs précieuses machines à ma poursuite !

Normal, me susurra une petite voix perfide. *Avec toi, ils auraient de quoi alimenter un millier de machines avant que tu ne meures.*

Je m'enfuis. Sans savoir où j'allais, mais loin des sirènes. Dans une rue latérale. Encore un virage et je m'enfonçai dans une ruelle étroite entre deux immeubles délabrés. J'avais les poumons en feu. La ruelle s'achevait par un mur de briques ; non, minute. Elle se poursuivait à droite. Mon élan me fit ricocher contre les briques, et je m'arrêtai net.

Le Mur scintillait à moins de deux mètres. Il se dressait devant moi avant de s'arrondir en dôme au-dessus de ma tête. Le disque solaire, qui se couchait quelque part sur ma droite, le baignait d'un rouge violent. Il crépitait ; les poils de mes bras se hérissaient en réaction à ce flux d'énergie, et je battis en retraite.

C'est le bout de la route, Syrli. Mes pieds me brûlaient. Maintenant que j'avais cessé de courir, je m'aperçus que je devais avoir la plante des pieds en sang.

Le bout de la route ? Le bout du monde, oui !

La fatigue me bourdonnait sous le crâne. J'essayais de réfléchir, mais le son ne faisait que se renforcer. Il ne m'était pas inconnu. J'avais déjà ressenti ça auparavant. Ressenti ? Non, entendu.

Ce bruit n'était pas dans ma tête. Quelque chose le produisait dans le lointain. Quelque chose qui se rapprochait à toute allure.

Des pixies ! La terreur m'envahit. Bien sûr qu'on m'avait envoyé les pixies. Une muraille de métal hurlant, une centaine de mécanismes d'horlogerie vibrants de magie et lancés à mes trousses. Ils étaient encore au bout de la rue mais fondaient sur moi à une vitesse vertigineuse.

Je me retournai.

Je ne voyais rien – rien d'autre que la masse d'énergie violette qui pulsait sous mes yeux. Personne ne l'avait franchie impunément depuis des siècles. Nous étions la dernière ville, le dernier bastion de civilisation. Nul ne savait ce qui se trouvait au-delà.

L'Institut était censé procéder à des récoltes à l'extérieur au moyen de machines, mais je n'accordais plus aucun crédit à ce qu'il nous racontait. Le monde extérieur était peut-être infesté de mutants cannibales, stérile, réduit en cendres ou plongé dans un hiver perpétuel. Je repensai au collègue de mon père, et à ses coups de poing désespérés contre le Mur avant le silence. Peut-être qu'il n'y avait que le vide intersidéral à l'extérieur.

Ou peut-être que c'est un endroit magnifique.

Cette idée parut surgir de nulle part, comme si elle n'émanait pas de moi. Je revis les yeux aveugles de la Renouvelable emprisonnée dans ses filaments de verre.

Les pixies avaient ralenti l'allure. Maintenant qu'ils me voyaient acculée, ils prenaient tout leur temps. Je me rendis compte qu'ils se contentaient de m'encercler jusqu'à l'arrivée des autorités.

Tu as dit que tu préférerais mourir. Je fermai les yeux. *Tu as dit que tu préférerais mourir.*

Quelques images me revinrent en mémoire. Un oiseau en papier, qui déployait ses ailes pour la première fois. Une femme de lumière, qui me chuchotait : « Sauve-toi. »

Tu ne préférerais pas vivre ?

Je bondis.

DEUXIÈME PARTIE

11

J'atterris sur le pavé et roulai en m'écorchant les paumes, le menton, les coudes. J'avais sauté de toutes mes forces à travers la barrière, en m'attendant à… quoi donc ? Une résistance, au moins. Peut-être une souffrance déchirante. Un crépitement sonore, avant d'être réduite à néant. Mais pas à ça.

Ce que je voyais autour de moi ressemblait tellement à ce que je venais de quitter que j'aurais pu croire avoir raté mon saut, si je n'étais certaine d'avoir bondi à travers le champ de force.

Je fis l'inventaire de mon corps – rien de cassé, rien de brûlé, rien de tranché par magie. Seulement quelques écorchures ici et là.

De l'extérieur, le Mur se présentait comme un dôme lisse d'argent terni. Je pouvais me voir dedans en version monochrome de gris et d'argent, les yeux agrandis de façon grotesque par la courbure de la paroi. Je m'en approchai à plat ventre. Mâchoires serrées, je le touchai puis retirai précipitamment ma main par peur de…

Rien. Ce n'était que du métal froid, lisse et humide. De l'extérieur, le Mur ressemblait à du fer. Je me remis debout tant bien que mal, en prenant appui sur la surface froide. Elle était aussi solide que le sol sur lequel je me tenais. Plus question de faire demi-tour.

Au-dessus de moi, le ciel était gris et couvert. Des nuages. Le mot ne m'était pas familier, mais l'effet, si. J'aurais aussi bien pu me trouver à l'intérieur du Mur. Je ne pus m'empêcher d'éprouver une certaine déception ; j'avais toujours cru que le ciel serait d'une beauté inimaginable. Mais, il ne ressemblait qu'à une version enlaidie de ce que j'avais connu toute ma vie.

Le ciel paraissait plus sombre à l'extérieur, mais les nuages étaient trompeurs. À l'intérieur du Mur, le soir tombait. Ici pourtant, une lumière diffuse provenait de l'est. L'aube. Cela me parut étrangement approprié.

Mon cœur se mit à battre plus fort tandis que je contemplais le ciel. Même un ciel couvert restait plus vaste, plus imposant, plus profond que celui que je connaissais depuis ma naissance. Mes genoux faillirent se dérober sous moi, et je fermai les yeux. Je pouvais toujours percevoir l'immensité grise au-dessus de ma tête, mais tant que je ne la voyais pas, c'était supportable.

Il y eut un crépitement dans mon dos, un peu plus haut sur ma droite, et je pivotai juste à temps pour voir un pixie crever le dôme en propageant des rides à sa surface. Je fis un bond en arrière. L'insecte mécanique décrivit une spirale puis revint se jeter contre la surface métallique du Mur. Il rebondit avec un choc sourd avant de tomber par terre. Il tourna en rond sur le pavé, s'immobilisa ; ses ailes continuèrent à s'agiter faiblement puis finirent par s'arrêter.

Deux autres sortirent du dôme et connurent le même sort.

Je retournai l'un des pixies morts avec le bout de mon pied.

Si j'avais eu besoin d'une preuve de la dureté de l'environnement hors du Mur, je l'avais. L'Institut soutenait que le monde extérieur était dépouillé de magie par endroits, et ravagé par des tempêtes de magie en d'autres ; que les guerres avaient irrémédiablement bouleversé le délicat équilibre des forces fondamentales. Or cet équilibre était nécessaire, nous disait-on, pour maintenir la vie, et sa disparition entraînerait des conséquences fatales sur tout organisme non protégé – comme les pixies. Je savais pouvoir compter sur une certaine résistance au vide puisque je générais ma propre magie – mais en produisais-je suffisamment pour éviter une mort rapide ?

Et que m'arriverait-il si ce n'était pas le cas ?

De toute manière, je ne pouvais pas rester là. Ils ne renonceraient pas à me poursuivre pour la simple raison que j'avais quitté la ville. Je leur étais trop précieuse. Ils possédaient des machines capables de fonctionner en dehors du Mur ; sans quoi ils n'auraient pas pu récolter ce qu'ils y faisaient pousser. Par ailleurs, ils pouvaient probablement reconfigurer les pixies. Je ne disposais sans doute pas de beaucoup de temps, et je devais le consacrer à chercher le bois de Fer. Je n'avais pas oublié les instructions de la Renouvelable.

Après un dernier regard au dôme de métal froid qui m'avait protégée pendant seize ans, je m'éloignai le long de la rue déserte.

***

La ville avait rapetissé au fil des ans, à mesure que nos réserves d'énergie s'amenuisaient et que la population déclinait. Il avait fallu déplacer le Mur, en réduisant le périmètre tous les dix ans ou presque. La partie de la ville dans laquelle je me trouvais à présent avait dû quitter l'abri du Mur depuis peu. Les maisons et immeubles qui bordaient la rue pavée étaient à peine plus délabrés que ceux de mon quartier.

Je ne savais pas trop ce que j'allais trouver de l'autre côté du Mur. Je repensai aux forêts que j'avais vues dans les livres d'histoire, aux déserts, aux lacs et aux plaines enneigées. Je m'attendais à ce que le monde se soit transformé en quelque chose de merveilleux. En fait, il ressemblait en tout point à celui que j'avais quitté, sauf qu'il était silencieux.

Et quel silence ! Je n'avais jamais connu un calme pareil. J'en tremblais jusqu'aux os ; le moindre contact de mon pied sur le pavé me donnait des palpitations. Chaque petit bruit que je causais semblait résonner comme une alarme.

Va au sud. De l'autre côté de la rivière. Suis les oiseaux. Dans l'enceinte du Mur, les directions étaient fonction du disque solaire – son rail s'incurvait d'est en ouest. Était-ce la même chose à l'extérieur ? D'après les cartes que j'avais étudiées à l'école, je savais qu'il n'y avait qu'une seule rivière à proximité, celle qui séparait la ville de la banlieue. Je savais aussi que les jardins automatisés n'étaient pas loin, et je décidai de commencer par y faire un petit tour pour m'approvisionner avant de couper au sud vers la rivière. En espérant ne pas m'égarer.

En passant près d'un nid-de-poule, je m'arrêtai. Je voyais mon reflet dans la flaque d'eau au fond. Je savais que je n'avais pas de temps à perdre ; pourtant, je m'agenouillai, posai mon sac à dos improvisé – j'allais devoir trouver un meilleur moyen de transporter mes provisions – et entrepris de me débarbouiller le visage et les cheveux. Quand j'eus nettoyé le plus gros de la crasse et du sang, je me levai et me remis en route.

J'acquis bientôt la sensation troublante qu'on m'observait ; j'en avais des picotements sur la nuque, comme sous l'effet d'un regard scrutateur. L'aube grisâtre ne révélait pas grand-chose, mais l'impression persistait. Et quand je regardais dans les ruelles sombres, les ombres paraissaient danser et se couler dans mon dos.

J'entendis un bruit quelque part devant moi. Très discret, une sorte de toussotement léger. Mais dans le silence, il résonna à la manière d'un coup de tonnerre. Je courus me cacher sous un porche en tremblant comme une feuille.

Puis j'entendis un autre bruit, plutôt un frôlement, cette fois. Un bruit de pas dans la rue.

Je me tins parfaitement immobile, scrutant les ombres de la ruelle à un pâté de maisons de distance. Mon imagination anxieuse voyait du mouvement partout. Chaque frémissement illusoire faisait battre mon cœur plus vite, si bien que quand je vis enfin bouger quelque chose, j'eus du mal à y croire.

Une forme basse et sombre émergea de la ruelle. *Un chien*, me dis-je. Ces animaux pullulaient autrefois, mais c'étaient des carnivores, incapables de se contenter d'un régime végétarien, et quand les gens s'étaient retirés à l'abri derrière le Mur, les chiens ne les avaient pas suivis.

Un chien pouvait-il faire ce genre de bruit, toutefois ? On aurait vraiment dit des pas. Des pas humains.

La forme s'arrêta pile à l'entrée de la ruelle, en restant dans la pénombre. Je la vis lever la tête, tendre le cou et humer l'air. Il ne faisait toujours pas suffisamment jour pour dire de quoi il s'agissait, mais en tout cas elle n'avait pas l'allure d'un chien – et elle était de la taille d'un homme. Je l'entendis haleter un peu, puis pousser un long cri déchirant.

Je me figeai. Ce hurlement avait été si soudain, si fort, tellement désespéré. Inhumain.

La chose baissa la tête et se renfonça dans l'allée, où elle se fondit parmi les ombres.

Je restai sous le porche, frémissante, longtemps après son départ. C'est seulement quand je l'entendis hurler de nouveau, dans le lointain, que je m'arrachai à ma cachette et repartis dans la rue.

Je n'étais donc pas seule. *On raconte toutes sortes d'histoires,* me dis-je, *à propos de ce qui vit au-delà du Mur...*

Le ciel s'éclaircissait peu à peu. J'aperçus un halo plus clair dans les nuages au-dessus du Mur. Le soleil. Il avait l'air encore plus pâle que notre disque solaire, et je dus me rappeler qu'il était masqué par les nuages. J'éprouvai néanmoins une pointe de déception.

Je continuai mon chemin, essayant tant bien que mal d'oublier la douleur de mes pieds à vif.

À l'intérieur de la ville, la nuit devait être en train de tomber. Je titubais de fatigue. Mais je ne pouvais pas me permettre de rester si près du Mur. Et il ne servirait à rien de me cacher. Ici, dans cette zone dépourvue de magie, mon pouvoir devait briller comme un phare.

Je marchais depuis une demi-heure quand quelque chose retint mon attention un peu plus loin sur la chaussée. Je m'arrêtai, reculai d'un pas – mais la chose demeura immobile. Je m'approchai prudemment pour mieux voir – et me figeai.

Alignées l'une à côté de l'autre au beau milieu de la rue, deux chaussures m'attendaient. Je ne pouvais pas les rater.

Je les fixai stupidement pendant de longues secondes. Puis mes poumons se contractèrent. Impossible qu'elles soient là depuis l'époque où cette partie de la ville avait été abandonnée. Cela remontait facilement à dix ans, et même le ciment des immeubles tombait en poussière. Et puis, des chaussures ? Précisément ce qui me faisait le plus défaut ? Ça ne pouvait pas être une coïncidence.

Si inquiétantes que soient ces chaussures, elles faisaient naître un grand espoir : *Y aurait-il quelqu'un d'autre comme moi dans les parages ?*

Je tournai et retournai les chaussures dans tous les sens à la recherche d'un indice quelconque, d'un piège que l'Institut aurait pu glisser dedans. Un mouchard, peut-être. Ou une aiguille empoisonnée. Pourtant, si l'Institut avait déjà retrouvé ma trace, pourquoi ne pas m'avoir fait enlever, tout simplement ? Je n'avais pas la réponse, et les chaussures non plus.

Leur examen souleva de nouvelles questions. Ces chaussures n'avaient rien à voir avec les chaussons synthétiques en fibres recyclées qu'on nous distribuait à l'intérieur du Mur. Taillées dans un matériau datant d'avant les guerres, elles paraissaient faites pour durer. Et elles étaient immondes, même si on avait manifestement tenté de les nettoyer. On voyait des traces de chiffon dans la crasse brunâtre qui les recouvrait.

Malgré un frisson de dégoût, j'enfonçai mes pauvres pieds meurtris à l'intérieur. Je n'avais jamais porté de chaussures qui m'aillent aussi bien. J'aurais dû m'en étonner, bien sûr, mais il faut croire que j'avais perdu mon aptitude à la surprise. S'il s'agissait d'un piège, je n'en voyais pas l'intérêt. Et il était clair que je n'irais pas beaucoup plus loin pieds nus

– en fait, je n'avais pas le choix. Ne sachant que faire des lacets, je finis par les glisser tout simplement à l'intérieur.

Je repris ma route direction sud-ouest, où je pensais trouver les jardins automatisés, dans l'espoir d'y ramasser suffisamment de provisions pour me nourrir jusqu'à la rivière et aux oiseaux. Là où vivaient des oiseaux, je trouverais de quoi manger. Des fruits, des graines, n'importe quoi. Ça ne faisait aucun doute. Si seulement j'arrivais à m'échapper de ce cimetière de pierre et de brique, je serais sauvée.

J'avais déjà vu des plantes. Il en poussait quelques-unes au musée de la ville, et un peu de mauvaise herbe pointait parfois entre les crevasses du macadam. Mais rien de tout ça ne m'avait préparée à ce que je découvris en tournant au coin du pâté de maisons suivant.

Un immense jardin s'étendait devant moi dans les vestiges d'un ancien parc. Les bancs et les lampadaires disparaissaient sous des plantes grimpantes vert pâle tandis que des allées piétonnes en béton fissuré traçaient comme des rivières grises entre les carrés cultivés. Les plants s'alignaient en rangs bien ordonnés, dans une terre grasse et noire, dressant leurs feuilles vers le ciel de plomb. Le jardin se prolongeait à perte de vue, au bord d'un ruisseau sinueux. Les plants eux-mêmes étaient chargés de fruits ou de légumes. Je ne les identifiai pas tous, mais je reconnus des concombres et des tomates, qui luisaient comme des pierres précieuses dans les rangées voisines. Je courus vers eux.

Je cueillis une tomate et mordis dedans. Son jus réveilla la douleur de ma coupure au menton, mais je n'allais pas me laisser arrêter pour si peu. Je dévorai le fruit tout entier, avec les pépins, et en attrapai un autre. Ce n'est qu'à ma troisième tomate que je ralentis et posai mon sac à dos pour commencer à le remplir. Je choisis surtout des légumes durs, concombres et carottes. Quand mon sac fut suffisamment chargé, je le jetai sur mon épaule en grimaçant sous son poids.

En marchant le long du ruisseau qui serpentait à travers le jardin, je sortis mon gobelet de mon sac et bus jusqu'à ce que mon estomac se mette à clapoter. Si seulement je n'avais pas quitté la ville aussi précipitamment, j'aurais peut-être pu emporter une bouteille ou une gourde.

Je m'enfonçai entre les rangées de plants en mastiquant une autre tomate. Le sol que je foulais dégageait une odeur étrange et inconnue, une moiteur capiteuse, douce et entêtante. Tandis que les feuilles me caressaient les bras, je laissai mon esprit vagabonder.

Le bois de Fer, m'avait dit la Renouvelable. Je n'avais jamais entendu parler d'une chose pareille, mais quand elle l'avait mentionnée, j'avais presque l'impression de l'avoir sous les yeux. *Au sud. La rivière. Suis les oiseaux.*

Beaucoup d'espèces animales s'étaient éteintes pendant les guerres, tandis que d'autres – comme les abeilles – avaient disparu encore plus tôt, comme un signe avant-coureur. Les oiseaux n'avaient pas été épargnés. Certains soutenaient qu'il devait encore en exister à travers le monde, mais faute de preuves, les oiseaux étaient devenus une légende, au même titre que les Renouvelables.

Comment, dès lors, suivre quelque chose qui n'existait plus jusqu'à un endroit dont je n'avais jamais entendu parler ? Si mon frère, brillant, courageux, n'avait pas survécu là dehors, comment le pourrais-je ? Je plaquai la main contre la poche où j'avais rangé mon oiseau en papier, bien serré contre ma cuisse.

Un son infime, facilement repérable dans le silence, capta mon attention. Non, pas un son – un bourdonnement de pouvoir. De la magie.

Je fis volte-face, et au même instant j'entendis un rugissement de machinerie si fort que j'en basculai à la renverse. Un gigantesque monstre de bronze se dressait au-dessus de moi. Chacun de ses pas faisait trembler les plants ; les feuilles frissonnaient, comme si elles étaient sensibles à ma terreur.

Ils m'avaient retrouvée. L'Institut avait suivi ma trace et m'avait envoyé ses monstres de bronze et de cuivre. Ils avaient localisé ma petite personne au milieu de ce dédale de fer, de brique et de pierre. Ne restait plus qu'à espérer que le monstre m'aplatirait d'un coup au lieu de me ramener.

12

La machine, une fois et demie plus grande qu'un homme, agitait des bras fins aux doigts articulés coiffés de verre. Ces doigts frottaient les uns contre les autres avec un léger crissement métallique tandis qu'ils pivotaient et s'orientaient. Je comptai six bras, trois de chaque côté, et m'enfouis le visage dans les mains quand je les vis se tendre vers moi. Pétrifiée de terreur, j'attendis d'être mise en pièces.

Le temps parut ralentir, s'étirer, et au bout d'un moment je me rendis compte que j'étais toujours indemne. Baissant mes mains tremblantes, je vis les bras de la machine s'enfoncer prestement sous les feuilles et en ramener des tomates qu'ils rangeaient dans une cavité thoracique. La chose n'avait pas de capteurs capables de détecter ma présence. Elle se repérait uniquement au toucher : le bout de verre de ses doigts palpait les feuilles, les tiges et les fruits charnus avec une délicatesse inouïe. Elle comportait un poste de pilotage, mais vide – l'Institut avait modifié ces machines afin qu'elles puissent opérer automatiquement au-delà du Mur.

L'une des mains s'approcha de moi en tâtonnant. Je restai figée sur place. Les doigts délicats rencontrèrent la pointe de ma chaussure et en palpèrent les contours. Quand ils frôlèrent ma cheville nue, je ressentis comme une décharge d'électricité sur ma peau tandis que la machine sursautait étrangement ; ses cinq autres mains s'immobilisèrent. Il y eut une deuxième décharge, plus forte, et la main se resserra sur moi. Le verre – un conducteur de magie.

Je me dégageai brusquement et bondis sur mes pieds. Lâchant ma tomate à moitié mangée, je m'enfuis au pas de course.

Le bourdonnement et le cliquetis de la machine s'estompèrent rapidement derrière moi. Je dus finalement m'arrêter, hors d'haleine, et j'en profitai pour regarder par-dessus mon épaule. La machine se tenait toujours là où je l'avais laissée, à palper le sol avec toutes ses mains. À me chercher, moi, et ce contact familier avec la magie. Je repartis d'un pas vif, m'efforçant désespérément de calmer l'emballement de mon cœur. Ma cheville tordue me faisait boitiller. Après un moment, je cessai d'entendre la machine et parvins au bout du jardin.

Le quartier dans lequel je débouchai alors ne ressemblait en rien à celui que j'avais quitté. Il était entièrement dévasté ; aucun bâtiment ne comportait plus de deux ou trois étages. La plupart n'étaient que ruines effondrées et noircies. J'eus l'impression d'avoir fait un bond de mille ans dans un futur où l'homme n'était plus qu'un lointain souvenir.

Ce doit être un quartier que nous avons abandonné pendant les guerres, me dis-je. Cela ne remontait qu'à cent ans. Comment tout cela avait-il pu se dégrader aussi vite ?

De grandes portions de rue étaient complètement défoncées, et des immeubles entiers s'étaient effondrés, cédant la place à des trous béants. On apercevait le sol, une argile rouge, épaisse et grasse, dans laquelle rien ne semblait pouvoir pousser – et pourtant, la végétation avait largement envahi la ville.

Des buissons touffus crevaient le macadam. Infranchissables, ils m'obligeaient à les contourner par les endroits épargnés par la mauvaise herbe. Je passai devant une devanture dont quelques vitres étaient restées miraculeusement intactes. Derrière, j'aperçus un tronc massif, beaucoup plus imposant que ceux des arbustes que nous avions à l'intérieur du Mur. En inclinant la tête, je pus voir un bouquet de verdure s'étaler largement au-dessus de l'endroit où s'était tenu le toit. Tout à coup, je n'avais plus devant moi une boutique avec un arbre qui poussait à l'intérieur – mais un arbre auquel s'accrochaient encore les vestiges d'un immeuble.

D'anciens mécanopodes se dressaient ici et là, pétrifiés, ensevelis sous la mousse et les plantes grimpantes. Je remarquai aussi d'autres machines : pousse-pousse, balayeuses mécaniques et même quelques mécanimaux. En arrachant les lianes qui recouvraient l'un de ces derniers, je découvris sous le feuillage la face expressive d'un chat en cuivre. Il se tenait tapi, la queue dressée, comme s'il était sur le point de bondir sur un jouet invisible.

Le ciel se troublait, se parant de motifs en nuances de gris. Je me dis que c'était peut-être le signe que les nuages étaient en train de se dissiper. Le halo clair du soleil se faisait plus net, suffisamment brillant pour que je ne puisse plus le fixer. Il avait largement dépassé son zénith maintenant, et j'essayai d'imaginer ses graduations parfaites pour mesurer le temps. Il pouvait être une heure, deux heures de l'après-midi ? Alors qu'il devait être plus de minuit en ville. La fatigue me faisait traîner les pieds.

La rivière était toute proche ; j'aperçus un vieux pont entre deux bâtiments. En arrivant devant, je constatai qu'il était beaucoup plus abîmé que je ne l'aurais cru de loin. Autrefois, il était emprunté par les cyclo-pousse semi-magiques et les vélos, mais à présent je n'étais même pas sûre qu'il puisse supporter mon poids. Sa charpente métallique restait intacte, et des blocs de pierre effrités s'y accrochaient encore, mais on y voyait des trous béants. Deux grandes statues de bronze gardaient l'entrée du pont, vert-de-grisées et envahies par la végétation. L'une tendait une patte qui semblait s'achever par un sabot – peut-être étaient-ce des statues de chevaux.

Évitant de m'interroger sur la solidité des éléments restants, je m'aventurai sur le pont. Je n'avais jamais appris à nager. Comme tout le monde en ville – pourquoi se donner cette peine ? Je m'efforçais de ne pas regarder en bas quand je passais au bord d'un trou par lequel on entrevoyait l'eau en contrebas. La rivière était large, indolente, mais pas moins mortelle pour autant. Si je tombais dedans, je me noierais. À condition que la chute ne m'ait pas tuée avant, bien sûr.

Des morceaux de pierre et de béton se détachaient du pont sous mes pas. La rivière était trop basse pour que j'entende les éclaboussures. Je ne m'étais pas encore habituée au calme. Mes oreilles brûlaient d'entendre des sons familiers. Le vacarme exécrable de notre aube artificielle, par exemple, aurait été le bienvenu.

La berge opposée était bordée d'arbres, que je voyais se prolonger à perte de vue jusqu'à l'horizon voilé de brume. Il s'agissait sûrement de la forêt mentionnée par la Renouvelable. Je devais m'y enfoncer vers le sud jusqu'à ce que je trouve les oiseaux. J'essayai de me représenter des oiseaux, créatures que je n'avais jamais vues qu'en images, mais je n'arrivais pas à leur donner vie. Mes oiseaux restaient plats, bidimensionnels. Comme le papier.

J'atteignis l'autre bout du pont en ruine, l'esprit ailleurs, au point de ne pas remarquer tout de suite le bourdonnement léger de la magie.

J'avais l'habitude que le cliquetis des rouages et des pignons couvre le bruit de la magie. Mais là, on n'entendait aucun mécanisme d'horlogerie. Je rajustai mon sac à dos sur mes épaules et m'avançai le plus discrètement possible en direction du bourdonnement.

J'en découvris la source derrière un amoncellement de gravats recouverts de végétation, vestiges d'un ancien immeuble. Elle ressemblait à une version miniature du Mur, sauf qu'au lieu d'avoir l'aspect de l'argent terni, elle avait la même couleur violette qui caractérisait le Mur de l'intérieur. Je reculai d'un pas et l'observai.

J'eus beau la contempler pendant près d'une heure, rien n'entra ou n'en sortit. L'Institut avait émis la théorie qu'après les guerres, les dernières bribes de magie étaient retombées de façon dispersée. Il soutenait que même si la majeure partie de la planète était devenue stérile, on devait y trouver de petites poches de pouvoir à forte concentration – bien plus forte qu'avant l'éclatement des conflits, quand la magie était répartie de manière uniforme.

Voilà ce que mon frère était parti chercher. Je ne pus m'empêcher de me demander si Basil était parvenu aussi loin.

Je me rapprochai prudemment, frémissante, les sens en alerte. Tout était calme, hormis le bourdonnement de la magie et le scintillement d'énergie sur la surface du dôme. J'estimai son diamètre à moins de deux cents mètres.

Je tendis la main vers le dôme, arrêtant ma paume à un centimètre. Les poils de mes bras se hérissèrent, comme s'ils étaient chargés d'électricité statique. Je me penchai pour cueillir un brin d'herbe, que je plongeai dans le rideau d'énergie. En ville, le Mur ne se traversait que dans un sens. On pouvait y enfoncer un objet, mais pas le ressortir sans le casser.

Je ramenai mon brin d'herbe. Parfaitement intact. Le bout n'était même pas chaud au toucher.

Un bruit léger interrompit mon inspection. Il était soit très loin, soit très discret – une sorte de chuintement aigu que je percevais par-dessus le bourdonnement de magie autour de moi.

Des pixies. Comment avaient-ils pu survivre hors du Mur alors que les autres étaient morts instantanément ? Et pour que je les entende aussi nettement, ils ne devaient pas être loin…

Un essaim de pixies déboucha de derrière les gravats et se rua vers moi. Je me laissai tomber par terre, roulée en boule.

Je m'attendais à ce qu'ils s'abattent en grêle sur ma tête et mes bras, avec des hululements de triomphe pour m'avoir retrouvée. Au lieu de quoi, leur bourdonnement prit une tonalité étrange, presque hésitante. Je relevai prudemment la tête.

Ils volaient en cercles désordonnés autour du dôme, animés de sursauts et de tournoiements. Les pixies étaient conçus pour repérer la magie. Peut-être que cette poche, ce champ d'énergie hyper concentrée, me protégeait ?

Je n'avais encore jamais eu l'occasion d'observer longuement des pixies en plein vol. Ils évoluaient avec grâce malgré leur confusion, émettant un léger bruit discordant

– quand leur mécanisme ne rugissait pas à plein régime. Alimentés par une étincelle de magie, ils baignaient dans un halo doré qui faisait flamboyer leur corps de cuivre.

En les détaillant, je m'aperçus que l'un d'entre eux était différent : facilement deux fois plus gros que les autres, il dégageait une lueur beaucoup plus forte.

Une reine, peut-être ? Non, plutôt... un général, qui regroupait ses troupes. C'était peut-être grâce à lui que ces pixies n'étaient pas morts à la sortie du Mur comme leurs congénères.

Le pixie en question avait cessé de tourner en rond et faisait du surplace, en se balançant de part et d'autre – comme s'il réfléchissait. Puis, délibérément, il ouvrit les yeux.

Au contraire de ses troupes aveugles – et de tous les autres pixies que j'avais pu voir –, celui-ci comportait deux minuscules sphères à facettes, semblables à des joyaux, au-dessus de sa tête. Elles brillaient avec une clarté bleu azur stupéfiante.

Les paupières de cuivre clignèrent une fois, avec une précision mécanique, puis le pixie engagea une lente rotation – jusqu'à se retrouver face à moi.

Les paupières se fermèrent. Quand elles se rouvrirent, les yeux à facettes avaient pris une couleur rouge-violet hargneuse. Le général poussa une stridulation perçante, et aussitôt les autres pixies cessèrent leurs évolutions désordonnées pour se rassembler en rangs derrière lui.

J'eus à peine le temps de comprendre qu'ils m'avaient vue. Une autre stridulation, grave et insistante celle-là, et la formation entière fondit sur moi.

Je n'avais pas le choix. Je me jetai en arrière à travers la barrière magique.

Une fois de plus, je n'éprouvai aucune douleur ni aucune résistance. Moins soucieuse de ma mort imminente, cette fois, je remarquai que la sensation d'électricité statique atteignait une intensité insoutenable sur l'instant, mais disparaissait aussitôt de l'autre côté.

J'avais sous les yeux l'intérieur de la barrière, en tout point identique à l'extérieur – un dôme d'énergie violette scintillante. Je ne voyais presque rien de l'autre côté, sinon quelques ombres minuscules qui s'approchaient de manière fugace. J'entendais l'écho de leur fureur mécanique tandis qu'elles essayaient vainement de comprendre où j'avais pu passer. Je tressaillais chaque fois que j'en voyais grossir une, ou l'entendais chuinter, mais elles se calmèrent bientôt avant de se taire complètement.

J'étais en sécurité.

Une sensation désagréable au creux de la nuque me poussa à me retourner. Où avais-je mis les pieds ?

Je m'étais attendue à découvrir d'autres ruines comme celles de la ville à l'extérieur. Mais je me retrouvai face à une forêt touffue, profonde et noueuse. Presque entièrement silencieuse, à l'exception d'un bruit d'écoulement dans le lointain.

De grands arbres vénérables, déformés par l'âge, se pressaient devant moi. Des filaments de mousse d'un vert jaunâtre pendaient de leurs branches basses comme pour chercher à m'attraper. Leurs racines noueuses rendaient le sol encore plus traître que les ruines. On ne voyait aucune trace qu'une ville s'était étendue là autrefois.

Je me redressai sur les genoux en regardant autour de moi. Bien qu'on soit en principe dans l'après-midi, le peu de lumière qui franchissait la barrière plongeait la forêt dans un crépuscule violacé.

Je remarquai un reflet du coin de l'œil, comme une lumière vive entraperçue entre des cils humides. Je tournai lentement la tête et la vis plus clairement : une irisation, qui fit courir en moi un frisson électrique. De la magie. L'endroit en était imprégné. Une pierre pâle capta mon regard, et je me levai pour aller l'examiner de plus près. L'étude des pierres et du sol faisait partie des nombreuses disciplines tombées dans l'oubli depuis les guerres, mais je reconnus celle-ci : du calcaire.

Le cristal naturel était de loin le meilleur matériau pour capter et stocker l'énergie magique. Les cristaux artificiels, comme on en trouvait à l'Institut, donnaient de bons résultats également. Mais d'autres pierres pouvaient remplir la même fonction, notamment le calcaire, même si leur efficacité restait médiocre. Je touchai la pierre et sentis une décharge d'énergie me remonter dans le bras, assez intense pour me faire basculer sur le flanc, tout engourdie, pendant plusieurs secondes.

Bon, j'imagine que ça explique pourquoi la magie est si concentrée ici, me dis-je, les jambes flageolantes, en me frottant le bras.

Un appel flûté perça le silence. Suivi d'un bref instant de calme, puis d'un deuxième appel provenant d'une autre partie de la forêt. Les sous-bois s'étaient tus à mon entrée, et venaient apparemment de décider que je ne représentais aucune menace. L'endroit s'anima brusquement.

Une cacophonie démentielle m'assaillit les oreilles, et il me fallut un long moment pour comprendre ce que j'entendais. Des animaux. Des hululements, des sifflements, des cris volaient dans tous les sens, certains stridents, d'autres plus mélodieux. J'avançai prudemment sur la mousse qui amortissait le bruit de mes pas. Des gouttelettes de rosée scintillaient dans le demi-jour violet, et partout on sentait l'odeur riche, sombre et forte de la terre humide et de la vie.

En passant sous un arbre chargé de fruits inconnus, j'en cueillis un sur sa branche. J'ignorais s'il était comestible, mais j'en détachai un morceau d'écorce avec l'ongle de mon pouce. Sa chair pâle, jaune d'or, dégageait un parfum plus suave que tout ce que j'avais jamais senti. Je ne pus m'empêcher d'y goûter, après quoi je le dévorai jusqu'au noyau. Si je devais en mourir, au moins serais-je morte heureuse. J'en cueillis quelques autres que je mis dans mon sac avant de continuer ma route.

Guidée par le bruit de ruissellement, j'arrivai bientôt au bord d'un torrent qui bondissait à travers les taillis. L'eau, fraîche et claire, était bien meilleure que celle qu'on buvait à l'intérieur du Mur.

Je trouvai un endroit où m'asseoir, une pierre plate et moussue dans un creux entre deux énormes racines. En levant la tête, je ne voyais pas grand-chose du dôme ; tout juste si j'en apercevais quelques reflets lilas ici et là derrière la voûte de verdure. Je grattai la mousse qui recouvrait mon siège et découvris qu'en réalité ce n'était pas une pierre, mais un pan de mur de briques, écroulé et noyé sous la végétation. Cet endroit avait donc fait partie de la ville autrefois. Je me demandai combien de temps il faudrait au cimetière désertique à l'extérieur de la poche pour connaître la même transformation.

L'estomac plein, bercée par les bruits animaux et le sentiment d'être enfin en sécurité pour l'instant, je m'assoupis. Je me sentais à l'abri, protégée de l'immensité des nuages au-dessus de ma tête. Je n'aurais pas su dire combien d'heures s'étaient écoulées depuis mon réveil dans le noir de ma cellule à l'Institut. Il faisait chaud dans ce creux, et je me laissai submerger par les senteurs du sol et de la vie.

13

Je me réveillai alors que le soir tombait à l'extérieur de la barrière. À l'intérieur, il faisait sombre ; seule une vague lueur violette émise par le dôme de magie ourlait encore les troncs. Je crus d'abord que c'était le changement de luminosité qui m'avait réveillée, puis je compris qu'il s'agissait d'autre chose. La forêt s'était tue de nouveau. *Bon*, me dis-je, *peut-être que tous les animaux dorment pendant la nuit*. Mais ça ne me paraissait pas très convaincant. Dans l'un de nos livres de classe, j'avais lu un passage où la cacophonie de sons qui éclatait après la tombée de la nuit empêchait un explorateur de dormir.

Puis il y eut un *bruit*, un hululement hésitant ; stoppé net, il s'acheva en un horrible gargouillis étranglé. Au-dessus de moi, à quelque distance sur ma droite, je vis les branches ployer et s'agiter dans un froissement de feuillage.

Je me collai dos au tronc. Jusqu'à présent, j'avais évité de réfléchir aux histoires qu'on nous racontait, enfants, à propos des dangers qui pullulaient derrière le Mur.

J'écoutai intensément mais je n'entendis plus rien, sinon le grincement léger des branches dans la brise. Je fermai les yeux et m'appliquai à rester parfaitement immobile, en respirant le moins possible. Les grincements se rapprochèrent, et le noyau de peur qui me brûlait le ventre se changea en boule de glace.

Ce n'est pas le vent qui fait ça.

Les branches remuaient au-dessus de moi. Pas sous l'action du vent ou le poids d'un animal, non, mais d'elles-mêmes, délibérément, avec beaucoup de dextérité. J'en vis une se dégager de ses voisines et repousser délicatement un rideau de mousse. À ma gauche et à ma droite, les grosses racines entre lesquelles je m'étais sentie tellement rassurée se rapprochaient maintenant l'une de l'autre, pour me capturer.

Je poussai un cri et, saisissant mon sac, me relevai d'un bond. Je regardai derrière moi.

L'arbre se dressait au-dessus de moi, immense, sombre et inévitable. Ses branches se rapprochaient, et son tronc s'ouvrit comme une gueule béante ; la lumière violette de la barrière y fit miroiter d'innombrables rangées de crocs minuscules, tranchants comme des rasoirs. Recourbés vers l'intérieur, ces crocs tapissaient une sorte de gosier dont je ne voyais pas le fond.

Un frôlement juste derrière mon oreille m'arracha à ma stupeur. Je hurlai de nouveau, me débattis de toutes mes forces et sentis casser la branche qui avait tenté de me saisir. Un gémissement caverneux s'échappa du tronc. Je piquai un sprint à travers la forêt.

Autant que je puisse en juger, je me trouvais près du centre de la poche. J'avais cru qu'en m'éloignant du bord je serais moins détectable par les pixies. Je n'avais pas le temps de maudire ma propre stupidité. Je choisis plutôt une direction au hasard et m'enfuis dans le noir.

Là – droit devant moi. Un léger scintillement, une tache plus claire dans la noirceur des troncs. La lisière de la magie.

Même si ma poitrine et mes jambes me paraissaient sur le point d'éclater, j'avalai une grande goulée d'air et continuai à foncer. La tache s'éclaircit, s'agrandit. La limite. J'étais sur le point de l'atteindre.

Je n'en étais plus qu'à quelques mètres quand un arbre se coucha en travers de mon chemin. Sa gueule n'était qu'à dix centimètres de mon visage, tous les crocs dénudés, poussant un gémissement affamé. Emportée par mon élan, j'allais me précipiter dedans. Je levai les bras en l'air, sentis la tête me tourner et mes poumons se vider. Une explosion de lumière aveuglante, un craquement de tonnerre qui résonna à mes tympans, et l'arbre se désintégra. Je continuai sur ma lancée et, trébuchant à moitié, me jetai à travers la barrière.

Je m'écroulai au sol et n'eus que le temps de lever la tête et d'apercevoir la noirceur infinie du ciel avant de fermer les yeux. Cette immensité me donnait le tournis. Je serrai les dents, sachant que je ne pouvais pas me permettre de m'évanouir ici.

Je roulai sur le ventre et pressai le front contre la terre fraîche. Une vague de fatigue me submergea, si forte que je faillis vomir. Preuve était faite que je ferais mieux de renoncer à la magie dans la mesure du possible.

Malgré tout, mieux valait encore me sentir faible et nauséeuse que finir dans le ventre d'un arbre.

Trop épuisée pour m'attarder sur l'étrangeté de cette réflexion, je me traînai tant bien que mal sous l'abri rudimentaire d'un bâtiment en ruine. Je me laissai tomber à genoux, puis face contre terre. Je dormais déjà avant même de toucher le sol.

***

Je rêvai que je me retrouvais une fois de plus dans le conduit sous l'école, dans cet étau de briques et de ciment, au milieu de cet air tiède et lourd. Coincée au niveau des bras et des genoux, je ne pouvais plus bouger, mais cette fois je n'éprouvais aucune peur. Je me sentais en sécurité au contraire, comme dans un cocon. Le murmure des purificateurs d'air résonnait dans le tunnel, montant et descendant, et j'entendais à distance un bruit d'eau en train de se rapprocher.

Je savais que cette eau serait chaude, et je posai ma joue contre la brique en attendant d'être emportée par elle. Le grondement enflait de plus en plus, et juste à l'instant où le flot allait m'atteindre, je dressai la tête et me réveillai.

Les murmures de machines et d'eau que j'avais entendus dans mon rêve étaient bien réels – mais je ne pus en identifier la source : une voix, inhumaine, qui chuchotait et hululait tour à tour. Le confort tiède de mon rêve se dissipa, me laissant frissonnante, clignant des paupières et tâchant de me rappeler où je me trouvais. Une peur glaciale s'empara de moi. Je me plaquai au sol. Ce son n'avait rien d'humain, et j'avais du mal à imaginer qu'il puisse provenir d'un animal.

Le son continua d'enfler et de s'atténuer ; c'était parfois un chuintement las, parfois un rugissement féroce qui résonnait comme un chœur à mille voix. Autant que je puisse en juger, son origine restait immobile ; elle ne s'approchait pas et ne s'éloignait pas non plus. On aurait dit qu'elle était située juste à l'extérieur de mon refuge.

Je me relevai péniblement. Il faisait moins sombre que la nuit précédente. Une lueur d'un blanc nacré filtrait à travers les arbres. Je vis une clairière un peu plus loin devant moi, où les arbres n'avaient pas réussi à envahir le béton.

Il n'y avait rien dans les parages, mais les arbres se balançaient et frissonnaient comme si une armée de pixies secouait leurs branches. J'essayai de ne pas penser au dernier bosquet que j'avais vu bouger. Je me trouvais hors de la poche de magie maintenant. Ce n'étaient que des arbres. *Rien que des arbres.*

Le hululement croissait et décroissait en rythme avec le balancement des arbres. Quand je me penchai à découvert pour mieux voir, un souffle d'air me souleva les cheveux, si brusquement que je sursautai.

Le vent. Le soulagement et l'émerveillement me coupèrent les jambes. J'avais cru connaître le vent. Je l'avais senti sur mon visage lors de mes trajets en cyclo-pousse. Mais rien ne m'avait jamais préparée à ceci.

Je m'avançai dans la clairière, faiblement éclairée par cette lueur argentée. L'air sifflait autour de moi, faisait voler mes cheveux et plaquait mes vêtements contre mon corps. Ses déplacements étaient capricieux, imprévisibles et déroutants. Il brassait des odeurs étranges, sauvages. Je foulai les herbes hautes de la clairière en écoutant le vent soupirer et hurler à travers les arbres et les décombres. Il me coupait le souffle, me frappait de stupeur. *Le vent.*

Les ombres dansaient et vacillaient, et j'avais la désagréable sensation que l'on espionnait mes moindres mouvements. Je regardai autour de moi mais ne vis rien ; rien que les ombres projetées par cette étrange lumière argentée. Puis je levai la tête.

Et je vis le ciel.

Le vent avait chassé la couverture nuageuse, et une noirceur abyssale s'ouvrait au-dessus de moi, parsemée d'étoiles. Un mince croissant de lune répandait sur la ville en ruine une clarté blême et maladive. Le ciel paraissait sans fond ; rien ne me retenait plus au sol. Je le sentais m'aspirer, menacer de m'engloutir. De peur de m'envoler, je me jetai à plat ventre. Le choc me coupa le souffle.

Plantant les ongles dans le sol, je m'y accrochai et fermai les paupières avec tant de force que je vis des points lumineux danser dans mon champ de vision. Je collai mon front par terre à m'en donner mal au crâne. À cet instant, j'aurais accueilli avec soulagement le bourdonnement des pixies.

Je continuais à sentir le ciel tout là-haut, qui me guettait. Le ciel hideux, où scintillaient les étoiles comme autant de bouts de verre ou de crocs. Les arbres n'étaient qu'une peur d'enfant comparés à ce... néant. Une terreur plus absolue que toutes celles que j'avais connues depuis mon départ de l'Institut me paralysait. Je ne parvenais pas à me convaincre que la gravité m'empêcherait d'être happée dans ce puits de noirceur.

Malgré le martèlement de mon cœur, je me concentrai sur ma respiration, en aspirant l'air à grandes goulées. L'afflux d'oxygène m'aida à recouvrer un peu de sang-froid. Je relâchai les brins d'herbe. Je me déplaçai le plus loin possible puis plantai mes doigts dans le sol, une main après l'autre. J'eus plus de mal à remuer les pieds, mais l'envie de regagner mon abri fut plus forte que ma peur de bouger.

Centimètre par centimètre, je revins vers le bâtiment en ruine. Même si je n'avais fait que quelques pas à l'extérieur, retourner à l'intérieur me demanda un long moment. Je haletais, le souffle court, et une sueur froide ruisselait sur mon visage.

Un gémissement s'échappa de mes lèvres quand je franchis la ligne d'ombre à peine discernable qui marquait le seuil.

Quelques centimètres plus loin, je m'écroulai sur place, les muscles tremblants de peur et de fatigue.

Comment avais-je pu croire que le ciel serait magnifique ?

14

Je fus réveillée par la lumière du jour. J'étais allongée dans un rayon de soleil, les yeux clos. Le froid de la nuit ne s'était pas encore dissipé et la chaleur sur ma joue était bienvenue. Notre disque solaire, à l'intérieur du Mur, ne m'avait pas habituée à une différence de température aussi sensible.

La faim finit par m'obliger à bouger. Je m'assis, et mon estomac se crispa si fort que j'en eus les larmes aux yeux. C'était clairement la conséquence de cette flambée de pouvoir incontrôlée avec laquelle j'avais détruit l'arbre. Cela m'avait sauvé la vie, mais à quel prix ? M'étais-je condamnée à mourir de faim ?

J'ouvris mon sac avec des mains tremblantes, le regard brouillé par les larmes. Il me restait deux morceaux de pain, l'un des fruits de la forêt, deux concombres et une botte de carottes. Je rompis l'un des morceaux de pain et m'en fourrai la moitié dans la bouche, en me disant de le manger lentement. Pourtant, le pain disparut en quelques secondes et je fixai le deuxième morceau en tremblant. Non. Je devais me rationner.

Mais je ne tins qu'un instant avant de me jeter sur le fruit, un compromis. Lui aussi disparut en quelques bouchées.

J'écartai le sac et la tentation qu'il représentait pour m'adosser au mur. Je fermai les yeux. J'attendis que cette faim intense, dévorante, s'estompe, et cette fois elle le fit – un peu. Pas suffisamment.

Ma faim en partie calmée, je procédai à l'inventaire. J'avais le visage couvert d'égratignures, mais rien de sérieux. Et mes muscles eurent beau protester douloureusement quand j'essayai de m'étirer, je savais qu'ils se dérouilleraient dès que j'aurais marché un peu.

J'avais les pieds meurtris mais entiers, et là encore je murmurai un mot de remerciement au hasard – ou à la personne – qui avait mis les chaussures sur mon chemin. Elles ne m'avaient pas encore trahie, ni donné la moindre raison de penser qu'il s'agissait d'un piège. Si j'avais été pieds nus la nuit dernière, je n'aurais jamais pu m'échapper de cette poche de magie.

Une odeur étrange flottait dans l'air, un relent musqué que j'étais incapable d'identifier. J'en avais des nœuds à l'estomac. Je jetai mon sac sur mes épaules et me tournai pour quitter mon abri.

Une carcasse animale gisait sur le seuil. Décapitée, éventrée, baignant dans son sang. Je reculai contre le mur, regrettant brusquement d'avoir mangé. Je fermai les yeux et priai pour que cette vision macabre disparaisse. Mais quand je les rouvris, la carcasse était toujours là.

Je n'avais pas pu la manquer la veille. J'avais rampé sur ce seuil.

Quelqu'un a dû l'apporter là pendant que je dormais.

Un message ? Un avertissement ? Une menace ? J'appuyai l'arrière de ma tête contre le mur, paupières closes, mais sans réussir à me débarrasser de cette vision du cadavre

– raide, velu et sanguinolent, la queue enroulée comme s'il dormait.

La carcasse me barrait le chemin. Je fus contrainte de l'enjamber, en détournant le regard. Malgré tout, je pus voir qu'elle avait été mutilée par une bête féroce et sans doute beaucoup trop imposante à mon goût.

Même si la terreur du ciel me donnait des sueurs froides, je quittai cet endroit sans perdre un instant.

Je sortis dans la clairière et reçus un flot de soleil en plein visage. Mes paupières se plissèrent aussitôt. Voilà donc ce qu'on appelait la lumière du soleil. Elle n'aurait pas pu être plus différente de celle de notre disque solaire. La lumière du disque était diffuse, douce, pâle. Crue, blanc-jaune, celle-ci tombait en biais entre les branches et dans les ruines et projetait des ombres nettes, profondes, comme je n'en avais jamais connu.

J'eus un bref aperçu du ciel, bleu et sans nuage, avant de détourner vivement la tête et de fermer les yeux. Le choc n'était pas aussi rude que celui que j'avais éprouvé devant le ciel nocturne. Mais cette immensité restait trop monstrueuse à contempler.

Je ne parvenais pas à calmer la panique que je sentais monter en moi. À cet instant, je me serais volontiers enfoncée dans un souterrain. Je me forçai à rouvrir les yeux et à cligner devant cette lumière aveuglante. Je sentis mon nez se boucher. J'éternuai, deux fois. J'avançai en gardant rivés au sol mes yeux larmoyants.

L'adrénaline me donnait le frisson. Mon cerveau me criait de me détendre, que ce n'était que le ciel et que l'homme avait vécu dessous pendant des milliers d'années. J'avais d'autres motifs d'inquiétude, autrement plus sérieux.

Je m'efforçai de l'écouter, mais la terreur restait la plus forte.

Heureusement, la forêt était beaucoup plus jeune et moins dense qu'à l'intérieur de la poche de magie. Je progressais lentement. Malgré des pauses fréquentes, où je me glissais dans les ruines pour sentir un toit au-dessus de ma tête, je fus rapidement fatiguée. Je transpirais, je grelottais, et chaque pas à découvert m'emplissait de peur.

De temps en temps, j'apercevais du coin de l'œil un reflet d'or ou de cuivre, ou un mouvement fugace. Il s'agissait le plus souvent d'un pixie à ma recherche, mais parfois aussi, d'une ombre furtive, moins facile à identifier. Même en plein midi, je voyais des ombres partout. Je me souvins d'avoir eu l'impression d'être observée, suivie, avant même que les pixies aient retrouvé ma trace.

La température commença à baisser de manière sensible dans l'après-midi. L'automne était proche, et je n'étais pas habillée en conséquence, hélas. Dans l'enceinte du Mur, il n'y avait pas de saisons. Nous n'avions jamais froid.

Je sentais une autre poche un peu plus loin sur le chemin, et me dirigeai vers elle. J'avais besoin de brouiller ma trace. J'avais entendu les pixies à deux reprises au cours de la journée. Une fois, j'avais aperçu brièvement le général or et cuivre. Il donnait l'impression d'être tout seul, mais même ainsi, il pouvait conduire l'Institut jusqu'à moi. Il paraissait clair qu'ils étaient toujours sur ma piste. J'allais devoir me cacher de nouveau au cœur de la magie, pour tenter de les semer définitivement.

Le soleil se couchait quand j'atteignis la poche. Elle coupait une rangée de bâtiments en ruine – ce qui me donnait bon espoir de trouver un abri à l'intérieur. Elle était beaucoup plus petite que la précédente ; je ne savais pas si cela voulait dire qu'elle serait moins dangereuse, ou plus. Il faisait encore un peu jour, même si le soleil descendait sous l'horizon. Jeter un coup d'œil à l'intérieur ne pouvait pas faire de mal. Et si j'apercevais le moindre début de forêt, ou ne serait-ce qu'un arbuste rabougri, tant pis ! Je resterais dehors avec les pixies.

Je sentis les poils se dresser sur mes bras, mes jambes et ma nuque en m'approchant de la barrière ; la charge d'électricité statique m'était familière à présent. Je me préparai à bondir, à ressortir à toute vitesse dès la première alerte.

À mon grand soulagement, je ne vis qu'une maison relativement préservée, avec tout juste quelques plantes grimpantes sur sa rambarde en fer forgé. Elle paraissait en moins mauvais état que les autres. Alors que le temps s'était accéléré dans la bulle précédente au point de noyer les ruines sous la végétation, il semblait avoir stoppé net ici. La maison paraissait abandonnée depuis dix ans à peine.

La porte était fermée à clé, mais l'encadrement tellement pourri qu'en tirant sur la poignée j'arrachai les gonds. Le battant me resta dans les mains. Je l'appuyai contre le mur et m'enfonçai dans la pénombre.

Toutes les fenêtres étaient brisées, soufflées à l'intérieur, mais le soleil se couchait et la barrière ne laissait pas filtrer beaucoup de lumière. L'air était chargé de poussière. Sous mes pieds, la pierre du seuil fit place à une moquette épaisse d'où chacun de mes pas soulevait un nuage de poussière et de moisissure. Le papier peint se décollait des murs dans le vestibule. Je voulus en aplatir un morceau enroulé pour voir ce qui figurait dessus. Il s'émietta sous mes doigts.

Un escalier menait au premier étage, et plusieurs portes s'ouvraient dans le vestibule. Au fond se profilait un miroir terni, dans lequel j'aperçus mon reflet dans l'éclairage diffus. Il y avait également une commode contre un mur, avec un vase qui avait dû contenir des fleurs autrefois, mais dont il ne subsistait plus que des miettes méconnaissables et un peu de poussière.

Je me demandai qui étaient les anciens occupants de cette maison. Toutes leurs affaires étaient encore là. La guerre les aurait-elle tués instantanément, sans leur laisser le temps de s'enfuir ?

Allais-je trouver leurs os quelque part, figés dans la pose qu'ils tenaient à l'instant de mourir ?

Je frissonnai. Si l'Institut savait comment les retombées des guerres avaient décimé les populations, il se gardait bien de nous en faire part – dans notre propre intérêt, sans doute. La rumeur voulait que ces retombées ne soient pas toutes mortelles – certaines étaient encore pires.

J'étais là uniquement parce que j'étais capable de produire la magie nécessaire pour me maintenir en vie, aussi longtemps que je parvenais à m'alimenter. Hélas, j'allais rapidement arriver à court de provisions.

Ma vision se troubla du même voile fugace que j'avais déjà remarqué dans la première poche d'énergie, et je m'arrêtai au milieu du vestibule. Je franchis une porte qui menait dans une grande pièce rattachée à une cuisine ouverte. Un long canapé en L isolait un coin salon, et une table à manger rectangulaire occupait le centre, entourée de six chaises.

Je fis lentement le tour de la pièce, en examinant la cuisine avec fascination et perplexité. Elle était si vaste que le salon de mes parents aurait pu tenir dedans. Elle comportait un large plan de travail en granite et une grande armoire pleine de conserves et de boîtes, aux étiquettes trop sales et trop moisies pour être lues. Une horloge était accrochée au mur ; ses aiguilles figées disparaissaient presque sous la couche de poussière qui recouvrait son verre.

J'imaginai à quoi avait dû ressembler la vie dans cet endroit, dans cette cuisine, avec un garde-manger plein à craquer. Si je fermais les yeux, je pouvais me représenter la cuisine dans sa beauté d'origine, avec son plan de travail impeccable, son carrelage immaculé et des monceaux de nourriture exotique dans les assiettes.

Contre un mur derrière le canapé, je vis un appareil que je connaissais, et quand je me tournai dans sa direction, je sentis l'air vibrer de pouvoir. Tous les ans à Noël, l'Institut ressortait un engin qu'il appelait phonographe et dont il prétendait qu'on en trouvait autrefois dans chaque foyer. Son mécanisme à manivelle amplifié par magie lui permettait, au moyen d'une pointe en diamant, de lire des cylindres gravés en traduisant les sillons en musique. À ma connaissance, le seul exemplaire encore intact était celui que les architectes conservaient au musée.

Je tendis la main pour le toucher et ressentis une décharge similaire à celle qui m'avait traversée au contact du bloc de calcaire, quoique pas aussi forte. Quand je passai le doigt sur le bras articulé terminé par la pointe en diamant, la vibration de la magie s'amplifia de plus en plus, jusqu'à ce que je sois finalement forcée de retirer ma main. Le diamant... Il semblait clair que les poches de magie ne se formaient pas au hasard, en fin de compte, mais autour d'objets ou de matériaux bien précis.

Je pouvais presque entendre les membres de la famille qui avait vécu là autrefois, discuter de leur journée autour du dîner. Le tintement des couverts contre la porcelaine, le bruit des glaçons dans un verre. Un rire d'enfant, dans une autre pièce.

Puis ce ne fut plus simplement un effet de mon imagination. Pendant que j'explorais la maison, le soleil avait fini par se coucher. Pourtant, il y avait encore de la lumière. Et plus que cela. Au-dessus de ma tête, des panneaux diffusaient un éclairage magique tamisé. Les sols en carrelage brillaient, et les fenêtres étaient de nouveau intactes. Le phonographe, soudain flambant neuf, s'alluma en grésillant. Les échos mélancoliques d'une voix de femme s'élevèrent dans la pièce, chantant un air que je n'avais jamais entendu.

Et dans la pièce voisine, j'entendis des voix. Une conversation. Des mots. C'étaient les premiers que j'entendais depuis que j'avais poussé mon frère dans le vide. La pièce avait pris vie.

15

Je plongeai derrière un fauteuil, tâchant de me faire la plus petite possible. Des gens. De vraies gens. Vivants, derrière le Mur.

– Tant mieux ! Bien fait pour sa gueule, dit la voix sarcastique d'une fille un peu plus âgée que moi.

– Kacey ! s'exclama une autre voix, plus aiguë, appartenant à une autre fille, beaucoup plus jeune. Tu sais que tu n'as pas le droit de dire « gueule » !

– Ne le dis pas à Papa et il n'en saura rien, rétorqua l'aînée en riant.

Elles continuèrent à bavarder. J'entendais racler des tabourets que je n'avais pas vus dans la cuisine. Ces gens n'avaient pas l'air de monstres. Je fus tentée de bondir hors de ma cachette, de tout leur expliquer et de leur demander leur aide.

Une fois encore, je revis mentalement les rangées de crocs acérés que j'avais évitées de justesse la nuit précédente. Je fermai les yeux et me renfonçai dans mon coin.

Une femme, plus âgée, vint se mêler à la discussion. Elle demanda aux filles comment s'était déroulée leur journée. J'entendis des bruits de casseroles et de plats, le claquement d'un couteau sur une planche à découper, le sifflement d'une bouilloire. Des bruits d'assiettes, de couverts. Des rires. Je pus même entendre en fond sonore le tic-tac de l'horloge que j'avais cru cassée.

Un homme intervint à son tour, d'une voix lasse de baryton. Son pas résonnait lourdement sur le carrelage alors que les filles se déplaçaient presque sans aucun bruit. Je les écoutai manger, discuter, rire. Une famille.

Je savais que je devais partir, me retirer sur la pointe des pieds. On ne pouvait pas se fier à des gens qui vivaient au-delà du Mur. Avec les pixies, au moins, je savais à quoi m'attendre. Mais je n'arrivais pas à me décider à fuir. C'étaient peut-être des monstres, mais ils semblaient tellement sereins.

Jusqu'à présent, j'avais été tellement obnubilée par les questions de survie que je n'avais pas eu le temps de prendre conscience de ma solitude.

– Vous avez terminé vos devoirs, les filles ? demanda la mère.

Puis, après une réponse inintelligible des deux filles, elle ajouta :

– Où est Jed ? Ça ne lui ressemble pas d'être en retard pour le dîner.

– Il doit être en train de réparer son vélo, répondit la fille aînée. Il n'aime pas trop le ragoût, de toute façon.

Au bout d'un moment, les chaises s'écartèrent de la table. Des pas retentirent. Soudain, je me rendis compte que toute la famille se dirigeait vers le canapé du salon. Vers moi. Si l'un d'eux s'asseyait dans le fauteuil, il me découvrirait à coup sûr. C'était ma dernière chance de m'échapper. Peut-être qu'en restant pliée en deux, j'éviterais de me faire voir.

Je sortis de ma cachette, mais à l'instant où je me redressai pour filer vers la porte, quelqu'un entra par l'autre côté.

Je me figeai. Le garçon, un adolescent de mon âge, s'avançait droit sur moi. Je n'avais aucun endroit où m'enfuir.

Il ne s'arrêta pas, ne ralentit même pas. Il continua tout droit – à travers moi. Sans donner le moindre signe d'avoir seulement remarqué ma présence. Son image se brouilla, vacilla puis réapparut derrière moi tandis qu'il allait rejoindre sa famille dans le salon.

– Maman, est-ce que je pourrais avoir une avance sur mon argent de poche ? Il me faut une nouvelle chaîne pour mon vélo.

Abasourdie, je n'entendis pas la réponse de la mère. Sans doute avait-elle été négative, car le garçon tourna les talons, quitta la pièce d'un pas rageur et grimpa l'escalier. Je bondis hors de son chemin mais il passa devant moi sans me voir.

Je mis mes craintes de côté et pénétrai à mon tour dans le salon. Les autres étaient tous assis désormais, les parents plongés dans la lecture et les filles en pleine partie de cartes.

– Bonsoir, hasardai-je.

Ma voix rauque était choquante, méconnaissable. Je me raclai la gorge et répétai :

– Bonsoir ?

Rien. Ils semblaient tous concentrés sur ce qu'ils étaient en train de faire.

Je m'avançai entre les filles et leurs cartes étalées par terre, de manière à leur masquer la vue. Voyant qu'elles ne réagissaient pas, je m'approchai de l'aînée et passai la main devant son visage, en lui criant à l'oreille. J'essayai de lui taper sur l'épaule, mais ma main la traversa sans résistance.

On entendit un crépitement étrange, et la scène entière se brouilla. Pendant un bref instant, je vis la pièce telle qu'elle était à mon entrée ; il faisait complètement noir maintenant, et je distinguais tout juste les contours du mobilier pourri. Mais cela ne dura qu'un éclair, et la famille réapparut presque aussitôt.

Le phonographe s'alluma avec un grésillement d'électricité statique, puis émit un petit claquement et se tut. Le père se leva, s'approcha et lui donna un coup sec sur le côté.

– Chéri ? dit la mère. Qu'y a-t-il ? L'enregistrement est rayé ?

– Je ne sais pas ; donne-moi une seconde.

Le tic-tac de l'horloge de la cuisine s'était arrêté.

La fille cadette, qui ne devait pas avoir plus de huit ans, se tenait devant la fenêtre.

– Vous avez entendu ? demanda-t-elle.

– Ça vient, répondit son père, agacé.

– Non, ce bourdonnement, dit la gamine.

Tout à coup, elle cria :

– Regardez ! Dehors !

Alarmés par le ton de sa voix, tous les membres de la famille se tournèrent vers la fenêtre. Je fis de même mais ne vis rien, sinon des formes floues, indistinctes. Les autres, en revanche, parurent pétrifiés par ce qu'ils voyaient. Ils se mirent tous à crier, et la mère se coucha sur ses enfants, une seconde à peine avant que les fenêtres soient pulvérisées vers l'intérieur et que la pièce s'embrase comme un soleil.

La scène clignota de nouveau et puis, sans autre avertissement, les deux filles réapparurent dans la cuisine.

– Tant mieux ! Bien fait pour sa gueule, déclara l'aînée.

– Kacey ! s'exclama la cadette qui, quelques secondes plus tôt, pointait la fenêtre du salon avec une expression horrifiée. Tu sais que tu n'as pas le droit de dire « gueule » !

La scène clignota encore une fois.

– Kacey ! Tu sais que tu n'as pas le droit de dire « gueule » !

Nouveau clignotement, et, cette fois, les personnages n'étaient plus qu'à moitié présents, visibles en surimpression dans la maison obscure et abandonnée.

Je m'adossai au mur et me laissai glisser jusqu'au sol. L'une des histoires les plus répandues à propos du monde au-delà du Mur voulait qu'il ne soit plus habité que par des fantômes, perdus et affamés, qui rôdaient dans les ruines. Enfant, je m'imaginais des entités blafardes et cadavériques qui flottaient dans les airs en gémissant. Dans les histoires, ils étaient toujours malheureux, en colère, désireux de se venger de leur mort prématurée.

Ces gens, ou ces souvenirs – quels qu'ils soient –, ne savaient même pas que j'étais là. Ils continuaient à revivre leur vie ce jour-là, cette dernière soirée. Cela devait remonter à la guerre, quand un Renouvelable avide de pouvoir était venu frapper aux portes du quartier.

Je me remémorai le plus ancien Noël dont j'étais capable, quand l'Institut avait sorti son phonographe pour nous passer de la musique d'avant la guerre. Le son n'arrêtait pas de craquer et de grésiller. Plus tard dans la soirée, la pointe en diamant s'était bloquée et l'enregistrement avait répété le même passage encore et encore, transformant la mélodie en une insupportable parodie de musique.

Voilà à quoi me faisaient penser les derniers instants de cette famille qui se reproduisaient ainsi sous mes yeux, inlassablement. La maison, ou la magie, devait avoir gardé ce souvenir gravé jusque dans ses briques. J'aurais pu m'en aller, monter à l'étage chercher un endroit où dormir, changer de maison, mais je décidai de rester. Même fragmentaires, éraillées par l'âge, ces voix me semblaient familières. Ce n'était pas ma famille, mais c'était une famille. Je me sentais seule. Et pour eux, je n'étais rien de plus qu'un fantôme.

Je me recroquevillai dans un coin en les écoutant rire, et en me bouchant les oreilles quand le phonographe sautait et que la fillette se mettait à hurler. Mais si la scène s'accompagnait de lumière, elle ne produisait aucune chaleur et je grelottai toute la nuit, dormant par intervalles, soumise à la torture des bruits de cette famille qui vivait et mourait encore et encore.

La séquence se fit plus décousue à l'approche de l'aube, quand les clignements et tressautements de plus en plus fréquents m'arrachèrent à ma somnolence. J'avais un peu bougé pendant la nuit et je me retrouvai allongée sur la moquette moisie, la tête entre les bras. Depuis ce point de vue avantageux, je constatai que le garçon était revenu, chose que je n'avais encore remarquée dans aucune des versions précédentes de la scène.

Il se tenait accroupi derrière le bar, les yeux rivés sur sa famille et le fauteuil derrière lequel je m'étais dissimulée. Comment avais-je pu le rater ? Peut-être redescendait-il plus tard dans la séquence, discrètement, pour écouter la musique sans avoir à se rabibocher avec sa mère ?

Je m'assis. Une minute. Non… ce n'était pas le garçon. C'était quelqu'un d'autre. Un autre garçon plus âgé, plus maigre. D'une crasse repoussante, et vêtu de haillons. Il avait les cheveux si sales qu'on n'en distinguait pas la couleur.

Et il ne regardait pas vers la famille – mais droit dans ma direction.

La scène clignota encore une fois mais le garçon demeura, solide et bien réel. Il devait avoir quelques années de plus que moi, même si c'était difficile à dire sous sa crasse et avec son expression féroce. Il me transperçait du regard. Sa maigreur, ses membres décharnés aux muscles saillants, lui donnaient une allure de bête fauve. Malgré sa saleté, sa sauvagerie impressionnante, quelque chose dans son visage me serrait le ventre et me faisait retenir mon souffle.

Le soleil se levait. Alors que la scène reprenait depuis le début, je m'aperçus qu'elle commençait à se dissiper. La famille clignota une dernière fois – *Vous avez terminé vos devoirs, les filles ?* – avant de s'effacer entièrement, ne laissant que moi et le garçon dans la maison vide. À la lumière diffuse qui filtrait de la barrière par les fenêtres brisées, je distinguais à peine ses yeux qui scintillaient dans l'ombre. Je ne le vis pas ciller une seule fois.

Peut-être que si je m'enfuyais maintenant, je pourrais atteindre la barrière avant qu'il ne me rattrape. Peut-être que la pénombre m'aiderait à lui échapper. Pourtant, à mesure que la lumière se renforçait, je pus l'examiner plus en détail. Il avait le visage maculé de taches d'un brun rouillé – *du sang*, me souffla une petite voix craintive – et les habits en lambeaux. *On trouve des cannibales au-delà du Mur*.

Il vit que je l'observais. Ses yeux s'arrondirent, sans que son regard me quitte un seul instant. On ne voyait aucune lueur d'intelligence dans ces yeux. Les poils de mes bras se hérissèrent tandis qu'une énergie presque électrique s'échangeait entre nous. Mon cœur cognait dans ma poitrine, de façon si frénétique que je crus qu'il allait éclater.

Prenant mon courage à deux mains, je me levai avec prudence. Après cette longue nuit passée à même le sol, j'avais les jambes parcourues de picotements et de fourmillements. J'esquissai un pas hésitant. J'eus à peine le temps de voir ce qui se passait : il se dressa sans bruit de toute sa hauteur, bondit par la fenêtre avec une agilité stupéfiante et disparut.

***

Même si ma nuit difficile ne m'avait pas laissé beaucoup d'énergie pour affronter la journée, je me mis en route dès que le soleil commença à filtrer entre les troncs. La matinée était glaciale, j'avais la chair de poule.

Malgré tout, ce début de journée brumeux était aussi très beau. C'était la première fois que je me trouvais à l'extérieur de si bonne heure, et la manière dont le soleil, doux et couleur de pêche au ras de l'horizon, illuminait la brume dépassait tout ce que j'avais jamais vu derrière le Mur.

La journée passa vite, et je couvris une bonne distance. Ma peau pâle brûlait au soleil mais je ne pouvais pas me permettre de m'arrêter à l'ombre, sauf quand je croisais un ruisseau à l'eau suffisamment pure pour la boire. Les ruines semblaient s'étendre à l'infini ; arbres et bâtiments se mêlaient en une étrange forêt de pierre. Quand le jour se mit à décliner, je pressai le pas, pour aller le plus loin possible et me tenir chaud. J'attendais toujours de voir les fameux oiseaux de la Renouvelable. *Va au sud à travers la forêt jusqu'à ce que tu tombes sur les oiseaux*.

À quelle distance au sud ? Comment saurais-je si j'allais trop loin ?

Je me souvins du contact désespéré entre nos deux esprits, des lambeaux de santé mentale qui s'accrochaient au bord de sa conscience – au bord seulement. Aurait-elle pu se montrer plus précise ? En aurait-elle été capable ?

J'étais tellement perdue dans mes pensées que je ne remarquai le bourdonnement que lorsque la tête commença à me lancer. Je savais maintenant reconnaître la différence entre le bruit de la magie de la ville et celui de la magie sauvage. Ici, la magie vibrait à la manière d'un diapason, avec une sonorité claire, grave et puissante. La magie de la ville, confinée au cœur des machines, produisait un son moins franc, troublé par une qualité dysharmonique qui me faisait grincer des dents. Comme ma propre magie, désormais, même si je me refusais à en conclure quoi que ce soit.

La magie que je sentais approcher était brutale et discordante. Des machines. Des pixies. Ils avaient dû retrouver ma trace.

Je fermai les yeux pour mieux tendre l'oreille. Là – au sud-ouest –, un bourdonnement suave, presque inaudible. De la magie naturelle. J'obliquai à l'ouest et me mis à courir.

Une machine immobile et silencieuse se profila entre les ruines, une machine pour laquelle je n'avais pas de nom. Je l'estimai antérieure à la période des guerres. Elle ressemblait à un mécanopode géant surmonté d'un dôme d'observation. Une machine touristique, peut-être. J'ignorais par quel miracle elle tenait encore debout, mais la poche que j'avais décelée se trouvait entre ses jambes et je fonçai droit sur elle.

Cette poche était la plus petite que j'avais vue jusqu'ici, à peine plus vaste que l'appartement de mes parents. Néanmoins, elle suffirait à me dissimuler pour la nuit – et puisqu'elle était si petite, cela voulait peut-être dire qu'elle n'abritait rien de dangereux. Rien de très grand, en tout cas.

Mais quelle taille fallait-il avoir pour me tuer ?

La forêt avait le même aspect à l'intérieur de la poche qu'à l'extérieur. Les arbres y étaient un peu moins vigoureux, peut-être, comme si la barrière les privait partiellement de soleil. L'une des jambes de la machine s'enfonçait à l'intérieur, complètement rouillée. Le sol était jonché de branches et de feuilles mortes. Je ne vis rien qui puisse expliquer la présence de la poche, je ne perçus ni décharge, ni attraction, ni énergie – la source devait être enfouie sous la surface. Pantelante après ma course, je rassemblai une grosse pile de feuilles pour me protéger de la froideur du sol. Je m'y laissai tomber à genoux et fermai les yeux. Deux nuits quasiment sans sommeil, pas assez de nourriture et trop de marche.

Le jour, déjà assombri par le filtre violet de la barrière, déclinait. Je grignotai une carotte pour le dîner, en me disant que je mangerais davantage au matin. Mais dans l'immédiat, cette carotte devrait suffire. Je me représentai l'Administratrice Gloriette essayant de survivre dans cet environnement – l'idée de sa masse imposante obligée de se contenter d'une maigre carotte pour le dîner me fit sourire.

La lumière passa du violet pâle à un gris anthracite crépusculaire. En regardant vers l'ouest, je vis des reflets dorés scintiller sur la barrière. Le soleil descendait sous l'horizon.

Je me palpai le visage du bout des doigts et trouvai des égratignures et des fragments de peau. Je pelais à cause du soleil. Mes lèvres me brûlèrent quand je les humectai.

Je m'étais mise à transpirer en courant jusqu'à la barrière. À mesure que la température baissait, ma peau moite se refroidit malgré la chaleur peu familière des coups de soleil. Je vidai mon sac et m'en recouvris les bras, en m'enveloppant dans le tissu fin.

Je me recroquevillai sur moi-même, les yeux et les oreilles aux aguets, de peur que la poche ne se prépare à changer pendant la nuit. J'attendis jusqu'à ce qu'il fasse noir, mais le temps s'écoula sans qu'il arrive rien.

Je commençais à comprendre que chaque poche de magie serait différente des autres. L'une avait modifié le paysage et animé les arbres. Une autre avait gravé l'instant d'un retour de flamme cataclysmique pendant la guerre et le rejouait inlassablement. Celle-ci, apparemment, était calme et paisible. Vide. Peut-être parce que sa source se trouvait sous la terre, et que, par conséquent, sa magie restait faible. J'espérais qu'elle suffirait à me protéger des pixies.

Je commençais à grelotter. J'essayai de me recouvrir de feuilles, fermai les yeux et priai pour dormir jusqu'au matin ; malheureusement, le froid ne me laissa aucun répit.

Il y avait des feuilles sèches et du bois mort tout autour de moi. J'en ramassai une brassée et dégageai un espace près de mon lit de fortune. Je me souvenais vaguement comment allumer un feu en frottant deux bouts de bois l'un contre l'autre – *par friction*, me dis-je.

J'eus beau continuer à m'échiner longtemps après que la lune se fut levée, je n'arrivai à rien avec mon feu. Mes deux bouts de bois étaient à peine tièdes au point de contact, et je m'étais mis les paumes à vif.

La nuit avait apporté avec elle un froid glacial qui me faisait claquer des dents, et je serrai les mâchoires. Je tremblais de tous mes membres, et je sentais mon esprit s'engourdir. Je n'avais jamais eu aussi froid.

Une part de moi-même regrettait la tiédeur de mon lit à l'Institut, le bouillon chaud, ou même ne serait-ce qu'une simple tasse de tisane pour atténuer mes douleurs musculaires et ma migraine. J'aurais voulu une couverture. J'aurais voulu des chaussettes. J'aurais voulu pouvoir dormir sans grelotter, sans avoir peur de ce qui risquait de me tomber dessus pendant mon sommeil.

Je jetai mes bouts de bois et tentai de rassembler un peu de mon précieux pouvoir pour allumer le feu par magie. Mais j'avais si froid, j'étais si fatiguée que, chaque fois que je me sentais en passe de réussir, je perdais ma concentration.

Je finis par abandonner et me roulai en boule contre la jambe de la machine. Le métal, froid et dur, me rentrait dans le dos sans se réchauffer à mon contact. Je me tenais les flancs avec les deux bras, recouverts autant que possible par mon sac à dos de fortune. Je baissai la tête et tentai de me réchauffer avec la chaleur humide de mon haleine.

Comme la nuit précédente, je m'enfonçai dans la somnolence, trop épuisée pour rester éveillée mais trop mal installée pour dormir.

Ce ne fut pas tout à fait un bruit qui me tira de cet état. Plutôt la sensation de ne plus être seule. Quand j'ouvris les yeux, je crus voir une ombre bouger parmi les ombres, esquisser un mouvement latéral furtif.

Il y eut un froissement de feuilles mortes quelque part. Je retins mon souffle, tous les sens en éveil, frissonnante. Je tentai de scruter la nuit mais le peu de clarté lunaire qui filtrait était insuffisant.

Et puis tout à coup, il fut là. Le garçon de ce matin, voûté, presque accroupi, émergea de l'ombre en me fixant. La lune soulignait ses pommettes et ses sourcils. Il paraissait moins crasseux dans l'obscurité. Il dégageait cependant toujours la même sauvagerie, à la fois effrayante et un peu excitante.

On trouve des cannibales au-delà du Mur, me rappela une petite voix enfantine. Je ne frissonnais plus à cause du froid.

Le garçon s'avança brusquement, sortit quelque chose de sa botte avec un *snnnnik* métallique. Tout ce que je pus voir, c'est un reflet de lune sur une lame.

Je lâchai un petit cri étranglé et m'écartai précipitamment. Le garçon bondit en arrière, le couteau tenu bien bas. Il tendit son autre main, la paume dirigée vers moi, en retenant son souffle. Je ne distinguais pas son expression mais son geste était éloquent. *Attends. Ne bouge pas.*

Je me figeai, surtout parce que mes muscles raidis refusaient de coopérer. Je restai à demi accroupie, pétrifiée, muette.

Il s'avança de nouveau, gardant le couteau entre nous. Je m'efforçai de ne pas fixer l'arme. Je savais que c'était sur le visage du garçon que je lirais s'il avait l'intention de me tuer, et je rivai mon regard au sien. Lui-même ne me quitta pas des yeux. D'un mouvement vif et coulé, il ramassa l'un des bouts de bois que j'avais rejetés. Il devait se tenir à moins de deux mètres de moi.

Il posa sa lame sur le bois et entreprit de le tailler, en bougeant les mains si vite que les copeaux se mirent à voler. Il en eut bientôt amassé une petite pile, et rangea avec précaution son couteau dans sa botte. Mon cœur, lui, cognait toujours aussi fort.

Sans me quitter des yeux, il abaissa lentement sa main et fouilla dans une sacoche accrochée à sa ceinture. Il en sortit un objet que je ne reconnus pas, qu'on ne distinguait qu'à peine dans l'obscurité quasi totale.

Finalement, il baissa les yeux pour regarder ce qu'il faisait. J'aurais dû en profiter pour m'enfuir ; mais je me contentai de le regarder avec fascination exercer sa magie – car j'étais sûre que c'en était. Il passait et repassait son pouce sur l'objet avec un bruit de frottement. Des étincelles jaillissaient de ses mains comme des pixies dans le soleil.

L'une d'elles tomba sur la pile de copeaux, grésilla, et grossit. Il se pencha et souffla dessus lentement, très doucement, comme une mère ôte un cil de la joue de son enfant. L'étincelle s'embrasa en chuintant et devint une flamme minuscule.

Le garçon recula d'un pas, ramassa quelques brindilles et entreprit de les croiser au-dessus de la flamme, avec beaucoup de prudence. Il me lança un coup d'œil avant de poser ses brindilles à côté du feu. Il se recula et s'accroupit de nouveau, posant devant moi l'objet avec lequel il avait produit ses étincelles.

Je ne distinguais plus les traits du garçon, car la lueur du feu m'avait temporairement éblouie. Il inclina la tête, en un geste à la fois étrange et plein de courtoisie. Puis il se retira.

Je rampai jusqu'au feu et ajoutai quelques brindilles. Puis j'examinai à la lueur des flammes l'objet que le garçon m'avait laissé. C'était un briquet en argent massif, de forme rectangulaire, arrondi aux angles. Nous n'avions pas de tabac à l'intérieur du Mur mais certaines personnes conservaient des briquets, comme des reliques de l'ancien temps. Je fis tourner sa molette avec mon pouce, et la sentis frotter contre quelque chose. Au bout de plusieurs tentatives infructueuses, je parvins à lui arracher une étincelle. Pas de flamme, naturellement, car le briquet était vide depuis longtemps.

Pendant que le feu chuintait et crépitait, je sursautais et scrutais les ténèbres au moindre bruit. Des ombres et des mouvements furtifs s'imprimaient sur ma rétine. Mais le garçon sauvage était parti, et avec lui mon envie de rester éveillée, et dès que le feu fut assez fort pour que je pose quelques grosses branches dessus, je m'endormis d'un sommeil profond et réparateur.

***

Ce ne furent pas les premiers rayons du soleil, trop faibles à travers la barrière, qui me réveillèrent à côté des braises fumantes de mon feu. Non, je fus tirée du sommeil par le bruit de la magie. Et pas de la magie naturelle – le son discordant, rageur, de la magie qui alimentait une machine.

Un son inimitable. Je m'y étais tellement habituée derrière le Mur qu'il me semblait encore familier, presque rassurant. J'ouvris les yeux.

Et là, assis tranquillement sur le pied moussu du mécanopode, je vis le général pixie. Il se tenait parfaitement immobile, au point que je me dis qu'il était peut-être en panne lui aussi, qu'il n'était peut-être pas conçu pour affronter le froid. Mais alors il ouvrit ses yeux d'un bleu cristallin et cilla lentement, paresseusement. Son mécanisme interne se mit à ronronner, à cliqueter – comme un pouls métallique et musical. Voilà qui invalidait ma théorie selon laquelle ils ne pouvaient pas me suivre dans les poches de magie.

Je retins mon souffle, rassemblant mon faible pouvoir pour me préparer à frapper comme je l'avais fait avec le pixie dans le sous-sol de l'école, en ville. Il cilla de nouveau, et ses yeux passèrent du bleu au rouge vif. Puis, inclinant la tête sur le côté, il me dit :

– *Bonjour, mon poussin.*

16

La voix qui sortait de l'insecte de cuivre était ténue, déformée, et je ne l'aurais pas reconnue sans cette expression caractéristique. Les yeux rouges du pixie pulsaient comme le voyant du talkie-walkie de Caesar.

– *Tu nous as donné beaucoup de souci, mon petit canard. Que s'est-il passé ? Est-ce que quelqu'un t'aurait fait peur, ma pauvre chérie ?*

J'étais tellement décontenancée que je ne trouvais plus mes mots. Je me contentai de fixer le pixie assis devant moi, avec ses ailes qui brassaient paresseusement l'air matinal, sa petite bouche ouverte.

– *Oh, mon poussin*, dit la voix de l'Administratrice Gloriette. *Elle en reste sans voix, pauvre trésor. C'est fini maintenant, nous allons te ramener à la maison en un clin d'œil. Ton frère se fait un sang d'encre à ton sujet.*

Je retrouvai enfin ma voix.

– Mon frère ? C'est lui qui m'a dénoncée, dis-je d'une voix rauque. Il m'a trahie.

Le pixie – ou plutôt, la voix de Gloriette qui s'en échappait – lâcha une exclamation de surprise.

– *Bonté divine, non ! Qui t'a raconté ça ? Enfin, peu importe*, continua-t-elle avant que je puisse répondre. *Non, ton frère voulait seulement t'aider, mon oiselle. Nous t'avons cherchée partout, tu sais ? Nous tenons à récupérer la plus prometteuse de nos jeunes citoyennes.*

Je me reculai le plus possible contre la jambe de la machine. Le métal rouillé s'enfonçait dans mes omoplates.

– Je ne vous crois pas.

– *Oh, mon poussin.* (Malgré sa déformation, la petite voix parvenait assez bien à transmettre la tristesse.) *Qui t'a farci la tête avec des sornettes ? Nous avons toujours fait de notre mieux pour te mettre à l'aise pendant que tu servais ta ville.*

Ça, c'était tellement ridicule que cela me sortit brusquement de ma stupeur.

– Vous alliez faire de moi votre esclave ! explosai-je. Pire que ça, une *chose*. Vous alliez m'enchaîner comme cette Renouvelable et me transformer en rien-du-tout !

– *Certainement pas !* s'indigna le pixie-Gloriette, horrifié. *Pauvre poussin, quel malentendu effroyable. Cette créature venait de l'extérieur, et elle avait tenté de nous infiltrer. Nous ne ferions jamais cela à l'une des nôtres, jamais ! Nous désirons simplement te ramener chez nous, en sécurité.*

Je me levai péniblement, ignorant la protestation de mes muscles raides.

– Il faudra me tuer d'abord, lâchai-je entre mes dents.

Le pixie-Gloriette marqua une pause avant de répondre. Quand il le fit, sa voix s'était durcie sous le crépitement artificiel de la magie. Elle était devenue coupante comme le verre.

– *Ne tombons pas dans le mélodrame, veux-tu ?* dit-elle. *Je crois qu'il est temps de grandir un peu, mademoiselle Ainsley. Tu ne peux pas t'en tirer toute seule là-dehors.*

– Je me suis assez bien débrouillée jusqu'ici, rétorquai-je avec plus d'assurance que je n'en éprouvais. (Je faisais abstraction des chaussures qui m'étaient tombées du ciel, ou du briquet que m'avait donné le garçon.) Vous ne me ramènerez pas entière, alors pas la peine de chercher à me convaincre.

– *Si tu reviens maintenant, tu n'auras aucune sanction. Et tu pourras intégrer la carrière de ton choix dès que tu seras suffisamment rétablie. Tu pourras retourner habiter chez tes parents si tu le souhaites, ou t'installer dans ton propre appartement. Mais seulement si tu reviens tout de suite.*

Je me surpris à réprimer un fou rire. Me prenaient-ils pour une imbécile ? Ils m'avaient laissée affronter la terreur du ciel, connaître les affres de la faim ; ils avaient attendu que je sois désespérée, et maintenant ils m'autorisaient à revenir ? Comme si j'avais envie de retourner dans la cage de verre de l'Institut !

Je ravalai la bile qui me brûlait le gosier. Je me détachai du mécanopode rouillé et passai devant le pixie sans lui accorder un regard.

– *Attends !* s'écria le pixie-Gloriette, en pivotant avec un cliquetis d'horlogerie pour m'emboîter le pas.

Dos au pixie, je me penchai pour ramasser mes dernières provisions. Je me tournai vers la barrière et fis un pas dans sa direction.

– *Nous savons où se trouve ton frère.*

Je me figeai.

– Qu'est-ce que vous avez dit ?

Je ne me retournai pas. Mes mains s'étaient crispées sur mon sac. Je savais qu'elle ne parlait plus de Caesar.

– *Il souffre le martyre. Tu pourrais le sauver si tu savais où chercher.*

Elle mentait. Bien sûr qu'elle mentait. Basil avait disparu avec son groupe de volontaires le jour où ils étaient partis en quête de poches de Ressource. Basil était mort depuis des années.

Je fermai les yeux.

– Mon frère est mort, dis-je d'une voix tremblante. On a dispersé ses cendres.

– *Vous avez brûlé ses affaires, vous lui avez dit adieu et vous n'y avez plus pensé*, répliqua le pixie. (Sa voix métallique me devenait insupportable.) *Mais il faut des années pour mourir par manque de Ressource. De longues années de souffrance solitaire. Ton frère est encore en vie. Pour l'instant. Il n'est pas trop tard. Reviens, et nous te dirons comment le ramener à la maison.*

Sous la voix, j'entendais un léger bourdonnement d'horlogerie, et je tournai la tête pour en localiser la source. Quelque chose émergeait lentement de l'abdomen du pixie. Une longue seringue à l'allure inquiétante qui scintillait dans la lumière.

Je reportai mon attention devant moi.

– *Nous pouvons le ramener, réunir ta famille*, continua le pixie avec la voix grave et hypnotique de Gloriette. *Nous pouvons t'offrir tout ce que tu as toujours désiré.*

J'inhalai profondément, et répondis avec un calme mortel :

– Allez vous faire voir.

Le pixie-Gloriette émit un bruit strident, à mi-chemin entre le cri et le rugissement mécanique, et me sauta à la figure, seringue tendue et cherchant la chair. Je ripostai par une projection de magie, qui fit dévier le pixie avant de l'aplatir par terre.

La colère m'avait rendue plus forte, plus précise. J'examinai la carcasse de l'insecte, son corps luisant à moitié détruit, qui dévoilait ses rouages internes. Un minuscule noyau de magie palpitait et pulsait au sein de sa coque en diamant, comme un cœur aux battements devenus erratiques par la souffrance ou la peur. Il scintillait du même éclat violet que l'intérieur du Mur ; et plus je le contemplais, plus j'avais le tournis. Je me sentis prise de vertige, comme avant de détruire le pixie dans les égouts. Le général pixie n'ajouta rien d'autre. Ses yeux violet-rouge étaient ternes et vides.

Alors que je levai le pied pour l'écraser, le pixie émit un grincement de rouages pitoyable. Puis, avec une beauté fluide, il imita un chant d'oiseau. Un chant que j'avais déjà entendu une fois, dans le bec d'un oiseau en papier animé brièvement par magie.

Je m'interrompis si brusquement que je faillis trébucher en reposant le pied à côté au lieu de réduire la machine en pièces. Le noyau continuait à palpiter et à pulser. Les yeux clignotèrent en bleu, difficilement ; ils ne rougeoyaient plus. Je ne vis aucun signe de la seringue – se serait-elle cassée ? Encore une fois, le pixie siffla les mêmes notes.

Suis les oiseaux.

Où cette machine avait-elle pu entendre ce chant, pour être capable de le reproduire ?

Je n'avais pas aperçu la moindre plume, pas entendu le moindre volatile depuis que la Renouvelable m'avait parlé. Et pourtant, ce pixie venait de réussir à recréer un chant d'oiseau.

Je ne pouvais pas me permettre d'ignorer cet indice. La région était vaste, tellement plus vaste que notre ville minuscule et sa banlieue que j'en avais le tournis. Comment pouvais-je espérer trouver le bois de Fer sans aide ?

Je me rassis donc, face au pixie disloqué, retenant mon souffle et m'efforçant de calmer les battements affolés de mon cœur.

– Pixie ?

Ma voix sortit en un léger murmure flûté. Agacée, je me raclai la gorge et fis un autre essai :

– Gloriette ?

Silence. Aucun éclat dans ces yeux sombres et vides. Pas la moindre pulsation qui puisse indiquer l'existence d'une connexion.

Il s'agissait peut-être d'une feinte ? Je me penchai plus près, refoulant mon envie de m'enfuir à toutes jambes.

– Gloriette, répétai-je à voix basse, j'ai changé d'avis.

Ce mensonge me hérissa. Mais s'il y avait une chose capable de convaincre la machine d'abattre ses cartes, c'était bien celle-là.

– Je suis prête à revenir.

La machine demeurait sans vie, muette. Je la fixai, tous les sens aux aguets, prête à frapper une nouvelle fois.

En y réfléchissant, ses yeux étaient bleus quand elle avait chanté, et non pas rouges comme les diodes des engins de communication de l'Institut. Mais si ce n'était pas Gloriette derrière ce chant d'oiseau, alors qui – ou quoi ?

Petit à petit, le noyau de pouvoir se mit à pulser de façon plus régulière. Non plus comme une flamme sur le point de s'éteindre, mais plutôt comme le bourdonnement des plafonniers de l'Institut. L'insecte avait tenté à plusieurs reprises de remuer, mais ses rouages tordus se bloquaient bruyamment. Il sortit alors de minuscules appendices, aussi fins que des aiguilles ; ils se déployaient par saccades, mus par des mécanismes d'une délicatesse inouïe.

Je ne pus m'empêcher de me pencher encore plus près, les yeux grands ouverts.

Ces appendices, minces filaments de cuivre à l'apparence de doigts, entreprirent de redresser les rouages, de les aligner dans l'axe et de les enclencher correctement. Malgré leur finesse, ces doigts étaient suffisamment puissants pour tordre la carapace du pixie et lui rendre sa forme. Ils replièrent le cuivre qui recouvrait le cœur. J'eus malgré tout le temps de le voir se remettre à scintiller.

Le pixie était en train de se *réparer*.

Ses doigts tâtonnèrent sur le sol, et je crus un instant qu'il essayait de ramper vers moi. Puis j'aperçus un cube de cuivre à quelques centimètres, qui s'était détaché de son corps. Je tendis le bras pour le ramasser.

– Oh non, pas question ! dis-je, le cœur battant.

Je pouvais au moins l'empêcher de redevenir totalement opérationnel. Avec un peu de chance.

– *Pas question*, répéta le pixie, comme un écho bizarre qui me glaça le sang.

Stupéfaite, je fis un pas en arrière. Ses yeux brillaient d'une lueur bleue. Je m'étais peut-être trompée en considérant que le rouge indiquait une connexion avec l'Institut, avec Gloriette. Il est vrai qu'il ne s'était pas exprimé avec sa voix.

Mais avec la mienne.

– *Pas question*, répéta-t-il.

Et après s'être ébroué, il décolla du sol dans un bourdonnement d'ailes. Il vola dans ma direction, et avant que je puisse l'esquiver, se cogna maladroitement contre mon bras. Je me dégageai et reculai contre les ruines.

– Qu'est-ce que… arrête ça !

– *Arrête ça !*

Le pixie descendit bourdonner contre mon poing qui tenait le cube. À entendre ma propre voix déformée s'échapper du corps métallique du pixie, j'en avais les cheveux qui se dressaient sur la tête.

– Tu répètes ce que je dis, l'accusai-je.

Je contournai le pixie, marchant à reculons pour ne pas le perdre de vue.

– *Je répète ce que tu dis.*

Il se rapprocha en bourdonnant, mais en me voyant reculer encore, il s'arrêta en vol stationnaire à un mètre de distance.

– Mais ce n'est pas une répétition, protestai-je, ignorant la partie de mon cerveau qui me criait que j'étais folle de m'adresser ainsi à une machine comme si elle pouvait me comprendre.

– *Ohnonpasquestionquestcequearrêteçaturépètescequejedismaiscenestpasunerépétition*, dit le pixie.

Il articula chaque mot avec ma voix, exactement comme je les avais prononcés, une imitation parfaite, mais en les alignant les uns à la suite des autres sans les pauses naturelles ni la cadence de la parole humaine.

– Tu as besoin de ma voix pour créer des sons, murmurai-je en le fixant. Tu n'as pas de vocabulaire propre.

– *Créer des sons, ta voix.*

Le pixie fila vers la droite, puis vers la gauche. Son attitude trahissait une sorte d'impatience.

– Mais tout à l'heure, tu parlais avec la voix de l'Administratrice. (J'étais toujours à deux doigts de prendre la fuite.) Tu n'avais pas pu enregistrer tout ça à l'avance ; Gloriette ne pouvait pas savoir ce que je dirais. Quand as-tu créé ce vocabulaire ?

– *Gloriette*, répondit le pixie. *Pas créé. Pas enregistré.*

– Est-ce qu'elle peut m'entendre en ce moment ? Tu es toujours connecté avec elle ?

Le pixie oscillait sur place, en proie à l'incertitude. J'entendais le ronronnement de ses rouages, le vrombissement de ses ailes, et par-dessous, le bourdonnement régulier de sa magie interne.

Puis je compris la cause de son hésitation.

– Oh ! Oui ou non ?

– *Non*, répondit-il aussitôt.

– Comment se fait-il que tu ne puisses pas reprendre les mots utilisés par Gloriette pour me parler ?

Nouveaux grincements de rouages.

– *Créer ta voix*, dit-il. *Créer créer. Pas Gloriette. Pas enregistré.*

– Je suppose que tu n'as pas les mots pour m'expliquer. Et ce n'est pas moi qui vais pouvoir te les donner puisque je ne sais pas ce que tu veux me dire.

Le pixie continua à faire du surplace, patiemment.

– Tu ne peux répondre qu'à des questions directes ?

– *Oui.*

– L'Institut sait-il où je suis ?

– *Non. Oui. Non.*

– Il croit le savoir ?

– *Non.*

– Il a une idée générale de l'endroit ?

– *Oui.*

– Et tu es censé lui indiquer l'emplacement précis ?

– *Oui.*

– As-tu besoin de ça pour retourner en ville ?

J'ouvris le poing et lui montrai le petit cube de cuivre au creux de ma paume. Il était gravé de lignes et de motifs, si petits que je n'en distinguais pas les détails. Des cheminements complexes qu'on avait dû tracer avec l'aiguille la plus fine possible.

Le pixie émit un gémissement plaintif et s'élança. Il stoppa net en me voyant fermer le poing.

– Hon, hon, dis-je en secouant la tête. Réponds à ma question.

– *Oui*, dit-il.

Toujours la même syllabe, toujours sur le même ton. Sans aucune autre émotion que celle que j'y avais mise en la prononçant.

– Qu'est-ce que c'est ?

– *Emplacement précis. Endroit. Où je suis ? Réponds.*

Je ne comprenais rien à ce qu'il me racontait.

– Heu… c'est une carte ?

– *Oui. Non.*

– Mais tu ne pourrais pas rentrer sans ça ?

– *Pourrais pas*, reconnut-il.

– Je devrais t'écrabouiller, dis-je en refermant le poing sur le cube. Pour être tranquille.

– *Non.*

Le pixie ne suppliait pas ; il avait lâché le mot aussi calmement que je l'avais prononcé.

– Comment être sûre que tu ne me mens pas ? Tu es une de leurs machines, et ils n'ont pas cessé de me mentir. Tu n'es pas différent d'eux, simplement programmé pour me retrouver.

– *Les machines ne mentent pas.*

Je me mordis la lèvre, en faisant tourner le petit cube entre mes doigts – cette petite pièce qui, semblait-il, était la seule chose empêchant le pixie d'indiquer précisément à l'Institut où je me trouvais.

– Quand j'ai failli t'écraser sous mon pied, tu as fait un bruit, dis-je. D'où sortait-il, si tu peux uniquement répéter des sons que tu as déjà entendus ?

– *Quel bruit ?*

– On aurait dit un oiseau.

– *Oiseau. Pas oiseau.*

– Je l'ai pourtant entendu !

– *Pas oiseau*, répéta-t-il.

C'était l'impasse. De toute manière, il paraissait peu vraisemblable qu'il puisse me guider jusqu'au bois de Fer. Si l'Institut avait connu l'existence d'un tel endroit, il l'aurait localisé depuis longtemps pour collecter la magie de ses habitants.

Je glissai le cube en métal dans ma poche. J'avais du mal à me résoudre à détruire le pixie après l'avoir entendu s'exprimer avec ma propre voix – si déformée soit-elle –, mais je n'avais pas le choix. Je ne pouvais pas lui faire confiance. Je rassemblai mon pouvoir, en tâchant d'ignorer la faim dévorante que la première décharge avait déjà réveillée au creux de mon ventre.

– *Arrête !* s'écria le pixie avec ma voix. *Ne fais pas ça !*

– Oh, tais-toi, dis-je en fronçant les sourcils. Tu ne fais que me rendre les choses plus difficiles. Tu n'es qu'un objet, ce n'est pas comme si les pixies avaient l'instinct de conservation.

– *Moi si*, répliqua le pixie. *Pas un objet. On m'a programmé différent.*

Je sentis mon pouvoir vaciller, m'échapper, et j'en perdis un peu par déconcentration. Il est vrai que je n'avais encore jamais vu un pixie comme celui-là.

– Donne-moi une seule raison de te garder en vie.

Je m'en voulus d'avoir dit cela. Cette chose n'était pas vivante. Ce n'était qu'un assemblage d'engrenages et de programmation magique.

– *Oiseau*, dit-il.

– Tu as dit qu'il ne s'agissait pas d'un oiseau. Si ce n'était pas un chant d'oiseau, tu ne peux pas m'aider.

– *Il ne s'agissait pas d'un oiseau*, reconnut-il. Mais alors, à mon grand agacement, il ajouta : – *Oiseau. Endroit. Réponse.*

Soudain, je compris.

– Tu peux me conduire là où tu as entendu ce son ?

– *Oui.*

– Tu ne saurais pas retourner à l'Institut, mais tu saurais retrouver l'endroit de l'oiseau ?

– *Bruit d'oiseau en vie, différent. Je ne peux pas sentir l'Institut.*

– Tu peux donc traquer des créatures vivantes à condition qu'elles soient assez proches. (Pouvait-il percevoir mon excitation ?) Pourquoi m'aiderais-tu ?

– *Pour me garder en vie.*

Son vocabulaire s'améliorait, se développait à chaque nouvelle phrase que je prononçais.

– Si tu le pouvais, est-ce que tu me livrerais ?

– *Oui.*

– Mais tu en es incapable tant que je conserve ce cube ?

Je plaçai une main protectrice au-dessus de ma poche.

– *Oui.*

La vibration de ses ailes accéléra avant de ralentir. De l'énervement ? De la part d'une machine ?

Je pouvais détruire le pixie, là, tout de suite, au prix d'une simple concentration. Mais ensuite je n'aurais plus qu'à errer au hasard à travers une région inconnue. Tant que je gardais le cube dans ma poche, je ne risquais rien.

– Comment être sûre que tu ne vas pas m'entraîner tout au bord d'une falaise, dans une forêt d'arbres carnivores ou dans un des mille dangers que je ne connais pas encore ?

La couleur disparut des yeux du pixie, les laissant entièrement blancs, et il ouvrit la bouche en grand. La voix qui en sortit n'était pas la mienne – ni celle de Gloriette. C'était une voix masculine.

– *Première directive : garder Syrli en vie.*

Il referma la bouche, et ses yeux reprirent leur couleur bleue.

Je connaissais cette voix. Même atténuée, déformée, à des kilomètres de sa source, elle faisait battre mon cœur plus fort.

– Kris.

Une violente envie de le revoir me saisit soudainement, si vive que je faillis en tomber à genoux.

– *Kris*, répéta-t-il. *Garder Syrli en vie.*

– Donc, tant que je t'empêcherai de calculer le chemin du retour, tu resteras inoffensif. C'est bien ça ?

Le pixie ne répondit pas tout de suite. Il continua à voleter calmement devant moi.

– Es-tu sans danger, oui ou non ? insistai-je.

Le pixie cligna des yeux lentement, paresseusement.

– *Qu'est-ce que ça veut dire, sans danger ?*

Je me raclai la gorge. Malgré son vocabulaire limité, la machine pouvait jouer sur les mots. Je m'efforçai d'ignorer le frisson de peur qui me parcourut l'échine.

– Peux-tu me conduire jusqu'au chant d'oiseau ?

– *Te conduire jusqu'au chant d'oiseau ?* répéta-t-il, avant d'hésiter. (On n'entendait plus que le ronronnement frénétique de ses rouages.) *Oui.*

– Alors allons-y.

***

Je m'attendais à ce que le pixie me fasse revenir sur mes pas. Soit pour me trahir et me livrer à l'Institut, soit pour m'emmener à l'endroit où il avait entendu l'oiseau. Au lieu de quoi, il s'enfonça dans la direction opposée à la ville.

Quand je l'interrogeai là-dessus, il se montra plutôt laconique et je dus le bombarder de questions. À un moment de cette conversation à sens unique, je plaçai les mots malheureux « je ne suis pas sûre », et cela devint la réponse favorite du pixie pour éluder mes questions. La machine ne savait pas mentir – à ce qu'il semblait, tout au moins –, mais elle pouvait éviter de répondre en toute franchise.

– Était-ce l'enregistrement d'un oiseau ?

Je m'efforçais de le suivre malgré mes pieds douloureux. Le pixie se déplaçait plus vite que je ne l'aurais fait si j'avais été seule, m'obligeant à presser le pas pour ne pas le perdre de vue.

– *Je ne suis pas sûr.*

– Un phonographe, à l'intérieur d'une poche de magie ?

– *Je ne suis pas sûr.*

– Un oiseau qui n'en est pas un, grommelai-je.

À court d'idées, je me tus.

Le temps que le soleil s'enfonce vers les collines, à l'ouest, nous avions couvert une bien plus grande distance que je n'aurais pu l'espérer. Les ruines s'étaient effacées au profit d'une immense mer d'herbe qui m'arrivait jusqu'à la taille, parsemée de quelques arbres et bordée de part et d'autre par une forêt dense. Tout à coup, le pixie obliqua vers l'ouest en me conduisant vers une forêt touffue, qui remontait visiblement à une époque très antérieure aux guerres. Une vieille forêt – une forêt en colère. Je battis en retraite.

– J'en ai marre des forêts. (Je scrutai chaque tronc à la recherche des plis révélateurs d'une bouche, d'un frémissement anormal des feuilles.) Arrêtons-nous ici pour cette nuit.

Le pixie marqua une pause, voletant sur place.

– *Non*, dit-il.

Ma propre voix, toujours, beaucoup plus ferme et assurée que je ne l'avais jamais entendue dans ma bouche.

– *Pour garder Syrli en vie. Arrêtons-nous cette nuit. Forêt.*

Je gémis.

– J'aurais dû m'y attendre. Tu essaies de me dire que je cours un plus grand danger ici que dans la forêt ?

– *Oui.*

– Et j'imagine que tu ne peux pas m'expliquer pourquoi ?

– *Je ne suis pas sûr.*

– Il est encore loin, ton chant d'oiseau ?

– *Je ne suis pas sûr.*

– Bon, est-ce qu'il y a d'autres machines de l'Institut sur ma piste ?

– *Je ne suis pas...*

– Laisse tomber. (Mon sac avait beau être pratiquement vide, il me sciait les épaules comme s'il était chargé de cailloux.) Écoute, je déteste les forêts, d'accord ?

– *D'accord.*

Le pixie me contourna, fila comme une flèche et disparut dans les sous-bois.

– Hé !

Je refoulai ma fatigue pour lui courir après. L'idée m'effleura qu'il s'agissait peut-être d'un piège, mais je la rejetai aussi.

Je ne pus m'empêcher de me rappeler la dernière fois où j'avais couru en forêt. Même si ces arbres ne donnaient aucun signe de vouloir s'animer, ils ne manquaient pas de racines pour me faire trébucher ni de branches basses pour me cingler le visage. Je me courbai et continuai à courir, en me guidant au bourdonnement de magie du pixie.

Et puis, tout à coup, je le vis devant moi, qui m'attendait en voletant sur place. Tranquille. Calme.

– Ne me refais jamais un coup pareil ! m'exclamai-je, m'arrêtant en dérapant sur les feuilles mortes. Tu m'entends ?

– *D'accord*... dit le pixie. *Regarde.*

Il passa devant moi, ses yeux cristallins braqués dans la direction par laquelle j'étais venue.

Je me retournai, me demandant une fois de plus si je n'avais pas commis une erreur terrible en le laissant vivre. Non, pas vivre. Exister. Il n'était pas vivant.

J'apercevais encore une bonne partie de la prairie que nous avions traversée. Tout d'abord, je ne remarquai rien de spécial et je le dis au pixie, mais il m'interrompit avec un bourdonnement impatient.

Et puis, tout à coup, je les vis.

Un alignement de six silhouettes, courbées au ras du sol, qui se déplaçaient rapidement. Vers le nord. On n'en distinguait pas grand-chose dans le crépuscule. Plus noires que la nuit imminente, elles se faufilaient comme des ombres entre les hautes herbes, se découpant à contre-jour. En d'autres circonstances, j'aurais pu m'extasier devant ce coucher de soleil, le premier que j'avais l'occasion d'observer dans toute sa splendeur, mais je demeurai fascinée par les ombres dans la prairie.

Sous mes yeux, la première silhouette se redressa, et prit une forme si familière que je faillis m'avancer à découvert. Un homme.

Le pixie émit un bourdonnement sourd, accompagné d'un ronronnement d'engrenages. Un avertissement. Je restai cachée, me demandant comment il avait fait pour deviner ma réaction. En dehors du garçon sauvage, et des fantômes dans la maison en ruine, à quand remontait la dernière fois que j'avais vu un autre visage humain ?

La silhouette se laissa retomber, et mon enthousiasme faiblit. Je n'avais jamais vu personne marcher de cette manière, quasiment à quatre pattes. Aucun *humain* ne se déplaçait comme ça – si ? Ils avançaient en arc de cercle, déployés derrière leur chef, et progressaient rapidement.

Je reculai d'un pas, en regrettant que le tronc derrière lequel je me dissimulais ne soit pas plus large. Je regardai en avant des silhouettes, pour tenter de comprendre vers quoi elles convergeaient. Et je vis : une septième silhouette, de forme similaire. Elle se déplaçait moins vite mais avec la même foulée, basse et sinueuse. Sans à-coups, mais avec une légère claudication. Elle traînait la jambe.

À peine eus-je le temps de réaliser que ses six poursuivants fondaient sur la silhouette isolée. Un cri guttural retentit, roulant à travers la prairie avec des échos sinistres, répercutés par la forêt. Quelque chose – la septième silhouette – poussa un hurlement.

Puis les autres la rattrapèrent, et même d'aussi loin, je pus entendre le carnage. Incapable de détourner les yeux, je contemplai la scène, je regardai ces six personnes – mais non, pas des personnes, ce ne pouvait pas être des personnes – s'abattre sur le blessé. Des bruits de chairs déchirées et de craquements d'os, mêlés de hululements et de gargouillements de joie, résonnèrent à travers la plaine.

Le soleil acheva de se coucher. Je vis l'un des assaillants arracher un bras au cadavre. J'eus un haut-le-cœur, et me couvris la bouche avec les mains.

Deux des silhouettes dressèrent la tête. Dans la lumière déclinante, je n'aurais pas pu dire si elles regardaient dans ma direction. Le pixie émit un autre bourdonnement d'avertissement, mais je n'en avais pas besoin cette fois. Je retins mon souffle jusqu'à ce que les deux têtes replongent, et que les monstres retournent à leur festin.

Je m'arrachai à ce spectacle et me détournai, le dos plaqué contre le tronc. Le pixie s'éloigna dans la pénombre des sous-bois, et quand il parla, ce fut d'une voix si faible que je l'entendis à peine au milieu des bruits du carnage.

– Allons-y. Garder Syrli en vie.

17

Je vécus l'heure suivante dans un état d'hébétude. J'avais constamment des picotements sur la nuque, et je m'attendais à ce que les créatures monstrueuses me tombent dessus d'un instant à l'autre. Le pixie m'entraînait toujours plus loin dans les sous-bois obscurs, restant juste assez près pour éviter de me perdre.

La forêt n'aurait pas pu être plus différente de celle de la poche. On y voyait des arbres très anciens, oui, mais au cœur de la forêt, les troncs montaient très haut, très droit, presque sans aucune branche entre le sol et la voûte végétale. Là où les arbres étaient les plus serrés, les taillis se résumaient à quelques touffes de bruyère entremêlées de plantes grimpantes.

– On est en sécurité ici ? demandai-je, m'arrêtant de justesse avant de me prendre les pieds dans un amas de ronces.

Je grelottais dans la nuit glaciale.

– *Peut-être*, répondit le pixie.

– Les hommes-ombres ne risquent pas de nous suivre ?

– *Les hommes-ombres*, répéta le pixie.

L'espace d'une seconde, je crus déceler de l'amusement dans sa voix. Ce qui était impossible, bien sûr. Il se contentait de reprendre mes intonations.

– *Pas les hommes-ombres*, finit-il par répondre.

– Mais autre chose ? insistai-je.

– *Je ne suis pas sûr.*

J'étais trop fatiguée pour protester, et dorénavant je marchai en silence, un silence rompu seulement par le froissement des feuilles et des brindilles tandis que j'avançais maladroitement à travers la forêt. Il faisait maintenant si sombre que je passais plus de temps à quatre pattes que debout, et en m'entendant trébucher pour la cinquantième fois dans un buisson, le pixie stoppa net.

– *Arrêtons-nous pour la nuit.*

Je me laissai tomber à genoux sur place, me réjouissant intérieurement de trouver de la mousse à mes pieds et non des pierres ou des ronces. Dans l'immédiat, je ne me souciais même pas de m'en remettre aussi complètement à une machine ; la seule chose qui m'importait, c'était de me reposer.

Le pixie décrivit un grand cercle et revint vers moi en vrombissant. Il ne dit rien, mais se cogna de façon insistante contre mon sac à dos.

– Quoi, tu veux à manger ? Les machines ne mangent pas. (Une pointe d'incertitude me chatouilla.) Si ?

– *Tu manges*, dit le pixie. *Pas moi.*

– Une vraie mère poule, dis-je avec froideur.

Je me penchai en avant, fis glisser le sac de mes épaules et dénouai le cordon. Malgré ma pause de midi où j'avais mangé mon dernier morceau de pain, je mourais de faim depuis que j'avais eu recours à la magie contre le pixie.

Tout ce qui sortit de mon sac dans mes mains fébriles, ce fut deux carottes et la moitié d'un concombre. J'avalai la salive qui me vint à la bouche, et je choisis le concombre.

L'extrémité entamée était sèche et fripée du fait de son exposition à l'air, mais je la mangeai aussi, trop affamée pour me préoccuper de sa texture caoutchouteuse. Le légume disparut trop vite, me laissant avec les deux carottes à la main. Je forçai mon estomac à se calmer.

– *Mange*, répéta le pixie, invisible dans l'obscurité.

– Si je les mange maintenant, je n'aurai plus rien demain matin.

Ma voix paraissait creuse, même à mes propres oreilles.

– *Tu chercheras demain matin.*

– Quoi, je chercherai à manger ? (Mes mains se crispèrent sur les carottes.) Par ici ?

– *Oui. Je t'aiderai.*

– En m'indiquant des plantes empoisonnées.

Je grinçai des dents. Je savais que j'aurais dû garder les carottes pour plus tard. Mais la faim qui me tenaillait les entrailles était trop forte.

Les carottes, sucrées et à peine ramollies, disparurent aussi vite que le concombre.

Maintenant que je restais immobile, le froid commençait à me gagner. J'avais été tellement obnubilée par la faim que je n'y avais pas prêté attention jusque-là. Je repensai au briquet que le garçon sauvage m'avait donné.

Le pixie alla se poser à l'écart tandis que je rassemblais une brassée de feuilles mortes. Frotter la molette avec le pouce dans le noir complet fut plus difficile que je ne m'y attendais. Le temps que je réussisse à en tirer une étincelle, je grelottais si fort que ma vision se brouillait.

Par chance, l'étincelle tomba juste sur mes feuilles mortes – où elle rougeoya doucement avant de s'éteindre. Son image résiduelle continua à danser un moment devant ma vision trouble tandis que je fixais l'obscurité où elle avait brillé.

Seule la présence du pixie me retint de balancer le briquet à travers la clairière. Il n'était pas question de m'avouer vaincue devant une machine.

À l'instant, le pixie était là, bourdonnant doucement à quelques mètres. Là, maintenant, il n'y avait plus autour de moi que le silence, le froid et le noir complet.

Tous mes soupçons de la journée me revinrent en force. Me fier à l'une des machines de l'Institut, croire que je l'avais rendue inoffensive par un pur coup de chance ? Je méritais de me faire prendre. Je serrai le briquet, encore chaud après mes tentatives infructueuses de le faire fonctionner, contre ma poitrine.

J'entendis revenir le pixie longtemps avant qu'il ne se manifeste, et donc, quand il réapparut devant moi en disant « tiens », je réussis à ne pas sursauter.

Je sentis quelque chose de doux et de léger me tomber sur les genoux tandis que le pixie reculait en vrombissant. En tâtonnant, je découvris une petite balle de mousse. Sèche, fine, aérée – l'allume-feu idéal. Je levai la tête mais le pixie était invisible dans le noir. Je ravalai un « merci » et me remis au travail sur mon feu.

J'actionnai le briquet, avec beaucoup plus de facilité cette fois, mais les étincelles tombaient toujours au mauvais endroit – partout, sauf sur la balle de mousse. J'avais les doigts engourdis par le froid maintenant, et ils me picotaient à chaque mouvement.

Quand une étincelle finit par se prendre dans la balle, je retins ma respiration en la regardant rougeoyer et s'étendre à un petit brin de mousse. Le rougeoiement se communiqua à un autre brin. Puis à un troisième. Et enfin, alors que je soufflais dessus si prudemment que la mousse frémissait à peine, une flamme s'alluma.

Je tâtonnai autour de moi dans le noir, en me maudissant pour n'avoir pas pensé plus tôt à ramasser des brindilles et du bois mort. Heureusement, l'endroit que le pixie nous avait choisi pour la nuit n'en manquait pas, et j'eus bientôt de quoi alimenter la flamme et obtenir un petit feu.

Je me trouvais dans une clairière. Des grands arbres se dressaient tout autour, à l'exception d'un seul, déraciné et couché sur le flanc. Pas depuis longtemps : on voyait encore de la terre collée aux racines.

Posé sur une branche de l'arbre abattu, le pixie était occupé à lisser ses ailes en une étrange parodie de toilette. Le bourdonnement de sa magie me devenait rapidement aussi familier que le disque solaire à l'intérieur du Mur. À mesure que je me réchauffais, différentes douleurs et plaies mineures commencèrent à se signaler à mon attention. Bercée par le ronronnement du pixie et cette impression de douleur diffuse, je m'abandonnai au sommeil.

À un moment, je crus me réveiller en pleine nuit pour découvrir un visage faiblement éclairé par le feu. Un visage que je commençais à connaître, adouci par la lueur des flammes, qui lissait ses joues crasseuses et auréolait ses cheveux. Ses traits étaient plus jeunes que je ne l'avais pensé. J'aurais dû avoir peur, mais l'engourdissement du sommeil me permit de rester calme.

– Qui es-tu ? murmurai-je.

Le garçon sauvage me dévisagea, accroupi dans la mousse et les feuilles, une main posée au sol pour garder l'équilibre.

– Personne, répondit-il sur le même ton. Rendors-toi.

Sa voix, rauque et jeune, me surprit. Je ne pensais pas qu'il me répondrait.

Je me rendormis malgré moi, tandis que son visage reculait dans l'obscurité. Je voulus lui lancer « Attends ! » mais il avait disparu, et je dormis à poings fermés jusqu'au matin.

***

Je m'éveillai dans le soleil, baignée de minces rais de lumière qui perçaient entre les frondaisons. J'avais presque oublié le bruit du disque solaire, ce bruit qui m'avait pourtant réveillée tous les matins pendant seize ans. À la place, j'entendis le bourdonnement léger du pixie et le crépitement discret des braises de mon feu.

J'avais mieux dormi, je me sentais plus reposée que jamais depuis ma première nuit à l'Institut. Je me souvins d'un visage et d'une voix humaine saisissante qui me soufflait « Rendors-toi ».

Le pixie n'était pas encore réveillé, ou rallumé, ou quel que soit le mot pour désigner sa sortie d'hibernation. Je décidai de ne pas bouger et de rester pelotonnée près du feu pour savourer un moment de repos supplémentaire.

Tout en somnolant, je repensai à une question qui me tracassait depuis que le pixie m'avait parlé. C'était une créature si frêle, son cœur en diamant était si petit qu'il ne pouvait pas avoir une grande autonomie. En ville, toutes les machines – pixies inclus – devaient retourner régulièrement à l'Institut pour être rechargées. Comment se faisait-il que celle-ci continue à fonctionner alors qu'elle avait quitté la ville depuis des jours ? Comment avait-elle pu reprendre des forces après les dégâts que je lui avais infligés ?

Mon estomac se mit à gronder pour réclamer sa pitance. Je me souvins, avec un pincement au cœur, que j'avais mangé mes dernières provisions la veille au soir. Ce n'était pas une faim entièrement naturelle, de toute façon, mais surtout le prix à payer pour m'être servie de la magie. Je la sentais me ronger les entrailles, m'exploser dans la cervelle avec la force d'une migraine.

Comme si mon système digestif l'avait réveillé, le pixie émit un petit clic et s'anima en ronronnant.

– Bien dormi ?

J'ignorais s'il était capable de déceler le sarcasme ; mieux valait sans doute qu'il ne le soit pas.

– *Oui*, répondit-il en secouant ses ailes, ce qui fit voler dans les airs une pluie de gouttelettes de rosée. *Merci*.

Mon estomac fit des nœuds. Était-ce moi qui lui avais enseigné ce mot ?

– *Tu devrais manger*, suggéra-t-il, en continuant à battre des ailes comme pour les nettoyer.

– Oui, mais quoi ? (Je fermai les yeux pour oublier le vide douloureux qui me creusait le ventre.) Tu m'as dit de manger tout ce que j'avais hier soir, tu te souviens ?

– *Regarde*, répondit simplement le pixie.

En m'asseyant, je découvris ce qu'il voulait me montrer de l'autre côté de mon feu éteint. Un petit tas de baies pourpres, soigneusement empilées en cône sur une feuille.

Confuse, je sentis ma gorge se serrer tandis que mon estomac gargouillait de plus belle.

– D'où ça sort ? C'est toi qui… ?

– *Non*, répondit le pixie avant même que j'aie terminé ma question.

– Alors qui ?

– *Tu ne le sais pas ?*

L'image d'un visage, entraperçu à travers les flammes, me revint en mémoire. Mais cela n'avait été qu'un rêve.

Non ?

– Je ne sais pas si elles sont bonnes à manger.

J'étais incapable de détourner les yeux des baies. Au fond, je me moquais bien de savoir si le fait de les manger me tuerait – je devais à tout prix me remplir l'estomac. La faim noyait toute autre préoccupation.

– *Elles sont bonnes*, m'assura le pixie.

Je le regardai durement.

– Comment le sais-tu ? Tu as passé toute ta vie – enfin, ton existence, bref, peu importe – derrière le Mur.

Le pixie agita les ailes, levant une patte pour se gratter délicatement l'abdomen.

– *Toi aussi.*

– Justement ! (La faim m'embrouillait les idées. J'aurais volontiers écrasé ce sale petit cafard.) C'est bien pour ça que je ne sais pas si elles sont comestibles.

– *Je le sais.*

Sa voix était ferme.

Je n'avais guère le choix.

Mes doigts tremblaient en s'emparant d'une des baies.

– Juste une, murmurai-je. Même si elles sont empoisonnées, je suppose que ça ne va pas me tuer.

Tiédie par les braises, la baie s'écrasa doucement sous mes doigts, comme de la chair. Je frémis et la jetai dans ma bouche.

Elle était si acide que j'eus l'impression que mon palais se flétrissait. Quand le jus atteignit mes lèvres gercées, je fis la grimace, mais j'avalai le fruit néanmoins. Il ne me restait plus qu'à attendre, malgré mon envie irrésistible de m'en barbouiller la figure.

Et pourtant, pourquoi le garçon sauvage m'aurait-il laissé ces fruits, sinon pour les manger ? S'il avait voulu me tuer, il aurait pu le faire une douzaine de fois dans mon sommeil.

Avant même que je parvienne à cette conclusion, mes mains se tendaient déjà vers le reste des baies. Elles me teignirent les doigts en rouge-violet, mais je m'en moquais. Leur acidité me faisait un bien fou. Avant de pouvoir m'arrêter, je les avais toutes dévorées jusqu'à la dernière.

Je me laissai ensuite retomber sur le dos, en contemplant la cime des arbres au-dessus de moi et en attendant que mon estomac enregistre que je l'avais nourri. Je n'étais pas rassasiée, certes non, mais au moins je devrais pouvoir survivre encore un peu. Je me demandai combien de temps on mettait à mourir de faim.

Combien de temps faut-il pour se tuer avec des baies empoisonnées ?

J'avais un peu mal au ventre, en raison de l'acidité des baies, mais rien de dramatique.

Des baies. Qui disait baies disait buisson en fleurs. Et qui disait fleurs disait pollinisateurs. À l'Institut, ils avaient conçu des buissons à baies capables de se polliniser tout seuls. Mais dans la nature ? Y avait-il encore des abeilles ou des papillons dans la nature ? Mon pouls s'emballa. Ou des oiseaux ?

Je me rassis et me passai la main dans les cheveux.

– Est-ce que tu le connais ?

– *Qui ça ?*

– Le garçon, l'homme, enfin, celui qui m'a apporté ces fruits.

– *Non.*

– Je ne peux quand même pas m'en remettre à lui chaque fois que j'aurai besoin de quelque chose.

– *Non.*

Cette confirmation tranquille m'agaça au plus haut point.

– Il faut qu'on trouve de la nourriture que je puisse emporter avec moi.

– *On n'est plus très loin de l'endroit où tu veux aller.*

– Plus très loin ? (Mes mains se crispèrent sur le tapis de mousse sous mes fesses.) Combien de temps ? Deux jours ? Un jour ? Moins ?

– *Moins d'un jour.*

Ses ailes s'immobilisèrent enfin ; il avait achevé de se débarrasser de la rosée.

J'hésitai. La recherche de nourriture risquait de nous détourner du but. Et s'il y avait des oiseaux où nous allions, ils devaient forcément se nourrir – de choses que je pourrais peut-être manger moi aussi.

Le chemin du pixie nous entraînerait plus loin dans la forêt, loin de la plaine dans laquelle je pensais avoir les meilleures chances de trouver des plantes ou des racines comestibles. Loin de la ville, également, loin de chez moi. Mais ce n'était plus vraiment chez moi, n'est-ce pas ? Plus maintenant. Je jetai mon sac à dos sur mes épaules et nous nous mîmes en marche, quittant la clairière ensoleillée pour nous enfoncer dans la forêt sombre.

18

Le pixie progressait à un rythme beaucoup plus raisonnable que la nuit précédente, mais j'avais quand même l'impression de le suivre à l'aveuglette. Sous la voûte de feuillages, il était impossible de deviner l'heure ou d'estimer dans quelle direction nous allions. Plus d'une fois, un sentiment de malaise au creux de mes entrailles vint me rappeler que je n'étais toujours pas sûre de pouvoir me fier à cette machine.

Seul le souvenir de la voix de Kris – *garder Syrli en vie* – m'empêchait de l'écrabouiller et de chercher ma nourriture par moi-même. C'était Kris qui m'avait évité de devenir la source d'énergie principale de la ville. Je n'aurais pas fait un pas hors de ma cellule s'il ne m'en avait pas fait parvenir la clé. Si c'était bien lui qui avait programmé le pixie, je pouvais lui faire confiance.

Le pixie et moi parlions de temps en temps tout en marchant. C'était toujours moi qui rompais le silence, mais le pixie ne se faisait pas prier pour répondre. Son vocabulaire ne cessait de s'enrichir.

Nos conversations étaient brèves, décousues. Principalement consacrées à des sujets superficiels. Je parlais surtout pour entendre le son de ma voix. Je n'avais jamais été très sociable – et pourtant, ici, où j'étais soumise à rude épreuve, je découvris que je me sentais seule.

– Hé, pixie. (Mes bruits de pas et les gargouillis de mon estomac commençaient à me peser.) Pause ?

J'étais trop lasse pour faire des phrases complètes.

L'insecte ralentit et décrivit un large demi-cercle pour revenir vers moi. Je m'apprêtai à essuyer ses reproches, mais il ne proposa pas de continuer. Il se posa au contraire sur un arbre mort et replia docilement ses ailes.

– *Je n'aime pas ça*, déclara-t-il enfin, dans un ronronnement d'engrenages.

Je commençais à reconnaître le bourdonnement rapide de son mécanisme interne. C'était le signe annonciateur d'une discussion difficile, dans laquelle il allait devoir mobiliser toutes les ressources de son vocabulaire restreint pour se faire comprendre.

– Qu'est-ce que tu n'aimes pas ?

Je me laissai tomber sur le tronc à côté de lui. Le bois pourri s'affaissa légèrement sous mon poids. Il sentait la terre et la végétation, et je fermai les yeux.

– *Pixie*.

Je rouvris brusquement les yeux.

– Quoi ? Tu n'aimes pas que je t'appelle « pixie » ?

– *Je suis différent*.

– Ça, c'est sûr. Les autres pixies sont moins difficiles. Mais c'est ce que tu es, pourquoi est-ce que ça t'ennuie qu'on t'appelle comme ça ?

– *Aimerais-tu que je t'appelle « humaine » ?*

Il avait puisé ce mot dans mes questions terrifiées de la nuit dernière, quand j'avais vu les hommes-ombres et m'étais interrogée sur leur nature. J'avais pris un ton dégoûté pour prononcer le nom de ma propre espèce.

– Je m'appelle Syrli, dis-je.

– *Alors il me faut un nom, à moi aussi.*

– Tu es une machine. (Je ne prêtai pas attention à ses bourdonnements ni à ses cliquetis.) Les machines n'ont pas de noms – seulement des étiquettes et des numéros de série.

– *J'ai l'instinct de conservation. Je peux prendre des décisions. Je peux parler. J'ai une volonté propre.* (Le pixie tourna ses yeux de saphir dans ma direction.) *Tu ne crois pas que je mérite un nom ?*

Je sentis la tête me tourner, et pas uniquement à cause de la fatigue et de la faim qui me tenaillait après ces longues heures de marche.

– Bon, d'accord. Comment veux-tu que je t'appelle ?

– *On ne peut pas se nommer soi-même.*

– Quoi, c'est à moi de te trouver un nom ? (Je serais partie d'un pas indigné si j'en avais eu la force, mais je n'étais même pas certaine que mes jambes puissent encore me soutenir si je me levais.) Ne sois pas ridicule.

Le pixie ne répondit rien. Après quelques secondes, il secoua les ailes et s'envola du rondin. Il m'attendit quelques mètres plus loin, impatient. La pause était terminée.

Nous continuâmes en silence après cela, ce qui s'avéra beaucoup plus fatigant. Je n'avais plus nos discussions pour me distraire. J'avais froid ; j'avais faim ; je me sentais lasse et faible. Je souffrais de coups de soleil, d'ampoules, de vertiges. Surtout, j'avais très soif, chose dont je m'apercevais seulement maintenant que je ne parlais plus. La seule eau disponible dans les environs provenait de mares stagnantes et sans doute valait-il mieux m'abstenir de la boire.

Chaque pas nous éloignait un peu plus du dernier endroit où j'avais trouvé à manger et à boire. Peut-être étais-je en train de marcher placidement vers une mort certaine. *Au moins*, me dis-je avec une satisfaction macabre, *ma mort ne servira pas à l'Institut.*

Le sol de la forêt était devenu un marécage touffu, traître et traversé de talus. Le pixie avait ralenti l'allure pour me permettre de surveiller où je mettais les pieds. L'eau qui m'environnait était sombre, stagnante, parsemée de végétaux et de souches en décomposition.

Perdue dans mes pensées, je m'approchai trop près du bord d'un talus. Je me tordis la cheville et trébuchai dans le vide. Je tentai de me raccrocher à quelque chose mais je ne pus saisir qu'une poignée de feuilles qui s'arrachèrent sous mes doigts. Glacée de terreur, je plongeai vers le marais, les deux mains tendues devant moi comme pour me rattraper.

Je touchai l'eau – qui avait à peine un mètre de profondeur – la tête la première et m'enfonçai dans la boue jusqu'aux coudes. Mon soulagement à constater qu'il n'y avait pas plus de fond se changea en panique quand je voulus libérer mes bras. La boue paraissait légère, douce au toucher, mais elle collait à moi avec une ténacité cruelle. Je me débattis, tentant désespérément de me dégager, et parvins à sortir la tête hors de l'eau pour respirer, mais ces mouvements ne firent que m'enfoncer au niveau des jambes.

Je criai au secours, même si je ne savais pas qui pourrait m'entendre. Le pixie était trop petit pour m'aider. Il scintillait dans l'obscurité, voletant sur place en regardant le marais m'aspirer les jambes.

La machine se *transforma* alors sous mes yeux. Je la vis trembloter, s'allonger ; il lui poussa une deuxième paire d'ailes. Son torse se déroula, son corps massif adopta une allure fine et élégante. Je clignai des yeux, embués d'eau et de larmes, certaine d'être victime d'une hallucination. Et puis, sans un mot, le pixie disparut dans la forêt.

Je hoquetai, recrachai l'eau que j'avais avalée. Je tentai de m'accrocher à la berge, mais je lui tournais le dos et la boue m'emprisonnait si étroitement que je ne pouvais pas me retourner. Je me tortillai de mon mieux en cherchant une prise qui me permette de me hisser hors de l'eau, mais tous mes efforts ne servaient qu'à m'enfoncer encore plus.

J'avais de l'eau jusqu'aux épaules, à présent. Je la sentais me comprimer les poumons, ce qui me rendait la respiration difficile. J'aspirais l'air par petites bouffées affolées. Je n'avais plus de magie en moi pour me sauver ; j'étais trop affamée, trop faible.

Je pris une grande respiration, qui se termina en sanglot terrifié. L'eau me recouvrit la bouche et je renversai la tête en arrière pour tenter de garder le nez hors de l'eau.

Pas comme ça. Au fond de moi, j'éprouvai l'envie brûlante de revoir le ciel. Il m'avait fait tellement peur, et pourtant c'est à lui que je pensais en cet instant. Au-dessus de moi, il n'y avait que le feuillage. J'entendis au loin un bruit de course à travers les fourrés, des bruits inhumains. Les ombres.

Je tentai une ultime ruade désespérée, en y mettant une telle force qu'une vive douleur me traversa les cuisses. Je parvins à remonter un peu. Mais pas suffisamment. Je sortis la tête de l'eau, juste assez pour ouvrir la bouche et inhaler une dernière bouffée d'air – puis le poids de mon corps m'entraîna vers le bas et l'eau se referma sur ma tête.

La lumière dansait et se fragmentait au-dessus de moi. La surface de l'eau miroitait comme le Mur. Je serrai les lèvres et retins mon souffle. L'effort fit bientôt apparaître des mouches noires devant mes yeux ; cette bouffée d'air n'allait pas durer longtemps. Je distinguais encore le feuillage, masse verte ondoyante qui brillait et scintillait, brisée, troublée par les bulles qui m'échappaient malgré mes tentatives de les retenir. J'avais l'impression de brûler tandis que le marais m'aspirait dans ses entrailles froides.

Des ombres volèrent au-dessus de moi dans l'eau, et des bruits inconnus me parvinrent, étrangement déformés. *Trop tard*, me dis-je en levant les yeux. *Je suis déjà morte, vous ne pouvez plus me manger*. Je m'attendais à entendre d'un instant à l'autre les mêmes hurlements que la nuit dernière, quand les hommes-ombres s'étaient lancés à la curée. Mes poumons cédèrent, et se vidèrent dans un bouillonnement de bulles. J'ouvris la bouche, en m'efforçant d'aspirer les bulles, mais elles se dérobèrent. L'eau du marais s'engouffra à la place – froide, brûlante, définitive.

Puis je sentis un contact chaud autour de mon épaule. Des doigts griffus se plantèrent sous mon aisselle. Les arbres commençaient à s'estomper au-dessus de moi, la lumière déclinait, mais je trouvais néanmoins la force de me débattre. Je ne voulais pas servir de repas à un monstre. Ma tête partit en arrière tandis qu'on me hissait brutalement vers le haut, et dès que je sentis un sol plus ferme sous mon pied, je me retournai et décochai un coup de coude à la créature qui me tenait.

J'entendis un grognement de douleur, mais la main sur mon épaule ne fit que resserrer sa prise. Je me débattis encore, en tirant si fort sur mon épaule que je la sentis se tordre douloureusement.

La main me lâcha, non sans m'avoir donné une poussée vigoureuse qui m'envoya m'étaler par terre. Je tentai de me relever aussitôt mais je glissai sur le sol boueux et retombai sur la hanche. Je levai la tête, haletante, convaincue de voir deux rangées de crocs viser ma gorge.

Le garçon sauvage me dévisageait, à demi accroupi, le regard fou. Le temps se figea un moment, pendant que je clignais furieusement pour retrouver une vision nette. Je le vis lever la main et se masser les côtes, là où je l'avais atteint avec mon coude.

Pendant un instant fugace, il me fixa d'un œil si froid que je crus qu'il allait me rejeter à l'eau. Puis il m'adressa un signe de tête autoritaire – *suis-moi* –, et s'éloigna pour me guider à travers le marais.

***

Nous nous enfonçâmes dans la forêt de plus en plus sombre. Si j'avais trouvé le pixie difficile à suivre, ce n'était rien par rapport au train d'enfer imprimé par ce garçon. Il ne se retourna pas une seule fois pour s'assurer que je suivais, et il se déplaçait avec une telle souplesse qu'on aurait cru une ombre qui se glissait entre les arbres plutôt qu'un être humain.

Je devais constamment lutter pour tenir debout malgré mes jambes flageolantes et mes poumons en feu. Finalement, la fatigue l'emporta et je tombai de tout mon long dans les fourrés. J'en eus le souffle coupé et, pendant un moment, je fus trop occupée à retrouver une respiration normale pour me soucier de mon sauveur.

Quand je repris mes esprits, il se tenait à quelques pas, immobile et silencieux, à me fixer. Je sentais des fragments de feuilles mortes et de terre coller à la boue sur mon visage.

En me voyant m'asseoir, le garçon sauvage vint s'accroupir juste devant moi. Son regard plongeait dans le mien, passant d'un œil à l'autre. Il était beaucoup trop près.

Je reculai sur les fesses.

Ses yeux, d'un bleu glacial qui détonnait dans son visage crasseux, se plissèrent.

– Qui es-tu ? hasardai-je.

Ma question sortit comme un croassement ; j'avais la gorge sèche, aussi brûlante que mes poumons.

Il attrapa la gourde qu'il portait en bandoulière et la fit rouler vers moi. Son geste était si précis qu'elle s'arrêta à quelques centimètres de mes doigts. Il ne dit rien, se contentant de me regarder ramasser la gourde et boire une gorgée. L'eau me brûla la gorge, mais je commençai à me sentir mieux. Pendant que je buvais, il se redressa et me contourna, les yeux braqués dans la direction d'où nous venions.

– Y a-t-il des hommes-ombres qui viennent ? demandai-je en revissant le bouchon de la gourde.

Le garçon leva une main d'un geste brusque, sans me regarder. Il avait les épaules tendues ; on voyait ses muscles saillir comme des cordes sous son T-shirt élimé, presque transparent. C'étaient des épaules d'homme, et pourtant, quand il se retourna vers moi, je pus lire dans son expression une curiosité tout enfantine, empreinte de méfiance. Il posa un doigt sur ses lèvres, en me jetant un regard si intense que j'en oubliai instantanément mes questions. Puis il se remit à scruter les sous-bois.

J'essayai encore, en chuchotant cette fois.

– Je m'appelle Syrli. Merci pour… (La liste aurait été trop longue.) Tout, conclus-je lamentablement.

Il m'ignora, se retourna et récupéra sa gourde pour la remettre en bandoulière. Ses vêtements ressemblaient aux miens mais paraissaient très vieux, complètement démodés. Son T-shirt avait dû être blanc autrefois ; quant à son pantalon, il était trop rapiécé pour en deviner la couleur d'origine. Les peaux de plusieurs petits animaux pendaient à sa ceinture ; je frémis en les voyant.

Sans m'accorder un regard de plus, il repartit entre les arbres. D'un pas encore plus vif, cette fois, en courant presque, au ras du sol.

– Attends ! l'appelai-je, hors d'haleine. J'ai besoin de manger ; je n'ai rien avalé depuis...

Je ne me souvenais même plus de la dernière fois où j'avais mangé.

Il plongea la main dans sa poche et en sortit une sorte de lanière, qu'il me lança sans vérifier si je l'attrapais. Elle tomba par terre mais j'avais trop faim pour m'en soucier. Je la reniflai en suivant le garçon. C'était une matière filandreuse, brun foncé, qui dégageait une odeur charbonneuse. On avait dû la fumer au-dessus d'un feu. Mon estomac se cabra, et je mordis dans la lanière.

Je la trouvai caoutchouteuse, extrêmement coriace – ma mâchoire craqua quand j'en déchirai un morceau. Savoureux, étrangement riche, cela ne ressemblait à rien de ce que nous mangions en ville. J'étais sur le point de demander ce que c'était quand mon regard tomba sur les peaux qui pendaient à sa ceinture.

De la viande.

Je m'étranglai, suffoquai, crachant ce que j'avais dans la bouche et lâchant le reste. Adossée à un arbre pour ne pas tomber, je crachai de nouveau, pour me laver la bouche de cette substance répugnante. La chair d'un animal, cuite et découpée en lanière. Horrifiée, je dus faire appel à toute ma volonté pour ne pas vomir ce que j'avais dans l'estomac.

Du coin de l'œil, je vis le garçon sauvage s'accroupir, ramasser la lanière de viande et la renifler.

– Je ne peux pas, bredouillai-je en secouant violemment la tête. Ce… c'est affreux.

Il me dévisageait froidement quand un bruit de magie, faible mais entêtant, détourna mon attention. L'Institut.

Avant que j'aie le temps de céder à la panique, le général pixie sortit de la forêt et s'approcha de moi. Il voulut se poser sur mon épaule – je l'écartai d'une tape, et il alla plutôt s'installer sur le tronc d'un arbre mort, dans un grand bourdonnement d'ailes.

– Où étais-tu passé ?

J'avais retrouvé ma voix depuis que j'avais bu.

Le pixie frotta ses ailes, en inclinant la tête sur le côté.

– *Parti chercher de l'aide*, répondit-il après un long silence, comme s'il avait dû chercher le vocabulaire approprié.

Je ne pensais pas lui avoir jamais parlé avec cette dignité pleine de sang-froid.

– Ne me dis pas que c'est toi qui l'as fait venir ? protestai-je, avec un coup d'œil au garçon sauvage qui se tenait accroupi, prêt à s'enfuir – ou à frapper. Toi et moi, nous allons avoir une petite discussion à propos de ce que tu as fait tout à l'heure, ajoutai-je. Je ne savais pas que tu pouvais changer de forme.

– *Moi non plus*, avoua-t-il, avant d'entamer son nettoyage habituel.

Le garçon sauvage lâcha un grognement de dégoût et fit mine de repartir.

– Je ne crois pas que je vais y arriver, murmurai-je, en essayant de rassembler suffisamment de forces pour me décoller de l'arbre et le suivre.

Qu'on m'ait sauvé la vie ne me servirait pas à grand-chose si je m'écroulais de fatigue en traversant la forêt.

Le pixie s'envola du rondin pour voleter devant mon visage. Il y avait une urgence dans le vrombissement de ses ailes, la même qu'on lisait dans l'attitude du garçon sauvage qui s'éloignait à travers bois. Troublée, je me rappelai les ombres que j'avais vues passer à la surface de l'eau en me noyant dans le marais. Seraient-elles à notre poursuite ?

– *Suis-le*, me dit le pixie. *C'est lui que tu cherchais.*

– Quoi ?

La colère monta en moi ; je me sentais furieuse d'être toujours la dernière à comprendre, furieuse d'avoir encore besoin qu'on me sauve, furieuse devant ma propre incapacité à additionner deux et deux.

– Ça veut dire que tu me baladais depuis le début ?

Le pixie se mit à suivre le garçon, avant de revenir un peu vers moi.

– *C'est lui, ton chant d'oiseau.*

Je le fixai stupidement.

Avec un grincement d'engrenages, le pixie poussa une version stridente du chant d'oiseau par lequel il m'avait convaincue de l'épargner.

Le garçon sauvage s'arrêta, pétrifié. Puis, lentement, il se retourna et revint sur ses pas, les yeux sur le pixie qui jetait des reflets dorés dans les derniers rayons du crépuscule.

Le pixie m'avait menti pendant tout ce temps. Il m'avait conduit à ce garçon, au lieu des oiseaux que j'étais censée chercher. Comment avais-je pu lui faire confiance ? Pour ce que j'en savais, ce garçon pouvait aussi bien travailler pour le compte de l'Institut, et me ramener tout droit dans les barreaux de verre de ma cage.

Alors que je sentais mes yeux se mouiller de larmes, je vis le garçon placer ses mains en porte-voix autour de sa bouche. Je crus un instant qu'il allait appeler, mais à la place, il produit le son le plus inattendu qui soit. Un chant d'oiseau.

Le silence se prolongea un long moment, pendant lequel je m'efforçai de comprendre.

– Qui es-tu ? soufflai-je enfin.

– Tu poses trop de questions, cracha-t-il. Tu ferais mieux de te taire. On n'est pas en sécurité ici. (Le garçon s'humecta les lèvres, en me fixant de son regard animal.) Je m'appelle Oren.

19

Sa voix était douce, un peu rauque mais très humaine. Combien de temps s'était écoulé depuis que je n'avais plus entendu parler quelqu'un qui ne soit pas une machine, un fantôme ou un rêve ?

Oren – ç'aurait pu être le nom d'un de mes camarades de classe en ville. Et pourtant il suffisait d'un coup d'œil à ses épaules musclées, ses yeux féroces, ses cheveux en bataille et sa peau sale pour savoir qu'on ne pourrait jamais le confondre avec aucun d'entre eux.

– Tu dis qu'on n'est pas en sécurité, bredouillai-je. À cause des hommes-ombres ?

– Si tu tiens absolument à parler, dit-il à voix basse, au moins fais-le en marchant.

Il repartit, d'un pas encore plus vif qu'avant. Peut-être savait-il que je serais obligée de me taire si je marchais presque trop vite pour respirer. De temps en temps, il ressortait de sa poche la lanière de viande fumée et en arrachait une bouchée avec ses dents, d'une manière qui me faisait frémir et détourner la tête.

Il ne s'arrêtait pas souvent, et quand il le faisait, c'était toujours en silence ; il se contentait de me lancer sa gourde puis partait explorer les sous-bois aux alentours. Le pixie profita d'une de ces pauses pour s'approcher de moi.

– *Tu aurais dû manger la viande qu'il t'a offerte.*

– C'est une machine qui va m'apprendre à me faire des amis ? (Je grinçai des dents et fermai les yeux.) Tais-toi, ça vaudra mieux. Pourquoi continues-tu à me suivre, d'ailleurs ?

Le pixie ne dit rien, mais je l'entendis s'éloigner. Au bout d'un moment, j'entrouvris les paupières et le découvris posé sur un buisson voisin. Il me tournait le dos d'un air indifférent.

La machine prétendait avoir conduit le garçon jusqu'à moi. Comment celui-ci m'aurait-il trouvée, autrement ? Juste à temps pour m'empêcher de me noyer, ou de me faire attaquer par les hommes-ombres ? La forme adoptée par le pixie avant que l'eau ne se referme au-dessus de ma tête était longue et fine, taillée pour la vitesse.

Avait-il vraiment essayé de m'aider ?

À l'observer assis là, en train de bouder, je fus prise de remords.

– Nixe, grommelai-je en refermant les yeux et en m'adossant à un arbre.

Le pixie émit un bourdonnement intrigué.

– Les Nixes. Des créatures mythologiques. Je me souviens avoir lu un texte là-dessus. Des métamorphes.

– *Oui ?*

– Eh bien, tu disais que tu voulais un nom. Est-ce que ça te convient ?

Il y eut un silence, à peine troublé par le bruissement des feuillages et le ronron des engrenages du pixie.

– *Ça me convient.*

Je respirai longuement, lentement, en m'efforçant de récupérer des forces. Je savais qu'Oren reviendrait bientôt et qu'il faudrait repartir.

– Tu sais, dans la mythologie, il ne faut jamais se fier à un métamorphe.

– *Non*, reconnut calmement le pixie, avant de reprendre sa toilette méticuleuse.

***

Nous marchâmes toute la nuit. Je m'assoupis pendant l'une des pauses d'Oren, mais je ne dus pas dormir bien longtemps avant qu'il me secoue du bout de sa chaussure.

– Il est temps d'y aller.

Sa voix était enrouée, comme s'il n'avait pas l'habitude de parler.

Je me relevai et nous repartîmes. Le pixie – Nixe – avait l'air d'avoir aussi sommeil que moi. Il vint se poser sur mon épaule. J'envisageai de le chasser, mais j'étais trop épuisée pour rassembler l'énergie nécessaire.

Je ne voyais pas Oren dans le noir, et il bougeait tellement silencieusement que souvent je ne savais plus où il était. Le peu de bruit qu'il faisait était noyé dans le fracas de feuilles mortes et de branches cassées que je soulevais dans mon sillage.

Il se déplaçait comme un animal, avec une grâce naturelle, comme s'il avait vécu toute sa vie à l'extérieur.

Mais c'était impossible. À moins – et là, mon cœur se serra – qu'il ne soit semblable à moi. La Renouvelable m'avait prévenue qu'il en existait d'autres comme nous, après tout. Elle m'avait conseillé de suivre les oiseaux pour parvenir à ce prétendu bois de Fer. Je n'avais pas encore aperçu l'ombre d'une plume, mais ce garçon savait imiter les chants d'oiseaux comme personne.

– Oren, dis-je en prononçant son nom pour la première fois. Tu sais pratiquer la magie, pas vrai ? Comme moi ?

– La magie ?

Sa voix sortait de la nuit devant moi, fantomatique et désincarnée.

– Oui, ça veut dire… faire des choses rien qu'en y pensant. Des pouvoirs magiques. C'est comme ça qu'on alimente les machines, tu sais ? Dans les villes.

Il ne répondit pas immédiatement. Je scrutai les ténèbres, mais tout ce que j'entendis, ce fut le bourdonnement du pixie. Oren finit par me dire :

– Non. Jamais entendu parler.

– Mais alors comment fais-tu ici, dehors ? bredouillai-je. Pour rester en vie ? Et sans perdre ton humanité, comme les hommes-ombres ?

– C'est qui, ces hommes-ombres dont tu n'arrêtes pas de me parler ? demanda-t-il brusquement.

– Des… créatures. Je les ai entendus s'approcher quand je me noyais dans le marais. Je les ai vus dévorer un des leurs, l'autre jour. Ils sont… dénaturés. Par l'absence de magie.

– Je ne connais rien à la magie, dit-il en butant sur le mot « magie » qui lui était manifestement peu familier. Mais les autres ont toujours été comme ça. Je les appelle les noirauds.

– Mais comment peux-tu…

Je cherchai comment formuler ma question, mais la fatigue pesait sur moi comme une brume sombre, m'empêchant de réfléchir.

– Y en a-t-il d'autres comme toi ?

– Ça dépend de ce que tu entends par là.

– Je veux dire qui vivent là, dehors, comme toi. As-tu encore tes parents ? Ou d'autres gens qui vivent avec toi ?

Je portai la main à ma poche à la recherche de mon oiseau en papier, mais je l'avais rangé dans mon sac après mon plongeon dans le marais, et mes doigts se refermèrent dans le vide.

Il ne répondit rien.

– Écoute, depuis ma sortie, tu es la première personne que je rencontre qui n'ait pas envie de me manger, dis-je.

Pourquoi tenait-il tellement à ce que nous avancions en silence ?

– Tu ne t'arrêtes jamais de parler ? me demanda-t-il sèchement, en faisant craquer une brindille juste devant moi. (Ce bruit m'avertit juste à temps pour m'empêcher de me cogner à lui dans le noir.) Qu'est-ce que tu veux ? Je veille sur toi, non ?

– Mais pourquoi ?

J'éprouvai cette sensation familière de nœud à l'estomac. L'Institut aussi voulait me garder en vie, après tout.

Sa voix était tendue, mais il répondit sans hausser le ton.

– C'est que nous ne sommes plus tellement nombreux. Tu m'as paru… différente. Alors, je t'ai suivie.

– C'est toi qui m'as donné les chaussures ! m'exclamai-je, comprenant soudain.

– Les chaussures ?

Dans le noir, il ne pouvait pas voir les chaussures en question, désormais toutes crasseuses.

– J'en avais besoin et elles sont apparues comme par enchantement, dis-je. C'est toi qui les as déposées pour moi, pas vrai ?

Oren hésita. Ce moment de doute, inhabituel chez lui, me donna envie de toucher son visage, de sentir son expression au bout de mes doigts. Pour finir, il se contenta de grommeler. C'était la seule réponse que j'obtiendrais.

– Et la carcasse sanguinolente ? demandai-je. Pourquoi l'avoir déposée à côté de là où je dormais, si ce n'était pas pour me faire peur ?

– Pour que tu la manges, répliqua-t-il, avec une pointe d'impatience dans la voix.

– Oh. (Je sentis mes joues s'échauffer, et me réjouis qu'il fasse trop nuit pour le voir.) J'avais pris ça pour une menace.

– Pourquoi je t'aurais menacée ? demanda Oren. Si j'avais voulu ta mort, il m'aurait suffi de te tuer. Ça n'aurait pas été difficile.

Oh.

– D'accord, mais…

Je cherchai comment mettre des mots sur la peur que j'avais ressentie durant ces premiers jours. J'aurais voulu pouvoir lui expliquer la peur que je ressentais encore en cet instant.

– Laisse tomber.

– Tu n'as pas répondu à ma question, observa-t-il. Qu'est-ce que tu veux ? Tu as mangé, maintenant. Tu es probablement assez forte pour repartir demain.

– Ces cris d'oiseau que tu imites… (Je me jetai à l'eau.) Je cherche un endroit appelé le bois de Fer. Et je crois que tu sais où je pourrais le trouver.

Je n'avais pas réalisé à quel point il était près de moi avant qu'il bondisse en arrière et file comme une ombre. Je l'entendis s'éloigner en trébuchant, dans un froissement de feuilles et de brindilles, avec une maladresse qui ne lui ressemblait pas.

– Non, se défendit-il à voix basse. Aucune idée.

– Je crois que si, insistai-je. (Pour une fois, ma voix ne tremblait pas.) Pourquoi tu réagirais comme ça, sinon ? J'ai besoin que tu m'emmènes là-bas.

Il demeura silencieux un moment.

– Je vais t'emmener jusqu'à un endroit où tu pourras trouver à manger, à boire, et te reposer. Pas plus loin.

– Mais...

– C'est un endroit qu'il vaut mieux éviter, lâcha-t-il entre ses dents serrées.

– Je m'en fiche ! C'est là que je vais.

Je m'efforçai d'ignorer l'accélération de mon pouls. Il *connaissait* l'endroit. Je pourrais y trouver d'autres personnes comme moi. Je pourrais m'arrêter de courir. Dormir au même endroit pendant plus d'une nuit, manger à ma faim. Parler à des gens qui auraient envie de me répondre.

– Tu ne comprends pas, dit Oren. (La froideur de sa voix fit un peu retomber mon enthousiasme.) Je ne t'emmènerai pas là-bas. Pas question. C'est un endroit terrible. Si tu y vas, tu es fichue.

Avant même que je puisse assimiler ce qu'il venait de dire, un hurlement abominable s'éleva derrière nous dans le lointain. Sa distance ne le rendait pas moins terrifiant.

Je trébuchai ; tout à coup, l'obscurité me semblait encore plus effrayante que le ciel. Elle pouvait dissimuler n'importe quoi, à quelques mètres à peine.

Une main émergea des ténèbres pour se refermer sur mon poignet. Alors que j'ouvrais la bouche pour hurler, une autre main se plaqua sur mes lèvres.

– On a le temps, me souffla Oren à l'oreille. Mais à condition de ne pas traîner. Hoche la tête si tu as compris.

La peau me picotait là où il me touchait, en dépit du martèlement frénétique de mon cœur. Je fis oui de la tête. Ses doigts se détachèrent de ma bouche.

– Par ici.

20

Même si nous entendîmes encore à deux reprises les hurlements des hommes-ombres, ils paraissaient chaque fois plus distants. Il faisait noir dans les sous-bois, mais je m'aperçus bientôt que je pouvais distinguer Oren devant moi. Les arbres s'éclaircirent, et nous finîmes par déboucher devant une grande plaine.

Malgré le ciel indigo qui s'éclaircissait au sud-est – Oren avait dû me laisser dormir plus longtemps que je n'avais cru –, on voyait encore scintiller quelques étoiles. Je m'appuyai contre un arbre, tâchant de ne pas trop montrer ma fatigue, et levai la tête. Il y avait eu un instant, dans le marais, où j'avais bien cru ne jamais revoir le ciel. Troublée, je détournai les yeux vers mon guide.

Oren regardait les collines vallonnées qui s'étendaient devant nous. Quelques bosquets et poches de magie les jalonnaient par endroits, jusqu'à une ligne de montagnes boisées, bleues et brumeuses à l'horizon.

– C'est encore loin ? demandai-je, brisant le silence qui se prolongeait depuis notre dernière pause.

Il ne répondit pas à ma question. Il se contenta de grommeler :

– Attends-moi ici.

Après quoi, d'une manière qui me devenait familière, il disparut dans la forêt par le chemin que nous venions d'emprunter.

– *Et tu dis qu'il est difficile de parler avec moi,* ironisa le pixie perché sur mon épaule, de cette voix fluette et artificielle qui passait pour un murmure.

Sa personnalité s'affirmait de plus en plus. Je n'étais pas certaine que ce soit une bonne chose.

– Oren est-il de l'Institut ? demandai-je, sans trop savoir à quoi m'attendre.

– *Non.*

Je me frottai le visage avec la main, comme pour en essuyer la fatigue qui m'empêchait de réfléchir. Je n'avais aucune envie d'apprendre que ce garçon était un espion. Si incompréhensible soit-il, je me sentais bien en sa compagnie.

– Tu pourrais me mentir.

– *Oui, mais ce n'est pas le cas.*

Je gémis et me pliai en deux, la tête entre les mains.

– *S'il était de l'Institut*, observa Nixe, *on lui aurait sûrement fait prendre un bain.*

Je devais bien convenir qu'il ne ressemblait pas à un membre de l'Institut. Crasseux, sauvage, plus fort que n'importe quel architecte, il possédait des talents qu'il n'avait pas pu développer en ville. J'écartai ces soupçons de duplicité pour me pencher plutôt sur le deuxième mystère.

– Nixe, comment se fait-il que ce ne soit pas un dégénéré comme les autres ?

– *Je ne comprends pas la question.*

– Pourquoi n'est-il pas un monstre ? Comme ceux qu'on a vus il y a deux jours ?

Le pixie secoua ses ailes.

– *Je ne vois aucune différence entre eux.*

Je grimaçai. L'idée qu'on ne puisse pas faire la différence entre des monstres cannibales et des gens comme Oren et moi paraissait risible. Mais avant de pouvoir répliquer, j'entendis les signes subtils annonçant le retour d'Oren. Je m'habituais déjà à la présence d'une autre personne près de moi.

– Très bien, allons-y, déclara-t-il en passant devant moi pour s'avancer à découvert.

– Qu'est-ce que tu fabriquais ?

– Une fausse piste.

– Quoi ? (Je fis appel à toute mon énergie pour me lever et courir derrière lui.) Pourquoi une fausse piste ?

– Au cas où on voudrait nous suivre. C'est un monde vorace. Et tu fais beaucoup de bruit en marchant.

Je jetai un coup d'œil par-dessus mon épaule, m'attendant à voir entre les arbres des visages sombres hérissés de crocs.

– J'ai l'impression qu'un orage se prépare, annonça-t-il en levant brièvement le menton vers le ciel. On n'a pas intérêt à se trouver au milieu de la plaine quand ça éclatera.

– Un quoi ?

Les architectes nous avaient parlé de ce phénomène – ils supposaient que si les terres ravagées par la guerre étaient en grande partie stériles et dépourvues de magie, elles devaient être parcourues par des tempêtes d'énergie, détruisant tout sur leur passage.

– Un orage. On ne risque rien à condition d'atteindre la forêt.

Il s'arrêta et se retourna vers moi. Je n'avais pas bougé d'un pouce. Son expression se modifia.

– Quoi, tu n'as jamais vu tomber la foudre ?

Je secouai la tête. Apparemment, j'allais passer le restant de mes jours à essayer – sans succès – de masquer ma peur. Il avait mentionné la foudre, pas la magie, mais ça n'était pas plus rassurant pour autant.

Il me dévisagea longuement puis indiqua les collines d'un hochement de tête.

– Ne traînons pas. Le mieux, c'est de nous mettre à l'abri avant que ça n'éclate. Il faut te trouver un endroit où tu pourras te reposer avant la tombée de la nuit.

Le ciel au-dessus de la plaine était d'une immensité à couper le souffle. Tout en marchant, je me sentis rattrapée par mes premières terreurs, cette crainte d'être aspirée et mise en pièces par ce vide vertigineux. Chaque fois que je levais les yeux, je le regrettais aussitôt. J'essayai d'avancer tête baissée jusqu'à ce que la sensation me passe.

Nous étions à une demi-heure environ de la forêt qui ourlait le pied des montagnes quand la pluie se mit à tomber. À l'instant où j'osai risquer un coup d'œil vers le ciel, quelque chose s'écrasa sur mon front. Je me figeai sur place, éberluée, et portai les doigts à mon visage pour toucher l'eau qui coulait dessus.

Oren s'arrêta à deux pas devant moi.

– Il vaudrait mieux continuer, dit-il sans me regarder.

– La pluie, murmurai-je.

Le ton de ma voix dut l'intriguer, car il se retourna. Je lui tendis mes doigts mouillés comme preuve.

– Il pleut souvent pendant les orages, reconnut Oren. On croirait que c'est la première fois que tu te retrouves sous la pluie.

J'examinai mes doigts, pendant qu'une deuxième goutte puis une troisième explosaient sur mes joues.

– C'est la première fois.

Chaque goutte s'accompagnait d'une décharge supplémentaire d'adrénaline et de terreur qui se conjuguait aux précédentes.

– Allez, dépêche-toi.

Mais mes pieds refusaient de bouger ; je restais plantée là, frémissante, à le fixer du regard. Les craintes mal définies que m'avait inspirées ce vide abominable prenaient une forme concrète. Le ciel au-dessus de moi devenait une mer immense, menaçant de m'engloutir.

Oren me lança un regard hésitant.

– Avance, me demanda-t-il gentiment. On y est presque.

Il était plus facile de lui obéir que de refuser. Mais j'avais les jambes en coton, et quand je décollai le pied, je dus le reposer aussitôt, en fermant les yeux pour ne plus voir le monde tournoyer autour de moi. La pluie tombait de plus en plus fort, avec un grondement glacial. Pour une fois, je trouvais un certain réconfort au bourdonnement du pixie réfugié au creux de mon cou.

Oren s'avança vers moi et me prit la main. Je ressentis une secousse à son contact, et tous les poils de mon corps se hérissèrent. Comme au passage des barrières quand je recevais une décharge d'électricité statique, sauf que là c'était viscéral, immédiat, comme si je pouvais sentir l'énergie circuler dans chaque pore de ma peau. Je frissonnai, mais lui conserva une expression impassible. Il me pressa doucement la main et je fis un pas vers lui, puis un autre.

Oren m'entraîna ainsi jusqu'à la lisière de la forêt. Une fois que les feuillages furent assez denses au-dessus de moi pour bloquer le plus gros de la pluie, j'eus moins de mal à respirer et à marcher. Je lui lâchai la main et m'appuyai contre un arbre, pressant mon front contre l'écorce. J'étais ruisselante de sueur et de pluie, et ma chemise me collait à la peau.

– Ça va mieux ? me demanda Oren qui se tenait à quelques pas, les mains dans les poches.

– Ça va, dis-je. C'est juste que… j'ai peur du ciel.

Il était inutile de continuer à faire comme si je n'étais pas une froussarde.

Oren fronça les sourcils.

– Comment peut-on avoir peur du ciel ? Ce n'est que le ciel. Il n'y a rien là-haut. Sauf de l'eau, pour l'instant, évidemment.

– C'est comme ça.

Je fermai les yeux et me raclai la gorge.

– Ce n'est rien, continuai-je. Juste que j'ai vu le ciel pour la première fois de ma vie quand j'ai quitté la ville. (Je secouai la tête.) Il est immense, vide, et il me fait peur.

– Le ciel n'est qu'un élément du monde. Parmi d'autres. Crois-moi, Syrli, le ciel est bien la dernière des choses dont tu devrais avoir peur.

Sans doute voulait-il me rassurer, mais sa voix calme déclencha une réaction que je sentais monter en moi depuis la première fois où nous nous étions parlé.

– Écoute, peut-être que tu sais tout ce qu'il y a à savoir sur cet endroit, mais pas moi. Je n'avais même jamais vu le soleil avant de m'échapper. Alors arrête de me traiter comme une gamine !

Ma voix se fêla sur le dernier mot.

Oren attendit que ma respiration se soit calmée. Il penchait légèrement la tête sur le côté, affichant son indifférence habituelle.

– Il nous reste encore deux heures de marche avant d'arriver. En route !

Il ne dit rien de plus, ce qui ne me changeait pas beaucoup. L'eau ruisselait à travers la voûte végétale, coulant dans mon col et au creux de ma nuque. Je m'en voulais de m'être mise en colère – je lui avais reproché de me traiter comme une gamine d'une manière tellement puérile que c'était un miracle qu'il ne m'ait pas encore plantée là. J'essayai d'en toucher deux mots au pixie, mais celui-ci m'ignora. Je commençais à regretter ma solitude passée. Au moins, à ce moment-là, le silence sonnait comme un choix et non comme un jugement.

Le ciel s'assombrit pendant que nous marchions, au point qu'on se serait cru à l'intérieur d'une autre poche. Ce que j'en apercevais à travers le feuillage était d'un gris-bleu si foncé qu'il paraissait irréel.

Un grondement de machine roula dans le lointain. Je m'arrêtai net, le cœur battant. Oren continua à marcher tandis que je restai là, à le regarder s'éloigner.

Puis le grondement se répéta – le son caverneux d'une chose immense en train de s'éveiller. La moissonneuse que j'avais aperçue en quittant la ville m'avait déjà paru énorme mais elle ne faisait pas autant de bruit. Quelle taille pouvait avoir la machine capable de produire un son pareil ?

Oren s'aperçut que j'avais cessé de le suivre. Il s'arrêta et se retourna.

– Encore une heure, dit-il sur ce ton imperturbable qui commençait à me taper sur les nerfs.

Je me raclai la gorge. J'avais le gosier sec comme du papier de verre.

– Tu as entendu ça ?

– Quoi, le tonnerre ? dit Oren en levant la tête. L'orage est encore loin. On a le temps.

Le tonnerre. Je l'entendis encore une fois en me remettant en marche, un grondement grave, contenu, qui enflait sous le bruit des gouttes sur les feuilles. La pluie redoubla d'intensité tandis que nous nous enfoncions dans la forêt. L'épais feuillage ne suffisait plus à nous protéger, et nous fûmes rapidement trempés. Cela ne semblait pas déranger Oren, qui devait pourtant se passer sans arrêt la main dans les cheveux pour les écarter de son visage.

– *Au moins, ça devrait le débarbouiller un peu*, murmura le pixie, à peine audible par-dessus le fracas de l'orage.

La pluie lavait aussi la boue que j'avais sur moi. Je souris, heureuse d'entendre le son d'une autre voix – même celle d'une machine.

– Est-ce qu'on sera à l'abri, là où on va ? criai-je pour me faire entendre.

– De la pluie ? Oui, lança Oren.

– C'est encore loin ?

Sa seule réponse consista à presser le pas. Je me vis contrainte d'adopter une allure étrange, alternant la marche et la course, luttant pour ne pas me faire distancer.

Le fracas du tonnerre et de la pluie noyait le bourdonnement de la magie, si bien que je ne repérai pas la poche avant qu'elle se dresse devant nous, sombre et scintillante dans l'obscurité. Oren continua à marcher sans ralentir, et sans un regard dans ma direction, disparut à l'intérieur.

Il s'attendait clairement à ce que je le suive. Jusque-là, il n'avait pas cessé de m'aider. Restait à espérer qu'il savait ce qu'il faisait.

J'inhalai lentement, longuement, et lui emboîtai le pas.

Il avait raison. Il ne pleuvait pas à l'intérieur de la poche.

Je me tenais, ruisselante et les yeux écarquillés, à l'orée d'une clairière. Oren l'avait déjà franchie à moitié, se dirigeant vers une forêt très similaire à celle qui entourait la poche, quoique moins touffue.

La clairière elle-même s'étendait devant moi, son herbe bien droite sauf à l'endroit où Oren l'avait foulée. Elle avait une couleur étrangement pâle sous la lumière violette, qui la faisait ressembler à une mer de…

Fleurs. La clairière était tapissée de fleurs.

Je tombai à genoux, écartai les bras et pris une brassée de fleurs dans laquelle j'enfouis mon visage. Elles ne sentaient pas grand-chose, un léger parfum, frais, sauvage et entêtant. C'étaient des fleurs blanches qui scintillaient dans le crépuscule. Leurs pétales me caressaient les joues, les lèvres, les yeux, mouillés par la pluie qui coulait de mon nez et les larmes qui baignaient mes joues.

– Combien de fois je vais devoir m'arrêter pour t'attendre ? grommela Oren juste derrière moi. (Je ne relevai même pas la tête.) Je suppose que tu n'avais jamais vu de fleurs non plus ? dit-il sur un ton radouci.

Je secouai la tête, et au prix d'un gros effort, me redressai un peu. Je lâchai les fleurs, qui se remirent en place en balançant leurs faces pâles devant moi, comme pour un accueil enthousiaste.

– Allez, viens, dit Oren en se penchant pour me tendre la main. (Mes yeux mouillés de larmes auréolaient tout d'un halo trouble, mais je pus néanmoins constater qu'il souriait.) Il y a beaucoup d'autres choses à voir.

Je me laissai entraîner hors de la clairière. Oren ne dit plus rien, mais cette fois son silence avait quelque chose de respectueux. Le contact de ses doigts me transmettait toujours cette même sensation électrique. Il avait une main rude, calleuse, forte – très différente de celle de Kris.

Le pixie s'envola de son perchoir et se mit à voleter au hasard à travers la clairière, au ras des fleurs, en ressemblant à s'y méprendre à une…

Mes divagations rêveuses s'arrêtèrent dans un crissement brutal. Il ne pouvait pas y avoir de fleurs ici – pas sans quelque chose pour les polliniser. Des abeilles, des papillons – ou des oiseaux.

Oren avait atteint la lisière de la forêt, et je dus lâcher sa main pour écarter une branche qui me barrait le chemin. Et j'oubliai bientôt la clairière fleurie.

La forêt bruissait de mouvements, de couleurs, de senteurs et d'animaux qui s'enfuyaient à notre approche. Je humai d'autres fleurs, et un parfum acide de fruits mêlé à l'odeur lourde de la terre humide. Les branches des arbres étaient chargées de fruits qui pendaient comme des larmes. Et les buissons étaient couverts de baies de toutes les couleurs. Des plaques de verdure tapissaient le sol, dans lesquelles j'aperçus de minuscules baies rouges comme des joyaux dans leur écrin.

Quelque chose passa en vrombissant près de mon oreille et je cherchai le pixie des yeux, mais je l'aperçus plus loin dans la clairière, en train de jouer au milieu des fleurs. Je regardai autour de moi, et finalement je repérai la source du vrombissement, qui s'éloignait. Je la suivis des yeux et j'en vis d'autres, de plus en plus nombreuses.

Des abeilles. Des *abeilles*, dont l'extinction datait d'avant les guerres. Je sentis mes genoux se dérober, mais je serrai les dents et parvins à rester debout. Les insectes dansaient et tournoyaient, donnant parfois l'impression de faire la course, ou s'éloignant à la recherche de nectar. Elles ne volaient pas à la manière de Nixe ou des autres pixies de la ville ; on ne sentait pas de volonté ou de destination précise dans leurs déplacements, juste un ravissement paisible dans l'art du vol, comme je n'en avais encore jamais vu.

Je suivis lentement Oren, qui se glissait entre les parterres de fraises vers un espace dénudé dans lequel il était clairement déjà venu. Les cendres d'un feu refroidi indiquaient qu'il avait dû souvent passer la nuit à cet endroit. Il se débarrassa de son sac et s'assit, adossé à un rondin, les bras en croix sur le bois mort.

Je laissai tomber mon propre sac et restai un moment debout, à regarder autour de moi. J'aurais voulu trouver les mots, lui exprimer ce que cela représentait pour moi qu'il m'ait conduite ici, mais j'avais la langue paralysée.

Finalement, la fatigue et la faiblesse m'obligèrent à m'asseoir et je détachai les yeux du ballet des abeilles entre les arbres et les fleurs. Oren m'observait, et sursauta presque imperceptiblement quand je me tournai vers lui, comme si je l'avais surpris en train de sourire.

– C'est...

Faute de mots pour terminer ma phrase, je lui adressai un regard impuissant.

Il hocha la tête.

– Je viens ici chaque fois que je peux. On y trouve à manger autant qu'on veut, et c'est un endroit sûr.

Cet endroit était bien plus que cela, et j'allais lui en faire la remarque quand je notai avec quelle langueur paisible il s'adossait au tronc, comme si toute tension l'avait quitté. Il savait parfaitement ce que représentait cet endroit. Il n'avait pas besoin que je le lui dise.

Puis Oren se secoua et entreprit d'allumer un feu et de nous chercher à manger, en m'ordonnant de rester assise. Je m'en voulais un peu de lui laisser tout faire, mais je me sentais encore très faible, et après une journée de marche, je n'avais plus que la force de m'écrouler. Je m'assoupis à moitié en regardant les abeilles – et parfois le pixie – tournoyer au-dessus de ma tête dans cette étrange lumière violette.

Je n'avais pas vu le temps passer, mais quand Oren me toucha l'épaule pour me réveiller, il faisait presque nuit. Seules quelques vagues ombres violettes, presque indistinctes, se profilaient encore au-delà du cercle de lumière de notre feu.

– Le dîner, annonça-t-il en me mettant une assiette dans la main.

J'eus à peine le temps de me demander d'où il sortait cette assiette – avait-il une pile de vaisselle cachée ici, dans cette poche ? – que son contenu me coupait le souffle.

Des noix grillées recouvertes de baies rouges écrasées, des fraises, des mûres sur un lit de feuilles que leur odeur fraîche identifiait comme de la menthe, une pile de légumes qui ressemblaient à des pommes de terre, coupées en dés et dorées au feu. J'en avais l'eau à la bouche.

Oren était déjà en train de piocher dans sa propre assiette. Je m'attendais à y voir un lapin éventré ou une autre vision d'horreur qui m'aurait coupé l'appétit, mais il s'était servi exactement la même chose que moi.

Nous mangeâmes en silence. À croire que c'était à celui qui viderait son assiette le plus vite.

Une abeille descendit vers moi et vint butiner sur une fleur voisine. Je posai mon assiette et me penchai vers elle. Je pus voir sa longue langue plonger délicatement au cœur de la fleur, détailler son corps velu saupoudré d'une fine poussière de pollen. Après quelques secondes, elle arrêta son festin pour se passer délicatement les pattes sur la tête. On aurait dit un convive élégant qui se tamponnait les lèvres avec sa serviette.

Sans réfléchir, je tendis la main vers elle.

– Doucement, me prévint Oren aussitôt.

J'aperçus alors le dard de l'abeille au bout de son abdomen, et retirai ma main.

Oren posa son assiette à son tour et leva la tête.

– Le soleil se couche, dit-il. Regarde.

Une réflexion inquiétante vint troubler la mare de satisfaction béate dans laquelle je flottais. Dans les autres poches, le coucher du soleil avait toujours marqué un changement. La forêt avait pris vie, les fantômes étaient apparus.

Oren aurait sans doute manifesté plus de nervosité si la clairière était sur le point de se transformer en cauchemar. Néanmoins, je me penchai en avant et scrutai les ténèbres pour guetter les changements que le coucher du soleil ne manquerait pas d'apporter.

21

Dans toute la clairière, les abeilles abandonnaient leur travail pour disparaître dans les sous-bois. Nixe se transforma lui aussi en abeille, les suivit un moment puis revint vers nous avant de s'éloigner hors de vue. Il se mit à imiter leur ballet, sans réussir à reproduire tout à fait leur espièglerie nonchalante.

Oren s'accroupit et prit une branche dans le feu. Quand il se leva, le bout enflammé de la branche dessina une traînée orange dans l'obscurité. Il se tourna dans la direction empruntée par les abeilles. Son expression affichait une douceur que je ne lui avais jamais vue.

Je sus alors qu'Oren n'était pas envoyé par l'Institut. Si les architectes connaissaient cet endroit, il grouillerait de machines. Il y avait de quoi nourrir la ville pendant des mois avec tous les fruits qui poussaient ici, et assez de magie ambiante pour alimenter les machines de ramassage. L'idée de voir la clairière envahie par des moissonneuses aux doigts agiles me donnait la chair de poule.

Oren oublia ses abeilles pour se tourner vers moi, les joues éclairées par les flammes. La pluie avait lavé un peu de la crasse qui les recouvrait.

– Viens avec moi, me dit-il, en croisant brièvement mon regard.

Il fit un geste avec sa torche en direction des sous-bois.

– Où ça ?

– Tu verras.

Il me conduisit dans la forêt. Je trébuchai beaucoup au début, puis mes yeux s'habituèrent à la lueur tremblotante.

– Il y a beaucoup de monde qui connaît cet endroit ?

– Seulement moi, répondit Oren en enjambant un tronc pourri. Et toi, maintenant.

– Tu ne l'as montré à personne d'autre ?

Ma gorge se noua.

– Il n'y a personne d'autre, dit-il d'un ton définitif.

Je le suivis en silence le reste du trajet jusqu'à une clairière littéralement infestée d'abeilles. Elles grouillaient sur un vieil arbre à moitié mort, percé de trous par lesquels elles ne cessaient de sortir et de rentrer.

– Reste là et tiens ça près de toi, m'ordonna Oren en me passant la torche.

Pour une fois, son ton autoritaire ne me hérissa pas. Je fis ce qu'il me disait, en inclinant la torche vers moi ; la fumée épaisse paraissait éloigner les abeilles.

Il s'approcha de l'arbre, suscitant une excitation frénétique parmi les abeilles. Elles se rassemblèrent autour du tronc, en dressant une sorte de rideau vivant devant Oren. Lentement, solennellement, Oren s'inclina. Il se mouvait avec une grâce à couper le souffle – très éloignée de son apparente sauvagerie.

Il attendit que le rideau d'abeilles s'ouvre, s'écarte de chaque côté dans le bourdonnement presque musical d'un million d'ailes minuscules. Et puis, prudemment, il s'avança et plongea la main à l'intérieur du tronc. Je retins mon souffle en songeant aux ravages que tous ces dards pourraient infliger à sa peau nue.

Quand il retira son bras, ce dernier était recouvert d'une grappe d'abeilles, mais qui se dispersèrent rapidement. Il tenait quelque chose à la main, qui luisait et jetait des reflets dorés à la lueur de la torche. Il se recula de quelques pas, loin de l'arbre, puis se retourna vers moi. Je l'observais avec fascination.

Il me fit signe d'approcher. Je le rejoignis.

– Goûte ça, me dit-il, en passant le doigt sur ce qu'il tenait au creux de la main, avant de le porter à sa bouche.

Je reconnus un rayon de miel. J'avais vu une illustration de ruche dans un livre. Il ruisselait d'une substance visqueuse. Je plongeai mon doigt dedans et le léchai avec méfiance.

Une suavité inouïe. Infiniment supérieure à celle de notre sucre de betterave. Je fermai les yeux avec un ronronnement de plaisir.

– Vas-y, prends-en autant que tu veux, m'encouragea Oren.

Et bien que je ne puisse pas en être sûre dans le noir, je crus entendre un sourire dans sa voix.

Nous nous assîmes dans la clairière avec la torche coincée entre deux pierres, à dévorer le rayon de miel entier tandis que les abeilles dansaient et virevoltaient autour de nous. Après la faim, la fatigue et la peur de ces derniers jours, j'appréciais d'autant plus le sucre, la lumière chaude et la sensation délicieuse d'avoir l'estomac plein. Je ne pus m'empêcher de repenser à cette première nuit à l'Institut, la dernière où j'avais connu une telle tranquillité d'esprit. Avant d'avoir des raisons de m'inquiéter. Avant d'être obligée de fuir.

Je fermai les yeux, et pour une fois, je me détendis vraiment.

– Ne t'endors pas, me prévint Oren. Il ne faudra pas compter sur moi pour te porter.

– Hmm, répondis-je seulement, les lèvres, les doigts et le visage poissés de miel.

La veille encore, l'idée que ce garçon sauvage puisse me porter à travers bois m'aurait flanqué une trouille bleue. À présent, j'étais presque tentée de le prendre au mot pour voir ce qui se passerait.

Toutefois, la torche qui menaçait de s'éteindre et la fraîcheur de la nuit en train de descendre sur la forêt nous persuadèrent de retourner auprès du feu. Alors que je trébuchai sur tout le trajet, Oren gardait le pied toujours aussi sûr. Une fois de retour, nous restâmes allongés un moment, à rêvasser et nous lécher les doigts.

– Parle-moi de tes parents, dis-je finalement. D'où est-ce qu'ils venaient ?

– Ils sont morts. Tués.

Ses mots me frappèrent comme un coup de poing dans le ventre.

Je savais que j'aurais dû me taire, respecter la sécheresse de sa réponse comme une invitation à ne pas insister, mais ce fut plus fort que moi.

– Quel âge tu avais ?

– Je ne sais pas exactement. Environ dix ans, je crois.

– Pas possible, soufflai-je. Tu vis tout seul à l'extérieur depuis l'âge de dix ans ?

– Je t'ai dit que je ne savais pas exactement.

– Mais…

– Je ne *sais* pas.

La brusquerie de sa voix me rappela la sauvagerie de son regard à notre première rencontre. Il m'avait regardée avec une telle convoitise... Et dire que j'avais trouvé ma solitude insupportable au bout d'une semaine.

Au bout d'un moment, Oren plaça ses mains devant sa bouche et poussa un sifflement, une sorte de gazouillis mélodieux.

– Qu'est-ce que tu imitais ? demandai-je, les yeux clos, quand il eut terminé.

Je pouvais voir les flammes danser derrière mes paupières closes, comme des ombres chaudes qui me berçaient pendant que je m'endormais.

– Un sirli, répondit-il.

J'ouvris les yeux.

– Où as-tu appris tous ces chants d'oiseaux ?

Il resta silencieux un long moment, au point que je relevai la tête pour le regarder. De là où j'étais allongée, je ne le voyais que de profil. L'angle de son nez projetait une ombre noire à la lueur du feu et il avait les lèvres pincées. En le voyant ciller une fois, puis deux, je me rendis compte qu'il avait du mal à formuler sa réponse.

– Je ne sais pas trop.

Il avait parlé si doucement que c'est à peine si je l'entendis.

– Tu ne t'en souviens plus ?

Il hésita de nouveau. Je dus me retenir de lui tendre la main.

– Je ne sais pas. Je... parfois, j'ai des absences.

– Des absences ? répétai-je.

– Ce n'est rien. Quand tu passes tout ton temps dehors, tout seul, parfois... parfois, tout se bouscule dans ta tête. Tu te rappelle de travers.

Ça, je voulais bien le croire. Je n'étais pas restée bien longtemps seule dans la nature, et pourtant, j'en avais surtout des souvenirs confus.

– Je me souviens mieux quand tu es là, avoua-t-il tout bas.

La tristesse, le regret qu'on sentait dans sa voix, me serra le cœur. J'essayai de m'imaginer vivre ici, toute seule, en m'accrochant désespérément à ma santé mentale. J'en serais incapable.

Il ouvrit la bouche pour parler puis s'interrompit aussitôt. En le regardant, je vis quelque chose passer sur ses traits, amplifié par la lueur du feu. Ses yeux se tournèrent vers moi, et il se figea. On lisait dans son expression de l'incertitude et un grand manque. Puis il ferma les yeux, et le charme se rompit.

Il me fallut un moment pour retrouver ma voix.

– C'est pour ça que tu m'as apporté les chaussures, la nourriture et tout le reste ?

Il haussa les épaules. Ce mouvement jeta de longues ombres dans la clairière. Quand il parla, toute tristesse avait disparu de sa voix et il affichait son indifférence habituelle.

– Tu étais un élément nouveau, quelque chose que je n'avais encore jamais vu. Pour les chaussures… c'est confus dans ma tête. Je ne me souviens pas.

– Mais…

– Je te dis que je ne me souviens pas. (Son ton glacial me coupa le souffle.) Dors, maintenant.

Je me tournai sur le flanc, sachant que si je restais sur le dos, je passerais la nuit à l'espionner, en réfléchissant à ce que j'avais cru voir sur son visage pendant quelques secondes. Pour la première fois depuis une éternité, je repensai à Kris. J'essayai de transposer mentalement la même intensité, la même passion sur ses traits lisses et charmants, mais malgré tous mes efforts, j'en fus totalement incapable.

***

Je fus réveillée au petit matin par le bourdonnement des abeilles. Elles avaient repris le cours de leurs activités et voletaient paresseusement à travers la clairière pour récolter le nectar.

Le feu s'était éteint pendant la nuit, et je grelottai en m'asseyant sur la terre battue. Oren avait disparu – et mon sac à dos avec lui.

Avant même que je puisse réaliser, et encore moins céder à la panique, Nixe descendit du ciel pour venir se poser sur le manche d'un couteau planté dans le sol. Oren ne serait pas parti loin sans son arme.

Le pixie avait toujours sa forme d'abeille, le corps lourd et assoupi.

– *Il est allé te chercher des provisions.*

– Je ne crois pas qu'il vienne de la ville, dis-je en m'étirant, avant de me recroqueviller près des braises du feu.

– *Je te l'avais dit.*

– Tu m'as dit aussi de ne pas te faire confiance.

– *J'ai convenu qu'on ne pouvait pas se fier à moi*, rectifia Nixe en secouant les ailes. *Il y a une différence.*

Je n'eus pas le temps de discuter. Oren venait d'apparaître à l'autre bout de la clairière avec sa discrétion et sa fluidité de mouvement habituelles. Il avait trouvé de l'eau quelque part et en avait profité pour se laver. Même propre, son visage demeurait indéchiffrable. Ses cheveux encore humides se révélèrent châtain clair. Il nous dévisagea tour à tour, le pixie et moi, puis s'approcha et vint déposer à mes pieds mon sac désormais plein à craquer.

– Je vais te raccompagner jusqu'à la prairie, m'annonça-t-il, en me tournant le dos pour recouvrir de terre les dernières braises du feu. Ensuite, tu continueras seule.

Je cherchai dans sa voix la pointe d'émotion que j'y avais décelée la nuit dernière. Il n'y en avait aucune trace. Il me jeta sa gourde, qu'il avait remplie, et me dit de la ranger dans mon sac. Il savait où s'en procurer une autre.

– Tu dors trop, ajouta-t-il sèchement. Le soleil est levé depuis longtemps, tu devrais déjà être en route. Il va te falloir trois jours – enfin, plutôt quatre ou cinq à ton rythme – pour atteindre le bois de Fer.

Je sentis ma colère de la veille se réveiller. Comment pouvait-il s'attendre à ce que je voyage aussi vite que lui, avec moins d'une semaine d'expérience de vie à ciel ouvert ? Mais en soupesant le sac qu'il avait rempli à mon intention, je ravalai mon fiel.

Il me reconduisit à travers bois. J'aurais aimé pouvoir m'attarder un peu, faire mes adieux à la clairière, à la mer de fleurs blanches aux reflets violets sous la lumière filtrée, mais Oren marchait d'un pas encore plus vif que la veille et je ne me sentais pas la force de le rattraper si jamais je m'arrêtais.

Quand nous émergeâmes de l'autre côté de la barrière, il pleuvait toujours. Le ciel était monochrome au-dessus de ce déluge continu. La chaleur du feu n'était plus qu'un souvenir, et c'est en grelottant misérablement que je m'efforçais de suivre Oren. Où était passé le garçon de la nuit dernière, tout en regret et en intensité ? Je n'en distinguais plus que la silhouette brouillée par la pluie, trop loin devant moi pour déchiffrer quoi que ce soit dans son attitude.

Oren m'entraîna le long d'un torrent jusqu'à la lisière de la forêt, d'où je pus voir les collines qui s'étendaient vers les montagnes bleues. Une piste gris-vert étrangement rectiligne les traversait.

– Suis la voie ferrée au sud-ouest jusqu'à la rivière, dit-il en m'indiquant la direction avec le bras. (Sa main était ferme, sa voix indifférente.) Elle creuse un passage à travers les montagnes ; tu auras froid, mais c'est faisable à condition de longer la berge. Quand tu arriveras aux chutes, prends à l'ouest.

« Enterre tes feux, et allume-les plutôt dans les bois, où on les repérera moins facilement. Tâche de rester discrète. Tu es sur leur territoire maintenant. Si tu les repères de loin, ne t'arrête pas, mais cours de toutes tes forces en faisant le moins de bruit possible. Traverse un cours d'eau si tu peux, ça brouillera ta piste. Et si tu vois qu'ils se rapprochent… (Il haussa les épaules, et laissa retomber son bras.) Ne les laisse pas se rapprocher.

Je frissonnai.

– D'accord, murmurai-je.

J'avais envie de lui crier : *Ne me laisse pas seule !*

– Tu as des provisions pour quatre jours, peut-être cinq en faisant attention. Et je te conseille de faire attention. Ça va aller, la pluie ?

Le ciel gris monotone formait une voûte en deux dimensions qui n'était pas sans évoquer le Mur. La pluie qui s'en écoulait avec régularité me rappelait l'océan vide au-dessus. J'inhalai profondément et fis oui de la tête. Son expression était si neutre que j'aurais voulu lui hurler de me regarder, de voir à quel point j'étais mal préparée à tout ça, et de rester avec moi. Si j'avais su comment réveiller chez lui cette intensité qu'il avait manifestée la nuit précédente, je l'aurais fait sans hésiter.

– Parfait.

Après m'avoir lancé un dernier regard, Oren me contourna pour retourner dans la forêt. Cette fois, il se déplaça dans un tel silence que je compris que tous les petits bruits par lesquels il trahissait sa présence au campement étaient faits exprès, pour ne pas me surprendre. Je le regardai s'éloigner, réalisant à l'instant où les ombres de la forêt se préparaient à l'engloutir qu'il allait m'abandonner pour de bon.

– Attends !

Il s'arrêta. Il ne dit rien, il se contenta de rester là, tendu, en attendant la suite.

– Tu vas vraiment me planter là, comme ça ?

– Oui.

Sa voix était aussi dépassionnée que son expression habituelle.

Mais j'ai besoin de toi. Je ne pus articuler que le premier mot, le reste se bloqua dans ma gorge.

– Mais…

Il abattit la main d'un geste brusque, me coupant sans un mot.

– Je ne peux pas me permettre d'avoir besoin de toi, dit-il durement. Je ne veux avoir besoin de personne.

Il repartit en direction des ombres.

Pendant un instant, je fus trop stupéfaite pour réagir. Besoin de moi ? *Je me souviens mieux quand tu es là*, me rappela sa voix, souvenir brûlant de la veille au soir. Il ne m'abandonnait pas parce que j'avais besoin de lui. C'était tout le contraire.

– Tu n'essaies pas de me dissuader d'y aller ? murmurai-je.

Il s'arrêta, les épaules légèrement voûtées, la tête basse.

– Est-ce que tu m'écouterais ?

Je me tins là, grelottant légèrement sous la pluie matinale. J'avais envie de lui répondre oui – je pourrais apprendre à vivre dehors comme lui. Je pourrais oublier ma magie, apprendre à éviter les monstres, apprendre dans quelles poches on trouvait à manger et lesquelles il fallait à tout prix éviter. Après tout, un visage amical – ou du moins pas dangereux – était préférable à un endroit si effrayant que même Oren en avait peur.

Le mécanisme du pixie ronfla brièvement quand il déploya ses ailes sur mon épaule.

L'Institut continuerait à me traquer. Quelles que soient les ressources à mettre en œuvre pour me retrouver, la promesse d'une Renouvelable enchaînée à vie en valait la peine. Il ne renoncerait jamais à moi. Mon seul espoir était de me réfugier en sécurité parmi mes semblables.

Peut-être qu'Oren, si doué pour chasser et suivre une piste, lut la réponse sur mon visage quand il se retourna vers moi. Ou peut-être que mon silence était suffisamment éloquent. Il m'observa un long moment ; le bleu pâle de ses yeux se détachait dans l'ombre. Autour de moi, la pluie grondait, m'enveloppait dans ses courants, me noyait. Je fermai les yeux, ouvris la bouche en inhalant à la fois de l'air et de l'eau, et quand je regardai de nouveau, Oren était parti.

***

Bien que la matinée soit froide et humide, je partis d'un pas si vif que je ne tardai pas à me réchauffer. J'aurais marché moins vite auparavant, mais j'avais encore en tête les avertissements d'Oren. Mes coups de soleil au visage étaient en train de s'estomper, et la pluie apaisait mes démangeaisons de peau.

J'atteignis bientôt la voie ferrée qu'il avait mentionnée. Coupée par endroits, envahie par la végétation, je ne l'aurais pas reconnue pour ce qu'elle était : l'une des anciennes voies rapides empruntées par les transports magiques qui reliaient autrefois les deux extrémités du continent. La mauvaise herbe, les arbres et le temps avaient repoussé certains rails mais laissé une piste assez claire pour que je la suive.

Nixe et moi discutâmes, afin de continuer à développer son vocabulaire. Sa voix n'était plus celle d'Oren, ni la mienne – pas plus que celle de Gloriette ou de Kris. Il avait acquis une voix propre, qui les confondait toutes sans être identique à aucune.

Oren parlait rarement pendant nos marches, et dans le silence je me le représentais juste devant moi, à peine visible sous les trombes d'eau. Je l'imaginais impatient, voulant toujours aller plus vite. Je pressais alors le pas et m'efforçais de le chasser de mon esprit.

La voie ferrée éventrait les collines en m'épargnant beaucoup d'escalade. Car même si les pentes n'avaient pas l'air trop raides de loin, de près, j'en avais mal aux jambes rien qu'à l'idée de les gravir.

Mon estomac m'informa qu'il était temps de manger au moment où j'atteignis la rivière, et je m'arrêtai au pont en ruine qui enjambait le cours d'eau. Je m'assis sur un bloc de béton à moitié disloqué en laissant pendouiller mes jambes dans le vide.

J'ouvris mon sac, espérant y trouver d'autres noix comme celles qu'Oren avait fait griller la veille au soir. Il restait un petit espace dans le haut du sac, au-dessus des provisions – j'y découvris un cône de papier crasseux.

Je le sortis, en froissant le papier sous mes doigts. La pluie tomba dessus, d'abord une goutte, puis deux, puis une douzaine, avec un bruit net et clair. Ce n'était pas du papier recyclé, mais du vrai papier. Du papier d'autrefois. Où Oren l'avait-il trouvé ? Avait-il la moindre idée de la quantité de rations qu'on pourrait obtenir contre un trésor pareil, en ville ?

Je le tournai entre mes mains. À l'intérieur du cône, protégées par le rabat, se trouvaient quelques minuscules fleurs blanches de la clairière.

Il y avait tant de beauté dans ce monde, au-delà du Mur.

Une bouffée de solitude me noua la gorge. Trois heures, et Oren me manquait déjà. J'avais besoin d'entendre une autre voix, de voir un autre visage. Non, pas n'importe quel visage. Celui d'Oren. Je rangeai les fleurs dans mon sac, soigneusement, de manière à ne pas les écraser contre moi quand je reprendrais la route.

J'avalai rapidement quelques tubercules grillés et des fraises. Tout en mangeant, je ressentis un frisson familier au creux de l'échine, que je ne pouvais pas attribuer à la pluie.

Quelqu'un m'espionnait.

Je pensai aussitôt à Oren – peut-être m'avait-il suivie, pour s'assurer que je tiendrais le coup ? Mais j'écartai cette idée presque tout de suite. Oren ne m'aurait pas inspiré une sensation aussi désagréable.

– Nixe, dis-je doucement. Est-ce que tu vois quelque chose ? Tu n'entends rien de spécial ?

Le pixie s'envola et s'éleva sur quelques mètres pour examiner les alentours.

– *Rien du tout,* rapporta-t-il en redescendant. *Pourquoi ?*

Je secouai la tête.

– Pour rien. Je m'imagine des choses maintenant que je me retrouve seule, c'est tout.

– *Tu n'es pas seule*, fit valoir Nixe en se posant sur mon épaule. *Et tu vis dehors depuis un moment, maintenant. Tu devrais peut-être écouter ton instinct.*

Je frémis de nouveau et refermai mon sac en douceur, avec les fleurs dedans. La pierre sur laquelle j'étais assise était froide – je repartis sans perdre de temps.

Cette impression d'être surveillée persista. Je pataugeai dans tous les torrents que je croisai, malgré l'eau glacée qui trempait mes chaussures. Si cela pouvait aider à brouiller ma piste, je voulais bien me geler les orteils.

Je ne parvenais pas à me convaincre que cette sensation d'être espionnée n'était qu'un effet de mon imagination. Après tout, j'avais déjà éprouvé quelque chose de similaire – quoique moins effrayant – quand Oren m'avait suivie.

– Tu as déjà entendu dire que la magie pouvait donner d'autres pouvoirs aux gens ? demandai-je au pixie, qui voletait devant moi.

– *D'autres pouvoirs ?*

– D'autres que ceux qu'on connaît, comme d'être capable de déplacer des objets à distance.

– *Tout est possible, je suppose*, répondit-il. *Pourquoi cette question ?*

– Comme ça, dis-je avec un coup d'œil par-dessus mon épaule. Pour faire la conversation.

Peut-être était-il possible que la magie s'accompagne de perception extrasensorielle. Personne ne m'avait jamais parlé d'une chose pareille, mais comment savoir ? Puisque la ville dépouillait systématiquement les enfants de leur magie. Peut-être que je percevais bel et bien quelque chose. Une sorte de noirceur, une fosse étrange, vorace, à la lisière des sens. Comme les flashs chatoyants que j'entrevoyais parfois dans l'enceinte des barrières – sauf qu'au lieu de lumière, il s'agissait d'une ombre. Vide. Et béante.

À moins que mes craintes et mon imagination ne se liguent contre moi. Je pressai le pas.

En milieu d'après-midi, la pluie cessa, et quand survint le soir, les nuages étaient en train de se désagréger. Le soleil flamboyait au ras de l'horizon, au sud-ouest. J'avais entamé l'ascension des montagnes. Comme je ne voulais pas risquer une mauvaise chute dans le noir, je rejoignis un bosquet au bord de la rivière pour dresser le camp.

La fatigue me tomba dessus d'un coup, ne me laissant pas beaucoup d'énergie pour déblayer les feuilles mortes et encore moins creuser un trou. Néanmoins, ma peur fut la plus forte et je ramassai une pierre afin de m'en servir comme pelle. Le pixie me donna un coup de main, en se transformant en insecte fouisseur.

Après avoir creusé la terre meuble, j'empilai du bois mort au fond et allumai un feu avec plus de facilité que jamais. *Merci, Oren*, pensai-je en rangeant le briquet dans ma poche. Je grelottais quand je pus enfin m'asseoir et laisser le feu prendre de lui-même. Mes vêtements étaient encore trempés de pluie, et un vent froid descendait des montagnes pour me cingler le dos.

Même si je me sentais trop lasse pour avoir faim, je me forçai à avaler une poignée de noix puis m'assoupis presque aussitôt, bercée par les crépitements du feu et les hurlements lointains du vent dans les cols.

À mon réveil, le feu était presque éteint. Le ciel était noir, et à travers la cime des arbres j'aperçus quelques étoiles, la couverture nuageuse s'étant complètement dissipée. Je m'assis brusquement, le souffle court, guettant le bruit qui m'avait tirée du sommeil.

Je n'entendais que le sifflement léger du feu en train de s'éteindre, le murmure de la rivière, le hurlement du vent.

Je fixai le feu, tendant l'oreille, en essayant de comprendre ce qui m'angoissait – et puis, avec un sursaut, je compris. Les flammes de mon feu ne tremblaient pas. Il n'y avait pas un souffle de vent.

Je me figeai, écoutant les hurlements. Ils semblaient proches. Et ils n'exprimaient pas le triomphe, comme quand les monstres avaient dévoré l'un des leurs, mais seulement la faim, la désolation, et une excitation grandissante. Les hommes-ombres étaient en chasse.

J'aperçus vaguement le bleu de cobalt des yeux de Nixe dans la lueur du feu.

– *Syrli*… murmura-t-il tout bas.

– Je les entends, soufflai-je.

Ma respiration me donnait l'impression de résonner comme un cri. Je roulai sur le ventre et couvris le feu avec de la terre comme j'avais vu Oren le faire. Il s'éteignit avec un chuintement de protestation.

Alors que des images résiduelles de flammes s'imprimaient en bleu et blanc sur ma rétine, les hurlements changèrent de tonalité. Ils devinrent des hululements, des cris, auxquels vinrent se mêler des glissements de cailloux. Ils avaient vu mon feu s'éteindre. Ils savaient maintenant que je ne dormais plus.

Je bondis sur mes pieds. *Cours de toutes tes forces en faisant le moins de bruit possible. Traverse un cours d'eau. Ne les laisse pas se rapprocher.* J'abandonnai mon sac. Il ne ferait que me ralentir. Je pourrais toujours revenir le chercher plus tard.

J'entendis Nixe sur mes talons. Le sang grondait à mes oreilles. Un éclat de rire s'éleva au loin, aigu et hystérique.

Je trébuchai et m'étalai de tout mon long dans l'eau glacée. Je me relevai dans le torrent et continuai à courir, chaque éclaboussure, chaque exclamation, chaque pas sonnant comme une alarme. Et Oren qui m'avait recommandé de faire le moins de bruit possible… J'inhalai profondément et me jetai tête baissée dans le bosquet, en priant pour qu'il soit suffisamment dense pour me cacher. Je ne l'avais vu que brièvement dans la soirée, mais je croyais bien me souvenir qu'il était horriblement petit.

Je jaillis de l'autre côté et débouchai dans un monde baigné dans la clarté lunaire. Chaque brin d'herbe se parait de reflets argentés, et mon ombre se découpait si nettement devant moi que je faillis pousser un cri en la voyant. Je m'arrêtai un instant, le temps de me demander quelle direction suivre. Devant moi, c'étaient les montagnes – mais j'avais entendu un bruit de pas le long des pentes rocheuses, pas vrai ? Ils devaient donc venir de là.

Je pivotai pour partir vers les collines. Je n'avais pas fait un pas que je les aperçus. Ils fondaient sur moi à toute allure, trois ombres pliées en deux, les mollets cinglés par les hautes herbes. Ils étaient encore loin mais se rapprochaient rapidement. Je me retournai si vite que je glissai sur le sol boueux. Je me relevai d'un bond puis partis au pas de course.

Je cherchai des yeux une cachette. Une grotte, un passage entre les collines dans lequel je pourrais disparaître. Mes muscles protestaient bruyamment mais je les ignorai et continuai à sprinter de toutes mes forces.

Une masse noire se dessina devant moi, et je dressai la tête. Pas une ombre – une cabane, complètement délabrée. Si ce n'était pas l'idéal, cela valait toujours mieux que rien.

Je n'entendais plus Nixe. Je ne pris pas le temps de le chercher du regard, ni de me retourner pour voir à quelle distance se trouvaient les hommes-ombres. Je fonçai droit sur le seuil noir de la cabane.

Je n'en étais plus qu'à quelques foulées quand des ombres jaillirent des rochers, des arbres, de la nuit même. Elles étaient si proches que je pouvais détailler leurs visages éclairés par la lune, leurs yeux blancs, leurs bouches hérissées de dents pointues, ouvertes sur des rictus carnassiers.

22

Ils avaient été humains autrefois. Quels animaux auraient pu élaborer un piège pareil ? Me conduire dans ce cul-de-sac comme un lapin apeuré ? Ils avaient des bras, des jambes et des pieds semblables aux miens, et la plupart portaient des haillons recouverts de crasse. Leurs cheveux pendaient en plaques noirâtres.

Je poussai un hurlement et m'élançai vers la cabane. Une main se referma sur ma cheville et tira, me faisant trébucher. Je me cognai le menton contre la terre battue et sentis un goût de sang sur ma langue. Un concert de hululements et de cris explosa autour de moi, comme si les créatures avaient flairé l'odeur du sang. Je ruai à l'aveuglette et sentis mon pied cogner quelque chose avec un craquement sec. La main me lâcha, avec un hurlement de protestation et de rage.

Je repartis à quatre pattes en direction de la porte mais cette fois ce furent plusieurs mains qui m'empoignèrent par les jambes pour me tirer en arrière. Des ongles pointus s'enfoncèrent dans ma chair, à travers mon pantalon, tandis que je griffais le sol de mon côté à la recherche d'une prise pour me dégager.

Ils me plaquèrent sur le dos, et j'eus un bref aperçu de leurs visages au-dessus de moi. Ils avaient un teint livide, d'un gris cendreux dans la clarté lunaire, à l'exception des veines plus sombres qui se propageaient sur leurs joues et dans leurs cous. Leurs dents pointues et leurs lèvres humides et luisantes claquaient au-dessus de moi, leurs ongles griffus me déchiraient la peau et les vêtements.

L'une des créatures s'abattit sur moi et me planta ses crocs dans le biceps. J'attendis la souffrance fulgurante qui accompagnerait l'arrachement de ma chair et de mes muscles, mais elle ne vint pas. J'entendis un choc sourd, humide, et la créature, violemment tirée en arrière, me relâcha.

Les hurlements changèrent de ton, et mes agresseurs m'abandonnèrent au profit d'une autre proie. Je tentai de me traîner vers la cabane, mais mon bras mordu me faisait trop mal et je n'en eus pas la force.

Les monstres n'étaient plus qu'une mêlée bouillonnante d'ombres et de haillons, leur attention tournée vers quelque chose que je ne pouvais pas voir parmi la masse des corps. L'un d'eux vola dans ma direction, et je roulai sur le côté pour l'éviter. Il me manqua de quelques centimètres, en m'éclaboussant au passage d'un liquide tiède, avant de s'écraser dans la poussière et de ne plus bouger.

La silhouette indistincte au cœur de la mêlée faucha deux monstres avec un coup de pied circulaire, puis plongea vers moi. J'entraperçus une paire d'yeux blancs qui me fixaient dans le noir. Je hurlai, je ruai pour tenter de m'échapper. Mon pied toucha la cible avec un bruit sourd, et mon assaillant poussa un grognement de douleur, mais sans me lâcher.

– Syrli ! cria-t-il, en écartant un deuxième coup de pied. Syrli, c'est moi !

Les yeux n'étaient pas blancs – mais du bleu le plus pâle. Il m'attrapa la main et me mit sur mes pieds, avant de me repousser dans la cabane. Ce n'était guère plus qu'une cabane à outils, et tellement encombrée de gravats qu'il n'y avait pas assez de place pour nous deux. Oren fit volte-face, en me tournant le dos, pour affronter la meute qui se regroupait autour de nous.

La lune scintillait sur son couteau. Du sang gouttait de la lame. Je détournai les yeux. Je comptai trois monstres, peut-être quatre, disposés en demi-cercle devant la cabane. Mais bien sûr, je ne pouvais pas savoir combien d'autres étaient cachés dans l'obscurité, ni combien Oren avait déjà tués.

L'un des hommes-ombres se jeta sur lui avec un hurlement de rage, le repoussant contre moi. Je sentis des relents de sueur et de sang, et j'entendis claquer les mâchoires de la créature près de sa gorge. Le couteau d'Oren se releva, et la créature hurla de plus belle en basculant en arrière.

Oren et les monstres se confondaient dans un tourbillon d'ombre et de lumière, d'esquives et de coups. Je distinguais surtout le couteau, dont la lame miroitait sous la lune avec des reflets aveuglants.

Je vis d'autres corps mordre la poussière, sans pouvoir dire de qui il s'agissait. Puis il ne resta plus que deux personnes debout. Qui continuaient à se battre.

Le dernier monstre bondit sur Oren, passa sous sa lame et referma ses bras autour de sa gorge.

Je sortis en titubant de la cabane pour aller à son secours.

Mais Oren n'avait besoin de personne. Il fit rouler au sol son adversaire. Et alors que ce dernier se relevait sur les genoux, Oren passa dans son dos et lui saisit le menton avec sa main libre. Puis il modifia sa prise sur le couteau, de manière à le tenir dans l'autre sens.

Pendant un instant, la scène entière se figea, tout auréolée d'argent dans la clarté lunaire. Je vis palpiter la gorge du monstre, sillonnée de veines gris foncé. Je vis ses mains qui tentaient désespérément de desserrer l'étreinte d'Oren. Je vis ses yeux fous, anticipant ce qui allait venir. Je vis surtout Oren, transfiguré par la férocité, et ses yeux bleus qui brûlaient d'une flamme animale.

D'un geste ample, presque gracieux, Oren trancha la gorge de la créature en faisant gicler une cascade de sang noir sur son torse crasseux. Il laissa le corps glisser à ses pieds, où il s'agita quelques secondes en gargouillant avant de s'immobiliser.

Oren s'approcha de moi et me tendit calmement sa main sanglante, en me parlant gentiment à voix basse. Je me reculai tout au fond de la cabane, contre les gravats.

– Ne me touche pas ! m'écriai-je d'une voix rauque.

Il se tint là, pantelant, couvert de sang et baigné de lune, à me regarder. Puis il se détourna et s'accroupit auprès de chacun des corps. J'entendis le bruit que faisait son couteau tandis qu'il achevait ceux qui respiraient encore.

Il se frotta les mains dans la poussière avant de les essuyer sur son pantalon. Puis il procéda de même avec son couteau, qu'il rangea dans sa botte. Il fouilla méticuleusement chaque corps, mais je n'aurais pas su dire s'il découvrit quoi que ce soit dans leurs haillons. Je gardai les yeux obstinément fixés vers le carré de ciel que je distinguais depuis l'intérieur de la cabane.

Pour une fois, la voûte étoilée ne me faisait pas horreur.

Oren passa devant moi en boitillant. Des relents de sueur, de sang et de férocité flottaient dans l'air.

– On ne peut pas rester ici, dit-il d'une voix rude. Allez, viens.

***

Il me conduisit dans la montagne, en marchant lentement. Il n'essaya plus de me toucher, ni de m'aider, même si j'avais du mal à grimper avec mes jambes flageolantes et ma morsure au bras qui me faisait souffrir atrocement.

Le trajet me parut interminable, mais je crois que nous marchâmes moins d'une heure avant qu'Oren ne décide de faire une halte. Il n'alluma pas de feu ; il se contenta de m'indiquer une cavité rocheuse où je serais à l'abri du vent.

– Dors un peu, me conseilla-t-il. Je vais monter la garde.

Je n'avais plus prononcé un mot depuis notre départ, et ma gorge – nouée par la peur et la marche – se serrait un peu plus à chaque instant. Je me roulai en boule, les bras serrés autour des genoux. Je savais que je ne dormirais pas. J'avais le sentiment que je ne pourrais plus jamais dormir.

La lune avait disparu mais je distinguais encore la silhouette d'Oren. Il me tournait le dos, l'œil rivé sur la pente en contrebas. J'imaginai son visage impassible, son regard perçant.

N'avais-je pas souhaité cette férocité ?

À l'instant de sa victoire, défiguré par la violence, les traits blafards dans la nuit et la clarté lunaire, il aurait pu être le frère des monstres qui m'avaient attaquée. Cette image me hantait encore tandis que je l'observais, assis, immobile et silencieux.

Un monstre qui m'a cueilli des fleurs.

Je ne me souvenais pas d'avoir fermé les yeux ; je croyais l'avoir observé toute la nuit. Pourtant, je me réveillai au petit matin allongée sur le dos, les yeux cachés au creux du coude.

Oren n'était visible nulle part. Ça ne voulait pas dire qu'il était parti, je le savais à présent. Je sortis un bras de ma chemise pour examiner ma morsure.

J'avais très peu saigné. J'avais une trace de dents en demi-lune imprimée dans la peau. On distinguait la marque de chaque dent, en creux rougeâtre au milieu des ecchymoses.

Si Oren n'était pas venu à mon secours... Je me souvins avoir cru que ces dents allaient me lacérer, me mettre en pièces comme je les avais déjà vues faire. Je commençai à frissonner et m'efforçai d'effacer cette image tout en remettant ma chemise. Si Oren n'avait pas été là...

Un bourdonnement familier coupa court à la panique qui menaçait de s'emparer de moi. Familier, mais surtout irrégulier et défaillant. Je cherchai des yeux un reflet de cuivre, un mouvement, un signe du pixie qui puisse confirmer ce que j'entendais.

Quelque chose scintillait plus bas dans la pente. Je plissai les paupières dans le soleil du matin, en me protégeant les yeux avec la main. Une minuscule forme cuivrée s'élevait lentement le long de la colline, en voletant d'une pierre à l'autre, sans jamais rester en l'air bien longtemps.

Elle parvint à quelques mètres de moi et se laissa tomber, agitant les ailes de manière sporadique dans un cliquetis laborieux.

– Nixe ? murmurai-je en rampant vers lui sur les genoux.

– *J'ai essayé d'aller chercher du secours*, expliqua-t-il dans un grincement d'engrenages, au prix d'un effort qui paraissait phénoménal. *Je n'ai pas réussi à...*

– Je vais bien, le coupai-je. Les renforts sont arrivés à temps.

Je voulus toucher le pixie du bout des doigts, mais une douleur me traversa le bras, si soudaine et si violente que je laissai retomber ma main.

– Qu'est-ce qui t'arrive ?

Couché dans la poussière avec les pattes en l'air, le pixie n'allait clairement pas bien.

– *Vidé*, crachota-t-il. *Besoin de me recharger.*

– Comment vas-tu faire ? (J'essayai de calmer les battements affolés de mon cœur – avais-je peur de voir mourir la machine ? Je refoulai ce sentiment.) Il n'y a aucune poche d'énergie à proximité.

– *Renouvelable – source.*

J'eus l'impression de recevoir un seau d'eau froide sur la tête. Comment avais-je pu être aussi stupide ? Et moi qui me demandais comment le pixie parvenait à rester en charge pendant plusieurs jours loin des barrières magiques ! À quel point avait-il aggravé ma faiblesse, ma faim, en siphonnant mon énergie ? Pas étonnant qu'il ait tenu à voyager sur mon épaule, niché tout contre moi.

– *Désolé.*

J'aurais pu m'en aller, le laisser là. Sans mon énergie, le pixie serait mort. Il n'était manifestement pas en état de me suivre.

Et pourtant… il m'avait conduite à Oren, comme je le lui avais demandé, même si je ne savais pas ce que je lui demandais. Il m'avait trouvé du bois mort, avait cherché les chemins les plus faciles pour une personne à pied et m'avait donné toutes les informations en sa possession. Il m'avait sauvé la vie en ramenant Oren avant que je me noie dans le marais.

Je me redressai sur les genoux, tendis la main et caressai sa carapace du bout des doigts. Une minuscule secousse me parcourut la peau, qui n'était pas sans rappeler la décharge que je ressentais chaque fois qu'Oren me touchait. Le pixie frémit, battit des ailes, et ses engrenages cessèrent d'émettre cet horrible grincement.

– *Syrli ?*

– Si jamais tu me mens encore une fois, je t'écrase, promis-je au pixie en le prenant au creux de mes mains. C'est bien compris ?

– *Je n'ai pas menti, seulement...*

– Nixe !

– *C'est compris.*

Après quelques minutes en ma présence, le pixie se redressa et voleta sur mon épaule, où il s'installa en vrombissant et cliquetant joyeusement, pour faire sa toilette avec plus d'assiduité que jamais.

J'étais sur le point de lui demander où il était parti chercher de l'aide quand Oren réapparut.

Cette fois, il ne se donna pas la peine de faire les petits bruits par lesquels il m'annonçait sa présence dans la clairière. Il se contenta d'émerger en silence de derrière un rocher. Il laissa tomber à quelques pas de moi ce qu'il avait ramené, puis s'agenouilla pour en vérifier le contenu, en me montrant son profil.

Mon sac.

Il défit les ficelles, puis marqua une brève hésitation avant de fouiller dans les provisions.

– Qu'est-ce que tu fabriques ? demandai-je.

J'avais la voix enrouée par le sommeil. Je me raclai la gorge.

– Je fais l'inventaire. J'ai l'impression que tout est là.

Il jeta de côté deux paquets enveloppés dans des feuilles d'où suintait un jus pourpre, signe que les baies à l'intérieur avaient été écrasées.

– Et ça, c'est quoi ? demanda-t-il en brandissant l'oiseau de Basil.

Je m'avançai pour le lui arracher des mains, le cœur battant.

– N'y touche pas !

Il lâcha l'oiseau en papier sans protester, les yeux plissés. Il me regarda le serrer contre ma poitrine.

– Qu'est-ce que c'est ?

– Un cadeau, murmurai-je.

Si seulement Basil était là en ce moment. Peut-être que le monde me paraîtrait moins démentiel avec mon frère pour me l'expliquer.

– Un cadeau de chez moi.

Le silence se prolongea un long moment. Je levai la tête et vis qu'Oren continuait à me dévisager. Je crus voir une brève lueur de peine ou de colère dans son regard. Je cillai, et son regard retrouva sa froideur habituelle.

– Je vois, dit-il sèchement.

Il se remit à fouiller dans le sac à la recherche des fleurs qu'il m'avait données. Il les jeta par terre avec les baies écrasées, puis referma le sac, nouant le cordon d'un geste brusque.

Avant que je puisse protester, il se leva en foulant les baies et les fleurs sous ses bottes et lâcha le sac à mes pieds.

– Allons-y.

Il se détourna pour partir.

Je me levai à mon tour, les yeux sur mes fleurs piétinées. *Mon frère*, pensai-je. *C'était un cadeau de mon frère*. Oren n'était quand même pas furieux parce qu'il s'imaginait que j'aurais préféré me trouver chez moi, en ville ? Je lui emboîtai le pas en l'observant avec attention.

C'était à peine visible, mais il me sembla qu'il marchait plus lentement ce matin. Je me souvins de l'avoir vu boiter la nuit précédente.

– Tu es blessé ? demandai-je.

J'avais eu beau me racler la gorge, j'avais toujours la voix aussi enrouée. J'avais hurlé si fort en lui disant de ne pas me toucher que j'avais dû m'abîmer les cordes vocales.

Il s'avança au bord de la pente pour regarder en contrebas.

– Non.

– Mais...

– Il faut qu'on y aille, me coupa-t-il.

– On ?

J'éprouvai une bouffée d'espoir, ou peut-être de peur.

– Je ne peux pas te laisser seule une journée, répondit-il. (Je faillis sourire, mais il n'y avait aucun humour dans sa voix.) J'avais cru pouvoir...

Il s'interrompit en secouant la tête.

– On perd du temps, reprit-il. Si d'autres essaient de nous suivre, les corps les ralentiront un peu, mais pas longtemps.

– Les ralentiront... ? Ne me dis pas qu'ils enterrent leurs morts ?

Je le fixai sans comprendre, incrédule.

Oren se retourna et me jeta un coup d'œil avant de se remettre à grimper le long de la pente.

– Ce sont aussi des charognards, pas seulement des chasseurs, expliqua-t-il brièvement. Et après la nuit dernière, ils risquent d'avoir très, très faim.

Nous couvrîmes une bonne distance à travers les montagnes, autant que je puisse en juger, malgré les blessures qu'il était trop fier pour mentionner et ma morsure au bras. Je le regardais tout en marchant, sans faire trop attention où je mettais les pieds. J'aurais voulu lui dire que je lui étais reconnaissante d'être revenue me sauver, que la nuit précédente, j'étais épuisée et à moitié folle de peur, et que rien n'avait changé entre nous.

Mais chaque fois que j'ouvrais la bouche pour formuler les mots, je revoyais son visage transfiguré sous la lune, la sauvagerie avec laquelle il s'était battu, la grâce sinistre avec laquelle il avait égorgé son dernier adversaire. Et je gardais le silence, sachant que si j'avais parlé j'aurais menti.

Si imposantes et abruptes qu'aient pu me paraître les montagnes, vues de près elles n'étaient guère que de longues pentes raides. Même si la rivière que nous suivions y creusait un passage étroit, il nous fallait souvent grimper. Accablée de fatigue, je trébuchais et tombais régulièrement. Je ne savais pas combien de temps j'avais dormi la veille, mais sans doute pas plus de deux heures.

Pendant notre ascension, un bruit discret commença à se faire entendre, à la limite de ma perception. Je sentais une poche à proximité, un léger frémissement au fond de mon esprit, mais le son – grave, lointain et puissant – venait d'ailleurs. Nous approchions de sa source en remontant la rivière à travers la montagne. De temps à autre, j'avais un bref aperçu de la barrière au-dessus de nous, qui miroitait au soleil.

Le trajet me paraissait interminable, et mon bras me lançait de plus en plus. Au bout d'un moment, Oren finit par s'arrêter. Je faillis le percuter avant de m'en apercevoir. Il inclina la tête, en indiquant la direction d'où nous venions.

Je plissai les paupières sous le soleil de midi, sans rien remarquer de particulier. Comme s'il avait lu dans mes pensées, il se rapprocha de moi et pointa le doigt par-dessus mon épaule, son bras à quelques centimètres de mon visage. Je sentis les cheveux se dresser sur ma nuque – j'aurais été incapable de dire si c'était de la peur, ou autre chose. Il sentait l'herbe, l'eau fraîche et la sueur, une combinaison étonnamment agréable. J'essayai de me rappeler ce que sentait Kris et ne me souvins que de l'Institut, propre, stérile et inodore.

Puis je vis ce qu'il voulait me montrer – et soudain je ne me souciai plus de notre proximité. Plus bas dans la pente, à moins d'un quart d'heure de marche, deux ombres filaient de rocher en rocher. Elles avançaient l'une derrière l'autre, un peu comme Oren et moi.

J'attrapai machinalement un pli du T-shirt d'Oren.

– On a combien de temps ?

– Peut-être une demi-heure avant qu'ils nous rattrapent, répondit-il. Ça fait un moment qu'ils nous suivent.

– Tu le savais ? Pourquoi tu n'as rien dit ?

En guise de réponse, il me prit la main et me la montra. Elle tremblait de peur. Je la fixai en serrant les mâchoires.

– Ça ne t'aurait pas fait marcher plus vite. Ça t'aurait ralentie, plutôt. On est presque arrivés, ne t'inquiète pas.

Je jetai un coup d'œil par-dessus mon épaule, mais cette fois les hommes-ombres avaient disparu derrière une barre rocheuse. Je les sentais toujours à nos trousses cependant, et un frisson de peur me parcourut l'échine.

– Comment peux-tu rester aussi calme ?

– On sera en sécurité après les chutes. Elles ne sont plus qu'à quelques minutes de marche.

Il se remit à grimper entre les rochers.

Les chutes ?

La décharge d'adrénaline provoquée par la vue des hommes-ombres à nos trousses m'avait coupé les jambes, et même si je le gardai pour moi, je sus qu'Oren avait bien fait de ne pas me prévenir que nous étions poursuivis.

Des marches étaient taillées à flanc de montagne, usées par les intempéries, et parfois lisses au point de rendre l'ascension difficile. On voyait également des trous forés dans la roche, à intervalles réguliers, le long du sentier. L'endroit avait sans doute été très fréquenté autrefois, pour le tourisme, le sport ou une autre raison qui m'échappait ; hélas, la rambarde qui devait s'insérer autrefois dans ces trous avait disparu. La fatigue et la peur me faisaient trembler comme une feuille, même si je n'avais pas revu les hommes-ombres.

Oren, à ce moment-là, avait pris une certaine avance. Il ne chercha pas à m'aider ; il regardait droit devant lui, en économisant son souffle. Même s'il montait avec beaucoup plus de facilité que moi, je crus percevoir dans sa marche une hésitation, une circonspection qui retint mon attention. Il n'avançait plus avec le même relâchement que dans la forêt.

Les marches débouchèrent sur un plateau, et en posant le pied dessus, je vis la barrière devant moi. Le dôme disparaissait presque entièrement dans la roche. Devant s'étalait un lac si clair que les nuages se reflétaient à la surface. Et au-dessus de la barrière, une cascade immense tombait d'un pic en surplomb, noyé dans la brume. À l'endroit où l'eau frappait le dôme, elle se fragmentait en coulant à travers mais diffusait aussi une fine brume dans toutes les directions. Le soleil dansait entre les gouttelettes en dessinant des arcs-en-ciel chatoyants.

Les chutes. Un bref instant, j'en oubliai nos poursuivants.

Oren fit le tour du lac. J'hésitai à le suivre, et ce fut seulement quand il atteignit la barrière qu'il s'arrêta pour se retourner vers moi.

– Qu'est-ce qui les empêchera de nous suivre de l'autre côté ? demandai-je.

– Oh, ils vont nous suivre, répondit-il.

– Hein ? Tu avais dit qu'on serait en sécurité !

– On le sera, dit-il. Je ne peux pas t'expliquer. Ce… c'est comme ça.

– Ce n'est pas le moment d'avoir une de tes absences…

– Syrli ! Tu n'as pas confiance en moi ?

Mon souffle s'accéléra tandis que je détaillai le sang séché sur son visage et sur ses mains, ses cheveux sales, ses yeux perçants. Je revis mentalement l'éclair d'un reflet de lune sur sa lame trempée de sang.

– Non, murmurai-je.

Ses lèvres s'incurvèrent, et mon cœur se mit à cogner dans ma poitrine.

– Bien.

Il traversa la barrière et son voile d'eau scintillante.

23

Je ne m'attardai qu'un instant. Nixe me bourdonnait à l'oreille avec insistance pour me rappeler que les hommes-ombres nous suivaient de près. Protégeant la machine avec ma main, je m'engouffrai sous la cascade.

Une sensation de chaleur m'enveloppa. À l'intérieur, la surface de l'eau prenait une coloration bleu-violet fabuleuse, qui reflétait l'intérieur du dôme. Autour du lac poussait une végétation verdoyante, de grandes fougères et des plaques de mousse. Alors qu'à l'extérieur les feuilles étaient en train de jaunir et de brunir, ici tout était vif et luxuriant.

Je vis Oren qui se déshabillait au bord du lac. Il retira son T-shirt avec délicatesse. J'entrevis de larges ecchymoses sur ses épaules.

– Qu'est-ce que tu fabriques ? demandai-je en lui tournant le dos. Ils ne risquent pas d'arriver d'une minute à l'autre ?

– Ils vont hésiter un moment avant d'entrer, m'assura Oren. Ils ont peur des barrières. Ça ne les arrête pas s'ils savent qu'il y a de la nourriture à l'intérieur, mais ça les ralentit.

J'entendis un gros *floc* dans mon dos et me retournai sans réfléchir. Je ne vis que des ronds à la surface de l'eau, centrés sur le point où Oren venait de plonger. Un instant plus tard, sa tête réapparut un peu plus loin. Il s'aspergea le visage et entreprit de se débarbouiller.

– Eh bien ? dit-il, rejetant en arrière ses cheveux mouillés. C'est un lac d'été. L'eau est bonne toute l'année. Tu viens ?

L'absurdité de la situation, de ce garçon qui m'invitait à piquer une tête dans un lac alors que deux monstres cannibales allaient surgir d'un moment à l'autre, me laissa d'abord pantoise. Je finis par bredouiller :

– Je… je ne sais pas nager.

Oren haussa les épaules, puis s'enfonça sous la surface.

Je m'avançai au bord du lac pendant qu'il s'ébattait dans l'eau et se lavait. Quand je me penchai sur mon reflet, je ne me reconnus pas tout de suite. J'avais les cheveux en pagaille, si sales qu'ils avaient l'air bruns au lieu de châtains ; les joues creuses ; la peau maculée de sang. Je me souvins de la giclée tiède que j'avais reçue dans la figure au cours du combat, et je m'empressai de me débarbouiller moi aussi. J'avais le même air sauvage et belliqueux qu'Oren.

Ôtant mes chaussures, j'enroulai les jambes de mon pantalon et m'avançai dans le lac. Mes pieds douloureux, toujours pas habitués à la marche malgré les deux semaines qui venaient de s'écouler, se détendirent dans l'eau fraîche.

Pendant un moment, j'oubliai où je me trouvais. Puis j'entendis une voix derrière moi.

– Maman, dit la voix, petite et flûtée.

Je me retournai vivement dans une gerbe d'éclaboussures.

Je découvris une femme avec son enfant, qui ne devait pas avoir plus de cinq ou six ans. J'aurais été bien en peine de donner un âge à la mère avec son visage strié de crasse et buriné. Toutes les deux étaient en haillons, échevelées, avec les ongles noirs et cassés. L'une et l'autre semblaient parfaitement humaines, cependant.

– Maman, répéta l'enfant, cachée derrière les jambes de sa mère. Regar'e le qu'en-ciel.

Je ne comprenais qu'à moitié ce qu'elle marmonnait.

La femme l'ignora ; elle jetait des regards circulaires avec une expression confuse, les yeux écarquillés. Sa fille – on aurait dit une fille, mais je n'en étais pas certaine – tira sur sa manche.

Je les fixai l'une et l'autre, trop abasourdie pour parler. Derrière moi, Oren remonta à la surface. Je lui jetai un bref coup d'œil, le temps d'entrevoir son corps nu et musclé, avec une vilaine plaie à la cuisse, avant de reporter mon attention devant moi. Le grondement des chutes, quelque peu assourdi même si l'eau traversait le dôme, couvrit les bruits qu'il fit en se rhabillant.

C'est à peine si la femme nous accorda un regard. Elle contemplait l'eau en serrant de près son enfant, les phalanges blanchies. L'enfant se tortillait avec des petits grognements de protestation.

– Vous allez bien ? demandai-je en me raclant la gorge.

La femme se tourna vers moi, le regard si intense, si désespéré que je reculai d'un pas. Ses yeux brûlaient d'une flamme sauvage qui me rappelait Oren. Peut-être que tous les gens qui vivaient à l'extérieur développaient le même désespoir bestial. Peut-être le développerais-je moi aussi.

– Besoin… commença-t-elle en humectant ses lèvres gercées. Faim, dit-elle. À manger pour la petite.

Je reculai encore, et m'aperçus qu'Oren était venu se placer dans mon dos sans un mot. Je le regardai brièvement et vis qu'il tenait son couteau à la main.

– Qu'est-ce qui te prend ? sifflai-je, en lui posant une main sur l'épaule.

Même à travers son T-shirt élimé, je ressentis ce picotement électrique qui passait toujours entre nous à chaque contact. Atténuée par le tissu, la sensation me parut moins déplaisante.

– Ne leur parle pas, dit-il, sans quitter des yeux la mère et l'enfant.

– Elles ont faim ! protestai-je. Elles ont l'air perdues. On peut sûrement leur donner un peu de…

– Rien du tout.

Il se déroba sous ma main et me contourna lentement pour venir s'intercaler entre moi et elles.

– Tenez-vous tranquilles, gronda-t-il, en détachant chaque syllabe comme s'il s'adressait à des enfants. On n'a rien pour vous.

La mère le dévisagea avec des yeux fous, où se lisaient autant la confusion que la peur. Oren attendit un moment puis s'avança prudemment vers elles. Ce fut seulement en le voyant inverser sa prise sur son couteau, pour le tenir lame vers le bas – je l'avais déjà vu l'empoigner comme ça – que je compris ses intentions.

– Oren ! m'écriai-je. Non !

Il s'arrêta. Ses muscles tendus trahissaient son irritation. Sans les quitter des yeux, il me dit :

– Ce sont des monstres, Syrli.

L'enfant sortit la tête de derrière sa mère pour nous regarder avec de grands yeux, Oren et moi. La mère se tordait les mains et marmonnait, trop bas pour que je puisse comprendre. Leur peau, sous la crasse, était lisse et rose, et leurs yeux marron foncé. Elles se tenaient bien droit, ne marchaient pas pliées en deux. Et leurs dents, pour ce que j'en voyais, n'étaient pas plus pointues et menaçantes que les miennes.

– Ce sont des gens ! sifflai-je. Comment peux-tu…

– Ici peut-être, m'interrompit calmement Oren. (La mère et l'enfant ne donnaient aucun signe de nous entendre, et encore moins de nous comprendre.) Tu dis toujours que ces endroits sont magiques – eh bien, à l'intérieur, elles se transforment. Elles redeviennent l'ombre de ce qu'elles étaient autrefois. Des ombres confuses, stupides. Mais ne te fais pas d'illusions, à la seconde où elles remettront le pied dehors, elles redeviendront des monstres et te traqueront jusqu'à la mort.

Je le voyais serrer le manche de son couteau, lâchant chaque mot entre ses dents.

Je ramenai les yeux sur la fillette. Sur sa bouche. Je l'avais d'abord cru barbouillée de boue, mais en y regardant de plus près, je me rendis compte que les souillures qu'elle avait au coin des lèvres et sur le menton étaient d'un brun rougeâtre familier…

Je fermai les yeux, prise de nausées.

– Pourquoi ?

– *C'est la conséquence du vide magique*, répondit Nixe, en remuant sur mon épaule. (C'était la première fois que je l'entendais s'exprimer en présence d'Oren.) *Il paraît logique que dans une poche de magie, elles retrouvent leur forme première, même si ce n'est que temporaire.*

– Alors… alors ces créatures que tu as tuées la nuit dernière, bredouillai-je en fixant la nuque d'Oren, c'étaient des gens aussi ? Il aurait suffi d'un peu de magie pour les guérir ?

Oren secoua la tête.

– Elles ne sont pas guéries. Ce sont toujours des monstres. Celle-là, dit-il en indiquant la fillette avec la pointe de son couteau, te tuerait sans sourciller si vous étiez dehors. Et elle reviendrait ici sans le moindre souvenir de ce qu'elle aurait commis. La magie ne fait que les neutraliser pour un temps.

– Il n'est pas question que tu les tues, dis-je en serrant les dents.

– Mais…

– Non !

Oren demeura d'abord silencieux, puis me fit face, quittant des yeux les deux créatures.

– Si on les laisse vivre, on les aura sur le dos dès qu'on repartira. (Il avait l'air si las, tout à coup, que je dus me retenir de le prendre dans mes bras.) Avec un peu de chance, elles resteront là une journée, mais elles finiront bien par ressortir, et tu peux être sûre qu'elles reprendront leur traque. En plus, elles se déplacent deux fois plus vite que nous et n'ont pas besoin de se reposer.

– Ce n'est qu'une mère avec son enfant, Oren, dis-je, bien décidée à camper sur mes positions.

Il me dévisagea longuement. Ses yeux pâles étaient si vides que je n'avais aucun espoir d'y lire le fond de sa pensée. En guise de réponse, il me tourna le dos et s'adressa à la femme.

– Vous deux, lui dit-il en pointant son couteau, allez vous mettre là-bas. Si je vous vois vous approcher, je vous tue. Et si vous partez, je vous tue. Compris ?

La femme le fixa, hocha la tête et partit vers le coin qu'il lui avait indiqué en serrant son enfant contre ses jambes.

Oren retourna vers son sac. Le cœur battant, je regardai s'éloigner la mère et l'enfant puis rejoignis Oren. Il déballait des provisions pour le dîner, bien qu'on soit à peine au milieu de l'après-midi. Ses gestes étaient brusques et saccadés.

J'aurais voulu rompre le silence, mais ne trouvai rien à dire que je n'avais déjà dit.

– J'ai vécu seul ici pendant des années, murmura-t-il enfin, d'un air tendu. C'est comme ça qu'on fait. C'est comme ça qu'on survit.

Il y avait dans sa voix une âpreté qui me faisait plus mal que sa colère.

– Je sais, reconnus-je, le regard perdu sur la surface du lac. Je suis désolée.

J'entendis un crissement métallique ; il avait dû ficher son couteau dans le sol, comme je l'avais si souvent vu faire. Mais cette fois, je perçus dans ce bruit une frustration indéniable.

– Tu ne peux pas débarquer de nulle part, à moitié morte de faim, en ne connaissant rien à rien, et m'accuser d'être une espèce de monstre.

– Je n'ai pas dit ça, protestai-je d'une voix tremblante. Pas du tout.

– Si, tu l'as dit.

Un grincement de sable, de terre et de cailloux m'indiqua qu'il s'était relevé.

– Tu as de quoi manger. Attends-moi là et essaie de ne pas te noyer pendant mon absence.

Le temps que je me retourne, il était déjà à mi-chemin de la barrière, qu'il franchit sans ajouter un mot. Il m'avait laissé son couteau, dans le sable, à moins d'un mètre de moi. J'aurais voulu lui courir après et lui rendre son arme – il en aurait sûrement plus besoin que moi, dehors.

Mais au fond, les monstres n'étaient pas dehors, n'est-ce pas ? Ils étaient à l'intérieur. Ici. Avec moi.

La mère et son enfant étaient assises à bonne distance au bord du lac, dans les bras l'une de l'autre. Des bribes de mélodie me parvinrent par-dessus le grondement des chutes. La femme fredonnait une chanson.

– *Il a l'air drôlement fâché*, dit Nixe sur un ton sarcastique.

Sa voix sèche interrompit ma contemplation.

– Je l'ai vexé, dis-je en me passant la main sur les yeux. Et je ne sais même pas pourquoi. Il a toujours essayé de m'aider.

– *En se comportant comme un meurtrier*, me rappela le pixie.

Il s'envola de mon épaule et s'éloigna au-dessus du lac, au ras de l'eau.

Ce mot me donna le vertige, me donna envie de m'échapper loin de tout ça. Oren n'était pas un meurtrier, il essayait de survivre. De me protéger. Nous n'avions plus eu un seul meurtre dans la ville depuis l'érection du Mur voilà plus d'un siècle – assassiner un citoyen, ç'aurait été briser une pièce de la machine. Nous nuire à nous-mêmes.

Mais en ce qui concernait Oren, tout seul dehors, avait-il seulement le choix ?

– Je ferais mieux de le rattraper.

Même à mes propres oreilles, cette déclaration manquait de conviction. Je ne tenais pas vraiment à m'aventurer seule dans le monde extérieur où les hommes-ombres retrouvaient leur vraie forme.

– *Non, laisse-le tranquille pour l'instant. Repose-toi, mange un peu.* (Nixe se posa sur un rocher et inclina la tête vers moi.) *C'est un garçon très émotif.*

Cela me fit rire.

– C'est la personne la moins émotive que je connaisse. Même toi, tu manifestes plus d'émotions que lui.

Nixe se frotta l'œil avec une patte, fermant brièvement le globe azuré. Cela ressemblait tellement à un clin d'œil que je contemplai le pixie avec stupéfaction.

– *Si tu le dis.*

Je décidai de suivre le conseil du pixie et piochai sans appétit dans les provisions qu'Oren m'avait sorties. Je commençais à me lasser des noix et des racines. Mais je me souvins que, quelques jours plus tôt, j'étais sur le point de mourir de faim, et je me forçai à manger.

Les rochers étaient tièdes près de la cascade, comme s'ils étaient chauffés par le soleil, et je m'allongeai là en laissant mes doigts traîner dans l'eau. Bercée par le bruit des chutes, je me laissai rattraper par ma nuit sans sommeil ou presque, et m'assoupis.

À mon réveil il faisait encore jour, même si la lumière avait beaucoup décliné. Soit le soleil était passé derrière les montagnes, soit le ciel s'était couvert. Je jetai un coup d'œil autour de moi, espérant qu'Oren était revenu – au lieu de quoi, je vis une autre personne, debout, qui me regardait.

Je me redressai brusquement et me plaquai en arrière contre les rochers. La femme me dévisageait fixement, les bras ballants, les yeux vides. Elle se tenait entre le couteau et moi.

– Tu as vu ma petite ? murmura-t-elle entre ses lèvres d'une voix chuintante.

– Quoi ?

– Elle était juste là. Ma petite. Elle avait tellement faim. Tu ne l'as pas vue ?

L'enfant était partie. Je posai les yeux sur le couteau, qu'Oren m'avait laissé. En avait-il un autre caché sur lui ?

Le doute m'envahit. J'imaginai déjà une petite ombre noire en train de ramper derrière Oren, lequel marchait le long de la pente d'un pas rageur, sans s'apercevoir de rien, trop préoccupé par le fardeau insupportable que je représentais.

Je repoussai la femme, arrachai le couteau et pivotai pour le pointer vers elle.

– Toi, retourne t'asseoir là-bas. *Tout de suite !*

Elle me regarda sans comprendre. Je me souvins du ton qu'avait pris Oren et fis de mon mieux pour l'imiter.

– Reste là-bas et ne bouge pas, sinon je… je te tue.

La femme s'éloigna en murmurant quelque chose à propos de sa petite, retournant à l'endroit où elle s'était assise avec l'enfant. Je courus jusqu'à la barrière.

Le soleil avait disparu derrière les crêtes quand je ressortis dans le monde extérieur. Je regardai autour de moi sans prêter attention au froid, en essayant de voir par où Oren était parti. Avec la falaise à proximité, il n'avait eu que deux options – le chemin par lequel nous étions venus, ou la direction opposée, à flanc de montagne. Je cherchai des traces mais les seules que je trouvai étaient celles que nous avions laissées en arrivant à la poche de magie.

Je fermai les yeux. *Tout est possible*, avait dit le pixie. J'avais réussi à sentir les hommes-ombres la nuit où ils m'avaient attaquée. Je m'efforçai de calmer les battements de mon cœur, de percevoir le moindre frémissement qui m'indiquerait où aller.

S'il te plaît, me dis-je désespérément.

J'entendis un bruit au loin. Pas grand-chose, quelques cailloux qui se décrochaient – mais dans un monde où les créatures étaient si rares, je ne pouvais pas ignorer ce signal.

Je partis en direction du bruit, tâchant de ne pas réfléchir à ce que je ferais si je tombais sur la fillette avant de retrouver Oren.

Le sentier que je suivais était étroit et le crépuscule le rendait dangereux. À ma gauche s'ouvrait un vide vertigineux, où la montagne descendait à pic pendant une bonne trentaine de mètres. Je gardais une main sur la paroi rocheuse à ma droite, les yeux baissés sur mes chaussures, et j'avançais prudemment.

Je crus plusieurs fois entendre d'autres bruits, mais sans être tout à fait sûre que mes oreilles n'étaient pas en train de me jouer un tour.

Je marchais depuis un quart d'heure environ quand j'entendis quelque chose qui n'était pas le fruit de mon imagination. Un cri sourd, un choc mou contre la pierre, et puis – si proche que le sang se figea dans mes veines – un petit hurlement triomphal.

J'abandonnai toute prudence et fonçai à corps perdu le long de la corniche, en faisant rouler des pierres sous mes semelles. Je contournai un pan de rocher et faillis glisser dans le vide en découvrant la scène qui se jouait devant moi.

Oren était couché face contre terre ; une ombre se tenait accroupie sur son dos, lacérant ses vêtements. Il était encore vivant – je le voyais remuer faiblement.

Je m'élançai en criant. Je me jetai sur la créature, le couteau à la main, et l'entaillai avec la lame. Le sang gicla sur la pierre ; la fillette-ombre poussa un hurlement de rage, roula sur le côté et bascula dans le vide. Elle se cramponna désespérément à Oren, en lui plantant ses ongles dans le bras, et faillit l'entraîner avec elle. Je lâchai le couteau et plongeai sur Oren. Je rassemblai toute l'énergie que j'avais en moi et la projetai autour de nous. Il y eut un craquement sonore, et la violence du choc nous rejeta en arrière, Oren et moi ; il me retomba dessus en me coupant le souffle. La fillette avait lâché prise. Dans sa chute, je vis son visage passer un bref instant de l'ombre à la lumière.

La magie les guérit. Même si ce n'est que temporaire.

Le hurlement de la fillette résonna contre la falaise, de plus en plus lointain – puis s'interrompit brutalement.

Je restai allongée là, écrasée par Oren. J'aurais voulu lui prendre son pouls mais mes bras refusaient de bouger, paralysés par la terreur. J'entendais ma magie bourdonner autour de nous. Je la voyais scintiller faiblement au-dessus de ma tête, comme une barrière de protection.

Quand je l'entendis enfin gémir, je grommelai quelque chose et il roula sur le dos pour me libérer. Nous restâmes étendus sur la corniche le temps de reprendre notre souffle.

– Je croyais t'avoir dit de te reposer, bougonna-t-il en se redressant sur un coude pour me regarder.

Un petit rire nerveux m'échappa. Oren tendit la main, me frôla la joue du bout des doigts, puis soudain le contrecoup de la magie que j'avais déployée me frappa de plein fouet et tout devint noir.

***

Quand je repris connaissance, j'étais de retour aux chutes. Il faisait encore jour, ce qui m'apprit que je n'avais pas dû m'évanouir bien longtemps.

Les provisions étaient éparpillées autour de nous, certains paquets déchirés, et on ne voyait aucune trace de la mère – ni de Nixe. Oren était accroupi devant moi, une main en appui sur le sol et l'autre occupée à fouiller dans mon sac. Il me tournait le dos.

– Qu'est-ce qu'elle nous a laissé ? croassai-je.

Oren me jeta un coup d'œil.

– Pratiquement tout, dit-il. Je ne crois pas qu'elle considère les noix et les baies comme de la nourriture.

– Ça va, ta tête ?

Le coup qu'il avait reçu à la tête n'avait pas l'air trop grave.

– Je vais bien, m'assura-t-il en s'approchant.

On voyait une petite entaille dans son cuir chevelu, mais elle ne saignait déjà plus. Il me regarda. Ses yeux étaient toujours aussi clairs et mystérieux dans le crépuscule.

– Ça n'a pas l'air trop méchant, dis-je avec un raclement de gorge, détournant les yeux tout en m'efforçant de me lever.

– Mes parents auraient pu faire pareil.

Oren continuait à m'observer, sans faire le moindre geste pour m'aider.

– Quoi donc ?

– Ce que tu as fait là-bas. Renverser la noiraude sans la toucher. Mes parents aussi savaient faire ça.

– Tes parents étaient des Renouvelables. (Je le regardai droit dans les yeux, en tâchant d'ignorer le martèlement de mon cœur. Il y avait bel et bien d'autres gens comme moi.) Est-ce que… est-ce qu'ils venaient du bois de Fer ?

Oren se renfrogna et secoua la tête.

– Non. C'est un endroit mauvais. Ils venaient de…

Il s'interrompit ; son expression s'adoucit, cédant la place à l'incertitude et à un regard confus.

– Je ne sais pas, acheva-t-il. J'étais très jeune. En tout cas, ils savaient faire ça.

– Et toi non ?

Il secoua la tête.

– Je me souviens qu'ils ont essayé de m'apprendre. Mais j'en suis incapable.

– Peut-être que si tu réessayais maintenant…

Il me coupa en secouant la tête encore une fois, calmement.

– Je ne suis pas comme toi, Syrli.

Avant que le silence ne devienne trop pesant, Nixe émergea de la barrière en vrombissant.

– *Je l'ai écartée des provisions*, annonça-t-il. *J'ai essayé de l'empêcher de quitter la barrière.*

Il y avait une note d'excuse dans sa voix.

– Tu as bien fait, le complimenta Oren sans lever la tête.

À ma connaissance, c'était la première fois qu'il adressait la parole au pixie.

Derrière le grondement des chutes, il me sembla entendre le hurlement de la fillette quand elle était tombée dans le vide. Malgré la douceur de l'air, j'avais encore plus froid qu'avant qu'Oren m'apprenne à faire un feu. Je posai le front sur mes genoux et croisai les bras autour en frissonnant.

– Et toi aussi, ajouta Oren à voix basse.

Je tournai la tête pour l'observer du coin de l'œil. Il me dévisageait toujours.

– Ce n'était qu'une gamine, murmurai-je, les yeux brûlants, la gorge sèche. Et je l'ai tuée.

– Tu n'avais pas le choix, dit Oren. C'est ça, survivre !

– Peut-être que ça ne vaut pas la peine de survivre, à ce prix-là.

Je fermai les yeux et enfonçai le visage entre mes genoux. Je me sentais prise de vertige, emportée par la fatigue, et j'avais beau lui ordonner d'arrêter, le monde tournoyait de plus en plus vite autour de moi.

Une main me toucha les cheveux. Pour une fois, le contact d'Oren ne fut pas une agression pour mes sens ; la décharge descendit le long de ma colonne vertébrale et vint se loger au creux de mon ventre avec un picotement léger.

– C'est toujours comme ça ? demanda-t-il. (Il était assez près pour que je perçoive la vibration de son souffle.) Quand tu as recours à la magie ?

J'aurais volontiers secoué la tête, mais j'avais peur qu'il prenne ça pour une invitation à retirer sa main.

– C'est de pire en pire, dis-je.

Et même si je n'avais pas osé me l'avouer toute seule, je compris en le disant que c'était vrai.

– J'ai de plus en plus de mal à récupérer à chaque fois.

Il me caressa les cheveux, très doucement.

– Tu n'avais pas le choix, répéta-t-il. Je suis content que tu sois intervenue.

– Tu ne te serais pas fait surprendre dehors si je ne t'avais pas mis en colère, lui fis-je remarquer.

Il ôta sa main, et je me mordis la lèvre. Pourquoi avais-je dit ça ? La sensation de manque maintenant qu'il ne me touchait plus faillit me couper le souffle.

– Tu es quand même sortie me chercher.

Quelque chose avait changé dans sa voix, qui me fit lever la tête. Il me fixait toujours ; comment avais-je pu avoir peur de ces yeux ? Il y avait de la jeunesse dans son regard, une jeunesse qui me rappelait qu'il avait un ou deux ans de plus que moi tout au plus. En cet instant, on y voyait également autre chose que je n'identifiai pas – et qui ressemblait à de la peur.

– Je vais te conduire au bois de Fer, me dit-il.

24

Depuis le lac d'été, nous n'eûmes à grimper qu'une courte distance avant que le chemin ne commence à redescendre de l'autre côté de la montagne. Malgré cela, la blessure à la tête d'Oren et mon état de faiblesse nous ralentirent. Il multipliait les haltes, et me faisait presque avaler de force les rations que la femme nous avait laissées. J'avais commis l'erreur de lui avouer que ma récupération magique était liée à la nourriture. Je savais que nous n'avions pas beaucoup de provisions et que nous aurions dû les conserver, mais chaque fois que je le lui faisais observer, Oren prenait une expression impénétrable, et je capitulais.

Nous nous assîmes sur une corniche pour goûter en milieu d'après-midi, nos jambes se balançant au-dessus du vide. Devant nous s'étendait une plaine immense, sillonnée de rivières et ponctuée de forêts aux feuilles orange, rouge et or. Ici et là, des décombres rappelaient les fermes, les granges et les silos d'autrefois parmi d'anciens champs désormais envahis par les arbres et la mauvaise herbe.

– C'est là, déclara Oren quand nous eûmes terminé.

Moi qui étais en train de me lécher les doigts, poissés de jus de baies, je m'arrêtai net.

– Qu'est-ce qui est là ?

– Le bois de Fer.

J'eus beau écarquiller les yeux, je ne vis rien qui sortait de l'ordinaire. Oren dut sentir ma perplexité car il indiqua la vallée d'un coup de menton.

– Tu vois là-bas, tout au fond ?

Il se pencha vers moi, en s'appuyant sur un bras posé dans mon dos, et tendit l'autre par-dessus mon épaule pour pointer la direction. La chaleur de son corps, qui me protégeait de la brise glaciale, me donnait des picotements. Comme chaque fois qu'il se rapprochait, je n'aurais pas su dire si c'était la peur qui me coupait le souffle, ou autre chose.

Je m'obligeai à me concentrer sur ce qu'il me disait.

– Tu vois cette rivière, là, qui serpente ?... Suis-la jusqu'à l'horizon.

– Je vois une forêt, dis-je, hyper consciente de la proximité de son visage juste à côté du mien.

– Tu vois le gris, au centre ? Juste sous l'horizon.

On aurait dit qu'une maladie s'était abattue sur une partie de la forêt, faisant mourir les arbres en leur donnant une couleur gris cendré.

– C'est ça ? murmurai-je.

Oren laissa retomber sa main.

– C'est ça, dit-il, toujours en appui sur son bras dans mon dos.

– Pourquoi en as-tu si peur ? demandai-je, osant à peine respirer de peur qu'il ne s'écarte, qu'il n'esquive la question une fois de plus.

Il resta près de moi, le regard perdu dans le lointain.

– Toute ma vie, cet endroit a représenté la mort. Ce n'est pas le genre de chose qu'on surmonte facilement. Et toi, pourquoi tiens-tu tellement à y aller ?

– Une femme m'a dit un jour que j'y trouverais d'autres personnes comme moi. Comme tes parents. Tout ce que je voulais, c'était trouver ma place – et dans ma ville, ça m'aurait condamnée à une vie d'esclavage et de souffrance. Alors, je me suis enfuie. Le bois de Fer… c'est ma chance de pouvoir vivre une vie normale.

Oren demeura silencieux. Il détourna légèrement la tête, tout en m'observant du coin de l'œil.

– Je ne sais pas s'il existe vraiment une vie normale. Pas au sens où tu l'entends, dit-il. La vie normale, c'est ça, pour moi. Enfin, jusqu'à ce que tu débarques en tout cas.

– Désolée d'avoir tout gâché.

– Je n'ai pas dit que ça me dérangeait.

Je lui lançai un coup d'œil, découvris qu'il m'observait, et m'empressai de baisser les yeux. J'avais de plus en plus de mal à soutenir son regard, dans lequel la férocité se mêlait à une douceur nouvelle qui me mettait mal à l'aise.

Il se redressa et s'écarta de moi ; un courant d'air froid me saisit, et je frissonnai.

– Allons-y, dit-il. On devrait y arriver en quelques jours si on ne traîne pas.

Il se leva en époussetant son pantalon.

Nous descendîmes au pied de la montagne et nous nous engageâmes dans la plaine, en longeant la rivière qu'il m'avait indiquée. Au contraire du torrent écumant que nous avions remonté de l'autre côté, la rivière était lente et paresseuse, large traînée brune qui s'enfonçait à travers champs. Nous perdîmes de vue le bois de Fer en nous en approchant. Depuis la plaine, la concentration d'arbres morts était cachée par la forêt vigoureuse qui poussait autour. Mais nous ne pensions plus qu'à ça.

Oren devenait de plus en plus agité, toujours à vérifier et revérifier notre chemin, à effacer nos traces avec une détermination qui confinait à l'obsession. Le soir, il allumait des feux minuscules qui ne nous réchauffaient guère, et pour autant que je puisse en juger, il ne dormait pas beaucoup, sauf quand il piquait du nez en montant la garde. Je me réveillais la nuit, hantée par des images de visages gris et d'yeux blancs, et je le cherchais du regard pour le découvrir debout à quelques pas, en train de me fixer. Oren ne disait rien ; il me regardait le temps de s'assurer que j'étais sortie de mon cauchemar, puis se remettait à scruter les environs.

Je pensais qu'il se détendrait un peu en atteignant la forêt, quand nous pûmes enfin nous mettre à couvert. Mais son état empira, au contraire. Il ne dormait pratiquement plus et dressait l'oreille au moindre bruit.

Je commençai à me sentir nerveuse à mon tour, quoique pour d'autres raisons. Je m'attendais à percevoir un bourdonnement de magie en approchant du but. Je me disais qu'une ville ou une communauté de Renouvelables devait s'entendre de loin. Au lieu de quoi, un calme étrange semblait régner autour de moi, comme si un bruit de fond dont je n'avais pas pris conscience jusque-là venait de disparaître sans crier gare. Ce silence résonnait dans ma tête. Nixe se nichait de plus en plus souvent au creux de mon cou. Je le sentais pomper mon énergie, lentement, régulièrement. En dépit du silence, le nœud que j'avais dans les entrailles se dénouait un peu plus à chaque foulée. Enfin, j'allais rencontrer d'autres gens comme moi. Enfin, j'allais trouver ma place parmi les miens. Avec un pincement au cœur, je m'aperçus que ce sentiment d'appartenance me manquait davantage que ma propre famille – je ne m'étais jamais rendu compte que, malgré tout ce qu'on pouvait dire de moi, je faisais quand même partie d'un tout.

Au soir du troisième jour, nous arrivâmes devant le bois de Fer.

Oren, qui marchait devant, se figea – signe qu'il avait vu quelque chose. Il ne s'arrêtait jamais sauf pour manger, et nos haltes étaient réglées comme une horloge. Or la pause du goûter était passée, et il était trop tôt pour dresser le camp. Il s'était arrêté à la lisière du bois de Fer, à moins d'un pas des premiers arbres morts. Ceux-ci se dressaient comme des répliques d'arbres authentiques, entièrement grises jusque dans les moindres détails de l'écorce. On voyait même des fleurs couleur de cendre dans leur feuillage. Nixe se percha sur une branche haute, tout aussi fasciné que moi.

Je m'avançai à côté d'Oren pour contempler ce spectacle avec des yeux ébahis.

– C'est vraiment du fer, murmurai-je, en voyant la lumière qui filtrait de la voûte végétale luire doucement sur le métal.

Oren ne dit rien. En le regardant, je vis qu'il avait la mâchoire tellement crispée que ses muscles saillaient comme des cordes. Il était tendu comme un arc, et ses yeux bleus n'avaient plus rien de féroce mais paraissaient remplis de crainte.

– Viens, lui dis-je avec douceur. Tu as réussi à venir jusque-là.

– Je ne peux pas, dit-il, sans bouger sauf pour fermer les yeux devant la forêt de métal en face de lui. Syrli, je ne peux pas.

Je lui pris la main, remarquant à peine le courant qui passa entre nous.

– Un pas à la fois, dis-je tout bas. (Je me souvins de sa voix, comme elle m'avait rassurée quand il m'avait convaincue d'avancer sous la pluie, et je raffermis ma prise sur sa main.) Je suis là.

Il secoua la tête, résistant à ma traction.

– Je ne peux pas. Je le sens ; tu ne comprends pas. C'est la mort, pour moi.

– S'il te plaît, Oren. Ne m'abandonne pas maintenant.

C'était un coup bas dont je ne me serais pas cru capable. Je me mordis la lèvre en me maudissant. Mais je ne supportais pas l'idée de le voir faire demi-tour et s'en aller.

Il rouvrit les yeux. Il tourna la main, la posa sur la mienne et la recouvrit. J'eus l'impression de sentir des étincelles crépiter le long de mon bras.

– Alors n'y va pas. Reste avec moi.

Quelques jours plus tôt, j'aurais rêvé qu'il me demande ça. Mais c'était avant l'attaque, avant que je tue une fillette, avant que j'apprenne qu'ici la ligne de séparation entre le bien et le mal était aussi fine qu'une barrière magique.

– Je ne pourrais pas vivre à l'extérieur, dis-je avec la sensation d'un vide déchirant. Tu le sais aussi bien que moi. Je ne suis pas faite pour ça. Je ne veux pas manger de viande, ni tuer, ni fouiller dans les ordures, et j'aurais peur tout le temps, sans compter que…

– Je te protégerais, me coupa-t-il. Je te protège depuis la première nuit que tu as passée dans les ruines de la ville. Je t'ai apporté à manger ; je t'ai sortie du marais. Je t'ai protégée à ce moment-là, je te protège depuis et je pourrais continuer à le faire.

– Ce n'est pas la question, Oren ! Je ne veux pas qu'on me protège ! Je ne veux pas avoir quelqu'un qui serait constamment obligé de veiller sur moi. Je veux vivre dans un monde dont je connais les règles, où les gens sont de vraies personnes. Pas dans un monde où ils ne pensent qu'à me dévorer. C'est pour ça que j'ai fui la ville. Pour ne pas appartenir à qui que ce soit !

Sa mâchoire se crispa de nouveau. Il me serrait la main si fort que j'avais peur d'entendre un craquement d'os à tout moment.

– Je pourrais t'apprendre.

Il était calme à présent. Pour la première fois, je vis à quel point il était jeune ; je vis ma propre confusion et mon incertitude se refléter sur son visage.

J'avais de plus en plus de mal à m'exprimer, à former les mots avec la grosse boule que j'avais dans la gorge.

– Viens avec moi.

– Je n'ai pas ma place ici. Je ne peux pas vivre au milieu des gens.

Mes yeux me brûlaient, mais je refusai de ciller.

– Je pourrais t'apprendre, murmurai-je.

Il leva sa main libre, et très légèrement, me caressa la joue avec le dos de ses doigts. Il avait la peau rude, calleuse, mais son contact était d'une douceur presque douloureuse.

– Je t'aurais protégée, me dit-il.

Je fermai les paupières, et mes larmes coulèrent le long de mes joues pour venir se briser contre ses doigts.

– Je sais.

Il me lâcha la main, et ses doigts s'écartèrent. Je ne pus me résoudre à ouvrir les yeux, sachant que la vue de son visage me ferait changer d'avis. Quand je finis par le faire, il avait disparu – envolé sans un bruit, sans un craquement de brindille, sans même un souffle de vent pour m'indiquer dans quelle direction il était parti.

Une part de moi-même aurait voulu courir dans la forêt en criant son nom. Je savais qu'il n'était pas loin – il ne s'éloignait jamais beaucoup de moi – et qu'il viendrait si je l'appelais. Je restai sur place au prix d'un effort monumental.

J'hésitai un long moment à la lisière du bois de Fer, à scruter ses entrailles grises pétrifiées, à guetter le moindre mouvement, le moindre signe de vie. Je ne vis qu'une immobilité cristalline ; pas une feuille ne bougeait dans la brise. Je n'entendais que le froissement ordinaire du feuillage derrière moi et le ronronnement des engrenages de Nixe qui voletait autour de moi.

Vas-y. Je tendis la main au-dessus de la frontière invisible entre la nature et le fer. Je ne savais pas à quoi m'attendre mais je ne sentis rien à part l'air frais sur ma peau, le picotement d'un effet imaginaire.

Ce n'est qu'un élément du monde. Parmi d'autres.

Je fermai les yeux et pénétrai dans le bois de Fer.

La sensation de silence me parut si oppressante que je faillis tourner les talons et ressortir. Le bourdonnement habituel de Nixe en devenait presque inaudible, bien qu'il se trouvât à quelques centimètres de mon oreille. Même si mes pas résonnaient toujours aussi bruyamment – plus, peut-être, maintenant que tout bruit de fond avait disparu –, j'avais l'impression d'avancer sur la pointe des pieds dans un cimetière.

– C'est quoi, cet endroit ? Le silence est… bizarre.

– *À cause du fer*, dit Nixe à mi-voix. *Il fait office d'isolant. Il bloque l'écoulement de la magie.*

Je le savais, bien sûr. Le fer était rare en ville. Son incompatibilité avec la magie en compliquait l'usage. C'était le seul matériau entièrement imperméable à la magie. L'Institut faisait appel aux meilleurs métallurgistes de la ville pour en recouvrir des filaments de verre, comme isolant, afin d'empêcher toute fuite de magie.

– Je ne me rendais pas compte que le bourdonnement que j'entendais en permanence devait autant à la magie, dis-je, touchant au passage le tronc froid et dur d'un arbre. Je ne suis pas sûre de pouvoir m'habituer à ce silence.

Nixe répondit par un petit vrombissement plein d'entrain.

– *Par contre, c'est la cachette idéale pour des utilisateurs de magie.*

– Sauf qu'on ne peut pas enchanter le fer, murmurai-je. S'il leur arrive quoi que ce soit, tes magiciens ne pourront pas se défendre par des moyens magiques.

Nous continuâmes à travers bois, en progressant comme des ombres. En dépit de son calme effrayant, la forêt métallique dégageait une étrange beauté. Comme si le fer avait saisi toutes les saisons simultanément. Un arbre apparaissait couvert de fleurs, l'autre avec des bourgeons plein ses rameaux. D'autres encore avaient leurs branches chargées de fruits.

Tout en marchant, je remarquai que les arbres semblaient disposés en rangs. En fait, ils étaient alignés si soigneusement que ce ne pouvait pas être l'effet du hasard. J'en avais les nerfs à vif.

J'aperçus soudain quelque chose devant moi. Ce fut si bref que j'entrevis simplement des couleurs et un mouvement. Je me figeai et ouvris grand les yeux.

Un cri s'éleva derrière et au-dessus de moi et résonna dans les arbres de fer. Pendant un instant, je me dis : *Oren !* mais ce n'était pas un appel de sirli. Je fis volte-face, m'efforçant de localiser d'où pouvait provenir ce cri. Un deuxième, venant de l'est cette fois, retentit – comme en réponse au premier. Et puis, toute la forêt se mit à résonner de chants d'oiseaux.

Désorientée, haletante, je tournai sur moi-même, essayant de comprendre ce qui arrivait. Et puis, subitement, les chants se turent. Une silhouette se laissa tomber des branches et atterrit devant moi sans un bruit. Ma première pensée fut que les hommes-ombres m'avaient retrouvée.

Quand la silhouette se redressa, je vis qu'il s'agissait d'une fille d'à peu près mon âge. Elle portait des haillons grisâtres, et son visage et ses cheveux étaient souillés de cendre, mais sous cet accoutrement elle demeurait humaine. Et elle avait beau se tenir directement devant moi, elle se confondait avec la forêt.

– Tu es seule ? me demanda-t-elle.

– Quoi ? (Tout autour de moi, d'autres silhouettes dégringolaient des arbres pour m'encercler. Après cette longue période de silence et de solitude, j'avais du mal à suivre.) Oui !

– Comment tu nous as trouvés ? aboya-t-elle, le regard mauvais.

– Je... heu... bredouillai-je. Une Renouvelable. Dans ma ville. Elle m'a dit... elle m'a parlé de cet endroit.

La fille se tenait à moitié accroupie, s'attendant visiblement à me voir fuir ou attaquer.

– Je ne te crois pas, dit-elle. Si c'était vrai, elle t'aurait donné les mots.

– Les… les mots ? (Je la fixai avec consternation.) Quoi, un mot de passe ?

– Je ne sais pas qui tu es, cracha la fille, si tu es une espionne ou pas. Mais tu n'as rien à faire ici. Pars tout de suite, si tu ne veux pas mourir.

– Elle ne m'a pas donné de mot de passe ! m'écriai-je. Je ne peux pas repartir ; je n'ai aucun endroit où aller. Elle n'a pas eu le temps de me dire grand-chose ; à peine si elle a pu m'indiquer le chemin. Elle m'a juste dit de chercher le bois de Fer, et de suivre les oiseaux.

Autour de moi, les autres se détendirent un peu ; je m'en aperçus parce qu'ils se relâchèrent tous simultanément.

– Pourquoi tu ne l'as pas dit tout de suite ? protesta la fille en se redressant. Quoi, tu pensais vraiment trouver des oiseaux ? (Je devais paraître stupéfaite.) Ne me dis pas que c'est cette indication qui t'a menée jusqu'ici ?

Je restai immobile, sans comprendre tout à fait. La fille sortit de sa botte une mince baguette. C'était une tige de verre – assez similaire aux filaments auxquels j'avais échappé en ville.

– Ne bouge pas, me prévint-elle en s'approchant.

La baguette n'avait pas l'air pointue, mais je me crispai néanmoins, les jambes fléchies et prête à détaler.

– Relax, dit la fille. Je ne vais pas te faire mal ; je veux juste vérifier un truc.

Elle me toucha le poignet avec sa baguette. Une décharge familière me parcourut. La tige émit une faible lueur violette qui s'estompa rapidement.

La fille la contempla un moment, sourcils froncés, avant de relever la tête. Puis elle me sourit. Cette expression illumina son visage mieux qu'un rayon de soleil.

– Je ne sais pas exactement ce que tu es, avoua-t-elle, mais tu n'es pas comme Eux, et ça me suffit. Je m'appelle Tansy. Viens, je vais te faire visiter. Bienvenue au bois de Fer.

TROISIÈME PARTIE

25

– Désolée pour toutes ces précautions, s'excusa Tansy en m'entraînant à travers bois. (Quelques-uns de ceux qui m'avaient encerclée nous avaient emboîté le pas, mais les autres s'étaient simplement évaporés sans bruit dans la forêt.) On ne peut pas se contenter de ta parole, tu comprends. La plupart ne savent même pas qu'ils sont des monstres.

Les arbres de fer étaient si denses que c'est à peine si j'apercevais le ciel. Pour la première fois, le fait de me retrouver à couvert m'inspirait un sentiment de malaise, de confinement oppressant. Je secouai la tête, perplexe.

– Je sais, dis-je. Je les ai croisés.

Tansy se retourna pour me dévisager, sourcils arrondis, en marchant à reculons. Elle était grande, avec un visage rond et un sourire lumineux dans son visage barbouillé de cendre.

– Vraiment ? Et tu es encore en vie ? Je suppose que ça explique pourquoi tu ressembles à… enfin, pourquoi tu as cette tête-là.

Je n'avais plus vu mon reflet depuis un moment, sauf brièvement, sur la surface du lac. En me voyant faire mine de protester, Tansy m'interrompit d'un geste.

– Ce n'est pas une critique. Je suis impressionnée. Personnellement, je n'ai jamais eu besoin de survivre à l'extérieur par mes propres moyens. J'ai toujours vécu ici.

Sa propension au bavardage me convenait à merveille, vu que j'avais du mal à aligner plus de trois mots. Je me dis qu'elle s'entendrait bien avec Tamren.

– C'est quoi, ça ? demanda-t-elle avec un coup de menton en direction de mon épaule.

Nixe était resté immobile et silencieux depuis l'apparition des habitants du bois de Fer.

– C'est mon…

J'hésitai, ne sachant pas trop comment l'appeler. Ils n'apprécieraient sûrement pas la présence de cette machine pompeuse d'énergie dans leur village.

– Mon ami, dis-je finalement.

Nixe poussa un bourdonnement d'approbation.

– Oui ? Eh bien, si tu comptais t'en servir pour envoyer un message, oublie, me conseilla Tansy. Les transmetteurs ne fonctionnent pas ici. Donc, si tu es bien une espionne envoyée par une ville, bonne chance pour lui indiquer où tu es.

– Une ville ?

Mes genoux faillirent se dérober sous moi.

Tansy me jeta un coup d'œil, les sourcils arrondis, avec une expression de surprise qui devenait familière.

– Oui. Pourquoi, de laquelle tu viens ?

– O-on l'appelle simplement la ville. Elle se trouve au nord-est. J'ignorais qu'il y en avait d'autres.

Tansy hocha lentement la tête.

– Je crois que je vois de laquelle tu parles. L'une de celles qui n'ont jamais rétabli le contact après les guerres. Je trouve ça triste, tous ces gens persuadés d'être les derniers survivants. Tu seras beaucoup mieux ici. Et puisqu'on en parle...

Nous étions parvenus devant un étrange rideau, une immense tenture de toile et de feuilles peintes accrochée très haut dans les branches et qui s'étendait à perte de vue de part et d'autre. Elle en écarta un pan et me fit passer de l'autre côté.

Je ressentis le même frisson qu'en traversant une barrière magique. Derrière le rideau je découvris un monde tout en couleurs, lumière et mouvement. Je vis de nombreuses maisons, au sol et dans les arbres, qui semblaient disséminées sans plan précis. Une foule de personnes allaient et venaient, vêtues de couleurs plus vives que tout ce qu'on pouvait trouver en ville. Tansy elle-même se débarrassa de son manteau d'un gris de cendre, pour dévoiler les habits bleus qu'elle portait dessous.

Elle me conduisit dans le village. Les gens s'arrêtaient pour me regarder. Pas d'un air soupçonneux ou effrayé, non ; ils paraissaient plutôt intrigués.

– On ne voit pas beaucoup d'étrangers, m'expliqua Tansy en chassant quelques enfants qui s'étaient approchés pour me dévisager bouche bée. D'habitude, les seuls inconnus qui viennent nous rendre visite sont des monstres. Et on ne les laisse pas approcher jusqu'ici.

Il y avait dans sa voix une froideur implacable qui me donna le frisson. Même ici, dans ce qui ressemblait à un foyer de civilisation, la seule réponse au problème des hommes-ombres était l'exécution sans discussion.

Tansy se méprit sur ma réaction, et me toucha le coude.

– Oh, ne t'en fais pas, m'assura-t-elle. Ça n'arrive pas souvent. Ils savent qu'ils ne sont pas les bienvenus, et en général ils gardent leurs distances.

Je secouai la tête.

– Je n'ai pas peur d'eux, dis-je.

C'était vrai. Ils me faisaient pitié.

Le village comptait une trentaine de bâtiments, mais il y en avait peut-être d'autres que je ne voyais pas. Beaucoup étaient à la fois des habitations et des boutiques, avec de grandes fenêtres ouvertes sur les sentiers. La moitié étaient construits directement dans les arbres, reliés par un réseau de passerelles de corde et de bois à l'aspect précaire. Mais comme tout le monde semblait emprunter ces passages sans la moindre appréhension, on pouvait présumer qu'ils étaient sans danger.

Les boutiques, si c'en était bien, proposaient de la vaisselle en argile ou en métal, du pain, des meubles en bois, tout un assortiment d'outils en fer, du poisson frais et – je détournai les yeux en les voyant – des quartiers de viande suspendus à des crochets. Je vis quantité de produits si beaux et si appétissants que je dus me forcer à suivre Tansy. Certains paniers présentaient des fruits ou des légumes qui m'étaient totalement inconnus. Après mon régime de noix et de baies, je mourais d'envie de m'en remplir les poches.

– Où est-ce que tu m'emmènes ? demandai-je, avec un regard de regret vers les légumes.

Tansy claqua des doigts pour m'arracher à ma contemplation. Elle m'adressa un grand sourire.

– Ne t'en fais pas, on reviendra plus tard. Le marché reste ouvert toute la journée, aujourd'hui ; c'est notre jour de repos. Je veux simplement te présenter à Dorian.

Ce nom ressemblait à un prénom, mais elle l'avait prononcé avec une telle déférence qu'un picotement d'inquiétude me parcourut. J'avais déjà entendu ce genre d'égard. C'était comme ça qu'on s'adressait à nos architectes.

Tansy me conduisit devant une échelle de corde qui descendait de l'une des maisons dans les arbres. Elle n'était pas plus imposante que les autres et n'avait rien de particulier. L'échelle se tortilla et se balança pendant notre escalade, et je m'efforçai pour ma part de monter sans regarder en bas. Nixe me glissait à l'oreille des bourdonnements et des cliquetis rassurants, voletait jusqu'au prochain barreau puis redescendait se poser sur mon épaule.

Le temps d'arriver en haut, j'avais des tremblements dans les bras et les jambes, et les paumes en feu à force de serrer les barreaux. Tansy sourit et me donna un petit coup d'épaule amical.

– Ne t'en fais pas, me dit-elle. On s'y habitue en quelques jours, promis. Attends-moi ici.

Elle se glissa à l'intérieur de la maison. J'entendis des voix, trop basses pour comprendre ce qu'elles disaient, et me retins de coller mon oreille à la porte. Nixe s'approcha d'une fenêtre et s'accroupit sur le rebord, en agitant furieusement les antennes.

Après quelques instants, la porte se rouvrit et Tansy me fit signe de la rejoindre. Mes yeux mirent un moment à s'habituer aux lampes à l'intérieur, qui diffusaient un éclairage doré dans toutes les pièces, mais au bout d'un moment je pus distinguer un homme assis près de la fenêtre où s'était posté Nixe.

– Tansy m'a dit que tu t'appelais Syrli, dit-il en s'avançant vers moi, main tendue. Sois la bienvenue. Moi, c'est Dorian.

La porte se rouvrit et se referma derrière moi – Tansy s'était faufilée au-dehors, me laissant seule avec Dorian. Je fus surprise par sa jeunesse, ses traits ronds et juvéniles à peine creusés de rides légères au coin des yeux et de la bouche.

Il était très brun, sans le moindre cheveu gris, semblait-il. Quand nous nous serrâmes la main, un fluide étrange circula entre nos deux paumes.

– Merci, dis-je, d'une voix mal assurée.

– Assieds-toi donc, me dit-il, en me lâchant la main pour m'indiquer un fauteuil sculpté absolument splendide, à côté d'un petit poêle qui diffusait une chaleur agréable.

Je m'assis. Sa voix dégageait une autorité tranquille à laquelle je trouvais difficile de résister.

Il s'assit en face de moi, penché en avant, les coudes sur les genoux.

– D'après Tansy, tu serais une Renouvelable comme nous, dit-il en me fixant de ses yeux bruns.

Son regard était aussi indéchiffrable que celui d'Oren, et il n'avait aucun des tics et autres signes extérieurs qui me permettaient de savoir ce qu'Oren pensait.

J'acquiesçai de la tête. J'avais la bouche trop sèche pour former des mots. Je me raclai la gorge.

– Les autorités de ma ville avaient l'intention de me garder prisonnière et de m'utiliser comme source d'énergie, dis-je d'une voix éraillée.

– Je vois, fit Dorian. Pour ma part, je n'en suis pas aussi sûr.

– Hein ? (Je sentis mes mains agripper les bras de mon fauteuil.) Comment ça ?

– N'aie pas peur, me dit Dorian, avec un sourire qui fit merveille pour calmer les battements affolés de mon cœur. Tout ce que je veux dire, c'est que je ne suis pas certain que tu sois comme nous. Je sens quelque chose de différent chez toi.

Il déplia et replia les doigts et je me rendis compte qu'il m'avait analysée quand il m'avait serré la main.

– Vous allez me renvoyer ? bredouillai-je.

Mes phalanges blanchissaient sur mon fauteuil. L'idée de retourner directement dans la nature m'était insupportable. Moi qui espérais avoir enfin trouvé ma place.

Dorian cilla – premier signe de surprise que je voyais chez lui.

– Quoi ? Non, bien sûr que non !

Il s'esclaffa et se renversa en arrière sur sa chaise, les mains à plat sur ses cuisses.

– Beaucoup de gens ici ont des capacités qui s'expriment de manière particulière. Tansy, par exemple, ne peut utiliser son pouvoir que sous la pluie, ou parfois quand l'humidité de l'air est suffisamment forte.

J'éprouvai un soulagement profond, teinté de perplexité. À en croire l'Institut, la magie était uniforme, ce n'était qu'une source d'énergie ; j'avais pu me rendre compte que c'était faux. Elle endossait des visages très variés dans la nature. Si elle était différente en chaque personne, peut-être pourrais-je trouver ma place ici, après tout.

– Non, continua Dorian, tu peux rester. Par contre, nous allons devoir te tenir à l'œil pendant un moment, parce qu'on n'est jamais trop prudent. Mais bien sûr que tu peux rester. Quelles sont tes compétences ?

La question ainsi que le brusque changement de conversation me déstabilisèrent.

– Mes comp… ? Heu, je n'en sais rien, bredouillai-je. Je sais faire du feu ?

À peine avais-je dit cela que je me traitai d'idiote. Espérais-je vraiment l'impressionner avec ça ? Le fait qu'il m'ait fallu aussi longtemps pour maîtriser cette technique n'en faisait pas en soi quelque chose de précieux.

Pourtant, Dorian se contenta d'acquiescer gravement.

– Rien d'autre ? Que faisais-tu, dans ta ville ?

– Eh bien, je n'avais pas encore subi la collecte, donc on ne m'avait pas confié de tâches précises...

– La collecte ?

Dorian haussa les sourcils.

– Oh. Dans ma ville, pour maintenir la barrière qui garde la magie à l'intérieur et les monstres à l'extérieur, l'Institut convoque les enfants quand ils sont assez grands et collecte leur pouvoir. Nous n'avons aucun Renouvelable chez nous – à part moi.

Dorian se leva et marcha jusqu'au poêle pour remettre une bûche dedans.

– Je vois, dit-il, sans marquer autant de surprise – ou d'horreur – que je l'aurais cru.

– Je voulais devenir historienne, ajoutai-je. J'aime apprendre tout ce qui touche au monde d'avant les guerres.

Dorian hocha la tête, en refermant la petite trappe du poêle.

– Bon, trancha-t-il. On va te confier quelque chose de facile, qui ne réclame pas de compétence particulière, en attendant que tu décides ce que tu aimerais faire.

C'était une manière de me signifier la fin de notre discussion. Je me levai.

– Merci de me permettre de rester.

– C'est normal. À l'exception de quelques-uns qui sont nés ici, comme Tansy, la plupart d'entre nous se sont échappés d'un endroit où on voulait se servir d'eux.

J'hésitai, cherchant un indice qui me permette de déchiffrer son expression.

– Je suis quoi, si je ne suis pas comme vous ?

Il haussa les épaules, tourna le dos au poêle et s'avança jusqu'à la fenêtre.

– Un spécimen unique propre à ta ville, je suppose, répondit-il. L'évolution a suivi des chemins différents après les guerres. Nous sommes si peu nombreux maintenant, comparé à ce que nous étions autrefois. L'homme n'avait jamais été contraint de s'adapter aussi vite. Peut-être que ton petit espion, là, connaît la réponse.

Il tapota du bout de l'ongle sur la vitre, et Nixe s'envola, effrayé.

Je m'empressai de me justifier, ne tenant pas à ce que Dorian me prenne pour une espionne – et s'il se mettait en tête que la ville m'avait chargée de les infiltrer ? –, mais il repoussa mes explications bafouillantes d'un geste désinvolte.

– Ça va, tu n'es pas la seule à ramener quelque chose de ta ville. Nous avons même quelques machines ici.

Je promenai mon regard à travers la pièce. Il avait son lit dans un coin, fait au carré. Une ravissante commode en bois sculpté occupait le bas d'un mur, sous une grande toile peinte. Mes cours à l'école me permirent de reconnaître une carte, piquée d'épingles et couverte de notes rédigées à la main. Je mourais d'envie de l'étudier de près, car je pensais toujours au commentaire de Tansy – qu'il existait d'autres villes que la mienne. Mais c'était surtout la commode, avec tout le bazar de petits objets qui l'encombrait, qui retint mon attention.

Dorian suivit la direction de mon regard.

– Des cadeaux, me dit-il en parlant des objets. Les conseils sont une bonne monnaie d'échange, par ici.

Il y avait des figurines sculptées, des boîtes en feuilles de fer martelées, des bagues, des petits casse-tête. Je vis même un chat en papier plié qu'aurait pu faire Basil. Je sentis mes yeux se mouiller de larmes et me passai la main sur le visage.

– Tu peux y aller, me dit Dorian avec douceur. Tu as l'air épuisée. Tansy va te trouver un endroit où dormir.

***

Tansy me ramena chez elle, dans sa famille, ce qui n'aurait peut-être pas dû m'étonner. Apparemment, la cellule familiale était beaucoup plus importante ici que dans ma ville. Là-bas, après la collecte et l'attribution d'un travail, vous aviez rarement l'occasion de revoir vos parents.

Ceux de Tansy m'accueillirent avec bienveillance et m'installèrent quelques couvertures près du poêle. Ils s'excusèrent de ne pas avoir de matelas à m'offrir, mais je leur dis que je dormais à même le sol depuis plusieurs semaines, et cela parut les tranquilliser un peu. Je dormis mieux que je ne l'avais fait depuis longtemps, bercée par le bavardage de Tansy et de ses parents.

Réveillée à l'aube, je pus voir les gens sortir de chez eux tous en même temps et commencer la journée à l'instant où le soleil perçait entre les arbres. Je me levai troublée, prêtant l'oreille à cette animation soudaine ; j'eus la brève impression d'être de retour en ville, à écouter sonner l'horloge. Comme si rien n'avait changé.

Quand je me fus habillée et après un petit déjeuner léger, Tansy m'emmena travailler avec son père. D'ordinaire, elle était éclaireur, mais apparemment elle venait souvent l'aider quand le temps était trop sec pour lui permettre de se servir de sa magie. Elle m'apprit qu'il était pollinisateur, mais changea de conversation avant que je puisse lui demander des éclaircissements.

Je partis donc en compagnie du père et de la fille, en proie à une impatience, une résolution et une excitation que je n'avais pas ressenties depuis longtemps. Je faisais de nouveau partie du monde, comme je n'avais jamais su l'être dans ma ville. Ici, j'allais pouvoir trouver une raison d'être, me fondre dans le rôle qui me convenait le mieux et vivre ma vie.

Nous dépassâmes les dernières maisons et suivîmes un sentier qui s'enfonçait parmi les arbres de fer. Un sentier étroit, taillé dans la végétation, dont on avait raboté les bordures. Si Tansy avançait sans difficulté, j'avais plus de mal à échapper aux branches qui se prenaient dans mes vêtements, et la pénombre qui régnait sous les arbres devenait oppressante.

Nous émergeâmes dans une vallée si merveilleuse que j'en eus le souffle coupé. Au cœur du bois de Fer, les arbres ici étaient vivants et luxuriants. Grands, vigoureux, diffusant des senteurs entêtantes. Seul point commun avec les arbres de fer, ils semblaient pris dans les différentes saisons eux aussi. Leurs branches étaient ornées de fleurs, de bourgeons et de beaux fruits ronds. Soudain, je compris pourquoi les arbres du bois de Fer étaient aussi bien alignés.

– C'est un verger ! m'exclamai-je, en me figeant sur place.

Tansy s'arrêta, alors que son père continuait sans nous attendre.

– Peut-être même la dernière pommeraie de la planète, autant qu'on sache. On pense que ça a dû se produire pendant les guerres. Sa pétrification – ou métallification, est-ce qu'on peut dire ça ? – l'a conservée intacte. Et maintenant, quelques arbres commencent à retrouver leur forme d'origine.

– Comment ? Je croyais que la magie n'affectait pas le fer ?

Tansy haussa les épaules.

– On ne sait pas exactement. Mon père pense que les guerres ont pu être si violentes que même le fer s'en est trouvé affecté. Peut-être qu'ailleurs sur la planète, il existe une ville en fer qui s'est transformée en forêt.

Nombre de villageois travaillaient dans le verger, certains au pied des arbres mais la plupart à mi-hauteur sur des échelles, la tête dans les nuages de fleurs.

– Que font-ils ? demandai-je à mi-voix, encore sous le coup de la surprise et de l'émerveillement.

– Ils s'occupent des arbres. Viens voir, me répondit Tansy.

Elle me prit par la main et m'entraîna en lisière du verger, où son père travaillait sur une échelle.

– Papa, lui lança-t-elle, tu veux bien montrer à Syrli ce que tu fais ?

Son père baissa les yeux vers nous puis hocha la tête, avant de descendre quelques barreaux. Une petite bourse pendait à son poignet. Il plongea un pinceau dedans.

– Il n'y a plus d'abeilles, bien sûr, m'expliqua-t-il. Alors, on doit faire le travail nous-mêmes.

Avec son pinceau, il effleura l'un des rameaux qui se balançaient devant lui, en passant d'une fleur à l'autre tellement vite que j'avais du mal à suivre le mouvement.

– Vous ne pourriez pas simplement… ?

Je fis un petit geste avec les doigts.

– Recourir à la magie ? acheva Tansy avec un sourire. C'est beaucoup plus difficile de procéder par magie. Alors, quand on peut faire les choses à la main, on ne s'en prive pas.

Je regardai tous les ouvriers autour de moi.

– C'est vous qui leur avez rendu leur forme d'origine ? Aux arbres ?

Tansy secoua la tête, en fronçant les sourcils.

– On ne sait pas utiliser la magie sur le fer, reconnut-elle. Non, ils étaient comme ça quand on les a trouvés, mais plus petits. Et d'autres émergent du fer de temps en temps. Dorian croit que la magie est en train de retomber après les guerres, et que les choses reviennent doucement à la normale.

Je songeai aux poches habitées d'arbres hérissés de crocs, de fantômes. Et pourtant, il y avait peut-être une part de vérité dans ce que pensait Dorian. Certaines poches se distinguaient à peine du monde extérieur.

– Ça doit demander plusieurs jours rien que pour un arbre, protestai-je. Pourquoi vous donner tout ce mal ?

Tansy leva les yeux vers son père, dont le petit pinceau s'activait au milieu des fleurs.

– Parce qu'il faut bien que quelqu'un le fasse. Les oiseaux aident un peu mais ce n'est pas leur rôle. Et puis, ça en vaut la peine.

Elle passa à l'arbre suivant – chargé de fruits mûrs, celui-là – et se hissa sur la pointe des pieds pour cueillir une pomme, qu'elle me lança.

Je contemplai le fruit avec hésitation, craignant de me casser une dent. Il n'avait pourtant pas l'air métallique ; il embaumait, et la curiosité – ainsi que l'appétit – prit le pas sur ma prudence. J'en croquai prudemment une bouchée.

Un goût délicat, acide, se répandit dans ma bouche. La pomme était parfaitement mûre, et son jus me coula sur le menton. Je ne perçus aucun arrière-goût magique, pas la moindre amertume métallique – ce n'était qu'une pomme, encore plus délicieuse que dans mon imagination. Les architectes n'avaient jamais réussi à faire pousser des pommes, faute de pollinisateurs.

Tout à coup, ce que m'avait dit Tansy me frappa comme une évidence. *Les oiseaux aident un peu.* Quels oiseaux ? Je levai la tête, sur le point d'appeler Tansy pour lui poser la question, quand un mouvement furtif capta mon attention.

Une forme ailée venait de traverser mon champ de vision. Au début, je crus qu'il s'agissait de Nixe, parti ce matin pour explorer le village, mais j'avais aperçu des reflets bruns, pas cuivrés, et je n'avais pas entendu son vrombissement habituel.

La forme se posa sur une branche de l'arbre voisin. Je l'observai, à la fois inconnue et tellement familière ; elle bombait son petit torse, en émettant une succession de gazouillis qui augmentèrent jusqu'à devenir un sifflement perçant.

– Tansy, soufflai-je vivement, en y mettant toute l'intensité possible sans élever la voix, de peur d'effrayer la créature. Tansy !

Elle s'approcha et suivit mon regard jusqu'à la branche où le petit oiseau chantait de tout son cœur.

– Ah ! Oui. C'est un moineau.

– Mais... bredouillai-je. Je croyais que les oiseaux avaient disparu !

Tansy secoua la tête ; je la vis du coin de l'œil, qui souriait.

– Il n'en reste plus beaucoup, mais de temps à autre on en voit débarquer des nouveaux. On ne sait pas d'où ils viennent. En tout cas, ils nous trouvent et ils font leur nid ici, dans la pommeraie. Ils nous aident à polliniser les fleurs.

L'oiseau, moucheté de brun et de blanc, s'accroupit bien bas, comme pour s'incliner, en jetant des regards nerveux autour de lui. Puis il s'envola, laissant la branche se balancer derrière lui. En scrutant les arbres, maintenant que je savais quoi chercher, j'aperçus d'autres oiseaux ici et là, de différentes espèces, qui voletaient de branche en branche.

– Un peu comme toi, observa Tansy.

– Hein ?

Je cillai et me tournai vers ma nouvelle amie.

– Ils arrivent ici sans qu'on sache d'où ils sortent. Comme toi. (Elle me tendit une pelle.) Allez, viens, on a du boulot.

***

Les jours s'écoulèrent dans une activité trépidante. Mon expédition en pleine nature m'avait déjà paru fatigante, mais ce n'était rien comparé au travail que j'abattis dans le bois de Fer. Autant que je puisse en juger, le village n'avait pas de monnaie, en dépit du marché que j'avais vu. Le travail servait de monnaie d'échange. Tout passait par le troc, et quand on n'avait rien d'autre, on proposait des heures de travail. En tant que nouvelle arrivante qui ne possédait que les vêtements sur son dos, je passai le plus clair de mon temps à exécuter de menus travaux pour les différents artisans du village.

Le marché était ouvert de l'aube jusqu'au milieu de la matinée, sauf le jour de repos, où il durait toute la journée. En contrepartie du toit que m'offraient les parents de Tansy, j'allais faire les courses à leur place. La mère de Tansy, une herboriste, fabriquait aussi avec les pommes du verger un cidre très demandé.

J'avais beau protester que je n'avais rien pour les payer, les vendeurs du marché rajoutaient souvent un petit extra à mon intention – une botte de carottes, quelques pommes de terre… Je me souvins de ce que m'avait dit Dorian : la majorité des habitants du bois de Fer étaient d'anciens fugitifs arrivés ici comme moi, avec pour seule richesse ce qu'ils avaient sur le dos. Ils n'avaient pas oublié ce que c'était que de manquer de tout.

Il n'existait pas ici de rite de passage, pas d'épreuves à passer pour entrer dans l'âge adulte. Rien ne me distinguait des autres, hormis le fait que j'étais nouvelle. Il n'y avait pas d'école, pas de diplômes et pas de collecte. Et bien que je sois la première étrangère à débarquer depuis plus d'un an – détail que Tansy me révéla quelques jours après mon arrivée –, je me sentais plus chez moi que dans ma propre ville. Peut-être parce que je dormais mieux que jamais, même si je me réveillais en sursaut tous les matins à l'aube, aux bruits du village en train de s'animer.

C'est surtout quand je travaillais au verger que j'étais la plus heureuse, avec le vent qui agitait les branches et le soleil qui scintillait entre les feuilles et les fleurs. Dans le reste du bois de Fer, les arbres raides et denses tissaient un filet de protection étouffant autour du village. Ici au moins, je pouvais respirer.

Nixe aussi s'était fait à la vie quotidienne dans le bois de Fer. Il disparaissait pendant des heures, sans doute pour batifoler avec les oiseaux du verger. Je le retrouvais souvent transformé en oiseau, voletant de fleur en fleur. Il ne manquait jamais d'attirer l'attention. Dorian essaya de l'embaucher comme messager, et parfois Nixe voulut bien lui faire plaisir, mais ses services restaient toujours soumis à son caprice.

Le soir seulement, quand la lassitude me rattrapait, il m'arrivait d'éprouver une pointe de mélancolie. Au contraire de l'aube, toujours prompte, le crépuscule paraissait lent – un essoufflement paresseux de la machinerie du village, comme un mécanisme de montre dont le ressort arriverait en bout de course. Cela me donnait envie d'action. J'avais des fourmis dans les jambes, malgré ma fatigue, et j'aspirais à quelque chose de nouveau. On ne voyait pas le ciel ici, sauf dans le verger, et l'immobilité de l'air faisait naître en moi des envies de départ. Malgré tout ce que j'avais vécu ces dernières semaines, je découvris – à ma grande stupéfaction – que le voyage me manquait.

J'aurais voulu partir, retrouver Oren et lui dire qu'il n'avait rien à craindre du bois de Fer, qu'on l'y accueillerait lui aussi s'il choisissait de venir. Peut-être qu'avec lui, je me sentirais mieux. Mais quand bien même j'aurais su où le chercher, on m'avait interdit de m'éloigner du bois. Je tâchais donc de ne plus penser à Oren et laissais la fatigue se charger de m'endormir.

Un matin, on me secoua pour me réveiller alors qu'il faisait encore nuit dehors.

– Syrli, me dit le père de Tansy. Debout.

J'émergeai laborieusement, en marmonnant quelque chose à propos du soleil, de l'aube et du marché. Je m'excusai pour avoir dormi, trop embrumée pour comprendre ce qui se passait. L'odeur des herbes que la mère de Tansy accrochait au plafond faillit me suffoquer.

– Tout va bien, ce n'est pas encore l'heure du marché, ce n'est pas pour ça que je te réveille.

Je m'assis, me passai la main dans les cheveux et le dévisageai en plissant les paupières. Il portait une bougie allumée, qu'il me donna. Quelqu'un se tenait sur le seuil derrière lui, une silhouette sombre qui se découpait dans la nuit pourpre.

– Que se passe-t-il ? demanda la voix de Tansy derrière moi.

Elle avait l'air complètement réveillée. *L'entraînement d'éclaireur*, devinai-je. J'enviais sa compétence. Si elle s'était perdue dans la nature, elle n'aurait pas eu besoin qu'Oren vienne à son secours, elle.

– Il y a quelqu'un qui demande Syrli, répondit la personne sur le seuil. (Je reconnus sa voix : c'était l'un des collègues éclaireurs de Tansy, un de ceux qui m'avaient capturée le premier jour ; mais je ne me souvenais plus de son nom.) Il est chez Dorian.

– Quoi ? m'exclamai-je.

– Un type un peu plus âgé que toi, précisa l'éclaireur. Il dit qu'il t'a suivie. On l'a conduit chez Dorian. Tu veux bien venir voir si… ?

Je ne lui laissai pas le temps d'aller au bout de sa question. Je bondis hors de mes couvertures, en T-shirt et en culotte, jetai un manteau sur mes épaules et enfilai mes chaussures.

J'ignorai les interrogations confuses de Tansy et partis au pas de course ; sa voix s'estompa derrière moi. Je distançai rapidement l'éclaireur, le cœur battant. *Il est venu pour moi.*

L'aube pointait timidement à l'est. Ici et là, une fenêtre s'allumait.

Un petit groupe s'était constitué au pied de l'échelle de Dorian. Je fonçai droit sur lui, suivie de près par le collègue de Tansy.

Je me frayai un chemin au milieu des curieux, dont la plupart portaient les haillons gris cendré des éclaireurs. J'escaladai l'échelle deux barreaux à la fois. Quand je parvins en haut, la porte s'ouvrit sur Dorian, aussi calme et sérieux que d'habitude. Il s'effaça devant moi, et je m'engouffrai chez lui au pas de charge, en m'écriant :

– Oren ! Je savais bien que…

Je me pétrifiai, bouche bée. Le visiteur se retourna ; son visage se fendit en un large sourire désarmant quand il me vit.

Kris.

26

Kris s'avança vers moi, et je reculai d'un pas. Il écarta les mains, paumes en avant.

– C'est moi, Syrli, dit-il. Tu ne te souviens pas de moi ?

– Bien sûr que si, dis-je, souffle coupé.

Je n'aurais pas été plus abasourdie si j'avais vu Gloriette s'amener tranquillement à ma rencontre dans le village. Kris portait un manteau rouge d'architecte. Sale, déchiré, le vêtement avait souffert ; je m'imaginais mal devoir survivre et me cacher affublée d'une couleur aussi vive.

– Qu'est-ce que tu fais ici ?

– Je t'ai suivie, avoua-t-il de sa voix familière qui me faisait toujours autant d'effet. Ils ont compris que je t'avais aidée ; je n'avais pas le choix. Syrli, je...

Son expression s'adoucit, et il fit un pas de plus dans ma direction. Puis il s'arrêta, et jeta un coup d'œil vers Dorian.

Le chef du village parut prendre ça comme un signal et se détacha du montant de la porte contre lequel il s'appuyait.

– Ce jeune homme prétend t'avoir suivie, déclara-t-il à voix basse. Il dit qu'il est un fugitif, comme toi.

La voix de Dorian trahissait un doute. J'acquiesçai vigoureusement de la tête.

– C'est vrai, dis-je, en bredouillant dans mon empressement à défendre Kris. Il m'a aidée à m'échapper. C'est grâce à lui si je suis là.

Deux yeux pâles, des mains qui sentaient l'herbe fraîche, un sourire farouche – ces images m'apparurent brièvement, et je les refoulai.

Je me retournai vers lui, consciente que ma respiration s'était accélérée. Il avait toujours autant de charme que dans mon souvenir, avec ses cheveux châtains qui lui tombaient dans les yeux quand il baissait la tête, et son sourire.

– Comment as-tu fait pour survivre ? Tu aurais dû… Même sans parler des ombres ou des poches, le manque de magie aurait dû te dénaturer à l'heure qu'il est.

Kris sourit, avec une tristesse étrange.

– Je suis comme toi, Syrli, me confia-t-il doucement.

J'avais pratiquement oublié la pointe de déception dans ma poitrine quand j'avais vu qu'il n'était pas Oren. Plus je l'écoutais, plus mon cœur battait la chamade.

– Comment est-ce possible ? Ils t'auraient enfermé toi aussi, non ?

Kris haussa les épaules, et son sourire amer s'effaça.

– La différence, c'est que j'avais des parents architectes. Ils savaient ce que j'étais longtemps avant la collecte. Et j'ignore comment ils s'y sont pris, mais ils ont réussi à le cacher aux autres. Tous les jours, nous faisions des tests et des expériences pour essayer de comprendre comment créer plus de Renouvelables, pour sauver la ville, et je me tenais là, juste sous leur nez.

Il secoua la tête en baissant les yeux, visiblement honteux.

Je m'approchai pour lui toucher le bras ; il n'y eut pas de décharge entre nous. Son bras était chaud et ferme sous sa manche.

– Tu n'avais pas le choix, lui dis-je. Ils t'auraient transformé en objet avec des câbles partout, comme ils voulaient le faire avec moi.

Kris regarda ma main posée sur son bras. Quand il leva les yeux, son expression avait tellement changé que j'en eus le cœur serré. J'étais assez près pour respirer son odeur mais je ne percevais que de vagues relents de produits chimiques. Il dégageait toujours une odeur de laboratoire. *Combien de temps cela mettra-t-il à s'estomper ?* me demandai-je. Le coin de sa bouche s'incurva, tandis qu'il rapprochait son visage du mien.

Dorian s'avança légèrement, et je retirai brusquement ma main, les joues en feu.

– J'aimerais dire quelques mots à Syrli en privé, si tu veux bien, dit-il en inclinant la tête vers Kris.

Ce dernier se recula et acquiesça en silence. Il sortit, en contournant largement Dorian, et referma la porte derrière lui.

Je pris une longue respiration avant d'oser regarder Dorian. Je m'attendais à… de l'amusement, peut-être, ou de la gêne. Au lieu de quoi, je lui trouvai un air solennel, et même grave.

– Tu veux t'asseoir ? me proposa-t-il.

– Merci.

Je me laissai tomber dans l'un de ses fauteuils, profitant de l'occasion pour rassembler mes pensées.

– Ce garçon, commença-t-il enfin, en restant debout. Tu as confiance en lui ?

Je hochai la tête.

– Il m'a glissé une clé pour m'échapper. Il n'est pas comme les autres.

Dorian s'éloigna de la porte et vint se poster devant la fenêtre. Sans doute pouvait-il observer Kris en bas de chez lui.

– Il n'avait pas le mot de passe. Personne ne l'a envoyé ici.

– C'est lui qui a programmé Nixe – la machine qui m'accompagnait, expliquai-je. Je suppose qu'il avait un moyen de la suivre.

– Un moyen que les autres n'avaient pas ?

J'écartai les mains en signe d'ignorance.

– Je ne suis pas architecte. Veux-tu que j'aille lui demander ?

Dorian secoua la tête. Il resta silencieux un long moment, à regarder par la fenêtre, si bien que, quand il reprit la parole, sa voix me fit sursauter.

– Je ne suis pas sûr qu'il soit ce qu'il prétend.

J'ouvris de grands yeux.

– Un architecte ?

– Un Renouvelable.

Il fit jouer les doigts de sa main droite, comme il avait fait après m'avoir analysée le jour de mon arrivée.

– Tu as dit la même chose pour moi, insistai-je. Tu as dit que tu ne savais pas ce que j'étais. Peut-être que nous dégageons quelque chose de différent, dans ma ville ?

Dorian hésita, puis se détourna de la fenêtre pour me faire face.

– Ce n'est pas la même chose. Je n'arrive pas à l'expliquer.

– Tu n'étais pas sûr non plus pour moi, dis-je doucement, et tu m'as quand même permis de rester. S'il te plaît, Dorian. Il m'a sauvé la vie.

Nouveau silence. Je soutins son regard en retenant mon souffle.

– Très bien, décida-t-il. (Il leva la main pour devancer toute effusion de joie.) Mais tu seras responsable de lui, et tu devras garder un œil sur lui en permanence. C'est toi qui seras chargée de son intégration. Compris ?

Je tâchai sans succès de dissimuler mon sourire.

– D'accord. C'est compris.

***

Kris se coula dans le moule avec beaucoup plus de facilité que moi. Il est vrai qu'il était si bien intégré en ville. Au bout de deux jours dans le bois de Fer, il connaissait plus de villageois que je n'en avais rencontré en une semaine, et bien qu'il ne connaisse aucune des tâches qu'on lui confiait, il apprenait vite. Son esprit était considérablement plus rapide que le mien pour absorber les détails et mémoriser les visages. Je le trouvais souvent en grande conversation avec un boutiquier, ou un forgeron, à lui poser des questions auxquelles je n'aurais même pas pensé. Il demandait d'où venait la nourriture, comment on la faisait pousser, pourquoi le climat n'affectait pas le verger, comment procédaient les villageois pour transformer les arbres de fer en maisons. Détails qui m'avaient toujours paru trop ennuyeux pour me pencher dessus jusqu'à ce qu'il les aborde. Les villageois se faisaient un plaisir de lui répondre, flattés par l'intérêt que suscitait leur mode d'existence. Kris se fondait dans l'organisation du bois de Fer comme s'il était fait pour ça.

Plus il charmait les autres villageois, moins je le voyais. À l'Institut, nous avions rarement l'occasion d'être ensemble, et toujours sous surveillance. Certes, la seule vue de son visage faisait battre mon cœur plus vite, mais je ne pouvais rien espérer de plus. Ici, par contre, il n'existait plus d'expérience, plus de machines, plus de règles de comportement – rien qui doive l'éloigner de moi. Et il passait quand même le plus clair de son temps loin de moi. Même la famille qui l'hébergeait habitait de l'autre côté du village.

Nixe, à sa manière calme et digne, se montra fou de joie de revoir Kris. Le pixie passa les premiers jours à suivre son programmeur partout, en surveillant ses moindres faits et gestes et en répétant tout ce qu'il disait. À mon grand soulagement, la machine revenait tous les soirs, et je la retrouvais sur mon oreiller où elle cliquetait et bourdonnait doucement toute la nuit.

Le deuxième jour, je me fis accompagner de Tansy pour aller retrouver Kris. Elle avait proposé de l'aider à organiser ses corvées. Comme moi, il devait essayer toutes sortes d'activités avant de décider laquelle lui convenait le mieux.

– Waouh, dit Tansy alors qu'elle et moi nous dirigions vers le verger. Et tu me jures que lui et toi, vous n'êtes pas… ?

Son regard s'attarda sur Kris, qui nous salua de la main avant de venir à notre rencontre.

Je me sentis rougir, et secouai la tête.

– Ce n'est pas du tout ça, protestai-je fermement. Il m'a aidée, c'est tout.

– Bien sûr, par pure bonté de… Salut !

Kris était assez près pour nous entendre à présent, et Tansy s'avança vers lui. Joyeuse, amicale, exsudant la confiance en soi et la compétence. Si j'avais été entraînée depuis mon plus jeune âge, je dégagerais sûrement la même assurance moi aussi.

– Tansy, dit Kris avec un grand sourire en lui prenant la main. C'est un plaisir.

Tansy parut brièvement décontenancée par ses manières. Je lui avais expliqué que chez nous, les architectes constituaient une classe supérieure, mais elle n'arrivait pas à saisir le concept. Elle avait vécu toute sa vie ici, dans un monde sans classes.

– Heu... oui, répondit-elle, souriant malgré elle. Bon, qu'est-ce que tu sais faire ?

Ils s'assirent sous un arbre pour discuter de ses compétences, me laissant le choix de les rejoindre ou de les laisser seuls. Gênée, je m'assis en tailleur face à eux. Pendant qu'ils passaient en revue ses différentes corvées et apprentissages, je repensai à cet instant où je l'avais retrouvé dans la maison de Dorian.

Comment avais-je pu être déçue de voir Kris ? Oui, je m'attendais à ce que ce soit Oren, mais j'aurais plutôt dû me sentir soulagée. La vie en compagnie d'Oren était palpitante, déroutante, et parfois horrifiante. Il se montrait tantôt passionné, tantôt glacial. Alors que Kris représentait tout ce que j'avais toujours voulu, une personne sincère et stable, apte à s'intégrer partout. Même ici, où tout était différent, il avait su trouver sa place en un clin d'œil.

Tansy éclata de rire à une remarque de Kris, et je ramenai mon attention sur eux.

– On n'aura qu'à faire en sorte que tu passes le plus de temps possible avec les éclaireurs, dit-elle. Je te prendrai sous mon aile.

Kris lui sourit, et je me retins de partir.

– Les éclaireurs, répéta-t-il. Ça a l'air intéressant. Ça consiste en quoi exactement ?

Tansy haussa les épaules.

– Rien de très compliqué. Ne t'en fais pas, on ne te demandera pas de combattre. On te fera simplement travailler des exercices pour affiner tes sens. Apprendre à utiliser ton pouvoir pour détecter les ombres, ce genre de choses.

Je n'avais pas montré de grandes capacités dans ce domaine. Tansy avait fait de son mieux, mais c'est tout juste si je parvenais à pointer la bonne direction quand on me demandait de détecter les hommes-ombres les plus proches de l'orée du bois. Et j'étais totalement incapable d'estimer leur distance, leur nombre et leur vitesse, contrairement aux éclaireurs.

Kris eut un mouvement de recul.

– Affiner, répéta-t-il.

– Oui. Pourquoi ?

– Je préférerais éviter, avoua-t-il.

C'était la première fois que je le voyais mal à l'aise depuis son arrivée.

– Ce n'est pas si difficile. Je t'apprendrai. Nous avons aussi quelques appareils, pour nous aider à surveiller le périmètre, mais ça repose principalement sur la magie.

– Quand même, j'ai peur. J'ai gardé tout ça enfoui si longtemps que ça me fait bizarre rien que d'en parler. Donne-moi un peu de temps pour m'habituer à l'idée.

Kris se détourna et s'adossa à l'arbre. Je pouvais distinguer son profil à présent. Il sourit.

– On trouvera bien une autre raison de passer un peu de temps ensemble, non ?

Il se tourna de nouveau vers Tansy, et même si je ne pouvais plus le voir, j'entendis son sourire dans sa voix.

***

Je décidai d'éviter Kris le lendemain, ce qui ne présenta aucune difficulté. Je devais travailler toute la journée dans l'atelier d'un forgeron. J'avais beau détester la chaleur et le vacarme de la forge, j'accueillis le travail comme une distraction bienvenue. Chaque fois que mes pensées commençaient à vagabonder, une méchante brûlure me ramenait à la réalité. C'est seulement à mon retour vers la maison de Tansy que j'eus le temps de réfléchir.

Bien sûr que Kris se sentait attiré par Tansy. Qui ne le serait pas ? Elle était forte, indépendante, compétente. Son attitude, son allure, étaient le fruit de nombreuses années d'entraînement au combat et à la survie en pleine nature. Alors que pour ma part, le seul entraînement que j'avais reçu se résumait à mes lectures au fond de ma salle de classe.

J'arrivai à la maison au crépuscule. Je la trouvai sombre et déserte. Tansy était de garde cette nuit, et ses parents devaient sans doute dîner chez des amis. Si j'avais encore été en ville, j'aurais retrouvé mes parents et mon frère et nous aurions dîné tous ensemble. Mais ici, personne ne m'attendait.

Je posais la main sur la poignée de la porte quand un bruit sourd retentit à l'intérieur et me pétrifia.

Ce bruit réveilla chez moi des instincts que j'ignorais posséder. S'il y avait quelqu'un dans la maison, pourquoi n'avait-il pas allumé la lumière ? Je m'avançai avec précaution et vins coller mon oreille à la porte. J'entendis un deuxième bruit, plus léger, comme un froissement de tissu.

J'inspirai à fond, abaissai la poignée et ouvris la porte en grand.

Il faisait sombre à l'intérieur. Le peu de lumière qui entrait fit tout de même apparaître une silhouette agenouillée au pied du lit de Tansy. La silhouette se retourna immédiatement vers moi et perdit l'équilibre en me fixant.

– Kris ! m'exclamai-je.

Il lui fallut une seconde pour se remettre à respirer, la main plaquée sur le torse, en inhalant bruyamment.

– Syrli ! Qu'est-ce qui t'a pris d'entrer ici comme ça ?

– *Moi ?* Dis-moi plutôt ce que toi, tu fabriques ici dans le noir !

Comme il ne répondait pas, je m'avançai dans la pièce pour allumer une lampe. Quand je me retournai, Kris était toujours assis au même endroit – au pied du lit de Tansy. Le coffre était ouvert et son contenu répandu sur le sol.

Les affaires de Tansy. Le lit de Tansy. Je fermai les yeux.

– Laisse tomber, je ne veux pas le savoir. Elle sait que tu es là ?

Kris cligna des yeux plusieurs fois dans la lumière.

– Hein ? Qui ?

J'indiquai d'un geste les vêtements éparpillés devant lui.

– Ce sont les affaires de Tansy.

Kris baissa les yeux sur les vêtements comme s'il les voyait pour la première fois. Il ouvrait et fermait la bouche, visiblement à la recherche d'une réponse appropriée. Je ne l'avais jamais vu aussi troublé.

– Toi aussi, tu habites ici, finit-il par dire en relevant les yeux vers moi.

– Pour l'instant, confirmai-je avec un hochement de tête. Tansy est en patrouille cette nuit.

– Non, je veux dire… (Kris se leva et s'approcha de moi.) Je suis au courant. Je ne suis pas venu pour Tansy. Je suis venu parce que c'est là que tu habites. Je croyais que c'étaient tes affaires.

Je le regardai fixement.

– Et qu'espérais-tu trouver dans mes affaires ?

Kris se balançait d'un pied sur l'autre, en regardant ses chaussures. Quand il releva la tête, ses cheveux lui tombèrent dans les yeux et je dus me retenir de tendre la main pour les écarter.

– Ton oiseau. L'oiseau en papier que tu avais sur toi à ton arrivée à l'Institut. Celui que je t'ai rendu avec la clé… ?

Il me dévisageait comme si j'avais pu oublier. J'acquiesçai de la tête.

– Je me disais que si je le retrouvais, je pourrais… (Il haussa les épaules et courba la tête, vaincu.) Je sais, c'est ridicule. Mais j'espérais pouvoir t'adresser un signe. Te montrer que rien n'avait changé entre nous.

– Mais de quoi est-ce que tu parles ?

À la lueur de la lampe, je vis une rougeur se répandre sur ses traits.

– Là-bas, tu étais complètement différente. Fragile, craintive, prête à te raccrocher à la première main secourable. Mais maintenant… tu as tellement changé ! Comme si tu avais grandi. Tu es forte, et tu sais ce que tu veux. Tu n'as plus besoin de personne.

Il sourit, avec une tristesse qui me coupa le souffle. Une tristesse trop grande, pensai-je, pour ce qu'il me disait.

– Tu n'as plus besoin de moi.

– Mais… Tansy ?

Je l'avais vu appliquer sur elle ce même sourire irrésistible, déployer autant de charme qu'avec moi.

– C'est ton amie. Je cherchais à mieux la connaître.

Kris se rapprocha encore, et me prit la main. Je me laissai faire, trop confuse pour protester.

– Pourquoi crois-tu que je t'ai aidée à t'enfuir ?

J'ouvris la bouche, mais il me fallut quelques secondes pour bredouiller :

– Par humanité ?

À peine eus-je lâché le mot que nous sûmes tous les deux à quel point c'était ridicule. Il n'y avait pas d'humanité à l'Institut.

Kris eut un petit rire bref. Son souffle me caressa le front, agitant mes cheveux. Il leva les doigts vers mon visage et me caressa la joue. Sa main était lisse et douce. Une main d'architecte.

– Tes… commençai-je.

Puis il se pencha vers moi et posa ses lèvres contre les miennes.

Je reculai brusquement la tête, le laissant éberlué, la bouche entrouverte.

– Tes mains, dis-je en le regardant droit dans les yeux. Elles sont douces. Tes ongles sont impeccables.

– J'ai plutôt l'habitude de travailler avec ma tête qu'avec mes mains, s'excusa-t-il. Mais ne t'en fais pas, j'aurai bientôt des mains de travailleur.

– Tu en es loin, murmurai-je. (Il était si beau que j'avais du mal à me concentrer.) Pas une seule égratignure…

– Tu me reproches de ne pas m'être blessé ?

Kris fronça les sourcils d'un air perplexe.

– Et tes cheveux, continuai-je sans l'écouter. À ton arrivée, tu avais les cheveux propres. Je m'en souviens, ils étaient exactement comme le jour où…

– J'ai eu la chance d'avoir un voyage facile, dit-il en passant sa main dans mes cheveux. Moi au moins, j'ai pris le temps d'enfiler mes chaussures avant de partir.

Il dit cela avec un petit sourire, avant d'essayer encore une fois de m'embrasser.

Je me figeai net, et il s'arrêta.

– Comment sais-tu que je n'avais pas de chaussures ?

Il ne répondit rien, et je m'arrachai à son étreinte. Je lus alors la vérité dans son expression, son regard qui se dérobait, son menton baissé, ses épaules tombantes.

La culpabilité.

La peau me brûlait à l'endroit où il m'avait touchée.

– Tu ne t'es pas échappé, murmurai-je, sentant mes yeux se mettre à brûler aussi. On t'a envoyé. Tu n'es pas comme moi.

Il lut sur mon visage la question que je me posais. *Comment a-t-il fait ?*

– Des machines, expliqua-t-il d'une voix rauque. Et des cristaux de stockage. Ça permet de survivre un petit moment à l'extérieur. Et il ne faut pas longtemps pour arriver ici en mécanopode.

– Tu m'as aidée, pourtant.

Kris lâcha un petit rire sans joie.

– Syrli, on ne s'échappe pas de l'Institut. Avec ou sans aide. Tu comprends ? Personne ne s'en est jamais échappé. Personne. Jamais.

Je secouai stupidement la tête. Je n'y comprenais rien.

Kris fit la grimace et se détourna vers la fenêtre. Dehors, des gens traversaient la place, riant, évoquant leur dîner.

– Nous avons besoin de cet endroit. La Renouvelable que nous retenons ne tiendra plus très longtemps. Tu le sais, non ? Chaque jour la ville ralentit, le Mur s'affaiblit un peu plus. Et quand il cédera, tout le monde disparaîtra avec lui. Tes parents, tes camarades de classe, leurs familles. Ouvriers, administrateurs, architectes. Tout le monde.

– Depuis le début, murmurai-je. Tu t'es servi de moi depuis le début. C'est toi qui m'as déposé les chaussures. Tu voulais que… que je te conduise jusqu'ici.

– La Renouvelable parle. Elle lâche quelques phrases dans sa folie et sa souffrance. Du charabia, le plus souvent, mais au fil des ans l'Institut a quand même pu apprendre l'existence de cet endroit. Elle a été capturée, tu sais ? Il ne naît plus aucun Renouvelable dans notre ville. Si nous voulons survivre, nous devons absolument en trouver d'autres.

– Mais… et moi ? Je suis la preuve que…

Kris inhala longuement, comme un homme qui se prépare à mettre sa main au feu.

– Tu n'es pas une Renouvelable, Syrli.

Ces mots grondèrent à mes oreilles comme le fracas d'une pluie diluvienne, noyant les bruits qui venaient de l'extérieur, mon souffle et le son de ma propre voix. Ma gorge se serra, et je chancelai. Kris continua.

– Tu es le fruit d'une expérience.

Il grimaça. J'aurais voulu déchiqueter son beau visage, lui arracher la langue. Mes ongles ne firent que s'enfoncer dans mes paumes.

– Grâce à des doses répétées, il est possible d'injecter un tel pouvoir dans une personne qu'elle peut donner brièvement l'illusion de se régénérer. Mais c'est dangereux. Tu n'es que la deuxième à survivre au processus, et tu… (Il se racla la gorge.) Tu es en train de te consumer.

Combien de fois m'avaient-ils mise dans leur Machine ? Je croyais qu'ils collectaient mon pouvoir, puis attendaient que je récupère pour recommencer. Et Dorian m'avait dit qu'il n'avait encore jamais rencontré quelqu'un comme moi.

– Pourquoi moi ?

Ma voix tremblait. Je repensais à ces cartons sur les étagères de l'Institut.

Kris ferma les paupières une seconde.

– Il semble que ta capacité à endurer le processus soit d'origine génétique.

Je secouai la tête.

– D'origine génétique ? répétai-je, et puis je compris à qui il faisait allusion. *Basil !*

– Il s'est vraiment porté volontaire. (Kris me fixait d'un air implorant, comme pour me supplier de le croire.) Mais nous avons perdu sa trace entre la ville et ici. Nous pensons qu'il a changé d'avis et détruit son pixie.

– Mais il y en avait d'autres ! protestai-je en bredouillant. Basil est parti avec d'autres volontaires. Ils étaient tout un groupe !

Kris secoua la tête.

– Lui seul a réussi à quitter la ville. Les autres n'ont pas survécu à l'expérience.

Je le fixai, le ventre tellement noué que je craignis de vomir.

– Vous l'avez envoyé ici *tout seul* ?

– Comme toi, me rappela Kris d'une voix douce.

– Et toi, pourquoi es-tu venu ?

Je ne lui donnerais pas la satisfaction de me voir pleurer, même si ma voix frémissait sous l'effort.

– Ce plan était mon idée, murmura Kris. Les fausses indications. (Il me regarda un moment, puis se racla la gorge.) Les mensonges.

– Pourquoi ne pas m'avoir demandé ? J'aurais peut-être accepté.

– Parce que ton frère avait promis de le faire, et qu'il nous a lâchés. Il fallait t'obliger à te réfugier ici. En te poursuivant de si près que tu n'aurais pas le temps de réfléchir. Et tu as joué ton rôle à la perfection, Syrli. Réglée comme une horloge.

J'aperçus un reflet cuivré près de la fenêtre, qui scintillait à la lueur de la lampe. Je lâchai une exclamation étouffée, et Kris tressaillit, croyant à un cri de douleur. Il tendit la main vers moi mais je me reculai en frémissant, sans le quitter des yeux.

– Que viens-tu faire ici, en réalité ? dis-je entre mes dents serrées.

Kris hésita, mais quand je fis mine de m'en aller, il s'interposa entre la porte et moi.

– D'accord. La vérité. Tansy avait parlé d'un équipement de détection, de pistage. Je voulais le trouver et le saboter. Pour les empêcher de voir.

– Les empêcher de voir quoi ?

Kris me jeta un regard mortifié, avant de baisser les yeux.

– Non. Kris… ils sont en route, c'est ça ? Pour capturer tout le monde.

Dehors, un groupe d'adolescents passa devant la fenêtre. Leur conversation enfla puis s'estompa.

– C'est eux ou nous, se justifia Kris. S'il existait un autre moyen, l'Institut l'aurait employé. Tu préfères sacrifier tes parents ? Tes amis ? Ton frère ? Pour ces gens ?

Je ne voulais même pas y réfléchir. Je savais seulement que ces gens qui m'avaient recueillie étaient en danger. Je m'écartai pour contourner Kris.

– Il faut que j'aille prévenir Dorian.

– Syrli, non ! s'exclama Kris, qui me barra la route en m'attrapant par les épaules. Écoute-moi. Le bois de Fer est fichu. C'est terminé. Tous ces gens, là-dehors – ils ne le savent pas encore, mais ils sont condamnés. L'Institut sera là dans quelques jours. Il n'est pas trop tard pour toi, par contre. C'est pour ça que je suis venu.

J'émis un petit bruit de gorge, comme un rire, mais qui sonnait plutôt comme un sanglot.

Kris resserra son étreinte.

– Crois ce que tu veux, mais je tiens à toi. Je suis venu pour des informations, c'est vrai, mais avant tout pour toi. Si tu restes ici pour te mettre de leur côté, tu seras capturée et emmenée avec les autres. Ta magie finira par te consumer de l'intérieur, et tu connaîtras une mort horrible. Si tu avais vu les résultats de nos tests… Tu n'as pas envie de finir comme ça, je t'assure.

Je le fusillai du regard.

– Ou alors tu viens avec moi…

Il me secoua légèrement, et mon regard s'égara sur le côté. Nixe était là – je le voyais, à moitié caché sur l'appui de la fenêtre.

– Si tu rentres avec moi, de ton plein gré, tout sera différent. Nous pouvons défaire ce que nous avons fait, inverser le processus. Et te guérir. Tu seras une héroïne, celle qui aura sauvé la ville. Tu pourrais faire tout ce que tu voudras. Nous pourrions même t'aider à retrouver ton frère.

Mon estomac se changea en plomb.

– Mon frère est mort, murmurai-je.

– Nous n'en sommes pas sûrs. Il est peut-être encore en vie quelque part. Nous pourrions t'aider à le chercher. Je t'aiderais à le chercher.

– Lâche-moi, Kris.

Je ne savais même pas comment je tenais encore debout, mais il y avait de l'acier dans ma voix.

– Non.

Le visage de Kris était ravagé par le remords et l'émotion. Se pouvait-il qu'il pense vraiment ce qu'il avait dit, et qu'il tienne vraiment à moi ?

– Je ne peux pas te laisser faire ça.

– Ça se produira avec ou sans moi, dit-il. Ils sont déjà en route. Syrli, tu vas venir avec moi maintenant. Que tu le veuilles ou non. Il n'est pas question que je m'en aille en te laissant…

Quelque chose céda en moi, et je m'écriai :

– Nixe ! Au secours !

Le pixie surgit entre nous, et je détournai vivement la tête, en m'attendant à un coup ou à un cri de rage de la part de Kris. Finalement, je sentis ses mains relâcher leur étreinte et me secouer gentiment. Je rouvris les yeux.

Le pixie était tranquillement installé sur l'épaule de Kris, comme il avait passé tant de jours sur la mienne. Ses yeux à facettes, immobiles, scintillaient comme des pierres précieuses serties dans le cuivre.

– C'est moi qui l'ai programmé, me rappela Kris avec douceur, en scrutant mon visage comme s'il appréhendait de me faire de la peine. Il fallait te convaincre que tout ça était bien réel. C'est ancré dans la nature humaine – nous sommes incapables de résister à quelque chose qui nous parle, qui apprend de nous. Il fallait te convaincre de son intelligence. Pour être sûr que tu ne le détruises pas comme ton frère avait détruit le sien.

– Même Nixe, murmurai-je.

Je posai les yeux sur le pixie. Ce dernier me retourna mon regard, aussi impassible que jamais. Comment avais-je pu oublier que ce n'était qu'une machine ?

Puis, lentement, il m'adressa un clin d'œil. Je ramenai aussitôt mon attention sur Kris en m'obligeant à le regarder bien en face.

– Alors tout était faux depuis le début, dis-je en prononçant les premiers mots qui me vinrent à l'esprit, pour continuer à le faire parler. De ton numéro de charme à ton intérêt pour les gens qui vivent ici. Tu te fichais bien d'eux ; tu t'intéressais seulement à nos défenses.

– *Vos* défenses ? ironisa Kris.

Il se passait quelque chose du côté du pixie, un mouvement que je n'osais pas regarder de crainte d'attirer l'attention sur lui.

– Tu n'es pas des leurs, Syrli. Tu n'as rien à faire ici. Ces gens ne sont pas ta famille. Nous, oui. Et nous aimerions te voir rentrer à la maison. (Il baissa la voix.) J'aimerais te voir rentrer chez nous.

Je me balançai d'un pied sur l'autre, en feignant l'hésitation.

– Mais tous ces gens…

– On ne leur fera aucun mal, tu as ma parole.

– Bon, dis-je avec un sourire. Si j'ai ta parole…

Nixe le piqua alors avec son dard, qu'il avait sorti de sous sa carapace. Je croyais l'avoir cassé quand je l'avais attaqué – en tout cas, je ne l'avais plus revu depuis. Jusqu'à maintenant.

Le dard de cuivre s'enfonça dans le cou de Kris – qui poussa un cri et balaya le pixie d'un revers de main. Nixe fut projeté contre le mur opposé puis tomba au sol.

– Saleté ! s'exclama Kris en se frottant le cou et en examinant sa main, à la recherche de sang. (Le dard de Nixe avait laissé une marque rouge sur sa peau.) Stupide mouchard… je te ferai décommiss… décomm… (Il chancela, en clignant puissamment des yeux, le regard fixé sur moi.) C'est toi qui as fait ça, toi…

Il secoua la tête et tendit la main vers quelque chose qu'il était le seul à voir.

– Je voulais seulement t'aider, te mettre en sécurité. Ils vont te tuer, te démembrer…

Faute d'un point d'appui auquel se raccrocher, il s'écroula lourdement. Je restai plantée là, haletante, pendant de longues secondes ; je tremblais de tous mes membres. Puis je courus m'agenouiller auprès de Nixe.

Il s'était tordu les ailes dans sa chute, mais ses bras articulés étaient déjà en train de les réparer.

– *Va prévenir Dorian*, dit Nixe d'une voix crachotante et déformée.

Je lui caressai la tête avec le bout du doigt.

– Merci, murmurai-je.

Je bondis sur mes pieds et sortis dans la nuit. J'appelai Dorian à grands cris. Après avoir entendu mes explications, lui et une poignée d'éclaireurs attirés par le raffut m'accompagnèrent jusqu'à la maison de Tansy.

Kris avait disparu – et Nixe également.

***

Le village était en proie à une activité frénétique ; tout le monde avait abandonné le travail pour préparer ses bagages et renforcer les défenses. La moitié des habitants du bois de Fer voulaient rester pour se battre. Les autres, qui venaient des villes et connaissaient leur puissance, étaient d'avis de se disperser et de partir en quête d'un nouveau refuge.

J'évitais autant que possible de me montrer. Personne ne m'accusait de rien – pas en face, en tout cas –, mais je ressentais chaque regard, chaque murmure, comme un coup de couteau dans les côtes. Je voulus quitter la maison de Tansy pour aller camper hors du village, sous les arbres de fer, mais ses parents me confisquèrent mes chaussures jusqu'à ce que je promette d'« arrêter mes bêtises » selon l'expression de la mère de Tansy.

Le lendemain, Tansy passa tout son temps libre avec moi, même si ses devoirs d'éclaireur ne lui en laissaient pas beaucoup.

Je lui étais profondément reconnaissante de son amitié et de sa confiance, mais au fond de moi, j'aurais préféré rester seule. En quelques mots bien choisis, Kris m'avait tout pris : mon identité, le sentiment que j'avais de comprendre et de maîtriser ma vie, et même la fierté d'avoir atteint le bois de Fer par moi-même. Car quelle adolescente pouvait s'enfuir de sa cellule et échapper à ses poursuivants pendant des semaines ? Comment avais-je pu croire que j'avais réussi à survivre par mes propres moyens, moi qui n'avais jamais vu le ciel ?

Je n'étais qu'une expérience, un instrument dans les mains de l'Institut. Ce que j'avais rêvé d'être autrefois : un simple rouage dans la grande machine, rien de plus. Et j'avais rempli mon rôle avec plus d'efficacité qu'on n'en attendait de moi. J'avais été un rouage précieux. J'aurais mieux fait de me noyer dans ce marais.

Dorian fut le seul du village à refuser de choisir entre partir ou rester. Certains l'accusaient d'indécision, d'autres répliquaient qu'il devait avoir ses raisons, connues de lui seul.

Il me convoqua chez lui au coucher du soleil, deux jours après la fuite de Kris. Cela ne me surprit pas. Je m'y préparais depuis que je lui avais expliqué le double jeu de Kris.

Il m'ouvrit la porte avant même que je ne frappe et me fit entrer. Je m'assis dans le même fauteuil que le premier jour, plus nauséeuse et mal à l'aise que jamais.

– J'ai réfléchi à ton « pixie », comme tu l'appelles, m'annonça Dorian.

Il prit une bouilloire fumante sur son poêle et nous servit deux tasses.

Je cillai, prise au dépourvu par cette approche. Je m'attendais à ce qu'il me parle de Kris, de ma ville, de Gloriette ou du rôle que j'avais joué dans tout cela.

– Et alors ?

– Eh bien, en général, ces mécanismes ont besoin qu'on alimente constamment leurs réserves de magie, sinon ils s'épuisent. J'ai déjà vu ça. Ils ont besoin d'énergie pour survivre.

– Il se rechargeait sur moi.

– Justement, c'est ça qui m'étonne, m'expliqua Dorian, qui me tendit l'une des tasses et s'assit en face de moi. On ne peut pas faire ça, tu sais ? Diffuser sa magie sans s'en rendre compte. Ça demande un effort de concentration. Elle ne flotte pas autour de nous comme un gisement dans lequel tout le monde pourrait puiser.

– Bon, ça prouve que les méthodes de la ville ne sont pas infaillibles, dis-je, agacée de le voir pointer mes défaillances. (Je me penchai sur la tasse pour en humer les senteurs florales.) J'avais une fuite de magie, voilà tout.

– Je n'en suis pas si sûr, me dit Dorian. Tu n'es pas une Renouvelable, c'est entendu, mais tu n'es pas « normale » non plus.

– Quand mon pouvoir s'épuisera, je ne serai plus rien.

Ma voix était chargée d'amertume. Je le déplorai, mais n'y pouvais pas grand-chose.

– Es-tu vraiment sûre qu'il s'épuisera ?

Je cillai de nouveau.

– Hein ? Non. Mais pourquoi m'auraient-ils menti ?

– T'ont-ils jamais dit la vérité ?... Le problème, c'est que je n'arrive pas à comprendre pourquoi ils auraient envoyé ce jeune homme pour te récupérer.

– Peut-être pour être sûrs de ne laisser aucun témoin ?

– Peut-être. Mais il risquait gros en venant ici...

– Tu ne vas quand même pas me dire que c'est parce qu'il *tenait* à moi ! protestai-je.

– Non, même pas en rêve.

Un léger sourire joua sur le visage de Dorian. Un bref instant, je fus tentée de lui crier dessus. Je me retins.

– J'allais dire que pour justifier un aussi gros risque, il doit y avoir une grosse récompense à la clé. Je ne suis pas certain que tu sois aussi inutile que tu le penses.

– Comment ça ?

– Je ne sais pas exactement. Est-ce que c'est ta spécificité qui t'a permis de survivre au processus ? Ou au contraire, le processus qui a modifié quelque chose chez toi ? En tout cas, tu es quelqu'un de spécial. Tu n'es pas des nôtres, Syrli, mais tu n'es pas des leurs non plus. J'ignore ce que tu es ou ce que tu peux faire – sauf que pour arriver aussi loin avec tes maigres réserves de pouvoir, tu dois posséder une capacité à manipuler la magie à faire pâlir d'envie n'importe lequel d'entre nous.

– C'est ridicule ! m'exclamai-je. La seule chose que j'aie jamais su faire avec, c'est la balancer à l'aveuglette, et encore, pas toujours.

– Tu m'as raconté que tu avais projeté une créature au bas d'une falaise, et que tu t'étais soulevée dans les airs avec une autre personne, rétorqua Dorian en haussant les sourcils. Alors que tes ressources étaient presque épuisées. Tu croyais que la magie était une chose facile ? Il y a une raison pour laquelle tu ne nous vois pas tout faire flotter autour de nous par magie, Syrli. Le seul fait de soulever un petit objet réclame une concentration, un effort et une force incroyables. Il est beaucoup plus simple de nous servir de nos mains. Je ne dis pas que tu sais ce que tu fais. Tu as à peu près autant de maîtrise qu'un bébé qui pique une colère. Mais tu possèdes la faculté d'exploiter la moindre bribe de pouvoir et de la décupler. Je n'ai jamais rien vu de semblable, et pourtant j'ai vu beaucoup de choses, tu peux me croire.

– Qu'est-ce que je dois comprendre ? Que je ne vais pas mourir ?

Dorian leva sa tasse, et lentement, prudemment, prit une gorgée de tisane brûlante.

– Je ne peux rien affirmer, reconnut-il. Je ne veux pas te mentir. Pour l'un d'entre nous, le fait d'être entièrement dépouillé de sa magie serait probablement mortel. C'est sans doute pour ça qu'on pratique la collecte sur des enfants ; ils s'en remettent plus facilement. Mais toi ? Après ce qu'ils t'ont fait subir ? Je ne sais pas. Pour l'instant, évite autant que possible de recourir à ton pouvoir. Il y avait au moins une chose de vraie dans leurs mensonges, c'est que ta magie décline. Tu m'as dit toi-même que tu avais de plus en plus de mal à t'en servir.

J'acquiesçai de la tête, en tâchant de faire passer la grosse boule que j'avais dans la gorge.

– Qu'est-ce que tu comptes faire ? À propos de l'Institut ? Ils peuvent débarquer d'un jour à l'autre.

Son mince sourire s'effaça, et il secoua la tête.

– Je n'en sais rien, m'avoua-t-il, visiblement troublé. Je ne vois aucune solution claire. Je voudrais pouvoir ériger un mur comme celui que tu as franchi pour venir nous rejoindre, pour les tenir à distance. Mais nous n'avons pas la puissance nécessaire, ni le savoir-faire. Et puis, autant nous disperser aux quatre coins du continent ; parce qu'à l'avenir, personne ne pourrait plus nous rejoindre.

Je demeurai silencieuse un moment, le regard perdu dans ma tisane.

– Comment sais-tu que je ne les ai pas conduits jusqu'ici ? murmurai-je.

– Oh, Syrli. Tu les as conduits jusqu'ici.

Je levai brusquement les yeux – mais il souriait de nouveau.

– Sauf que tu ne l'as pas fait exprès. Si c'était le cas, tu te serais enfuie avec Kris. Nous avons lancé des éclaireurs à sa recherche. Ils le retrouveront. Mais on ne peut pas t'en vouloir. Les dirigeants de ta ville sont légèrement en avance sur leurs voisins, voilà tout. Si ça n'avait pas été toi, ç'aurait été quelqu'un d'autre.

– Mais c'était moi ! m'emportai-je. J'avais tous les indices sous les yeux, seulement j'étais trop stupide pour les voir. Comment ai-je pu me croire capable de faire tout ça, tout ce que j'ai accompli ces dernières semaines ?

Dorian m'écouta sans remuer un cil, sans donner le moindre signe de m'avoir entendue.

– Et pourtant, dit-il au bout d'un moment, tu es là. C'est bien la preuve que tu en étais capable.

– On m'a envoyée !

– Tu as fait un choix, dit-il d'une voix ferme. Et tu t'y es tenue.

Je me levai de mon fauteuil pour faire les cent pas dans la pièce. Je m'arrêtai devant la commode et détaillai le bric-à-brac qui l'encombrait.

– Tu aurais pu jouer la sécurité et partir avec lui, mais tu as choisi de rester avec nous.

Le calme de Dorian me troublait. Il était si différent de l'expression imperturbable d'Oren ! Oren donnait toujours l'impression de bouillir de colère, alors que Dorian dégageait une impression de paix authentique. Avec l'Institut qui pouvait attaquer d'un jour à l'autre, sinon d'une heure à l'autre, cette sérénité me semblait incompréhensible. Elle agissait néanmoins sur moi comme un tranquillisant.

À force de scruter les différents objets alignés devant moi, je finis par comprendre ce que je cherchais. Quand je l'eus trouvé, j'attrapai le chat en papier que j'avais vu le jour de mon arrivée et pivotai vers Dorian.

– Où as-tu obtenu ça ? demandai-je en brandissant le chat.

Dorian haussa les sourcils.

– C'est un garçon qui l'a fait pour moi. Il est passé voilà quelques années. Lui aussi venait d'une ville.

Je faillis en lâcher ma tasse.

– Kris a dit que mon frère était peut-être encore en vie. Il faisait des pliages comme ceux-là. Ce garçon… te souviens-tu de son nom ?

– Il n'est resté que quelques jours avant de s'en aller. Je ne m'en souviens plus très bien. Je crois qu'il avait un nom de plante, comme… Rue ? Sage ?

– Basil, soufflai-je.

27

Dorian ne dit rien, mais je lus dans son regard qu'il se souvenait. J'entendis des éclats de voix à l'extérieur mais je les ignorai, focalisée sur le visage de Dorian.

– Où comptait-il aller ? demandai-je d'une voix éraillée. Est-ce qu'il te l'a dit ?

– Il était à la recherche de réponses. Je lui ai parlé d'une ville loin dans le nord – ici. (Dorian se leva de sa chaise, s'approcha de la carte et indiqua un point avec son doigt.) Nous sommes ici. Là, c'est ta ville, à l'est – tu vois ? Et j'ai envoyé ton frère là-bas.

Son doigt remonta sur la carte, le long d'une grosse ligne noire intitulée Grande Route du Nord, jusqu'à une épingle bleue.

– Pourquoi là-bas ? demandai-je en fixant l'épingle à en avoir les larmes aux yeux, comme si elle pouvait me fournir la réponse.

– Parce que j'avais entendu dire, même si l'information remonte à plusieurs générations, que les gens y menaient des expériences de restauration.

– De restauration ?

– Oui, qu'ils essayaient de ramener le monde à son état d'origine. Comme avant les guerres. En libérant la magie piégée dans les poches.

Je me raclai la gorge, et parlai d'une voix suffisamment forte pour couvrir l'altercation qui se déroulait dehors.

– Ou en la volant aux gens.

Dorian me dévisagea jusqu'à ce qu'un cri perçant nous fasse nous retourner vers la fenêtre. Je courus à la porte, sortis sur le balcon et me penchai à la rambarde pour regarder en bas.

Un groupe d'éclaireurs s'avançaient dans le village en poussant quelqu'un devant eux. Leur prisonnier était dissimulé par la masse des corps, mais je devinai rapidement de qui il pouvait s'agir.

Kris. Ils l'avaient rattrapé, ou il était revenu.

Je me laissai glisser au bas de l'échelle, si vite que j'effleurai à peine les barreaux. Dès que mes pieds eurent touché le sol, je piquai un sprint en direction du groupe. Au moment où j'approchais, l'un des éclaireurs fut violemment repoussé en arrière et j'aperçus brièvement des yeux pâles et sauvages. Je me figeai sur place.

– Arrêtez ! m'écriai-je, en empoignant l'éclaireur le plus proche. Arrêtez, je connais ce garçon !

L'éclaireur se dégagea d'une secousse. Je reconnus Tomas, l'un des amis de Tansy.

– N'approche pas, Syrli, il est dangereux !

– Pas du tout ! protestai-je, en forçant le passage à travers le groupe.

Je ne pouvais pas leur en vouloir de se méfier de lui. Au moment où je franchis le cercle d'éclaireurs, il grogna, en rejetant l'un d'entre eux avec une telle force que le malheureux s'étala lourdement et resta allongé par terre, à moitié assommé. D'un geste fluide, Oren sortit son couteau de sa botte. Les éclaireurs s'écartèrent précipitamment tandis qu'il traçait dans l'air un demi-cercle d'acier scintillant.

Seule face à lui, je m'obligeai à rester immobile.

– Oren ! C'est moi. Arrête !

Il me lança le même regard féroce et animal qu'au premier jour, quand je l'avais vu dans la maison des fantômes. Un regard dépourvu d'humanité. Sauvage. Affamé. Ses doigts tressaillirent nerveusement sur le manche de son couteau.

– Syrli, dit-il enfin.

La sauvagerie de son expression s'estompa.

Je voyais Tomas par-dessus l'épaule d'Oren. Son visage était grave, sa voix soigneusement maîtrisée.

– Syrli, il est dangereux. Il a blessé l'un de mes gars. Tu devrais...

– Il n'est pas habitué à voir autant de monde ! le coupai-je rageusement. Laissez-lui le temps de se calmer et tout ira bien.

Il était venu pour moi – malgré la terreur que lui inspirait cet endroit. Et les éclaireurs l'avaient traité comme ces monstres de l'ombre qu'ils éliminaient sans pitié.

– Oren, tu veux bien poser ce couteau ?

Ses yeux passèrent vivement de mon visage aux éclaireurs en cercle derrière moi, avant de revenir se poser sur moi.

– Je suis venu te chercher, dit-il. Je n'aurais jamais dû te laisser. Viens, on s'en va.

Il agita son couteau, devant lequel les éclaireurs refluèrent comme une vague. La foule s'écarta devant nous.

– Mais je vais bien, murmurai-je.

Il restait une lueur de férocité dans son regard. Une part de moi était toujours prise de panique en présence d'Oren, comme une souris en présence d'un chat. Il appartenait à ce monde d'égorgeurs, et pas moi.

– Regarde-moi, insistai-je. Je suis bien, ici. Pose ce couteau, et tu t'en rendras compte.

Nouveau coup d'œil fugace autour de lui. Il ne manifestait aucun signe d'hésitation ou d'indécision, pas de balancement sur ses talons, pas le moindre regard troublé.

Tomas attira mon attention par-dessus l'épaule d'Oren et m'adressa un hochement de tête, en moulinant avec ses mains. *Continue.*

– Je te promets, dis-je en m'approchant de lui. Ils ont été formidables. Ils me donnent à manger, et un endroit où dormir, à l'abri. Et ils me protègent ; ils tiennent les hommes-ombres à distance. Donne-moi juste ce couteau.

Je tendis la main, en y mettant toute ma volonté pour l'empêcher de trembler.

Je vis Tomas froncer les sourcils et échanger un regard avec son voisin. Je l'ignorai pour me concentrer sur Oren.

– Cet endroit est mauvais… commença-t-il.

– Pas du tout, l'interrompis-je en m'avançant toujours. Pourquoi je te dirais de poser le couteau s'il y avait du danger ? Je t'assure, Oren. Tu ne risques rien. Tu n'as pas confiance en moi ?

Il cessa de jeter des regards furtifs autour de lui pour me fixer droit dans les yeux. Il m'avait posé la même question il n'y avait pas si longtemps, et j'avais répondu non. Je retins mon souffle. Le grondement de mon pouls résonnait à mes tympans comme le bruit de la cascade au lac d'été.

Oren modifia une fois de plus sa prise sur le couteau. Nouveau reflet d'argent au clair de lune. Lame vers le bas. Prête à tuer. Mais avant que je puisse reculer, il abaissa les cils une demi-seconde et fit glisser le couteau entre ses doigts pour le tenir par la lame avant de me le tendre. Il me l'offrait.

Je relâchai ma respiration et pris le couteau d'une main tremblante.

– Merci. Je suis contente que tu sois venu. J'espérais trouver un moyen de…

Avant que j'aie le temps de finir, Tomas bondit, retomba de tout son poids sur Oren et le plaqua au sol. Oren s'étala en grognant. Son menton avait cogné le sol avec un craquement sourd.

– Qu'est-ce que vous faites ? m'écriai-je.

Je m'élançai sur Tomas pour essayer de le renverser et de libérer Oren. Il me repoussa sèchement, et la lame du couteau l'atteignit dans l'épaule. Il siffla de douleur mais ne lâcha pas son captif.

Je fixai la ligne écarlate sur le bras de Tomas.

– Je… je suis désolée… je…

– Retenez-la, bon sang ! rugit Tomas, auquel deux autres éclaireurs étaient venus prêter main-forte pour maîtriser Oren.

Je sentis des mains m'empoigner, et mes pieds décoller du sol, tandis que j'essayais d'instinct de me rapprocher d'Oren. Le couteau m'échappa et tomba par terre.

Je ne pus qu'assister à la scène. Ils le firent entrer de force dans une cage au centre de la place, une cage que j'avais toujours cru destinée au bétail. Ses barreaux étaient en bois de fer, massif et immuable. *On ne peut pas enchanter le fer.*

Une fois la porte de la cage fermée, on me reposa. Je m'écroulai mollement dans la poussière. Oren se jeta contre les barreaux en faisant trembler toute la cage. Je voulus courir le rejoindre, mais Tomas s'interposa. Les autres éclaireurs me rattrapèrent et des mains vigoureuses m'empoignèrent une fois de plus.

– Ne fais pas ça, me prévint-il, en se tenant le bras par-dessus sa manche rougie. Il est dangereux.

– Seulement parce que vous l'avez attaqué et *jeté dans une cage !* grondai-je.

– Nous l'avons attaqué parce que c'est un monstre ! riposta Tomas sur le même ton, les narines palpitantes, luttant contre la douleur et la colère. C'est l'un d'entre Eux.

– Quoi ? (Ma voix était méconnaissable.) Non, j'ai voyagé avec lui pendant une semaine. Il m'a sauvé la vie. Il s'est *battu* contre eux.

Pendant que je parlais, Tomas avait relâché la pression sur sa blessure pour tendre la clé de la cage à l'un de ses compagnons. Puis il sortit de sa botte l'une de ces longues baguettes que tous les éclaireurs portaient sur eux – la même dont Tansy s'était servie sur moi quand elle m'avait trouvée dans le périmètre du bois de Fer. Il s'approcha de la cage avec prudence. Oren se recula au fond de la cage, fixant tour à tour la pointe de la baguette, Tomas, et moi.

Son regard s'attarda un moment sur moi, et Tomas en profita pour se pencher et toucher le bras d'Oren avec le bout de sa baguette. Un brusque silence s'abattit soudain autour de moi. Je secouai la tête, et quand je regardai de nouveau la cage, Oren avait disparu. À la place…

La créature grogna, se jeta contre les barreaux. Tomas se retourna vers moi comme pour me prendre à témoin, mais en voyant mon expression, il se tut.

La créature était aussi hideuse que ses congénères, avec sa peau d'un gris maladif, sillonnée de veines noires. Ses babines se retroussaient sur deux rangées de crocs, et elle écumait de rage. Ses yeux incolores lançaient des regards meurtriers. Ses vêtements n'avaient pas changé, mais j'apercevais maintenant le lacis des veines à travers son T-shirt élimé.

– Je suis désolé, Syrli, dit Tomas en me tendant la main. (Je la pris sans chercher à résister ; mes os s'étaient liquéfiés.) Viens, je te raccompagne.

***

Tomas me ramena chez les parents de Tansy. Ils s'efforcèrent vainement de me réconforter. Je passai la soirée dans le brouillard, à repousser leurs conseils, leurs biscuits et leurs fruits. La mère de Tansy me pressa dans les mains une tasse de tisane dans laquelle elle avait ajouté deux gouttes d'un flacon bleu. Pour m'aider à dormir, me dit-elle. Je fis semblant de boire et reposai ma tasse.

Quand Tansy revint à la maison, tout excitée par ce qui venait de se passer, je fis d'abord semblant de dormir pour éviter de lui parler. Mais elle brûlait de m'interroger sur mon expérience avec « l'un d'entre Eux » et ne cessait de s'exclamer « Waouh, et tu ne t'es jamais doutée que c'était un monstre ? » ou encore « Dire que tu dormais juste à côté de lui, et qu'il aurait pu se réveiller et te manger ! ». Elle me dit qu'elle me trouvait très courageuse d'avoir vécu parmi Eux aussi longtemps. Son émerveillement était puéril. Un autre jour, j'aurais adoré l'entendre s'extasier sur mon courage – mais pour l'instant, je revoyais surtout ce rictus bestial, en surimpression sur le visage d'Oren.

Je ne m'arrachai à ma prostration que le temps de lui demander :

– Que vont-ils lui faire ?

– Oh, ne t'en fais pas, me rassura Tansy. Ils vont se charger de lui. Nous autres éclaireurs avons l'habitude de régler ça.

Je n'aimais pas beaucoup la tonalité définitive de ces deux derniers mots. Je me raclai la gorge. J'avais la bouche sèche et la voix enrouée.

– Régler ça ?

– Oui, les éliminer.

Sa brutalité enfantine me glaça le sang.

Je finis par feindre le sommeil, et Tansy et ses parents furent trop heureux de croire que les gouttes du petit flacon bleu avaient enfin produit leur effet. C'est seulement quand ils furent endormis tous les trois que mon cerveau se remit en marche, poussivement, comme un vieux moteur rouillé qui redémarre.

Je me glissai hors de mes couvertures. J'attrapai le manteau de Tansy accroché près de la porte et soulevai le loquet sans un bruit.

Il y avait des éclaireurs postés tout autour de la place. Si j'avais réfléchi une seconde, je m'y serais attendue mais mon cerveau ne tournait pas encore à plein régime. Je m'approchai donc de celui qui était le plus près, silhouette grise silencieuse appuyée contre le mur d'une maison, et lui touchai le coude. Il sursauta et me dévisagea en clignant des paupières. C'était celui auquel Tomas avait tendu la clé de la cage.

– Quoi ? fit-il d'une voix rauque. (Il se racla la gorge et réessaya.) Quoi ?

– Je… j'aimerais le voir, murmurai-je.

– Désolé, s'excusa-t-il en se frottant les yeux. J'ai des ordres.

– C'était mon ami, dis-je. (Même si ma voix tremblotait, comme si j'étais sur le point de sangloter, j'avais les yeux secs et froids.) S'il te plaît, je voudrais juste lui dire au revoir.

Il regarda les autres sentinelles de l'autre côté de la place. Son hésitation s'affichait clairement sur son visage malgré la pénombre.

– Je ne sais pas trop, marmonna-t-il, avec un coup d'œil en direction de la cage, désormais sombre et silencieuse.

– Je ne dirai à personne que je t'ai surpris à dormir, promis-je.

Il se racla la gorge encore une fois.

– Ne t'approche pas trop, d'accord ?

Il siffla doucement, deux notes brèves suivies d'une longue. Je vis les autres éclaireurs dresser la tête, puis se détendre en me voyant m'avancer à découvert, éclairée par la lune qui filtrait à travers la voûte de feuilles métalliques.

Je m'avançai lentement. J'aurais sans doute dû avoir peur, pourtant mon cœur battait au ralenti dans ma poitrine. Je m'arrêtai à quelques pas de la cage. J'avais cru la chose endormie, car elle était parfaitement immobile, mais en voyant scintiller ses yeux blancs, je compris qu'elle était réveillée et m'observait.

Il n'y avait presque plus rien du garçon que j'avais connu dans ce visage, ces crocs luisants et ces mâchoires puissantes. Et pourtant, au fond de ces yeux blancs, brûlait encore cette sauvagerie farouche qui m'avait tellement fascinée auparavant.

Qu'avait dit Dorian, déjà ? Que je diffusais mon pouvoir sans m'en rendre compte, pour la plus grande joie des créatures assoiffées de magie ? La magie les guérissait bel et bien, finalement. Mais non, c'était faux. La voix d'Oren me revint en mémoire. *La magie ne fait que les neutraliser pour un temps.*

Je m'avançai d'un pas, cherchant dans ces yeux blancs la lueur de compassion que je décelais dans ceux d'Oren. Sans crier gare, la créature se jeta contre les barreaux et fit claquer ses mâchoires à quelques centimètres de mon visage. Je basculai sur les fesses, en retenant un cri. Derrière moi, j'entendis l'éclaireur lâcher un juron et s'élancer à mon secours. Je l'arrêtai d'un geste. Tout allait bien. J'avais été surprise, voilà tout.

J'attendis. Selon Dorian, Kris m'avait dit la vérité : ma magie s'épuisait lentement, captée par Nixe et par Oren, ou dépensée sans compter quand j'y avais recours pour ma défense. Il m'en restait encore un peu, cependant. Je la sentais tapie au fond de mon ventre.

Nixe puisait ses ressources en moi depuis le début. Et Oren aussi, apparemment, pour conserver son apparence humaine – mais lui n'en avait pas conscience. Je me souvins de cette décharge entre nous, à chaque contact, de la manière dont sa confusion se dissipait chaque fois que je le touchais. *La plupart ne savent même pas qu'ils sont des monstres*, avait dit Tansy. Je repensai au désespoir et à la confusion de la femme-ombre, au bord du lac, à sa douleur d'avoir perdu son enfant ; et au cri, tellement humain, de la fillette quand elle avait basculé dans le vide…

Parfois, j'ai des absences, avait reconnu Oren. Je fermai les yeux. Comment avais-je pu ne rien voir à ce point ? Il m'avait pratiquement crié la vérité, et je n'avais rien entendu.

Quelle terreur avait-il surmontée pour me suivre, en croyant m'apporter son aide ? Je rouvris les yeux et vis que la créature derrière les barreaux continuait à m'observer. Ses yeux blancs affamés ne cillaient pas. Les barreaux, irréguliers et sinueux comme les branches d'arbres de fer dont ils étaient faits, découpaient son visage en minces fragments d'ombre.

Il ressemblait tellement à un animal la première fois que je l'avais vu. À ce moment-là, j'aurais pu croire qu'il était un monstre. Sa façon de me fixer avec une telle violence, une telle faim, pendant que les fantômes se dissipaient autour de nous, m'avait profondément secouée. Et son visage maculé de sang, sa grâce bestiale. Comment avais-je pu oublier ça ? *C'est parce qu'il m'a sauvé la vie. Encore et encore.* Et parce que j'avais appris à voir au-delà de son insensibilité. Du moins je le croyais. Mais avais-je vraiment appris, ou était-ce lui qui était devenu de plus en plus humain à force d'être en contact avec mon rayonnement magique ?

Le changement s'opéra brusquement. La créature cligna des paupières, les yeux blancs disparurent une seconde, et quand ils se rouvrirent, ils étaient bleus. Et Oren se tenait devant moi.

– Syrli, chuchota-t-il, accroupi devant moi sur le sol de sa cage.

Je m'approchai, m'agenouillai et refermai les doigts sur les barreaux.

– Oui, je suis là.

– Qu'est-ce que je fais ici ?

Il ne se rappelait pas ce qui s'était passé. Il n'en avait aucune idée. Il jeta des regards nerveux sur sa cage ; son apparence impassible se fissurait.

– C'est par mesure de précaution, lui mentis-je, en me détestant pour cela. Tout va s'arranger, je te le promets. Tu es dans le bois de Fer. Avec moi.

Il se racla la gorge, mais sa voix demeura enrouée.

– Ils t'ont fait subir ça, à toi aussi ?

J'avais moi-même la gorge sèche, et les yeux brûlants.

– Oui, répondis-je. C'est temporaire, juste pour s'assurer que tu n'es pas l'un d'entre Eux.

Il baissa la tête, se rapprocha de moi et appuya son front contre les barreaux, entre mes mains. Je sentis son odeur sauvage.

– Je les tuerai pour t'avoir enfermée comme un animal, grogna-t-il entre ses dents serrées.

– Non ! m'empressai-je de dire. Ce n'est pas... ça va. Ce sont des gens merveilleux. Ils m'ont accueillie comme si j'étais de la famille.

Merveilleux, répéta une voix amère dans ma tête. *Et bien décidés à t'éliminer.*

– Je ne peux pas rester ici, gémit-il. Tu ne comprends pas : les barreaux... ils m'oppressent.

Je lui caressai les cheveux à travers les barreaux.

– Respire profondément, murmurai-je, tandis que la scène se brouillait à travers mes larmes. Tu te souviens de ce que tu m'as dit quand je t'ai parlé de ma peur du ciel ? Il n'y a pas de quoi avoir peur. Cette cage n'est qu'un élément du monde. Comme un autre. Demain matin, ils viendront te chercher et ils...

Te tueront, murmura la petite voix dans ma tête. Je m'étranglai sur les mots, incapable de terminer ma phrase.

Oren s'efforçait de suivre mon conseil, en inhalant à grandes bouffées laborieuses. Il étreignait les barreaux à l'endroit où mes mains les avaient réchauffés.

Je respirai un grand coup moi aussi.

– Tu vas te plaire ici, murmurai-je. C'est un verger – tu le savais ? Une pommeraie. Et au milieu du bois, les arbres sont de nouveau vivants, avec des bourgeons, des fleurs et des fruits à la fois. Attends d'avoir goûté leurs pommes !

Je recouvris ses mains avec les miennes, et ses phalanges blanchies aux jointures se détendirent. Quand il leva la tête vers moi, sa férocité était tempérée par quelque chose de nouveau, que je ne reconnus pas.

– Pourquoi me laisseraient-ils rester ? dit-il sèchement. Je ne suis pas comme toi.

Pas comme moi. Il me fallut un long moment pour me dominer et lui répondre d'une voix ferme.

– Je ferai en sorte de les convaincre. Ça va s'arranger.

Oren vint se placer tout contre les barreaux, en gardant une main en contact avec la mienne.

– Parle-moi encore de cet endroit, dit-il.

Je lui racontai alors le travail au verger, la pollinisation manuelle de chaque fleur. Je détaillai le marché, le principe du troc et les produits, le poisson et la viande qu'on y trouvait. Je lui parlai de l'animal en papier que j'avais trouvé, et qui me donnait espoir que mon frère soit toujours en vie. Je lui parlai de Tansy, de Tomas, des éclaireurs et de Dorian. Je lui décrivis les oiseaux du verger, et leurs chants qui ressemblaient tellement à ses imitations.

Quand le ciel commença à s'éclaircir à l'est, j'avais la voix si rauque que je ne comprenais plus la moitié de ce que je disais. Oren avait fermé les yeux depuis longtemps, et son souffle était redevenu calme et régulier. Lentement, je retirai ma main de la sienne et me remis debout, ignorant la protestation de mes muscles ankylosés. Je butai du pied contre un objet fiché par terre, et je me baissai pour l'examiner.

Le couteau d'Oren. Sa lame était sale et terne.

Je le ramassai, l'essuyai sur mon pantalon puis le glissai à ma ceinture. Il en aurait besoin, quand je l'aurais fait sortir.

28

– Pour un peu, dit Dorian en se pinçant la base du nez entre le pouce et l'index, je croirais que tu fais exprès de nous causer toutes ces difficultés.

Une semaine plus tôt – non, un jour plus tôt –, cette déclaration m'aurait fait rentrer la tête dans les épaules. Alors que maintenant, je restai là, mâchoire butée, poings serrés.

– C'est un être humain, répétai-je. Et quelqu'un de bien.

– C'est un monstre, dit Dorian avec gentillesse, en me prenant la main pour me conduire à un fauteuil dans lequel il m'obligea pratiquement à m'asseoir.

– Il est malade, rectifiai-je. Rien de plus. Regarde-le maintenant ! Ce n'est qu'un gamin, et tu l'as fait enfermer dans une cage…

– Parce que je n'ai pas envie qu'il se mette à nous dévorer un par un ! protesta-t-il. Syrli, la dernière fois que je t'ai crue à propos d'un étranger…

Il s'arrêta en grimaçant. Il avait dû lire l'angoisse sur mon visage, car il se frotta les yeux et secoua la tête.

– Désolé, s'excusa-t-il à voix basse. Je lui faisais confiance, moi aussi. Écoute, je sais ce que tu ressens mais je ne peux pas…

– Tu ne sais rien ! m'exclamai-je. (Ma propre autorité m'aurait surprise – depuis quand avais-je acquis une telle assurance ? – si je n'avais pas été convaincue de la véracité de chaque mot.) Il m'a sauvé la vie. Plusieurs fois. En prenant de gros risques. Je ne serais jamais arrivée là sans lui, et je ne vous laisserai pas le tuer.

– Même s'il a l'air humain pour toi, je peux te promettre qu'il ne l'est pas. (Dorian s'accroupit devant moi.) C'est un monstre et un cannibale. Il a tué des gens – et il les a *mangés*, Syrli. Sans remords. Il n'y a pas de pardon pour une chose pareille. Le fait qu'il ait tout oublié ne change rien à ce qu'il est. Et si nous le laissons vivre, il continuera de tuer, pendant des années, jusqu'à ce qu'il finisse par mourir à son tour, probablement assassiné par ses congénères quand il sera devenu trop vieux et trop faible pour résister. Les atrocités n'en finiront jamais. À moins d'y mettre un terme nous-mêmes, maintenant.

Était-ce pour cela que Basil était parti ? Mon frère n'aurait jamais cautionné l'élimination pure et simple de pauvres gens malades. Des gens, pas des monstres.

Je secouai la tête.

– Je le garderais en sécurité, dis-je malgré la grosse boule que j'avais dans la gorge. Je ne me servirais de mon pouvoir que pour lui. Je resterais avec lui en permanence. *Je le garderais.*

Dorian ferma les yeux, en inclinant la tête.

– Et tu crois qu'il accepterait d'être gardé ? Dans d'autres circonstances, nous aurions pu… essayer quelque chose, je ne sais pas. Mais nous sommes sur le point d'être attaqués. Ce soir, les éclaireurs ont signalé des machines en approche. Elles sont en train de franchir le col. Il nous reste deux jours, grand maximum. (Quand il releva la tête, ses yeux noisette étaient calmes et sobres.) Ta ville vient nous chercher.

Ma ville.

– As-tu décidé ce que tu allais faire ? demandai-je.

Dorian se leva péniblement. Il traversa la pièce pour s'arrêter devant sa commode.

– Je n'ai pas le choix, dit-il. La plupart de ces gens n'ont jamais vécu dans la nature, ou n'ont plus mis le pied hors du bois de Fer depuis des dizaines d'années. Nous avons des enfants, des bébés, des vieillards. Tu sais comment c'est, dehors. Si nous fuyons, et que nous nous dispersons dans la nature, quelles chances de survie accordes-tu à la plupart d'entre nous ? Crois-tu qu'un quart seulement réussirait à s'en sortir ?

Je repensai à ma folle équipée à travers la nature, et à quel point j'étais passée près de la mort, encore et encore. Seules l'intervention d'un monstre et la main invisible de l'Institut m'avaient gardée en vie.

– Non, murmurai-je.

Dorian hocha la tête, comme si je n'avais fait que confirmer ce qu'il savait déjà.

– Donc, nous allons devoir nous battre.

J'ouvris la bouche pour protester, mais il m'interrompit d'un geste.

– J'essaierai de parlementer d'abord, bien sûr. Mais à mon avis, tu sais mieux que personne ce que ça risque de donner.

Je me mordis la lèvre et ne dis rien. Cette attaque représentait l'aboutissement de plusieurs décennies de recherche. La débauche d'énergie nécessaire pour amener les machines aussi loin signifiait qu'il s'agirait d'un aller simple pour les architectes – à moins qu'ils ne trouvent une autre source d'énergie à l'arrivée pour les recharger. Rien ne les persuaderait de repartir en laissant le bois de Fer indemne.

J'essayai de me représenter la mère de Tansy brandissant son couteau de cuisine contre les assaillants.

– Vous ne pourriez pas… vous cacher ?

Dorian secoua la tête.

– Le fer qui nous a dissimulés toutes ces années va les attirer comme un aimant. Aucune magie ne saurait dissimuler une telle quantité de métal. Ils savent déjà où nous trouver.

– Alors, construisez votre mur, suggérai-je en désespoir de cause. Personne ne pourra plus vous rejoindre, mais c'est mieux qu'un combat perdu d'avance. Parce que c'est perdu d'avance.

– Nous ne disposons pas d'assez de magie, dit-il. Si j'ai bien compris, le Mur de ta ville est maintenu par des machines alimentées par magie. Des machines capables d'accumuler la magie pour l'utiliser plus efficacement. Nous n'avons pas ce genre de technologie ici. Et seuls, nous ne pouvons pas espérer l'amplifier suffisamment pour repousser l'adversaire.

Amplifier la magie. Une idée commença à prendre forme dans ma tête, et je gardai le silence, mon cerveau tournant à plein régime.

– De toute façon, conclut Dorian en se redressant, je ne suis pas convaincu que ce soit perdu d'avance. Ils ont leurs machines, mais nous avons du pouvoir, et de la force. Nous avons l'avantage du terrain. Ils viennent nous affronter sur notre territoire.

Je jetai un coup d'œil vers lui. Ses épaules paraissaient solides et résolues, certes, mais son visage s'était creusé de rides et son regard était sombre, résigné. Au fond de lui, il savait qu'ils n'avaient aucune chance. Mais il ne pouvait pas l'avouer aux autres, sinon comment aurait-il pu leur demander de se battre ?

Je me levai en faisant grincer mon fauteuil sur le plancher.

– Accorde-moi encore un peu de temps avec Oren, dis-je. (Ma voix tremblait – je n'eus pas besoin de feindre l'émotion.) Rien qu'une nuit.

Dorian hocha la tête, en contemplant toujours sa collection de bibelots.

– D'accord. (Je pivotai vers la porte.) Syrli ?

Je m'arrêtai pour le regarder par-dessus mon épaule. Il continuait à me tourner le dos, en jouant avec une minuscule créature sculptée dans la pierre – un éléphant, comme j'en avais vu dans les livres d'histoire.

– Tu pourrais les détruire, tu sais ? Avec la magie qu'il te reste. Je l'ai senti en toi – tu n'es pas comme nous. Tu pourrais tous les détruire et nous sauver.

Je fixai sa nuque. Mon cœur cognait contre mes côtes. Qu'était-il en train de me demander ?

Je décelai le désespoir dans la tension de ses épaules, dans sa manière de tenir l'éléphant au creux de sa main. Il savait ce qu'il me demandait, et ne pouvait pas me regarder en face.

Je sortis sans un mot, trop secouée pour répondre. Le soleil se levait tandis que je descendais l'échelle. Oren continuait à dormir – toujours sous forme humaine –, pelotonné sur le sol de sa cage. Il paraissait plus petit, ramassé sur lui-même. Je passai devant lui et quittai la place.

***

La journée s'écoula en préparations fiévreuses pour fortifier le village. Au milieu de l'agitation, les éclaireurs faisaient de leur mieux pour organiser un semblant de milice. Les enfants, les yeux écarquillés, regardaient par les fenêtres de leurs maisons leurs parents et leurs aînés transformer les étals et les carrioles en barricades et en abris.

Dorian, que je n'avais encore jamais vu sortir de chez lui, descendit diriger cette folie comme il le pouvait. Le chaos se calmait un peu sur son passage, comme si son assurance était contagieuse – pourtant, j'avais lu son appréhension ce matin dans ses épaules tombantes.

Je prétendis me sentir mal et restai enfermée chez Tansy tandis qu'elle et ses parents s'activaient dehors. Alors que tous me croyaient endormie, je dénichai le flacon bleu de la veille. Et je passai l'heure suivante à ouvrir des bouteilles de cidre et à y ajouter un peu de sirop de sommeil. Après quoi, je rebouchai les bouteilles et les cachai sous le poêle, à côté de ma couchette.

Dorian me convoqua chez lui à la tombée de la nuit, et pendant un bref instant de panique, je crus qu'il avait deviné ce que je mijotais. J'aurais peut-être dû protester davantage, continuer à me battre pour Oren – je m'étais peut-être trahie en capitulant trop facilement ? En fait, il voulait simplement m'interroger sur toutes les machines que j'avais pu voir en ville, leur usage, leurs points faibles, leur vulnérabilité à la magie. Je ne lui fus pas d'une grande aide – la plupart des machines opéraient à l'intérieur de l'Institut ou en dehors du Mur, pas au milieu des gens. Je lui racontai comment j'avais neutralisé Nixe avec ma magie, mais même ça n'était plus vraiment crédible maintenant, sachant que l'Institut avait tout intérêt à ce que Nixe voyage avec moi.

Ne supportant plus sa compagnie depuis qu'il m'avait suggéré d'assassiner de sang-froid l'armée des architectes, je battais en retraite vers la porte quand il respira profondément avant de pousser un grand soupir.

– Syrli, je voudrais vérifier quelque chose.

Je me figeai et attendis la suite, certaine que cela n'allait pas me plaire. Je l'entendis se déplacer dans la pièce, ouvrir différentes boîtes, jusqu'à trouver ce qu'il cherchait. Puis il me prit la main et déposa un objet de petite taille au creux de ma paume.

C'était un cristal froid et oblong, d'à peine un centimètre de long. Je lui trouvai un air vaguement familier.

– Il appartenait à ton frère, m'expliqua Dorian. Il l'avait toujours sur lui, il n'arrêtait pas de le manipuler. C'était un moyen de se souvenir, selon lui. Il me l'a laissé en partant.

Je fis tourner le cristal entre mes doigts, et une étincelle fusa le long de mon bras pour passer dans le cristal avec un bourdonnement. En voyant la magie grésiller et pulser à l'intérieur, je retrouvai brusquement la mémoire.

Le cœur de Nixe. Quand j'avais mis Nixe en pièces et qu'il gisait à mes pieds, seul son cœur continuait à battre – ce noyau d'énergie magique qui alimentait son mécanisme interne.

La voix de Kris me revint en tête, aussi claire que s'il se tenait devant moi :

Ton frère avait détruit le sien…

Dorian m'observait, regardant les étincelles de magie continuer à longer mon bras, mes doigts, pour passer dans le cristal.

– Il ne s'est jamais allumé pour moi, dit-il doucement. Tu es différente. Je ne sais pas ce que tu es.

Je pouvais sentir l'objet aspirer le peu de magie qui me restait, comme le faisait Nixe pour pouvoir fonctionner.

Au prix d'un effort, je parvins à ralentir et finalement à stopper le flux d'énergie qui descendait de mon bras. Des gouttelettes de sueur perlèrent sur mes tempes tandis que je regardais l'étincelle clignoter et trembloter au cœur du cristal. Je tirai plus fort, et une fraction d'énergie me remonta dans les doigts.

Ignorant le tremblement de ma main, je récupérai ainsi toute l'énergie que le cristal m'avait prise. Le processus fut pénible et laborieux. Quand j'eus fini, le cristal était redevenu inerte. Ce n'était plus qu'un objet translucide au creux de ma main.

En relevant les yeux, je vis que Dorian me fixait avec une expression impénétrable. Je fis mine de lui rendre le cristal, et il tressaillit, en reculant d'un pas. Pendant un instant, je lus de la peur sur ses traits.

– Garde-le, murmura-t-il en déglutissant. Garde-le.

Il ne voulait pas que je le touche. Choquée, je compris qu'il avait peur que je lui fasse la même chose qu'au cristal. Je glissai le cœur de pixie dans ma poche, où il vint se nicher contre l'oiseau en papier.

Dorian avait repris son sang-froid et m'examinait, lèvres pincées. Je saisis alors ce qu'il avait senti chez moi en me serrant la main. Si ce noyau de magie avait animé un pixie, ce dernier serait mort à la seconde où je l'avais vidé de sa magie. J'essayai d'imaginer la moissonneuse que j'avais rencontrée lors de mon premier jour à l'extérieur du Mur – elle aussi devait avoir un noyau similaire, quelque part en elle.

J'avais le pouvoir d'arrêter le cœur d'une machine. D'arrêter n'importe quel cœur ?

Je crus que Dorian allait répéter ce qu'il m'avait demandé ce matin. Je m'y préparai, et il me dévisagea un moment, le regard sombre et immobile. Il n'eut pas besoin de le formuler à voix haute – les mots flottaient déjà entre nous. Je lus de nouveau le désespoir dans ses yeux. Mais en fin de compte, il se contenta de me remercier pour mon aide et m'envoya rejoindre les autres.

Alors que les villageois finissaient leur dîner sur la place désormais barricadée, Dorian sortit s'adresser à eux. J'essayai de fermer mon esprit à son discours, car je ne voulais pas l'entendre, sachant ce que j'étais sur le point de commettre, mais il avait beaucoup d'éloquence. Il montra tellement de passion et d'assurance que, quand il eut fini, j'en arrivais presque à croire que les habitants du bois de Fer avaient une chance de résister.

– Nos éclaireurs disent que l'ennemi sera là demain, conclut Dorian, les paumes à plat sur la rambarde. Alors allez dormir. Les éclaireurs se relaieront pour monter la garde – nous sommes en sécurité pour l'instant, et bientôt nous aurons besoin de toutes nos forces.

Je l'observais depuis la fenêtre de la maison de Tansy. Ses yeux cherchèrent les miens. Cette fois, je soutins son regard, et après quelques instants, il se détourna.

Je regardai les gens retourner chez eux, solennels pour la plupart mais certains suffisamment confiants pour sourire et plaisanter. Je repensai à la moissonneuse, à toutes ses mains et aux dégâts qu'elles pourraient infliger à des victimes humaines. Le souvenir de ses doigts arachnéens sur ma cheville me donna le frisson.

C'était moi qui les avais mis dans cette situation. C'était ma faute si les machines étaient en route pour capturer tous les Renouvelables du village, comme c'était ma faute si Oren allait être exécuté. Jusqu'à présent, j'avais été un simple rouage au service d'une population – pouvais-je changer, et devenir l'instrument d'une autre ?

Si je ne pouvais pas sauver le bois de Fer, il y avait au moins quelqu'un que je pouvais aider. Oren avait tout surmonté pour venir me retrouver, et pour le remercier je l'avais livré aux mains de gens décidés à le tuer. Ils avaient fait beaucoup pour moi, ici – mais Oren avait accompli davantage.

***

Tansy et moi passâmes la soirée à discuter des mille et une petites choses de la vie. Elle paraissait aussi nerveuse que moi, quoique pas pour les mêmes raisons. Elle n'était pas beaucoup plus âgée que moi, et même si elle suivait un entraînement militaire depuis l'enfance, elle avait peur malgré tout. Ses parents dormaient profondément, écrasés de fatigue, mais elle resta avec moi au coin du poêle, à bavarder à voix basse.

Même si j'aurais préféré qu'elle me laisse tranquille et s'endorme, je ne pouvais pas l'envoyer promener. Voilà longtemps que je n'avais plus eu d'amie, surtout une amie qui ne m'ait pas trahie, ne se soit pas changée en monstre ou ne fonctionne pas grâce à un cœur magique. Je la laissai donc continuer bien plus longtemps que je n'aurais dû.

Il était minuit passé quand un coup frappé à la porte vint annoncer à Tansy que c'était l'heure de son tour de garde. Elle se leva, puis se pencha pour me serrer la main.

– On va s'en sortir, me murmura-t-elle. Tu verras.

Elle disparut dans la nuit avec l'éclaireur venu la chercher. J'écoutai ses parents se retourner dans leur sommeil. De l'autre côté de la fenêtre, je distinguais la cage d'Oren dans la pénombre. Il avait repris sa forme monstrueuse en milieu de matinée mais s'était tenu tranquille depuis. Dorian avait ordonné qu'on l'épargne pour l'instant.

Je n'avais aucune idée de l'heure qu'il pouvait être. Je m'aperçus que le disque solaire de ma ville me manquait.

Je m'éloignai de la fenêtre et vins récupérer les bouteilles de cidre que j'avais préparées plus tôt. Elles avaient chauffé sous le poêle. À la lueur des braises, je les enveloppai dans une serviette et versai le cidre dans plusieurs bols que je posai sur un plateau. Chaque fois que le verre tintait contre la céramique, je sursautais et jetais un regard anxieux vers les parents de Tansy, mais ils ne se réveillèrent pas. Ils prenaient les choses avec un sang-froid stupéfiant. Peut-être que ce n'était pas la première fois qu'un étranger conduisait l'ennemi à leurs portes.

Je pris une petite gorgée de cidre, que je fis rouler sur ma langue. Puis je la recrachai, en espérant que le goût du liquide bleu passerait inaperçu – et que j'en avais mis suffisamment.

Je m'avançai jusqu'à la porte, le plateau à la main, sentant contre ma peau le métal froid du couteau d'Oren que j'avais glissé dans mon pantalon. Je respirai plusieurs fois en tâchant de maîtriser les battements de mon cœur. J'avais intérêt à calmer les tremblements du plateau si je voulais qu'on accepte mon cidre.

Quand je relevai enfin la tête, je soulevai le loquet et me faufilai au-dehors. Comme la nuit précédente, l'éclaireur le plus proche se tenait appuyé au coin de la maison voisine. D'après ce que je pouvais voir, ils étaient moins nombreux à monter la garde cette nuit – la passivité d'Oren les avait peut-être mis en confiance. Ou, plus vraisemblablement, on avait eu besoin d'eux ailleurs pour guetter l'arrivée de l'ennemi.

– Bonsoir, chuchotai-je en m'approchant.

C'était le même éclaireur que la nuit dernière – celui à qui Tomas avait confié la clé.

Il scruta les ténèbres jusqu'à ce qu'il me voie.

– Ne t'en fais pas, dit-il, se méprenant probablement sur mon regard inquiet et ma respiration haletante. Nous serons prévenus avant que l'ennemi arrive jusqu'ici.

Quel mal y avait-il à lui laisser croire que c'était l'attaque qui m'inquiétait ? Je me raclai la gorge et acquiesçai de la tête, tâchant d'afficher du soulagement.

– Je n'arrive pas à dormir, dis-je en me lançant dans le discours que j'avais répété. Je me sens tellement mal à propos de cette histoire.

L'éclaireur me sourit ; ses dents scintillèrent dans le noir.

– Ne t'en fais pas, répéta-t-il. Tu n'y es pour rien. Dorian nous a bien expliqué que ce n'était pas ta faute.

Rien n'aurait pu être plus éloigné de la vérité, mais je lui souris en retour, et si mon sourire semblait un peu forcé, eh bien, le sien aussi.

– Quand même, j'aimerais tellement pouvoir vous aider. Je sais que ce n'est pas grand-chose, bredouillai-je, mais j'ai fait chauffer un peu de cidre. Pour vous éviter de prendre froid en montant la garde.

Était-ce de la suspicion que je lisais dans son regard ? Non, plutôt de la gourmandise, à voir l'empressement avec lequel il s'empara d'un bol. Il huma le breuvage et soupira.

– C'est gentil, Syrli.

En ville aussi, tout le monde savait mon nom, même ceux que je connaissais à peine de vue. Une preuve de plus que j'étais la seule responsable de mes difficultés d'intégration.

– Tu vas en porter aux autres ?

J'acquiesçai de la tête.

– Si tu crois qu'ils en voudront, dis-je. Il est assez chaud ?

Inutile de continuer ma tournée s'il trouvait au cidre un goût amer et le recrachait à la première gorgée.

Il le goûta du bout des lèvres, puis prit une franche gorgée.

– Oui. Merci.

Quand je le laissai, il tenait le bol à deux mains sous son visage, avec la vapeur qui s'enroulait autour de son menton. Je rendis ensuite visite à toutes les sentinelles postées autour de la place. Tous acceptèrent mon cidre sans méfiance. Sentant un regard peser sur ma nuque, je sus que la créature dans sa cage suivait chacun de mes gestes avec la patience d'un prédateur.

En repartant avec mon plateau, je vis le premier garde auquel j'avais parlé dodeliner de la tête. Le menton sur le torse, il s'adossait lourdement contre le coin de la maison. Je récupérai délicatement son bol avant qu'il ne le lâche.

– Merci, Syrli, marmonna-t-il, avant de glisser par terre.

Un frisson d'angoisse me parcourut – n'avais-je pas trop forcé la dose ? À quel point ce remède pouvait-il être dangereux ?

Je posai le plateau contre le mur de la maison de Tansy et m'empressai de retourner auprès de l'éclaireur. Alors que j'essayais de lui prendre le pouls, il se mit à ronfler. Un soulagement palpable m'envahit.

Tout autour de la place, les autres éclaireurs s'écroulaient un à un. Je me penchai sur le garde et fouillai ses poches, en m'efforçant de procéder le plus doucement possible. Ses ronflements se poursuivirent paisiblement ; il ne se réveillerait pas de sitôt. Quand j'eus retourné plusieurs fois toutes ses poches, je me sentis gagnée par la panique. La clé n'y était pas.

Je jetai un coup d'œil au centre de la place, vers la cage en fer. *On ne peut pas enchanter le fer*. J'avais échoué. Je luttai pour garder les yeux secs et la voix claire. Qu'au moins je ne lui offre pas le spectacle de mes larmes.

Attentive au moindre bruit suspect, je m'avançai dans le clair de lune en direction de la cage.

29

Je trouvai Oren en train de m'attendre. Il était redevenu lui-même pendant mon circuit autour de la place. Il continuait à m'observer mais son regard s'était modifié, adouci. Il paraissait moins animal.

Il était assis en tailleur, le dos contre les barreaux, les mains posées sur les genoux. Cela lui donnait l'air tranquille, mais bien sûr, l'étroitesse de la cage ne lui permettait guère de se placer autrement.

Nous nous dévisageâmes longuement à travers les barreaux. Puis je m'humectai les lèvres et murmurai :

– Salut.

Il ne répondit rien. Il se contenta de ciller brièvement. Le clair de lune qui se reflétait dans ses yeux s'éteignit avant de se rallumer. Au bout d'un moment, il leva légèrement la tête et demanda d'une voix douce :

– Je suis l'un d'entre eux, pas vrai ?

– L'un de…

Ma voix se prit dans ma gorge.

– Des noirauds.

Je ne distinguais pas grand-chose de son visage, toujours aussi impassible. Sa voix était encore plus plate, plus neutre que d'habitude.

– Comment as-tu deviné ?

– Il y a des moments, quand je suis dans le noir, où j'ai l'impression de m'en rendre compte. Et puis, je suis encore en cage. J'ai peut-être des absences mais je ne suis pas stupide.

Je le dévisageai et il me retourna mon regard. Il n'y avait pas le moindre apitoiement dans son expression. À sa place, j'aurais clamé mon innocence, supplié qu'on me relâche. Lui restait assis à me regarder, les mains sur les genoux.

– Qu'est-ce qu'ils ont prévu pour moi ? demanda-t-il enfin, brisant le silence.

– Ils m'ont accordé cette nuit, murmurai-je. Un sursis. Après, ils… (J'avais la mâchoire tellement crispée que j'eus beaucoup de mal à continuer.) Je ne les laisserai pas faire. C'est pour ça que je suis là.

– Je n'ai pas peur, m'assura-t-il.

Ses yeux pâles foncèrent, s'intensifièrent. Il se pencha en avant ; les angles durs de son visage étaient coupés en deux par l'ombre d'un barreau sur ses pommettes.

– Si c'est ce que je suis, il vaut mieux que je meure.

J'avais déjà entendu la même résolution dans sa bouche, au bord du lac d'été. Quand il m'avait dit que l'humanité de la femme-ombre et de son enfant ne comptait pas. Qu'ils méritaient tous de mourir.

– Non ! m'exclamai-je, avant de me souvenir de parler à voix basse. Tu n'es pas un monstre. Ils ne savent pas qui tu es vraiment.

– Si je suis différent, c'est uniquement grâce au temps que j'ai passé avec toi, rétorqua Oren.

Il n'avait pas élevé la voix une seule fois. Il ne chuchotait pas, mais s'exprimait avec une sérénité qui me donnait envie d'arracher les barreaux de sa cage.

– C'est facile à comprendre, avec le recul. Plus j'étais à tes côtés, plus j'y voyais clair. Je croyais simplement que…

Il secoua la tête. Son agacement était une marque de confiance. Il n'y avait qu'en ma présence qu'il manifestait ainsi ses émotions.

– Je croyais que c'était toi.

Je me penchai en avant et empoignai les barreaux, comme si mon seul contact allait suffire à les faire fondre.

– Je vais te conduire devant Dorian, tu lui diras que tu n'es pas un monstre et il les empêchera de te faire du mal. Je suis sûre qu'on réussira à les convaincre. Je resterai toujours près de toi et je te garderai… je te garderai humain. Je te garderai en sécurité.

J'inclinai la tête, le front collé contre le fer.

Oren tendit le bras pour effleurer mes doigts avec les siens.

– Je ne veux pas qu'on me garde, dit-il doucement, ce qui me fit dresser la tête.

Je ne devais pas être jolie à voir, avec mes yeux mouillés de larmes et gonflés par le manque de sommeil, mais il ne parut pas dégoûté ; au contraire, il me sourit. Je lâchai les barreaux et vins me placer devant la porte de la cage. Si Dorian me croyait assez forte pour anéantir une armée, je devais être assez forte pour ça.

– Elle est fermée à clé, m'avertit Oren, en me suivant du regard.

– Je n'ai pas besoin de clé, grommelai-je.

– Syrli, c'est du fer. Même moi, maintenant, je sais qu'on ne peut pas enchanter le fer.

– Les arbres ont été changés en fer par magie. Le fer n'est qu'un élément du monde, dis-je, en prenant le cadenas au creux de ma main. (Je le soupesai ; il était lourd et froid.) Comme un autre.

Je fermai les yeux, à la recherche de cette minuscule étincelle d'énergie qu'il me restait.

– Tu vas te faire mal ! protesta Oren. Tu te souviens de la dernière fois où tu as employé la magie ? J'ai dû te porter jusqu'au lac. Tu étais tellement légère que j'avais peur de te casser.

– Ne t'inquiète pas, dis-je. Je sais comment faire maintenant.

Ce n'était pas tout à fait un mensonge. Les paroles de Dorian – à propos de canaliser, d'amplifier le pouvoir – m'avaient fait entrevoir des choses que j'avais préféré garder pour moi. Après tout, ne m'avait-il pas dit que je possédais une capacité de manipuler la magie à faire pâlir d'envie n'importe qui ?

Je trouvai au fond de moi ce dernier noyau de pouvoir qui me venait de l'Institut. Je comprenais à présent pourquoi son usage avait toujours été si douloureux, pourquoi j'avais chaque fois cette sensation qu'on m'arrachait un os. Il s'agissait d'une force artificielle synthétisée en laboratoire et qu'on avait injectée en moi ; pas étonnant qu'elle en jaillisse avec une telle impression de déchirement.

Le cadenas se réchauffa à mesure que je me concentrais – mais sous l'effet de la chaleur de ma main ou du pouvoir auquel j'essayais d'accéder, je n'aurais pas su le dire.

– Syrli ! gronda Oren, en passant le bras entre les barreaux pour m'attraper le poignet. Arrête ça ! Même si tu réussis à ouvrir le cadenas, je ne sortirai pas de cette cage. Syrli, *il n'y a rien à faire pour moi*. Si tu me libères, je recommencerai à tuer.

– Non ! fis-je en ouvrant les yeux, ma vision brouillée par les larmes. Ils ont l'intention de t'exécuter au matin, et ne compte pas sur moi pour rester les bras croisés sans rien tenter. Je me fiche de ce que tu as fait, et je me fiche de ce que tu pourrais faire ; je sais seulement que tu comptes pour moi, et si tu ne veux pas me laisser faire, je t'assomme avec une drogue, je te traîne dans les bois et je t'abandonne là-bas.

Je clignai des paupières pour chasser mes larmes et vis qu'il m'observait en silence, sans la moindre expression. Je me raclai la gorge et murmurai :

– Si c'était moi qui me trouvais là, est-ce que tu me regarderais mourir ?

J'attendis sa réponse, mais il se contenta de rester assis là, à me fixer avec ce regard impassible qui m'agaçait tellement. Et puis, lentement, un doigt après l'autre, il me lâcha le poignet.

Je tournai mon attention sur le cadenas, pas mécontente de pouvoir me concentrer sur quelque chose. Mon estomac se cabrait, si bien que je remarquai à peine le brouillard qui se leva dans ma tête, la sensation de vertige qui m'envahit. Alors que je fermai de nouveau les yeux, le métal devint brûlant au creux de ma main.

Le sang rugit à mes oreilles tandis que je m'efforçais de projeter ce pouvoir hors de moi. Il ne m'en restait pas grand-chose. J'en avais pris conscience quand on m'avait prévenue que j'étais en train de le perdre. Maintenant, je voyais clairement que mon pouvoir était presque épuisé.

J'invoquai – pour la dernière fois – l'image de l'oiseau en papier de mon frère, la sensation vibrante de cette première magie. Je l'avais eue en moi avant l'intervention de l'Institut.

Cette première fois, le pouvoir ne venait que de moi. J'essayai de retrouver cette réserve et ne sentis que du vide.

Quand je rouvris les yeux, ma vision se modifia brusquement. Je vis Oren près de moi, un gouffre d'énergie, aspirant chaque filament de pouvoir que je parvenais à créer. Il n'était qu'un trou noir alors que partout autour de nous je percevais la débauche d'énergie scintillante des éclaireurs endormis, des familles dans leurs maisons, et au-delà, des sentinelles qui guettaient l'Institut. Comme les flashs d'irisation que j'avais vus dans les poches, sauf que ce n'étaient plus des flashs. Luisante, scintillante, je la voyais maintenant – de la magie partout, qui ne demandait qu'à être prise.

Tremblant sous l'effort, je déversai tout ce que j'avais dans le cadenas. L'image des personnes scintillantes autour de la place se troubla, et des arcs d'énergie se tendirent entre elles et moi. On aurait dit la foudre qui s'abat sur une tour. Mon estomac se tordit si fort que je craignis de le voir gicler de mon ventre. Je poussai une exclamation étranglée et lâchai le cadenas. Il retomba ouvert, se balança et se décrocha de la porte. Le couteau que j'avais glissé dans mon pantalon me brûlait la peau.

Je continuai à fixer le cadenas pendant qu'Oren repoussait la porte. Je me sentais vide, creuse. Qu'avais-je donc fait ?

Oren était sorti de la cage et m'empoignait par les épaules, en me parlant d'un air inquiet. Il me secoua légèrement. Je revins dans le présent et levai les yeux sur lui, surprise.

– ... besoin de t'asseoir ?

– Non, ça va, soufflai-je.

Je m'aperçus en le disant que c'était vrai. Je ne m'étais pas sentie aussi bien depuis le jour de la Collecte. La magie avait disparu – et il ne restait plus que moi.

Oren me dévisagea attentivement. Je me réjouis de ne pas avoir eu à lui mentir. J'étais sûre qu'il s'en serait rendu compte. Son regard était d'une telle intensité – mélange d'inquiétude humaine et de férocité animale – que je dus fermer les yeux. Je m'attendais à ce qu'il insiste pour me faire asseoir, reposer ou manger quelque chose, comme s'il me croyait sur le point de m'évanouir.

Au lieu de quoi, il murmura :

– Tu as dit que je comptais pour toi.

Il y avait dans sa voix quelque chose d'étrange et de nouveau, qui me fit rouvrir les yeux. C'était discret, mais je connaissais bien ce visage et ses subtilités maintenant, et je le reconnus pour ce que c'était : de la surprise.

– Oui.

– Tu sais que je suis un monstre.

À quoi bon discuter avec lui maintenant ? Je déglutis et répondis dans un murmure :

– Oui.

Il ferma les yeux puis baissa la tête. Quand il la releva, le moment de surprise était passé et il était redevenu aussi calme et impénétrable que jamais.

– Il faut que nous partions, dit-il d'une voix rude. Il va bientôt faire jour.

– Nous, répétai-je.

Je voulais le formuler comme une question, mais ma voix sortit si doucement que ce ne fut qu'un écho.

Il recula d'un pas, pour mieux m'observer. Je ne m'étais pas rendu compte à quel point nous nous tenions près l'un de l'autre.

– Nous, dit-il avec fermeté. Tu pensais me libérer et que je te laisserais toute seule ici ?

– Je ne peux pas venir avec toi, murmurai-je.

La sensation de vide au creux de mon ventre était un puits béant, qui menaçait de m'engloutir tout entière. Était-ce comme ça qu'on se sentait, en ville, juste après la collecte ?

– Il le faut, insista Oren. J'ai besoin de toi. Pour rester humain.

Je secouai la tête. Le pas et demi qui nous séparait s'agrandissait comme un gouffre, comme si je le regardais depuis l'autre bord.

– Je ne suis pas une Renouvelable, dis-je.

Je ne reconnus pas ma voix – j'avais l'impression qu'une autre parlait à travers moi pour lui expliquer la situation. Je la laissai continuer, trop effrayée pour reprendre le contrôle et adoucir le coup.

– Je suis le résultat d'une expérience. Mon pouvoir me venait uniquement de l'Institut. Je n'en ai plus. Je me suis servi de ce qui me restait pour ouvrir ce cadenas. Si nous partons tous les deux, tôt ou tard...

J'eus le sentiment de le voir vieillir d'un seul coup. Ses épaules s'affaissèrent, et son visage anguleux se creusa avec une expression de lassitude.

– Tôt ou tard, je me transformerai et je te tuerai.

J'acquiesçai de la tête.

– Tu aurais dû les laisser m'éliminer, dit-il à voix basse. Tu m'as fait croire que si j'acceptais que tu me gardes près de toi, je resterais comme je suis.

Son visage avait changé, ses yeux étaient devenus froids et brillants.

– Tu m'as fait croire que je resterais moi-même.

– Je ne pouvais pas les laisser te tuer, dis-je.

Je me sentais comme le phonographe, à répéter les mêmes mots encore et encore, de plus en plus vides de sens à chaque fois.

– Je ne pouvais pas, redis-je.

– Qu'est-ce qui te fait croire que j'aurais envie de vivre, si c'est pour… ?

Il pinça les lèvres. J'aurais préféré qu'il détourne la tête, qu'il cesse de me regarder, qu'il tourne sa colère contre une autre cible. Mais il continuait de me fixer, et je brûlais et me tortillais sous son regard, incapable d'y échapper.

– Même être un monstre, c'est toujours mieux que d'être mort.

Il me dévisagea froidement. Je commençai à larmoyer à force de soutenir son regard ; je clignai des paupières pour évacuer mes larmes, et baissai la tête.

– Tu devrais t'en aller, dis-je sèchement. Il va bientôt faire jour, et tu as intérêt à te sauver.

Oren, mâchoires serrées, ne dit rien.

– Pars vers le nord, lui conseillai-je. Tu tomberas sur le verger. Il y a des pommes là-bas – tu n'auras qu'à en emporter. Ensuite, continue dans la même direction ; c'est là que les éclaireurs sont les moins nombreux…

– Syrli, dit-il, essayant de m'interrompre.

– En faisant vite, tu arriveras peut-être à atteindre la poche de magie la plus proche avant de… avant de te transformer.

– Syrli !

– Fais attention à toi, dis-je, en fixant son T-shirt élimé, incapable de lever la tête et d'affronter son regard. Hein, Oren ? Fais bien attention à t…

Il s'avança et me ferma la bouche avec sa main. Ses doigts sentaient le sang, l'herbe et le vent.

– *Tais-toi !* grogna-t-il. Tu ne t'arrêtes donc jamais de parler ?

Il glissa ses doigts dans les mèches de cheveux qui tombaient sur ma nuque. Il posa ses lèvres sur les miennes. Les lèvres d'un monstre. Je dus produire une sorte de petit bruit, car il s'écarta brusquement. Il scruta mon visage. J'étais trop hébétée par le grondement à mes oreilles et la sensation de brûlure sur mes lèvres pour savoir ce qu'il lut dans mon expression.

En tout cas, cela lui fit changer d'attitude. Il s'avança d'un pas, comblant le vide qui nous séparait. Cette fois, il y avait dans son baiser une urgence qui me brisa le cœur. Je perçus son goût – la saveur métallique de sa bouche. Le goût du sang.

Un monstre. Un meurtrier. Un cannibale.

Je le repoussai brutalement, en inhalant bruyamment.

– Non ! haletai-je. Ne me touche pas.

Je frémis, parcourue d'un frisson de dégoût.

Je savais qu'il me dévisageait, même si je n'osais pas lever la tête pour le regarder. J'imaginai trop bien sa souffrance. Combien de fois lui avais-je répété qu'il n'était pas un monstre ? J'aurais voulu le serrer dans mes bras, lui assurer que je n'avais pas voulu dire ça, mais je savais que ce serait un mensonge. Comment pouvais-je m'abandonner entre ces mains qui avaient massacré des êtres humains ?

Non. Ce que j'aurais voulu, c'était revenir en arrière, oublier ce que j'avais appris et qu'il ne soit plus qu'un garçon qui aidait une fille perdue dans la nature.

Aucun de nous deux ne brisa le silence. J'entendis au loin un oiseau pousser un gazouillis interrogateur. Une clarté affreuse s'insinuait à l'est.

– Va-t'en, fis-je d'une voix rauque.

– Je te retrouverai, me promit-il, en se détournant, comme si ma seule vue suffisait à lui rappeler ce qu'il était.

Il se passa la main sur la figure, et la laissa sur sa bouche, étouffant la suite de sa phrase.

– Même dans le noir, dit-il – et je savais qu'il ne parlait pas de la noirceur de la nuit –, même dans le noir, je te vois toujours. Tu rayonnes.

– S'il te plaît, va-t'en, insistai-je.

J'aurais voulu revenir en arrière, lui laisser croire que les choses pourraient être différentes. Mais je ne pouvais plus ravaler mes paroles. Et l'aube était proche.

– Monstre ou humain, je ne peux pas renoncer à toi. J'ai essayé.

– Oren, suppliai-je, en conservant mon calme au prix d'un effort colossal. Va-t'en, s'il te plaît. *Je t'en prie.*

– Et si je te retrouve – et que je ne suis pas moi-même –, promets-moi de me tuer, Syrli.

– Oren…

– Promets-le-moi !

Il ne m'avait jamais crié dessus, pas avec une telle force ni une telle intensité. Autrefois, la férocité de son regard m'aurait terrifiée. À présent, je voyais la peur qui se cachait derrière. Il était piégé comme un animal en cage. Et comme un animal, il se défendait par la violence.

– Je te le promets, murmurai-je.

J'entendis derrière moi un gémissement léger, en réaction au cri d'Oren. Les éclaireurs commençaient à se réveiller.

– Allez, va-t'en.

Il se retourna vers moi, comme je le craignais et l'espérais à la fois. Je savais que c'était probablement la dernière fois que je le voyais – en tout cas, que je le voyais comme il était en cet instant. Il me lança ce regard inexpressif qui m'avait tellement exaspérée, et qui me donnait maintenant l'impression que mes os se changeaient en gelée. Le métal du couteau glissé dans ma ceinture avait refroidi ; il était redescendu à la température de mon corps. Je le sortis et le lui tendis.

Il secoua la tête.

– Garde-le. Là où je vais, je n'en aurai pas besoin.

Là où je vais. Dans le noir. Je crispai si fort les doigts sur le manche du couteau que ma main se mit à trembler.

– Je t'aurais gardé en sécurité, murmurai-je.

Il m'adressa un sourire – bref, hésitant et surpris, mais un sourire tout de même.

– Je sais, dit-il.

Il se retourna à moitié, la main sur la porte de sa cage, prêt à revenir à l'intérieur. Il hésita longuement. Puis il partit. Les premières lueurs de l'aube me permirent de le suivre du regard jusqu'aux dernières maisons. Après quoi, il n'y eut plus que des ombres et le chant des oiseaux dans le petit matin.

30

Je retournai à la maison, en trébuchant dans l'obscurité et en frémissant de la tête aux pieds. Je devais récupérer mes affaires, rassembler ce dont j'aurais besoin pour survivre par mes propres moyens. Mon oiseau. Le briquet d'Oren. Mon sac. Et maintenant, bien sûr, le couteau.

Mes mains tremblaient en fourrant mes affaires dans le bout de tissu élimé qui me servait de sac. Je fis tout tomber, jurai à voix basse et ravalai mes sanglots. Mon cerveau ne fonctionnait plus ; je revivais sans arrêt le même instant. Les lèvres d'Oren ; ses doigts dans mes cheveux ; l'odeur d'herbe et de vent. Encore et encore, comme l'enregistreur dans la poche aux fantômes. J'étais tellement perturbée que quand une main surgit de l'ombre pour se poser sur la mienne, je sursautai à peine. Je me contentai de la fixer, le souffle court.

– Prends ça, me dit Tansy, venant s'agenouiller à côté de moi et me glissant dans les mains un objet en cuir.

Je baissai les yeux et palpai ce qu'elle m'avait donné. Un sac. Un vrai sac à dos.

Je relevai la tête. Le petit jour qui entrait par la fenêtre éclairait à peine ses joues. J'ouvris la bouche, mais ne trouvai pas les mots.

– Tu vas t'enfuir, pas vrai ?

Malgré l'intonation, ce n'était pas une question. Tansy prit les choses en main et entreprit d'emballer mes affaires dans mon nouveau sac.

– Tansy… commençai-je. (Je m'enrouai ; ma voix était restée figée dans l'instant où Oren m'avait quittée, et je dus m'éclaircir la gorge.) Je ne suis pas une combattante. Ce n'est pas…

– Je t'ai vue tout à l'heure, quand tu as libéré le prisonnier. Il faut que tu te sauves, sinon c'est toi qu'on mettra dans la cage.

Elle rajouta des provisions dans mon sac, en raflant des choses que je n'aurais pas osé prendre. Des pommes, des outres d'eau.

– Tu l'as guéri.

Je secouai la tête, les yeux brûlants.

– Non. Il finira par se retransformer tôt ou tard. C'est juste que… après tout ce qu'il a fait pour moi, je ne pouvais pas le laisser mourir.

Tansy demeura silencieuse un moment, le temps de finir de remplir mon sac.

– Tu dis que tu n'es pas une combattante, mais tu te trompes. Tu te bats pour ceux que tu aimes.

Elle serra le cordon du sac d'un coup sec, puis releva la tête. Je distinguais tout juste son expression – triste, et très peinée. Mais résolue.

Je m'aperçus que je portais toujours son manteau. Quand je fis mine de le retirer, elle posa la main sur mon épaule pour m'en empêcher.

– Garde-le, me dit-elle. Il est trop petit pour moi de toute façon.

Nos visages n'étaient qu'à quelques centimètres l'un de l'autre, et nous parlions tout bas. Ses parents continuaient à dormir.

– Pourquoi est-ce que tu m'aides ? chuchotai-je. J'ai tout gâché.

Tansy me regarda dans les yeux avec une expression étrange, que pour la première fois je fus incapable de déchiffrer.

– Parce que j'essaie de me battre pour ceux que j'aime, moi aussi. Même si des barreaux en fer m'auraient sans doute arrêtée.

Je compris alors ce qu'il y avait dans son expression : de l'admiration.

Elle se pencha vers moi et me serra dans ses bras un moment. Ce n'était pas très confortable, nous deux agenouillées, avec le sac entre nous. Mais après quelques secondes d'hésitation, je lui rendis son étreinte.

– Merci.

Puis elle se releva, aussitôt prête à l'action. Elle disparut par la porte et s'en alla rejoindre les autres éclaireurs. Il était trop tôt pour relever qui que ce soit, mais je compris qu'elle n'avait pas envie de me voir partir. J'aurais voulu trouver les mots pour lui dire que je me battrais pour elle, moi aussi, si je le pouvais.

Mais ç'aurait été un mensonge. À en croire Dorian, j'aurais pu détruire l'armée qui s'approchait. Simplement, je n'en avais pas la force.

***

Je pris la direction de l'est. De temps à autre, j'apercevais les formes lumineuses que j'avais entrevues au moment d'ouvrir la cage, comme des images résiduelles imprimées sur ma rétine. Comme si le fait de faire sauter le cadenas m'avait aussi ouvert autre chose, une sorte de seconde vue. Je pouvais maintenant distinguer le réseau de magie, l'énergie – et le fer qui l'étouffait.

Il y avait des éclaireurs partout au milieu des arbres, à l'affût du moindre signe d'attaque. Les troupes n'arriveraient sans doute pas avant la tombée de la nuit, mais Dorian ne voulait prendre aucun risque. Les éclaireurs étaient bien entraînés, depuis des années qu'ils défendaient le bois de Fer contre les hommes-ombres.

Les hommes-ombres comme Oren.

Je refoulai cette pensée. Je ne pouvais pas me permettre d'y réfléchir, pas maintenant. Je pouvais facilement repérer les éclaireurs. Chacun apparaissait sous la forme d'un entrelacs de filaments blanc-doré, qui brillaient dans la noirceur des arbres de fer.

Là – une faille dans leur réseau. Deux éclaireurs assez distants pour que je puisse me faufiler entre eux, à condition d'être prudente et de ne faire aucun bruit. Le fait que Tansy me laisse partir ne voulait pas dire qu'ils ne tenteraient pas de m'arrêter.

Je me dirigeai vers la trouée, en me déplaçant avec une discrétion dont Oren aurait été fier.

Je rejetai ce nom en grimaçant. Mes lèvres me picotaient et je les touchai du bout des doigts, comme une gamine qui s'est brûlé la langue. J'allais sans doute avoir un bleu. *Si je reste en vie assez longtemps pour ça.*

Les troupes de la ville arriveraient par l'est. Une fois à l'orée du bois de Fer, je n'aurais qu'à couper vers le sud et les contourner largement. Je pourrais peut-être retourner au lac d'été, ou au monde des abeilles, si je retrouvais le chemin. Peut-être survivrais-je assez longtemps pour décider où aller ensuite.

Pouvais-je abandonner le bois de Fer à son destin ? Avais-je le choix ? Je n'arrivais pas à croire que Dorian espérait vraiment me voir détruire l'armée qui s'approchait. L'Administratrice Gloriette était la dernière personne au monde que j'avais envie de revoir, mais je ne me voyais pas la tuer pour autant. Et Kris serait sans doute là également.

Le couteau d'Oren se trouvait dans ma poche, froid contre ma cuisse. Je l'avais conservé comme un instrument de survie – et non comme une arme destinée à tuer.

N'est-ce pas ?

L'Institut, qui voulait me faire participer à la destruction d'un village entier ; le bois de Fer, qui me suppliait de massacrer l'armée de ma propre ville ; et même Oren, qui exigeait que je le tue, ainsi que tout autre homme-ombre que je rencontrerais, parce qu'il n'y avait pas de rédemption pour eux. Je fis jouer mes épaules dans les sangles de mon sac à dos, rentrai la tête contre et m'enfonçai dans la forêt sans me faire voir. Je prenais la fuite.

Comme Basil avant moi. Je savais maintenant pourquoi il était parti. S'était-il éclipsé discrètement lui aussi, pendant que tout le monde dormait ?

Je me répétai que le village était bien défendu. Les éclaireurs avaient des années d'expérience du combat contre les hommes-ombres. Ils étaient prévenus du danger. Ils étaient prêts. Ils pouvaient peut-être gagner.

Mon cerveau, qui cherchait désespérément à soulager ma conscience, s'empara de l'idée et la fit tourner en boucle jusqu'à ce que je sois convaincue de sa validité.

Je m'appuyai sur ma seconde vue pour suivre les déplacements des éclaireurs, qui laissaient des traces de pouvoir blanc-doré derrière eux. Je trébuchai à plusieurs reprises, mais quand je sentis un corps mou sous mon pied, ma jambe se déroba automatiquement pour éviter de marcher dessus, et je tombai lourdement.

Je me relevai sans dommage, mais mon cœur cessa de battre quand je découvris sur quoi – sur qui – j'avais trébuché.

Tansy.

Je la fixai sans comprendre. Depuis combien de temps avait-elle quitté la maison ? Son visage était relâché, inerte. Je la secouai, et sa tête bascula sur le côté. Pourquoi n'avais-je pas vu son aura de magie ? À moins que… *Oh mon Dieu, non ! Ce n'est pas possible. Tansy !*

Je lui palpai maladroitement le poignet, trop paniquée pour détecter son pouls. Je me penchai sur elle et collai ma joue contre ses lèvres. Au bout d'un long moment, je sentis son souffle agiter doucement les cheveux sur ma tempe. Elle respirait. Je compris que je n'avais pas repéré son pouvoir parce qu'il faisait beau, sec et pas suffisamment humide pour que sa magie se manifeste aussi clairement que celle de ses compagnons. À présent que j'étais tout près d'elle, j'en distinguais tout de même de minuscules étincelles.

Je réessayai de lui prendre le pouls, dans le cou cette fois. Mes doigts décelèrent une minuscule trace de piqûre, guère plus qu'un point rouge sur sa peau. J'avais déjà vu une marque semblable. Sur Kris. Quand Nixe l'avait piqué.

Je contemplai le corps inanimé de Tansy. Mon esprit se refusait à interpréter ce que j'avais sous les yeux. Nixe serait-il revenu ? Et si oui, pourquoi s'en prendrait-il à mes amis ?

Je remarquai alors un son infime, presque inaudible ; l'effet tampon du fer réduisait le bourdonnement magique au minimum, mais j'entendais le bruit de mécanismes d'horlogerie qui sifflaient doucement à travers le bois.

Des pixies.

L'un d'eux apparut un peu plus loin, les ailes scintillantes dans la lumière de l'aube. Plus petit que Nixe et dépourvu d'yeux, il ressemblait à ceux des villes ; cependant, il arborait comme Nixe une longue aiguille au bout de son abdomen.

Je retins mon souffle, regrettant amèrement de ne pas avoir le pouvoir d'écrabouiller cette machine. Heureusement, le pixie ne parut pas remarquer ma présence. Il fila sans s'arrêter.

Bien sûr ! Ils n'avaient pas d'yeux – seulement des capteurs de magie. Tansy n'avait pratiquement aucun pouvoir et ils l'avaient détectée quand même. Mais moi, je n'en avais plus du tout.

Partout dans le bois, ma seconde vue me révélait des corps en train de dégringoler des arbres ou de s'écrouler. La progression silencieuse des pixies neutralisait les éclaireurs les uns après les autres.

Mais c'était beaucoup trop tôt ! L'armée n'aurait pas dû arriver avant ce soir au plus tôt. Je me représentai mentalement les moissonneuses traversant le bois de Fer, détruisant les maisons, rasant le village qui m'avait accueillie. Des mécanopodes piétinant le verger, en écartant les passerelles de bois et les échelles de corde comme des toiles d'araignées. Je traînai doucement Tansy à l'abri d'un tronc, en espérant que personne ne la trouverait.

Les gens d'ici ne connaissaient pas les pixies. Ils n'avaient jamais vu que Nixe, et quelle raison auraient-ils eue de le craindre ? Ils ne pouvaient pas savoir – n'avaient aucune chance de se défendre. À moins que quelqu'un *ne les pré-vienne.*

Le soleil se levait à l'est. À travers une trouée dans le feuillage de fer, je devinai qu'il devait apparaître juste derrière les montagnes. Quelque part dans un col se trouvait le lac d'été. J'inhalai profondément, puis tournai le dos au soleil et repartis au pas de course en direction du village.

Des pixies grouillaient autour de moi sans remarquer ma présence. La froideur de l'automne me brûlait les poumons, au point de faire danser des mouches noires devant mes yeux. L'un des pixies me frôla de si près que ses ailes de cuivre me laissèrent une mince ligne de feu sur la joue.

Je fis irruption sur la place m'attendant à tomber sur une scène de carnage, avec des pixies partout en train de pousser des cris stridents. Je m'arrêtai net. On n'entendait aucun bruit nulle part. Un bref instant, je crus être arrivée la première, puis je vis un reflet de cuivre s'échapper d'une fenêtre.

Les pixies allaient et venaient dans chaque maison, en injectant leur venin soporifique. Les éclaireurs postés autour de la place, qui commençaient à remuer et à grommeler à mon départ, étaient maintenant inertes et silencieux.

La bataille du bois de Fer était terminée avant même d'avoir commencé.

Alors que je me tenais là, je vis les lignes de magie onduler et trembloter autour de moi comme quand j'avais ouvert le cadenas.

J'ignore ce que tu es, m'avait dit Dorian. *Mais tu possèdes une capacité à manipuler la magie à faire pâlir d'envie n'importe lequel d'entre nous.*

Sans réfléchir, je cherchai ce vide en moi et l'ouvris au pouvoir qui m'entourait. Quand je les appelai, les lignes se tendirent vers moi comme des arcs de foudre, en me remplissant d'énergie. J'ouvris les yeux avec un petit cri. Je sentais un picotement au creux de mon ventre. Au fond, peut-être que le plus important n'était pas ce que j'étais.

Mais bien ce que j'étais sur le point de faire.

De quelque part dans le bois me parvinrent des craquements et des grincements qui douchèrent aussitôt le maigre espoir que j'entretenais encore. Quelque chose se frayait un passage à travers les arbres. Je tournai le dos au village et me plaçai face au vacarme, les pieds solidement plantés dans le sol comme si mon corps pouvait convaincre mon esprit de ne pas s'enfuir.

Je n'avais encore jamais entendu autant de machines à la fois. Elles faisaient trembler le sol sous les vibrations d'innombrables mécanismes d'horlogerie. Au-dessus de ma tête, les feuilles métalliques frémissaient.

Alors que le vacarme devenait assourdissant, je commençai à entrevoir le jour à travers les arbres. Quand les machines émergèrent du bois, je dus me retenir de prendre mes jambes à mon cou.

L'armée s'était creusé un chemin au milieu de la forêt, taillant dans la végétation avec ses machines hérissées de lames et de buses de feu bleu. Elle s'écoula hors de cette tranchée, plus terrifiante que tout ce que j'avais imaginé. Des machines que je ne pouvais pas nommer, que je n'avais jamais vues et dont je n'aurais même pas osé rêver, qui roulaient, flottaient ou rampaient vers la forêt et le monde de fer qu'elle cachait. Je vis des moissonneuses, des planteuses et des mécanopodes, ainsi que des mécanimaux canins qui bondissaient en aboyant et en jappant, et partout, des nuées tourbillonnantes de pixies. Tous ces mécanismes d'horlogerie produisaient un grondement sourd, omniprésent, qui ne s'estompait jamais – il ne faisait qu'enfler, et enfler encore.

Ici et là, une touche de rouge marquait la présence des architectes, certains à pied, d'autres à bord des mécanopodes. Voilà sans doute comment Kris était venu. Je me demandai s'il était là, quelque part, perdu au milieu de cette marée bouillonnante de rouge et de cuivre. Grâce à ma seconde vue, je vis luire les machines, gorgées de magie pour alimenter leurs mécanismes.

Sans trop savoir ce que j'allais faire, je quittai l'ombre de la forêt pour m'avancer à la rencontre de l'armée. Le ciel était strié de nuages en filaments de sucre, enflammés par le soleil levant. Quand les premiers rangs m'aperçurent, un frisson se propagea vers l'arrière et les machines s'immobilisèrent dans un vacarme indescriptible.

Au centre de la colonne, une moissonneuse se détacha de la masse et rejoignit l'avant-garde sur ses six pattes articulées. Au contraire du modèle automatisé que je connaissais, celle-ci avait un conducteur. Je sus qui c'était avant même que la machine ne s'arrête pour laisser descendre son occupante.

– Bonjour, mon poussin, me lança l'Administratrice Gloriette en croisant les mains sur sa bedaine – que son trajet confortable depuis la ville n'avait aucunement entamée. Nous nous sommes fait tellement de souci pour toi, pauvre petite. Comment vas-tu ?

Sa voix dégoulinait d'une tromperie écœurante. Derrière elle, les doigts hérissés d'aiguilles de la moissonneuse se balançaient paresseusement, attendant les ordres.

– Ça pourrait aller mieux, répondis-je en l'examinant avec attention.

Elle paraissait différente, changée ; presque en deux dimensions, comme un personnage tiré d'une illustration. Elle baignait dans la lumière matinale qui inondait la trouée. J'aperçus derrière elle un autre personnage dans la cabine, en train de m'observer.

Kris.

Son visage était figé, au point que je faillis ne pas le reconnaître. Il serrait les dents si fort que les muscles de sa mâchoire saillaient.

– Tu t'en es admirablement sortie, me complimenta Gloriette. J'ai toujours su que tu réussirais.

Ses yeux étaient durs et tranchants comme des rasoirs, en dépit de sa voix suave. Elle me surveillait avec autant de vigilance que j'en avais à son égard.

J'entrevis un mouvement du coin de l'œil – une ombre se faufilait discrètement entre les troncs déchiquetés. J'en eus le souffle coupé, jusqu'à ce que je me rende compte qu'il ne s'agissait pas d'Oren.

L'un des éclaireurs avait apparemment réussi à échapper aux pixies. Je gardai les yeux braqués sur Gloriette. *Continue à la faire parler.*

Je levai le menton.

– Quand vous m'avez parlé par l'intermédiaire du pixie, vous avez dit que vous saviez où était Basil, dis-je. Et que vous me le diriez si je revenais avec vous sans faire de difficultés. Et Kris m'a promis que si je revenais, vous pourriez défaire ce que vous m'avez fait. Et m'aider à retrouver mon frère.

Un frémissement troubla l'expression de Kris tandis que son regard se portait brièvement sur Gloriette, avant de revenir sur moi. Une infime lueur… d'espoir. Peut-être croyait-il que j'envisageais de revenir avec eux, après tout.

– Oui ? fit Gloriette, en arrondissant un sourcil.

L'éclaireur s'approcha en rampant, masqué aux machines par les débris de troncs. Je reconnus Tomas. Je faillis lui crier de reculer – que pouvait-il espérer accomplir contre une armée de machines ?

Mais en le prévenant, je trahirais sa présence. Les architectes le repéreraient.

Je me raclai la gorge, et soutins le regard de Gloriette.

– Si je reviens avec vous maintenant, et que vous laissez ces gens tranquilles, est-ce que cette offre tient toujours ?

Elle fit la moue.

– Je ne crois pas que tu sois en position de négocier, mon petit canard. Sauf erreur de Kris, il ne te reste plus assez de magie pour te battre. Et encore moins pour nous être utile. Par ailleurs, ajouta-t-elle avec un regard en direction du village, nous sommes sur le point de capturer suffisamment de Renouvelables pour préserver le Mur pendant des générations.

– Est-ce que votre offre tient toujours ? insistai-je, les dents serrées.

Gloriette m'observa pendant de longues secondes, puis haussa les épaules et me tourna le dos.

– Non, répondit-elle. Il n'existe pas de remède pour toi. Mais il fallait bien raconter quelque chose à notre Kris pour le convaincre de marcher dans la combine, pas vrai ?

Elle remonta dans la cabine. J'eus le temps d'apercevoir Kris pendant qu'elle s'installait. Il paraissait sous le choc ; il essaya de sortir, d'écarter Gloriette pour me rejoindre.

– Syrli !

La portière claqua. Tomas choisit ce moment pour passer à l'action. Il jaillit de sa cachette et bondit sur la moissonneuse. Sans la moindre hésitation, Gloriette effleura les commandes et l'une des grosses pattes métalliques cueillit Tomas et l'envoya rouler au sol.

Tomas tenta de s'éloigner en rampant mais la moissonneuse s'ébranla, leva une patte et l'abattit sur son genou. Son hurlement résonna à travers la forêt métallique.

Je restai figée, pétrifiée d'horreur. Tomas s'agrippait au sol en essayant de se traîner. Gloriette le contemplait depuis la cabine comme on examine un insecte, en tripotant machinalement son médaillon d'architecte. Un geste de son autre main, et la machine remua de nouveau. On entendit craquer la rotule, malgré le vacarme des mécanismes d'horlogerie qui tournaient à l'unisson et le hurlement de Tomas.

Je vis le pouvoir de Tomas vaciller. Je retrouvai enfin ma voix.

– Arrêtez ! hurlai-je en me jetant en avant. J'ai dit que je reviendrais avec vous ! C'est bien ce que vous vouliez, non ? Prenez-moi, et laissez ces gens tranquilles.

Gloriette se renfonça dans son siège, en me toisant avec un sourire.

– Ma chérie, dit-elle sur un ton désinvolte. D'où sors-tu cette idée qu'on s'intéresse à toi ? Tu n'as plus aucun rôle à jouer dans cette histoire.

Elle inclina la tête, faisant signe aux autres machines d'avancer. L'armée entière rugit et se remit en marche.

La moissonneuse de Gloriette s'avança. La patte qui broyait le genou de Tomas se souleva pour lui retomber sur l'épaule. Je courus m'agenouiller auprès de lui tandis que les machines nous contournaient de part et d'autre, en s'écartant comme une vague autour d'un rocher.

Il était encore en vie. Je ne savais pas s'il me voyait ; son regard se perdait au-delà de mon visage, et sa bouche remuait, comme s'il essayait de parler. Sa cage thoracique était partiellement enfoncée – l'herbe aplatie autour de lui se teintait rapidement de rouge. Il perdait trop de sang – il était trop gravement blessé. Prise de panique, je n'arrivais plus à penser. Je ne pouvais rien faire pour lui sinon le regarder agoniser.

Je tendis une main impuissante pour caresser son visage, et je vis le halo d'énergie qui l'entourait converger sur mes doigts. Ses traits creusés par la souffrance se détendirent un peu, et ses yeux s'agrandirent. Il paraissait avoir moins mal. Je fermai les yeux et continuai à tirer, laissant son énergie remplir le vide causé par la perte de ma propre magie.

Ce fut seulement après avoir senti la dernière étincelle de pouvoir l'abandonner que je rouvris les yeux. Son visage était calme et serein, ses yeux toujours braqués vers le ciel. Son torse ne bougeait plus ; sa respiration laborieuse avait cessé. Je déglutis et lui fermai les paupières d'une main tremblante.

Je me relevai lentement et regardai passer les machines. Dans ma seconde vue, elles apparaissaient sombres et dénaturées, très différentes des habitants du bois de Fer. Leur magie était synthétique, fausse, arrachée au corps de la Renouvelable et injectée dans leurs cœurs mécaniques. Elle vacillait, claquait comme une étoffe secouée par le vent. Elle lâchait un craquement chaque fois que leurs mécanismes effectuaient un tour complet – comme un craquement d'os.

Tu te bats pour ceux que tu aimes, me rappela la voix de Tansy. Je la revis allongée au sol, évanouie, et quelque chose se brisa en moi.

Je touchai le vide au creux de mon ventre, le trou qui avait abrité autrefois leur pouvoir synthétique. L'énergie de Tomas s'y trouvait, minuscule étincelle dans le néant. Et soudain, je compris ce que Dorian avait perçu chez moi. Je laissai la tension s'évacuer de mon corps et je m'*ouvris*, en tirant de toutes mes forces.

Derrière moi, j'entendis le cliquetis de mille doigts terminés par des aiguilles qui s'agitaient et se déployaient, puis le hurlement du fer et de la terre. Les machines achevaient de dégager la voie devant l'armée.

Malgré la répugnance qu'ils m'inspiraient, je me projetai le plus loin possible et pris tous les filaments de pouvoir qui s'échappaient du cœur des machines. Ces filaments tressaillirent, captèrent l'appel du vide et affluèrent brusquement vers moi.

Le ronronnement omniprésent de mille cœurs mécaniques s'enraya. Il se décomposa, passa d'un pouls unique au battement de mille cœurs différents qui s'arrêtèrent un à un, tandis que les cris des hommes en habit rouge devenaient audibles au-dessus du vacarme. Ce furent d'abord des jurons, de cent personnes qui en blâmaient cent autres. Puis vinrent la confusion et l'incrédulité, quand les mécanopodes basculèrent et que les moissonneuses s'interrompirent en pleine destruction. Enfin la terreur, lente et subtile au début, mais qui enfla bientôt comme une vague pour submerger toute l'armée.

Cette première intervention était insuffisante. Bientôt, l'armée s'abattrait sur le village et ses habitants endormis. Je ne pouvais pas m'arrêter en si bon chemin.

J'ouvris au maximum le vide que j'avais en moi, et dans un éclair silencieux, l'énergie des villageois fusa vers moi. Le vide au creux de mon ventre commençait à se remplir. Le pouvoir fondait sur moi à la vitesse de l'éclair ; toute la magie environnante afflua en une fraction de seconde.

Puis j'entendis des bruits lointains – des cris, les gémissements de douleur des villageois. La douleur de la collecte – une souffrance que je ne connaissais que trop bien, assez forte pour les arracher à leur sommeil artificiel. J'entendis crier un enfant quelque part, et je revis mentalement un petit visage crasseux dégringoler dans le noir après que je l'eus jeté du haut d'une falaise.

J'essayai de m'arrêter, d'interrompre le flot d'énergie, mais autant essayer de stopper une rivière avec les mains. La magie jaillissait de partout – des gens, des machines, du sol sous mes pieds. Plus j'en aspirais, plus ma faim paraissait grandir – l'attraction devenait de plus en plus forte, au point que même les arbres de fer autour de moi commençaient à me céder leur magie dans un grand fracas métallique.

Une image fugace me revint en mémoire – celle de la Renouvelable auréolée de lumière, dont le pouvoir s'écoulait par des tubes de verre plantés dans ses veines. Je ne savais plus si le pouvoir s'écoulait d'elle ou en elle. J'ouvris les yeux et je vis une grande lumière blanche : la magie brillait si fort autour de moi que l'air était en feu.

J'entendis vaguement la voix stridente de Gloriette ordonner qu'on m'arrête, qu'on m'écrase, qu'on me tue. Les quelques machines encore debout convergèrent sur moi mais s'écroulèrent à leur tour, m'abandonnant leur magie. Les pixies fondirent sur moi, dards sortis, dans un vrombissement furieux – et s'abattirent au sol, inertes et morts. L'énergie malsaine et dénaturée volée aux machines se mêla à celle des habitants du bois de Fer et en ressortit transformée, lavée de ses impuretés.

Des corps s'effondraient lourdement tout autour de moi. La sensation de voir son pouvoir aspiré dans un gouffre qui vous suçait l'âme devait être terrible. Je leur infligeais ce qu'on m'avait fait subir – à la différence près que je ne pouvais plus m'arrêter.

La lumière environnante se mit à trembloter, aspirée elle aussi. Les gens tombaient par terre, tressaillaient brièvement, puis s'immobilisaient. J'essayai de me contenir, tout mon corps hurlait de douleur, mais l'afflux de pouvoir était si intense que j'étais incapable de m'en détourner.

Le monde extérieur devint silencieux. Les mécanismes d'horlogerie s'étaient tus, et les gens également. Le pouvoir grondait à mes oreilles ; je le sentais en moi, et désormais le monde vibrait d'une énergie éblouissante, tonnante, au point que j'allais sûrement rester aveugle et sourde à tout jamais. Des nuages verts et violets convergèrent au-dessus de moi en bouillonnant, crépitant de pouvoir et léchant la forêt avec des langues d'énergie scintillante. Une tempête magique.

Je ne percevais plus que la chaleur, le vacarme et la souffrance. Mon corps était devenu un réceptacle gonflé à bloc. Ma peau allait éclater d'un moment à l'autre et vomir un flot d'énergie. Il ne resterait de moi qu'une carcasse calcinée au centre d'un vortex de vapeur et de fumée.

Une masse me heurta de plein fouet, me coucha au sol et me cogna la tête par terre.

Le pouvoir explosa. Le réceptacle se vida – et pendant un instant béni, tout devint noir.

31

J'ouvris les yeux pour découvrir un visage trouble penché sur moi et entendre une voix douce prononcer mon nom. Je clignai des paupières pour dissiper le brouillard dans mes yeux.

– Tansy ?

Je ne reconnus pas ma propre voix, mais la fille penchée au-dessus de moi me sourit, donc elle avait dû comprendre.

– Syrli, répondit-elle, haletante.

Elle était écarlate, comme si elle avait couru. Quand elle leva la main pour s'essuyer le front, je vis qu'elle avait la paume brûlée.

– Comment se fait-il que… tu sois là ?

Tout autour de nous, le champ de bataille jonché de machines et de corps inertes et silencieux témoignait de ce qui s'était passé. Tansy semblait être la seule survivante. Je contemplai le carnage, incapable de comprendre ce que j'avais fait.

– Je ne sais pas, souffla-t-elle. Il fait trop sec pour que ma magie se manifeste, c'est peut-être ça qui m'a sauvée.

Je roulai sur le dos. Au-dessus de moi, le ciel tournoyait, trouble et scintillant. Le vert intense de la tempête magique avait disparu. Plus loin, les nuages en fils de sucre s'étaient éclaircis ; ils étaient désormais rose pâle et jaune. Au bout de la trouée ouverte par les machines, je vis le soleil qui émergeait tout juste des montagnes.

En me redressant péniblement sur les coudes, je jetai un coup d'œil vers le village. Quelque chose y scintillait, que je mis sur le compte de ma vue troublée. Mon regard, toutefois, fut attiré par les arbres – des arbres qui auraient dû être gris et froids…

Le bois de Fer était complètement transformé. Je vis des fleurs pâles et des pommes rouges dans les branches, qui se balançaient dans la brise. Et là, devant moi, ce que j'avais pris pour une simple illusion d'optique : une surface ondulante.

Elle ne ressemblait pas à l'étain terni de la face extérieure du Mur, ni même au miroitement violet des poches de magie. Elle scintillait au soleil, presque invisible, avec tout juste un ondoiement dans l'air. J'apercevais les autres éclaireurs et villageois derrière ce rideau translucide tendu entre eux et les machines.

– On dirait une barrière, dit Tansy en me voyant écarquiller les yeux. Je crois que c'est toi qui l'as faite.

– J'avais déjà fait ça une fois.

Quand j'avais repoussé l'enfant-ombre, en nous enfermant Oren et moi dans une barrière protectrice – mais je n'avais pas ressenti du tout la même chose. Et cela ne m'avait pas coûté autant. Je me sentais creuse, vide ; tout le pouvoir que j'avais absorbé m'avait quittée dans cet instant aveuglant où Tansy m'avait plaquée au sol.

D'un coup, un architecte en habit rouge s'agita non loin, en commençant par bouger une main avant de grogner. Mon pouls s'accéléra. Tout autour de nous, d'autres gens se mirent à remuer, et la panique qui me bloquait le torse desserra son étau. De l'autre côté de la barrière, les villageois du bois de Fer bougeaient eux aussi. Je pris une respiration tremblante.

– Je ne les ai pas tués... murmurai-je.

Une vague de soulagement me submergea.

– Ils vont bien, déclara Tansy d'une voix ferme, comme pour essayer de se convaincre elle-même.

Elle avait l'air presque aussi ébranlée que moi.

– Parce que tu m'as arrêtée à temps, dis-je, en me relevant à la force des bras. Et toi ?

– Ça ira, répondit-elle. Un peu... secouée. C'est la première fois qu'on me prend mon pouvoir comme ça. Et toi, ça va ?

– Je crois que oui.

Le choc s'atténuait ; je fermai les yeux. Je ne valais pas mieux que la ville qui m'avait poussée à partir. En dépit de la terreur maladive qui me nouait les entrailles, j'éprouvais une excitation étrange. Il m'avait été si facile d'attirer à moi toute la magie environnante. Il me serait si facile de le refaire.

– Merci, dit doucement Tansy.

– Je n'avais pas le choix, dis-je en secouant la tête. C'est moi qui les avais conduits ici.

– Tu aurais pu t'enfuir, rétorqua-t-elle. Tu avais le choix. Même si c'est agréable de savoir que tu pensais le contraire. En tout cas, merci.

Je me levai, et m'aperçus que mes jambes étaient plus solides que je ne m'y attendais. Tansy se leva aussi, mais lentement, comme une vieille femme. Elle semblait se déplacer difficilement.

Je jetai un regard circulaire sur les machines mortes, et les architectes qui remuaient. Je vis l'un d'eux ramper jusqu'à la barrière et rebondir dessus. Plusieurs éclaireurs, en revanche, la traversèrent dans les deux sens. Le bois de Fer ne risquait plus rien dans l'immédiat.

Comme si elle avait lu dans mes pensées, Tansy dit d'une voix hésitante :

– Tu… tu pourrais rester. Dorian pourrait t'aider à contrôler ta… enfin, ton pouvoir.

Je me tournai vers elle. Tansy le cachait bien, mais je décelai une lueur de peur dans son regard. Je me raclai la gorge et secouai la tête.

– J'ai besoin de réponses, dis-je. Qui je suis. De quoi je suis capable. Je suis trop dangereuse.

Ces mots me faisaient mal – je ne m'étais jamais sentie autant chez moi que dans ce village. Mais j'avais failli tuer tous ses habitants.

Tansy n'insista pas. Elle enfouit dans ses manches ses mains brûlées et détourna le regard.

– Où comptes-tu aller ?

– Au nord, je pense, murmurai-je. Peux-tu demander… Crois-tu que Dorian leur fournirait suffisamment d'énergie pour rentrer chez eux ? (Je fis un signe en direction des architectes.) Ils ne sont pas mauvais, au fond ; pas tous. La plupart essaient simplement de faire ce qu'ils peuvent pour sauver leur peuple.

Je pensai à Kris. Je crus apercevoir au loin une tête familière surmontée de cheveux châtains.

– Je doute que Dorian veuille les condamner à mort, dit Tansy. Même eux. Et puis, ça nous ferait autant d'hommes-ombres sur les bras.

Je me tus et fermai les yeux. Le parfum des fleurs de pommier flottait jusqu'à nous, porté par la brise du matin.

Je me souvins du discours de Dorian – *tu pourrais les détruire* – et du désespoir qui le sous-tendait.

– Je pourrais venir avec toi.

Je rouvris les yeux. Tansy ne me regardait pas mais regardait plutôt son village, et la barrière qui l'entourait. Les villageois commençaient à se relever, les jambes flageolantes, pour examiner leur nouveau dôme de protection.

Je mourais d'envie de lui dire oui. Elle avait l'habitude de la nature et savait comment rester en vie, trouver de la nourriture et affronter les ombres. De plus, c'était mon amie. C'était surtout pour elle que j'avais fait tout ça. Mais elle produisait de la magie. En ce moment même, je la sentais remuer en elle et me tenter. À croire que mon intervention avait réveillé chez moi une faim dévorante. Je sentis monter en moi l'envie de la toucher, comme Tomas, et je lui tournai le dos.

– Tu me manqueras, Tansy.

Je m'attendais à ce qu'elle me serre dans ses bras, ou me prenne la main. Mais finalement elle s'éloigna sans dire un mot. Après un moment, je me retournai pour la regarder franchir la barrière, qui la laissa passer sans résistance, et aller aider ses compagnons éclaireurs à se relever.

J'enfonçai la main dans ma poche, où j'avais glissé l'oiseau en papier et le cristal de mon frère ainsi que le briquet d'Oren. Je m'abritai les yeux et regardai vers l'est, vers le col par lequel nous étions venus, Oren et moi. Quelque part là-haut se trouvait le lac d'été, et plus loin encore, un monde rempli d'abeilles, de fleurs, d'arbres affamés et de fantômes. J'ignorais complètement ce que me réservait le nord, sinon un garçon qui me suivrait jusqu'à la mort – ou jusqu'à ce qu'il se transforme et me tue. Et, peut-être, un homme qui avait été mon frère.

Un sentiment de solitude m'envahit soudain tandis que je m'éloignais à travers l'amoncellement des machines, en zigzaguant entre les corps gémissants. J'avais déjà affronté la nature sauvage, mais pas seule. À présent, j'avais l'impression de n'avoir jamais entendu un silence pareil.

Un léger tintement métallique me fit sursauter. Une machine fonctionnait encore – et tout près, j'en avais l'impression. Je cherchai en moi une dernière étincelle de pouvoir pour me défendre, mais il ne m'en restait plus. Et j'étais tellement épuisée que je ne pus même pas recourir à ma seconde vue.

Il y eut un autre tintement, un cliquetis, puis le bourdonnement d'un petit moteur qui redémarrait. Quelque chose de brillant surgit devant mes yeux, dans le soleil, en m'éblouissant.

– *Tu en as mis, du temps !* s'exclama une voix familière. (La chose se posa sur mon épaule.) *Je suppose que tu n'avais pas l'intention de me ranimer ?*

– Nixe !

Si léger soit-il, j'avais la sensation qu'il allait me faire crouler sous son poids.

– Que… comment ? D'où sors-tu ? Comment es-tu encore en vie ?

– *Kris m'avait avec lui dans la cabine. Quant à ta deuxième question : j'ai été conçu pour exister ici*, répondit le pixie en se lissant les ailes devant mon oreille. *Il semble que je résiste particulièrement bien à l'épuisement de mon énergie. Et puis, c'est toi qui m'alimentes.*

– Non ! Il ne me reste plus rien. Mon pouvoir est parti, tu ne peux plus rien me voler.

– *Voilà qui est intéressant*, reconnut le pixie, sans donner l'impression de s'inquiéter plus que cela. *Peut-être qu'il te reste quand même quelque chose. Peut-être qu'il ne s'agit pas de l'énergie qu'on t'avait donnée, mais d'une chose complètement différente.*

– Impossible, soufflai-je.

Pourtant, l'idée cheminait en moi et faisait battre mon cœur plus vite. Car si c'était moi, et non la magie de l'Institut, qui avais rechargé Nixe… Je pensai à Oren, et à ce dernier regard qu'il m'avait lancé avant de disparaître dans l'ombre.

– *Syrli*, fit observer le pixie de sa voix sèche et plate, *qui essaies-tu de convaincre ? Je suis une machine douée d'instinct de conservation qui a décidé d'ignorer sa programmation et de… partir à l'aventure. Il n'y a rien d'impossible pour moi.*

Je me mis à rire, et Nixe s'envola de mon épaule pour se changer en oiseau. Imitant les moineaux de la pommeraie, il se lança dans une démonstration de voltige.

Au nord, me dis-je en prenant ma respiration. Je sentais quelque chose dans l'air, une saveur âcre qui me piquait le nez. L'hiver approchait. Je partais pour un univers de glace, de neige et de froid, mais au moins je n'y allais pas seule.

Nous laissâmes le champ de carcasses métalliques derrière nous et partîmes à travers la vallée, sous la beauté immense et terrible de l'aube.

REMERCIEMENTS

J'ai entendu un jour un écrivain expliquer que les remerciements étaient une chose ennuyeuse et inutile, puisqu'en fin de compte, un livre n'est jamais rédigé que par son auteur, assis seul dans une pièce, à taper sur son clavier. Je me sens triste pour cette personne, parce que je n'aurais jamais pu écrire ce livre toute seule – et je n'en aurais jamais eu envie. Ce voyage a impliqué plus de personnes que je ne saurais en compter, et j'éprouve de la reconnaissance envers chacune d'entre elles.

Personne ne mérite plus de remerciements que mon agent, Josh Adams. Je n'ai pas de mots, sinon ceux-ci : il n'y a personne au monde que je préférerais voir se battre pour moi et pour mes livres. Donc Josh, Tracey et Quinlan : merci infiniment. Merci également aux agents, prospecteurs et éditeurs étrangers qui ont aidé à proposer ce récit dans de si nombreux pays.

Andrew Karre, mon directeur de collection, est un homme d'une intelligence et d'une finesse d'observation stupéfiantes. Il a relevé dans mon livre certains détails que j'ignorais y avoir mis ; ce n'aurait pas été le même ouvrage sans lui. Un grand merci aussi à Sammy Yuen pour l'élaboration de cette couverture splendide. Je ne remercierai jamais assez les gens de chez Carolrhoda and Lerner pour la confiance qu'ils ont placée dans ce livre.

Je n'aurais pas pu accomplir tout cela sans ma famille. Mes parents, Clint et Sandra Spooner, avaient déjà commencé à m'acheter des livres avant même ma naissance et n'ont jamais douté que je pourrais faire tout ce que je voudrais. Merci également à ma deuxième famille, les Miske, qui m'ont encouragée toute ma vie. Et à ma grande sœur, Josie : merci de m'avoir fait découvrir la fantasy à un âge où j'étais trop jeune pour résister. Ç'a été le meilleur des lavages de cerveau.

Jeanne Cavelos, directrice de l'atelier d'écriture Odyssey : vous m'aviez dit que j'en étais capable, et je vous ai écoutée. J'ai appris beaucoup de choses à l'Odyssey, et notamment de mes camarades, tous des personnes formidables, brillantes et créatives. Corry surtout, tu me manques – ainsi que le dentiste et la patinoire.

J'ai une dette éternelle envers ma famille *down under*. Marilyn et Philip Kaufman m'ont adoptée pendant mon séjour en Australie pour écrire ce livre. Mes amis là-bas m'ont encouragée à chaque étape – Michelle, Ailie, Flic, Ian – : vous me manquez tous, tous les jours. Et par-dessus tout, Brendan : merci de m'avoir accueillie chez toi avant même de m'avoir rencontrée, merci pour toutes ces bêtises destinées à me faire rire, et pour avoir lu dans le train.

J'ai eu tant d'amis qui m'ont apporté leur soutien, leurs conseils, leur enthousiasme et leur confiance : Sarah, Ellen, Caitlin, Kim, Frazier, Sophie, Thara, Josh B., Kacey, Kat, Wynn, Lindsay, et tous ceux qui m'ont dit un jour : « J'ai hâte de lire ton livre. »

Enfin, je tiens à remercier tous les enseignants qui, au fil des années, ont modelé la personne que je suis aujourd'hui. En particulier Ellen Andrus, qui se moquait bien de savoir que ses élèves de sixième étaient trop grands pour les histoires, et dont la lecture de *La Boussole d'or* a changé ma vie ; Betty Stegall, qui a lu ma première tentative (pathétique) de roman en réussissant à y trouver du positif ; et Barbara Nelson, dont les cours sur l'Odyssée ont gravé dans le marbre mon amour des mythes et des légendes, et dont l'amitié est un trésor que je chéris.

Enfin, à ce professeur de littérature qui m'avait donné un B moins au motif que je refusais de « renoncer à la magie et aux créatures ridicules », je dis ceci : merci.

Ne jamais sous-estimer ma volonté de donner tort aux imbéciles.

MEAGAN SPOONER

Meagan Spooner a grandi en lisant et en écrivant chaque fois qu'elle en avait l'occasion. Elle est sortie du Hamilton College de New York avec un diplôme d'écriture dramatique avant de vivre plusieurs années en Australie. Elle a voyagé partout dans le monde avec sa famille, en Égypte, en Afrique du Sud, en Arctique, en Grèce, en Antarctique et aux Galápagos, et il y a un peu de tous ces voyages dans les récits qu'elle écrit.

Elle vit et écrit actuellement en Virginie du Nord, mais Dieu sait combien de temps elle y restera avant de succomber une nouvelle fois au chant des sirènes du voyage. Vous pouvez la contacter en ligne à http://www.meaganspooner.com.17

Achevé d'imprimer en Italie par Canale
Dépôt légal : 1er trimestre 2013